历代咏甘肃诗词精选

主　编　马　晖　王金娥
副主编　蒽　琼　韩　括

图书在版编目(CIP)数据

历代咏甘肃诗词精选/马晖，王金娥主编. —北京：北京大学出版社，2015.9
ISBN 978-7-301-26231-3

Ⅰ.①历… Ⅱ.①马…②王… Ⅲ.①诗词—作品集—中国 Ⅳ.①I22

中国版本图书馆 CIP 数据核字（2015）第 205009 号

书　　名	历代咏甘肃诗词精选
著作责任者	马　晖　王金娥　主编
责任编辑	刘　正　宋思佳
标准书号	ISBN 978-7-301-26231-3
出版发行	北京大学出版社
地　　址	北京市海淀区成府路 205 号　100871
网　　址	http://www.pup.cn　　新浪微博：@北京大学出版社
电子信箱	zpup@pup.pku.edu.cn
电　　话	邮购部 62752015　发行部 62750672　编辑部 62753374
印 刷 者	北京虎彩文化传播有限公司
经 销 者	新华书店
	650 毫米 ×980 毫米　16 开本　21 印张　301 千字
	2015 年 9 月第 1 版　2023 年 7 月第 5 次印刷
定　　价	39.00 元

目录

嘉峪关篇

金昌篇

白银篇

天水篇

酒泉篇

张掖篇

武威篇

定西篇

陇南篇

平凉篇

庆阳篇

临夏篇

甘南篇

前　　言

在世人眼中，甘肃是一个神奇、立体、可以从不同层面和角度解读的辉煌“文本”。甘肃历史悠久，是“黄河文化”的重要组成部分，也是“伏羲文化”“崆峒文化”“马家窑文化”“敦煌文化”“李氏文化”的发祥地，悠悠丝绸古道由此经过。这里风土醇厚，人文荟萃，两千多年来，众多文人墨客在此留下了许多深情的题咏，产生了多彩多姿的文学作品。甘肃文学从先秦发展到当代，可谓源远流长、底蕴深厚。《诗经·秦风》中的《无衣》《小戎》等战争诗，被看作是我国边塞诗的萌芽之一。秦汉时期，陇右文人和寓陇文人的诗赋散文使陇右文学达到了繁荣时期。这一时期以秦嘉、徐淑和赵壹三人为代表的诗赋作品价值高、影响大。散文以西汉名将赵充国和西晋皇甫谧等人的奏疏、王符的《潜夫论》为代表，取得了比较高的成就。到了唐代，旅居陇右的外地诗人的作品是中国古代文学史上的奇葩，如以边塞诗歌享誉诗坛的盛唐诗人高适、岑参、王昌龄和杜甫，以及晚唐诗人李商隐，都曾亲临陇右，作诗放歌，特别是杜甫，在秦州逗留半年就写了 117 首诗。直到宋元以后，随着全国政治、经济文化重心的南移，陇右文学才逐渐走向衰落。20 世纪 20 年代初由刘尔炘倡议、张维等人编辑而成的《甘肃人物志》二十四卷，共收甘肃历代人物 432 人，其中儒学类、文学类共收人物 53 人，不乏在学术史、文学史上有卓越贡献者。

然而，目前学术界对甘肃本土文学作品的挖掘和研究现状却不容乐观。迄今为止，我国在古代诗歌方面的著述可谓汗牛充栋，然而，我们又不得不遗憾地说：由于种种原因，现行的中国古代诗歌著述无论是有意识还是无意识，都将甘肃诗歌甚至甘肃文学边缘化了。换言之，有关中国诗歌的著述视角始终停留在以农耕文明为主体的中原文学板块和以现代文明为主体的东南沿海文学板块上，虽然对甘肃诗歌的研究和关注也有局部的涉及，但是不够系统，有一种难隐的拼贴感和隔膜感。其根本原因就在于学术界对大量的有关甘肃古代诗歌的文本挖掘不够、阅读太少，对甘肃文化生态——以游牧文明为主体的多民族文化形态不熟悉，对甘肃风土人情、风俗风景比较陌生，对甘肃诗歌乃至甘肃文学的表达方式有着天然的距离感。近年来，随着文化越来越被关注、被重视，关注陇右文化、文学的学者人数虽然不少，但大都局限于对某个作家、某篇作品的研究或者对甘肃文学概况的研究，真正能将作品辑录起来的较少。到目前为止，尚无系统的既贯通时代，又观照甘肃地域分布特点，内容全面的陇右文学读本，更没有可以用来研读的陇右文学作品。

党的十八大指出要“建设优秀传统文化传承体系，弘扬中华优秀传统文化”。甘肃省委、省政府提出要建设文化大省，大力推动甘肃华夏文明传承创新区建设。从促进优秀传统文化传承体系建设，推进优秀文化资源普及与共享，推动甘肃文化大繁荣大发展的角度出发，2009 年开始，兰州文理学院文学院组成项目组，挖掘整理各类文献，组织编辑“经典甘肃系列丛书”。兰州文理学院文学院组织了一批既有扎实专业知识又熟知甘肃省情的教师分别开展工作，他们克服重重困难，千方百计系统整理、搜集了历代关于甘肃地域的古代诗词，时间从先秦到 1949 中华人民共和国成立，内容主要为陇籍作家及寓陇作家描写甘肃的诗词作品。此项工作历时三年，全面覆盖甘肃 14 个市、州，据不完全统计，项目组查阅相关资料 200 余种，包括各地方志、史话、诗集、文集、通史、民间歌谣等；选摘诗、词、赋等文学作品 3000 余首 / 篇，并加以整理、注释。根据高校师生的阅读需求，又精选其中 200 余首描写甘肃各地且适宜研读的古代诗词，加上题解和详注，缉成《历代咏甘肃诗词精选》一书。按照计划，今后将按甘肃目前的行政区划编辑出版各地市州的专辑。

此书历经众手，广事补遗，又经数位专家审阅，修缮校订，终于编成。这些诗篇多姿多彩，如群芳争艳，美不胜收。从内容看，有的展示了甘肃绚烂的历史文化，有的描摹山河之壮观，有的吟咏风土人情之淳美，有的见证了陇右之重大历史事件。从体裁看，有句子长短不一的古体诗，形式自由活泼；有讲究平仄的律诗，工于韵律；有精而又简的绝句，绎稠情于单字。从作者看，有的是心怀壮志为国建功立业的文臣武将，有的是寓居或道经陇上的文人墨客，有的是陇右本籍的历代名士和儒生寒俊。他们的作品或歌唱、或低吟，构成了一组弘扬甘肃文化的宏大交响乐章，组成了一部关于陇右历史的文化史诗，它再一次证实甘肃的确是文化宝库，值得也经得起反复挖掘。

一、多方面展示了甘肃浑厚的历史文化底蕴。古老的中国孕育了多姿多彩的中华文化，甘肃古代文化就是中华文化中一支绚丽的奇葩。古代传说中的伏羲、女娲、彭祖等人物的传说与甘肃有关，黄河以及天水、敦煌、武威、张掖、酒泉等文化名城吸引无数文人墨客纷至沓来，写下了一首首有关甘肃绚烂文化的美丽诗章。

伏羲是三皇之首，中国古代神话人物，是中华民族的人文始祖，生于陇西成纪（今甘肃天水市），因此天水市被称为羲皇故里。三国著名诗人曹植作《伏羲赞》有云："木得风姓，八卦创焉。龙瑞名官，法地象天。庖厨祭祀，网罝渔畋。琴以象时，神德通玄。"曹植颂扬了伏羲创立八卦、制琴作乐的功绩。

女娲，传说是中国上古的氏族首领，后逐渐成为中国神话中的人类始祖。根据神话记载，女娲人首蛇身，是伏羲的妹妹和妻子，她的主要功绩为抟土造人及炼石补天。传说甘肃秦安县为"女娲故里"。关于女娲人首蛇身的形象，曹植作《女娲赞》有云："或云二皇，人首蛇形。神化七十，何德之灵。"由于蛇具有顽强的生命力和旺盛的生殖力，是永恒生命的象征。伏羲、女娲神话在很大程度上即是这种崇拜意识的浓缩。

轩辕黄帝是华夏始祖之一、人文初祖，与生于宝鸡姜水之岸的炎帝并称为中华始祖，是中国远古时期部落联盟首领。黄帝陵是轩辕黄帝的陵墓，相传庆阳有黄帝葬衣冠处。明嘉靖《庆阳府志》卷九载："轩辕庙，在县（正宁县）治东。”《方舆胜览》云：“阳周之桥山，有黄帝冢，与真宁接壤，故立庙。”明李梦阳《黄帝陵》云：“黄帝骑龙事杳茫，桥上未必葬官裳。内经汇秘无天地，律吕通神有凤凰。创建文明归制度，要知垂拱变洪荒。汉皇巡视西游日，万有八千空路长。”

相传彭祖是长寿始祖，活了880岁。庆阳有一座彭祖墓，在正宁县罗川城东南50里的香庙塬（今三嘉乡境内）彭祖坳，墓址宏阔。明代强晟《彭祖墓》诗云：“沧海桑田几变更，一丘千古属钱铿。传闻自昔名难泯，樵采于今势欲平。雨洗苍松蜗有篆，苔封老树鹤舞声。吁嗟八百终归幻，对酒何妨学步兵。”

兰州是古丝绸之路上的重镇。早在5000年前，人类就在这里繁衍生息。西汉设立县治，取“金城汤池”之意而称金城。黄河是中华民族的摇篮，它孕育了伟大祖国的历史和光辉灿烂的文化。黄河在兰州穿越市区激流而下，清代马世焘《黄河》诗云：“浑浑浩浩撼金城，势报雄关便不平。二万里余虽遍绕，三千年后为谁清？浪翻白马天瓢倒，波滚黄云地轴惊。若使乘槎能得路，好凭机石卜前程。”描述了金城关下黄河白马浪波涛汹涌的景象，突出了黄河气势浩荡的特征。兰州金城关北依高山，南濒黄河，地势险要，是古代中原地区通往河西走廊和新疆一带的交通要道。清代学者张澍云：“依岩百尺峙雄关，西域咽喉在此间。白马涛声喧日夜，青鸳幢影出冈峦。轮蹄不断氛烟靖，风雨常愆草木癏。回忆五泉泉味好，为寻旧日漱云湾。”

敦煌莫高窟，被誉为20世纪最有价值的文化发现，坐落在河西走廊西端的敦煌，以精美的壁画和塑像闻名于世。然而早在唐朝，就有人对莫高窟的景观作了描述，唐无名氏《莫高窟咏》云：“雪岭干青汉，云楼架碧空。重开千佛刹，旁出四天宫。瑞鸟含珠影，灵花吐蕙蘩。洗心游胜境，从此去尘蒙。”此诗不但描述了唐时莫高窟的景致，而且抒写了诗人对莫高窟的崇敬之情。

武威有西夏碑，是迄今所见保存最完整、内容最丰富、西夏文和汉文对照字数最多的西夏碑刻。原置武威大云寺，元灭西夏后，西夏碑被当时的有识之士砌碑亭封闭，才得以保存。清嘉庆九年（1804），由武威著名学者张澍发现。民国时，西夏碑由大云寺移置武威文庙。陇西人王海帆诗曰："随着钟声入梵宫，砖塔千尺摩苍穹。石级层层拾衣上，西山雪色落望中。凭窗四顾偶回首，天上乱云东西走。平原莽莽沙漠漠，龙城霸气吞八九。瑰奇早闻西夏碑，非龙非蛇认蝌蚪。此儿颇有制作才，历年四百知非偶。千年遗迹动古愁，摩挲欲吊还复休。英雄都已成黄土，明月依稀照凉州。"这首诗写作者登临所见凉州一带的壮阔景象，并由观看西夏碑而产生的愁思。

定西渭源县境内有首阳山，因商末周初孤竹国二子伯夷、叔齐不食周粟，隐居采薇直至饿死，首阳山因而名闻天下。民国时期王海帆《首阳山》诗云："我来首阳山，天地正秋色。不许异花生，那有狂吟客。薇草亦千秋，允足证幽宅。至今岁岁发，雪霜未敢白。此意同禾黍，清风振策策。山鬼抱夕阳，照见古魂魄。"作者在秋风萧瑟之际，参拜首阳山，感古人之事，有黍离之感。

陇南祁山位于礼县，为著名的三国古战场，蜀汉丞相诸葛亮"六出祁山"，在此屯兵，北伐中原。祁山有武侯祠。清初著名诗人宋琬出任陇西右道佥事时，至甘肃礼县祁山堡凭吊诸葛亮所作《祁山武侯祠》云："丞相当年六出师，空山伏腊有遗祠。三分帝业瞻乌日，二表臣心跃马时。风起还疑挥白羽，霞明犹似见朱旗。一从龙卧今千载，魏阙吴宫几黍离。"赞扬了诸葛亮忠心辅佐了刘备、刘禅两代君主的精神，也抒发了对国家昔盛今衰的伤感之情。

历代咏陇诗词中涉及文化遗迹的诗歌很多，还有如《嘉峪关前长城尽处远望》《马蹄山晚眺》《李广墓》《春日谒杜少陵祠》《五台古刹》《登真洞》《大云晚钟》《狄台烟草》《崆峒》等名篇佳作，成为古代诗歌中的一处处亮丽风景。

二、多方面展示了甘肃古代的秀丽河山。甘肃是古丝绸之路的锁匙之地和黄金路段，像一块瑰丽的宝玉，镶嵌在中国中部的三大高原上，历史悠久，风景秀美。

五泉山位于兰州市区南侧的皋兰山北麓，是一处"林木葱郁花草香，雕梁飞阁泉瀑鸣"，具有两千多年历史的闻名遐迩的陇上胜地。明代诗人陈质的《步韵五泉山》反映了五泉佛寺的景观："梵宫高耸与云连，昼静僧焚宝鼎烟。入钵龙收檐外雨，听经鹤隐洞中天。岩廊幽阒那知暑，金碧交辉不计年。丝辔锦囊游乐处，吟成珠玉思如泉。"五泉山是兰州著名的佛教活动中心，山上有庄严寺，游客甚多，香火旺盛。民国周应沣《五泉记游》亦有记载："细雨如烟滴翠台，幽花涧底向风开。岩头瀑布垂垂下，林角溪云故故来。半卷诗成动苍海，一壶兴尽寄蓬莱。诸君到此须留醉，不醉湖山未是才。"山上雨景，烟雨蒙蒙，瀑布直下，溪流潺潺，周应沣记述了在烟雨中游览五泉仙境的醉人境界。

兴隆山位于兰州市榆中县城西南五公里处，距兰州市 60 公里，海拔 2400 米。古因"常有白云浩渺无际"而取名"栖云山"，向有"陇上名胜"之称，被誉为"陇右第一名山"。宋代道士秦致通描绘兴隆山的景象云："依山危阁贴重冈，细路萦洄玉磴长。曲涧碧流疏宿雨，夹山红叶映斜阳。"兴隆山一年四季分明，景色呈现不同的特点。清代著名道士刘一明说到兴隆山的春景云："春风解冻泽冰消，桃杏花开满树梢。杨柳堤边垂嫩叶，山川草木尽抽条。"春回大地，桃花杏花竞相开放，整个山野，呈现出一派春色。兴隆山亦是著名的道教圣地，清代时，这里庙宇楼阁，或依山面壁，或深藏密林，画栋雕梁，飞檐红柱，甚为壮观。刘一明《下凌霜后闲步》："扬州昔日有琼花，那晓栖云更可夸。万树枝头开玉蕊，千峰顶上撒银沙。岩边草挂珍珠串，河畔石生云母痂。白贲纯然无点染，瑶池景象不争华。"描述了道家生活及其清幽环境，抒写了对生活的独特感悟。

祁连山脉位于河西走廊南侧，由多条西北—东南走向的平行山脉和宽谷组成。南望祁连，冰雪皑皑，苍茫无际，巍巍壮观，犹如一座座巨大的金字塔，坐落在古丝绸之路的南侧，那"玉山积雪"为每一个行走于河西走廊的人增添了万千气象。古人在《重修肃州新志》中记载："南山积雪，冬日不消，倚天则玉笋嶙峋，映晶则琼光璀璨，万里一色，照耀华夷。举目遥看，恍如清辉。"清代曹麟开《祁连晴雪》诗云："雪从太古积朦溟，秀耸祁连若建瓴。雄跨两关开月氏，势盘五郡控龙庭。苍茫气界中边白，皎洁光摇天地青。记得贰师征战处，摩崖冰鏨尚留铭。”曹麟开不但描绘了祁连山奇异的景象，还记载了发生在西汉时期贰师将军李广利征战的事迹，给人一种历史的沧桑感。

凉州自古为塞上形胜之地，历史悠远，文物荟萃，物华天宝，地灵人杰。虽比不得江南的丽山秀水，但塞外广袤辽阔、天穹盖野的自然地理，豪迈奔放、粗犷厚重的人文风物，对他乡之客而言，不啻另是一番异域风光。凉州故有“八景”之说，为清初张昭美先生拟定，各题有七律一首，如《平沙夜月》：“雁塞沙沉一掌平，夜来如水漾轻盈。笳声不动霜华静，练色如新玉宇清。雕落寒隈河欲曙，兔眠深窟月长明。黄昏每晃三秋影，一碧无垠万里晴。”把凉州大漠中的夜月写得清旷幽静，清新别致。

天水“麦积烟云”是古秦州八景之一，多少文人墨客、艺术家都以亲历目睹“麦积烟云”为幸事。傅鼐《麦积烟雨》诗云：“挺秀危峰不可跻，岧嶤上与白云齐。西瞻似觉昆仑小，东顾犹嫌华岳低。千里堆蓝烟漠漠，几村横翠雨霏霏。良工水墨难描画，多少人家路欲迷。”麦积山周围风景秀丽，山峦上密布着翠柏苍松、野花茂草。攀上山顶，极目远望，四面全是郁郁葱葱的青山，只见千山万壑，重峦叠嶂，青松似海，云雾阵阵，远景近物交织在一起，构成了一幅美丽的图景。

崆峒山自古就有“中华道教第一山”和“西镇奇观”之美誉。其间峰峦雄峙，危崖耸立，似鬼斧神工；林海浩瀚，烟笼雾锁，如缥缈仙境；高峡平湖，水天一色，有漓江神韵。既富北方山势之雄伟，又兼南方景色之秀丽。凝重典雅的八台、九宫、十二院、四十二座建筑群、七十二处石府洞天，气魄宏伟，底蕴丰厚。宋代张亢《登崆峒》诗云：“四面千峰起，中心一水通。路穿云树密，势压玉关雄。此地开慈日，当时拜顺风。二乘由相别，三语与无同。遍诣耆阇岭，深疑睹史宫。钟声遥度陇，刹影半沉空。绝顶人难到，平川目未穷。尘襟聊抖擞，一瞬出樊笼。”此诗赞美了崆峒山比玉门关更加雄伟，抒发了登上崆峒山后境界大开的思想感情。

此外，还有很多诗歌描绘了陇右的秀丽山河，如《陇西八景》《岷州八景》《永昌八景》《金城北楼》《天山》《黑河古渡》《题莲花山》等都是描绘甘肃美丽风景的诗歌。

三、体现了多样的甘肃独有的风土人情。诗歌以其题材的广泛和形式的灵活多样，成为时代的一面镜子。《中华颂·甘肃经典》中，有不少的甘肃风土人情的描写，给我们展现出了古代甘肃人民的生活场景，我们以为它们都具有一定的历史文化方面的参考价值，从中亦可窥见古代甘肃人民生活面貌之一斑。

兰州的羊皮筏子，旧称"革船"，"九曲黄河十八弯，筏子起身闯河关"说的就是兰州羊皮筏子在黄河上运行的情况。羊皮皮筏是用羊牛皮扎制成的筏子，为黄河沿岸的民间保留下来的一种古老的摆渡工具。燕南楼主诗云："轻似沙鸥水上浮，随波一刹过前洲。夕阳散尽山村客，负筏人归月在头。"在滔滔的黄河水中，黄河羊皮筏子唱着欢快的歌谣，像沙鸥一样浮在河面上，随波激流勇进。值得注意的是，黄河皮筏是黄河文化的重要组成部分，是研究地区文化发展的重要项目，更是古代劳动人民智慧的结晶。

对于一些处在记忆深处的风土人情，更是令人向往，兰州安宁的桃园早在清代就已观花成会。当时观花者多为才子佳人和达官显贵。乾隆年间，兰州人江得符曾写诗赞道："我忆兰州好，当春果足夸。灯繁三市火，彩散一城花。碧树催歌板，香尘逐锦车。青青芳草路，到处酒帘斜"。清代张掖人陈史也回忆起家乡的景致说："几家潦乱送秋千，尽日飞空遍纸鸢。记逐南郊归射马，满街无数醉神仙。"（《忆乡风》）虽说是描绘了陈史在张掖时生活的场景，也反映了清代张掖市民生活的一些画面。

唐代的凉州非常繁荣，岑参在诗中说："凉州七里十万家，胡人半解弹琵琶。"（《凉州馆中与诸判官夜集》）那时，在俗传在神的诞辰这一天，人们排列仪仗，鸣金鼓，设杂戏等，迎神出庙，在街巷漫游。王维《凉州赛神》云："凉州城外少行人，百尺烽头望虏尘。健儿击鼓吹羌笛，共赛城东越骑神。"王维的诗作生动描述了边城凉州多战火的情况，同时反映了凉州赛神中热闹非凡的一面。凉州还盛产葡萄，明清时期，凉州处于大一统的疆域之中，社会较以前稳定，凉州葡萄大量种植起来并声名远扬。清朝诗人许荪荃在《凉州紫葡萄》中云："闻说凉州种，遥从西域传。风条垂磊落，露颗斗匀圆。琼玉应无色，离支足比肩。小臣空饱食，持献是何年？"诗中赞美了凉州葡萄像晶莹露珠，颜色胜过琼玉，味道可与荔枝媲美，感叹到自己虽然也可以饱食这鲜美的葡萄，但何时才能再度名扬四海，进贡朝廷呢？民国时期，于右任先生也在《河西道中》云："莫高葡萄最甘美，冰天雪地软儿香。"于右任不但盛赞了莫高葡萄，还夸奖河西的特产软儿梨。

民勤县东、西、北三面被腾格里和巴丹吉林大沙漠包围，骆驼成为古代当地常见的运载工具。清代张澍《橐驼曲》云："白草黄云道路长，何人不雇负衣装？行经戈壁愁喉渴，卧处偏知水脉凉。"在大戈壁上旅行，饮水非常缺乏，一般牲畜无法长途跋涉。但是骆驼能耐干渴，喝足一次水后，可以数日不饮，是过沙漠最好的交通工具，被称为"沙漠之舟"。骆驼不但善于在沙漠中行走，而且还能择阴凉潮湿的地方休息。张澍的诗歌生动描述了民勤骆驼作为运载工具的习性。

北宋时期的庆阳地区，是个少数民族混居的地方，处于宋夏交战的前线。范纯仁自邢州知庆州，继承乃父的遗风，注意搞好民族关系，尊重各族习俗，作《蕃舞》记载少数民族民众歌舞的场面："低昂坐做疾如风，羌管夷歌唱和同。应为降胡能蹈抃，不妨全活向军中。"诗歌中蕃舞技艺超群，令人赞叹不已。在各种乐器的伴奏下，舞者与音乐和谐共舞，充分反映出西部边疆的风情。从中也可以看出，当时庆阳地区民间舞蹈的繁荣和发展，表演形式自由多样，能够做到乐舞和谐。

四、见证了陇右之重大历史事件。中国是一个深具历史感的国度。凡是在诗歌史上被称为"诗史"的作品几乎都被视为是伟大的，因为这些诗歌的内容指向了确凿可证的具体史事，因而其价值不证自明。这类诗歌，在历代咏甘肃诗词中也很多。

如班彪《北征赋》中云："朝发轫于长都兮，夕宿瓠谷之玄宫。历云门而反顾，望通天之崇崇。乘陵岗以登降，息郇邠之邑乡。慕公刘之遗德，及行苇之不伤。彼何生之优渥，我独罹此百殃？故时会之变化兮，非天命之靡常。登赤须之长阪，入义渠之旧城。忿戎王之淫狡，秽宣后之失贞。嘉秦昭之讨贼，赫斯怒以北征。纷吾去此旧都兮，骈迟迟以历兹。”公元23年，刘玄称帝高阳，王莽死，刘玄迁都长安，年号更始。公元25年，赤眉入关，刘玄被杀。班彪远避凉州，从长安出发，至安定，写了这篇《北征赋》，表现了自身的流离之悲，反映乱世之中社会动荡和民生疾苦。

又如唐代薛逢《凉州词》云：“昨夜蕃兵报国仇，沙州都护破凉州。黄河九曲今归汉，塞外纵横战血流。”此诗中反映了唐宣宗大中元年（848），沙洲人张义潮率领汉民逐走吐蕃守将，夺得沙州，后又收复河西凉州等地，归属唐王朝的史实。张义潮收复沙州后，被唐封为“沙州都护”，因沙州一带与唐隔绝，故起义后的张义潮，性质相当于藩镇。

《新唐书》曰：“天宝中，哥舒翰攻破吐蕃洪济、大莫等城，数黄河九曲，以其地置洮阳郡。”天宝十二年（753），高适随军来到青海黄南、海南地区。五月，唐军攻破了今贵南县境内黄河东岸的九曲军，诗人写下了《同李员外贺哥舒大夫破九曲之作》：“遥传副丞相，昨日破西蕃。作气群山动，扬军大旆翻。奇兵邀转战，连孥绝归奔。泉喷诸戎血，风驱死虏魂。头飞攒万戟，面缚聚辕门。鬼哭黄埃暮，天愁白日昏。石城与岩险，铁骑皆云屯。长策一言决，高踪百代存。威棱慑沙漠，忠义感乾坤。老将黯无色，儒生安敢论？解围凭庙算，止杀报君恩。唯有关河渺，苍茫空树墩。”高适称颂哥舒翰收复九曲的功绩和唐军“作气群山动，扬军大旆翻”的声势，形象地描写了九曲之战激烈的场面。

像这样的诗句，在唐诗中很多，如唐开元二年，薛讷、王晙大破吐番于临洮（今岷县）一带，杀获数万人。王昌龄《塞下曲》就言此事：“昔日长城战，咸言意气高。黄尘足今古，白骨乱蓬蒿。”

北宋时期，宋夏之间常有战争，仁宗景佑元年（1034）秋，西夏兵犯庆州（今甘肃庆阳），宋兵迎战于龙马岭，败退。宋援兵途中遇敌埋伏，又惨败，士卒被俘无数，主将被活捉。苏舜钦《庆州败》中反映了这一史实：“国家防塞今有谁？官为承制乳臭儿。酣觞大嚼乃事业，何尝识会兵之机？符移火急搜卒乘，意谓就戮如缚尸。未成一军已出战，驱逐急使缘崄巇。马肥甲重士饱喘，虽有弓剑何所施。连颠自欲堕深谷，虏骑笑指声嘻嘻。一麾发伏雁行出，山下掩截成重围。我军免胄乞死所，承制面缚交涕洟。”此诗记叙了宋王朝与西夏战争的失败，痛心疾首地批评了朝廷在边防措施上的松懈和将领的无能。这些诗歌提供了比事件更为广阔、更为具体也更为生动的生活画面。又如范振绪《抗战胜利绘桃园画诗》：“八年角斗占中原，喜闻捷报笑开颜；莫向武陵谈旧事，从此大陆称桃园。”虽是题画诗，但是流露出来的是1945年抗战胜利之后的喜悦心情。虽不是直接写时事，只写一己的感慨，但由于他的这种心情，与抗日战争胜利有关，心之所向，情之所系，未离时局，因此从他的喜悦里，我们可以感受到其时社会的某些心理状态。从认识历史的真实面貌说，这一类诗，也具有诗史的意义。

甘肃古典诗词积淀着深沉丰厚的中华文化，是远去的古人们留给我们的宝贵精神财富。它们穿越时空迷雾，以其铿锵的韵律、深邃的意蕴向生活于当下的我们源源不断地输送着美感和启悟，滋润着生活在陇原大地上生活的人们。同时，甘肃古典诗词又从人际交往、民族心理、社会人生以及政治、思想、文学、教育等方面对陇右文化产生影响。直到今天，甘肃古典诗词仍然影响着我们的文化生活，显示出顽强的生命活力，正因为此，我们才组织人力编成历代咏甘肃诗歌鉴赏。希望通过这本书，能够让更多的人关注甘肃华夏文明传承区的建设，增加阅读与欣赏中华文化的瑰宝——甘肃古典诗歌的兴趣！

编　者

兰州篇

紫 骝 马

（唐）卢照邻[1]

【解题】

紫骝马即紫红色的骏马。《紫骝马》收入《乐府诗集·横吹曲辞》。横吹曲辞是用鼓角在马上吹奏的军乐。《古今乐录》曰："梁鼓角横吹曲有《企喻》、《琅琊王》、《钜鹿公主》、《紫骝马》、《黄淡思》、《地驱乐》、《雀劳利》、《慕容垂》、《陇头流水》等歌三十六曲。二十五曲有歌有声，十一曲有歌。"这是一首边塞诗，通过描写紫骝马驰骋疆场，英勇无比，势不可挡的情景，赞扬了边塞士兵横穿沙漠，不怕牺牲的大无畏精神。

骝马照金鞍[2]，转战入皋兰[3]。
塞门风稍急，长城水正寒。
雪暗鸣珂重[4]，山长喷玉难[5]。
不辞横绝漠[6]，流血几时干。

【注释】

[1] 卢照邻（636—685？）：字升之，号幽忧子，幽州范阳（今北京）人。与王勃、杨炯、骆宾王并称"初唐四杰"，擅长诗歌骈文，尤以歌行体为佳。代表作《长安古意》，诗笔纵横奔放，富丽而不浮艳，为初唐脍炙人口的名篇。

[2] 照：相映；辉映。

[3] 皋兰：兰州旧称。隋文帝开皇元年（581），在今兰州皋兰山下置兰州，取皋兰山为州名。地处古丝绸之路咽喉要冲，南北群山对峙，东西黄河穿城而过，绵延数百里。兰州地势险峻，历来为兵家必争之地。

[4] 珂（kē）：象玉的美石，马笼头上的装饰品。

[5] 喷玉：（马嘘气或鼓鼻时）喷散雪白的唾沫。

[6] 不辞：不推辞；不辞让。辞，推辞。横绝漠：横穿沙漠。

出　塞

（唐）沈佺期[1]

【解题】

《出塞》是乐府《横吹曲辞》旧题（见《乐府诗集》卷二一），多写边塞军旅生活。唐乐府中除《出塞》外，还有《前出塞》、《后出塞》、《塞上曲》、《塞下曲》等题，都是从这一曲调演变出来的。《出塞》这首五言律诗，诗题又作《被试出塞》，是沈佺期在朝廷写的一首应制诗（指应皇帝之命写作的诗文）。突厥的入侵，曾经给唐王朝带来相当大的威胁。这首诗反映了唐朝士兵历经千辛万苦，在皋兰之北作战的场景。《唐诗选脉会通评林》："周珽曰：云卿《出塞》诗也，可谓凄楚矣，'饥乌啼旧垒，疲马恋空城'，凄楚中更含伤感。律体造极深微，所以作盛唐龟鉴也。"

十年通大漠[2]，万里出长平。
寒日生戈剑[3]，阴云拂旆旌[4]。
饥乌啼旧垒[5]，疲马恋空城。
辛苦皋兰北，胡霜损汉兵[6]。

【注释】

[1] 沈佺期（656？—715？）：字云卿，相州内黄（今属河南）人。唐高宗上元二年（675）进士。武则天执政时，官至考功员外郎。后因谄附张易之，被流放。中宗神龙年间，历任修文馆直学士、中书舍人、太子少詹事。沈佺期与宋之问齐名，他们的近体诗格律谨严精密，完成了五言律诗定型，并称"沈宋"。

[2] 通：本意为"连接"、"连通"，此处为"穿越"、"行遍"之意。

[3] 生：出现。戈剑：戈和剑，古兵器。此句意谓寒日下戈剑光芒闪耀。

[4] 拂：掠过；轻轻擦过。旆（pèi）旌：古时末端象燕尾形状的旗子叫旆；用羽毛装饰的旗子叫旌。也做旗帜的总称。

[5] 旧垒：旧的堡垒或营垒。

[6] 胡霜：塞外的恶劣天气，借指异族入侵者。

金城北楼

（唐）高 适[1]

【解题】

金城即今甘肃省兰州市。汉昭帝始元元年（前 86），在今兰州始置金城县，金城始为兰州的别名。据记载，因初次在这里筑城时挖出金子，故取名金城。另一说依据“金城汤池”的典故，喻其坚固。天宝十二年（753），高适离开长安赴陇右、河西节度使哥舒翰幕府，途经兰州，在登临金城北楼时写了这首七言律诗《金城北楼》。诗歌描绘了兰州晴空万里、黄河湍急、依山傍水的景色，以及残月如弓、羌管悠悠的边地凄凉的生活场景，表达了诗人的祸福观和怀才不遇的忧闷心情。

北楼西望满晴空，积水连山胜画中。
湍上急流声若箭[2]，城头残月势如弓[3]。
垂竿已羡磻溪老[4]，体道犹思塞上翁[5]。
为问边庭更何事？至今羌笛怨无穷。

【注释】

［1］高适（700—765）：字达夫，唐渤海蓨（tiáo）县（今河北景县）人。唐玄宗天宝八年（749），授封丘尉，因不愿作剥削人民的爪牙，不肯忍受小官吏卑辱的生活而辞官。天宝十二年（753），入河西节度使哥舒翰幕府，为掌书记。安史之乱后，曾任淮南节度使、彭州刺史、蜀州刺史、剑南节度使等职，官至散骑常侍、封渤海县侯，世称“高常侍”。高适是唐代著名的边塞诗人，其诗题材广泛，内容丰富，现实性较强，在当时已享有声名。《旧唐书·高适传》记载：“有唐已来，诗人之达者，唯适而已。”著有《高常侍集》。

［2］湍（tuān）：指湍濑（lài），水浅流急之处。《广雅·释水》：“湍，濑也。”王念孙《广雅疏证》：“水流石上，谓之湍濑。”此句意谓黄河水流激石，势急声响。

［3］势如弓：形状像弓。势，形状或样式。

［4］磻（pán）溪老：指吕尚。相传吕尚在磻溪垂钓，年八十遇文王，辅佐周朝。磻溪，一名潢河，在今陕西省宝鸡市东南。

[5] 体道：体察领悟事物发展变化的道理。塞上翁：即塞翁，指忘身物外，乐天知命，不以得失为怀的人。典出《淮南子・人间训》。

题金城临河驿楼

（唐）岑　参[1]

【解题】

金城，见3页“兰州篇”（唐）高适《金城北楼》的解题。岑参在唐玄宗天宝（742—756）年间，两度出塞，居边塞六年。天宝八年（749），充安西四镇节度使高仙芝幕府掌书记，赴安西，天宝十年（751）回长安。天宝十三年（754）随封常清至北庭，任安西北庭节度判官，再度出塞。这首五言律诗是岑参在天宝八年（749）出使西域戎幕途经兰州，登临金城临河驿楼时所作。描绘了兰州楼高山陡、地势险要、黄河穿城而过、鸟语花香的景色，引起了作者对家乡闲适生活的追忆，表达了深切的思乡之情。

古戍依重险，高楼见五凉[2]。
山根盘驿道[3]，河水浸城墙。
庭树巢鹦鹉，园花隐麝香[4]。
忽如江浦上[5]，忆作捕鱼郎。

【注释】

[1] 岑参（715？—770）：原籍南阳（今河南新野），出生于江陵（今属湖北）。天宝三载（744）进士。天宝八载（749）和天宝十三载（754），两度出塞，居边塞六年，曾驻武威，颇有雄心壮志。历任安西四镇节度使高仙芝幕府掌书记、安西北庭节度使封常清判官等职，至德二年（757）与杜甫等授右补阙。后出任嘉州刺史，人称“岑嘉州”。罢官后，作《招北客文》自悼，客死成都旅舍。他是唐代著名的边塞诗人，他的诗歌富有浪漫主义特色，尤其擅长七言歌行，用歌行体描绘壮丽多姿的边塞风光。与高适并称“高岑”。著有《岑嘉州集》。

[2] 五凉：指十六国时的前凉、后凉、南凉、西凉、北凉。其地主要在今甘肃省河西走廊，后借指甘肃一带。

[3] 驿道：古代陆地交通主通道，主要用于运输军用粮草物资、传递军令军情。

[4] 麝香：雄麝香腺的分泌物，香味浓烈，为贵重香料。此句谓园中隐藏着浓烈的香气。

[5] 江浦（pǔ）：江滨。浦，水边或河流入海的地方。

望　海　潮

（金）邓千江[1]

【解题】

《望海潮》，词牌名。该词调始见于《乐章集》，为柳永所创的新声。邓千江这首《望海潮》题下原有注“献张六太尉”，元好问《中州乐府》此词题下注“上兰州守”。据刘祁《归潜志》记载：“金国初，有张六太尉，镇西边，有一士人邓千江者，献一乐章《望海潮》云云，太尉赠以白金百星，其人犹不惬意而去。”可见作者本人对此作极为自负。词作描述了兰州重要的军事地理位置和守城将士豪迈乐观的精神。全词纵横开阖，劲气贯注，以雄浑壮阔的风格赢得后世激赏，也为作者邓千江带来了极高的声誉，被认为是金代文学的扛鼎之作。陶宗仪《南村辍耕录》评此词：“可与苏子瞻《百字令》、辛幼安《摸鱼儿》相颉颃”。明代著名学者杨慎在《词品》卷五中说：“金人乐府称邓千江《望海潮》为第一。”

云雷天堑，金汤地险[2]，名藩自古皋兰[3]。营屯绣错[4]，山形米聚[5]，襟喉百二秦关[6]。鏖战血犹殷[7]。见阵云冷落，时有雕盘[8]。静塞楼头，晓月依旧玉弓弯[9]。

看看定远西还[10]。有元戎阃命[11]，上将斋坛[12]。区脱昼空[13]，兜零夕举[14]，甘泉又报平安[15]。吹笛虎牙闲[16]。且宴陪珠履[17]，歌按云鬟[18]。招取英灵毅魄[19]，长绕贺兰山。

【注释】

[1] 邓千江：生卒年不详。临洮（今属甘肃）人。金初士子。词存《望海潮》

（上兰州守）（题一作“献张六太尉”）一首，见《中州乐府》。

［2］金汤：意谓金城汤池，比喻城池坚固。此句谓兰州有气势磅礴的黄河天堑，这里地形险要，固若金汤。

［3］名藩：指地方重镇。皋兰：见1页“兰州篇”（唐）卢照邻《紫骝马》注［3］。

［4］营屯绣错：此指军营密布如锦绣般错落有致。《战国策·秦策》：“秦、韩之地，形相错如绣。”

［5］山形米聚：此句谓绵延险峻的山脉看上去正好似军中研究作战方案的米聚假山。语出《后汉书·马援传》，汉光武帝亲征隗嚣，马援用米堆成山形为光武帝讲解进攻策略。类似今天的沙盘推演，后用“聚米为山”指分析军事形势，运筹帷幄。

［6］襟喉：衣领和咽喉。比喻险要的地方。此句谓秦地险固，以二万人足当诸侯百万之兵。《史记·高祖本纪》：“秦，形胜之国，带河山之险，悬隔千里，持戟百万，秦得百二焉。”

［7］鏖（áo）战：激烈地战斗。《新唐书·王翃传》云：“引兵三千，与贼鏖战。”殷（yān）：黑红色。此句描写激战后战场萧杀的场面。

［8］雕盘：雕在空中盘旋而飞，寻找食物。

［9］“静塞”两句：谓鏖战虽结束，然楼头晓月犹作弯弓状，暗示战争的气氛依然还在。李贺《南园》：“晓月当帘挂玉弓。”

［10］定远西还：指东汉定远侯班超出使西域。这里以汉代定远侯班超建功西域喻张太尉守边的卓著战功。

［11］元戎阃（kǔn）命：《史记·张释之冯唐列传》载冯唐在汉文帝前替云中守魏尚辩解时说，古代帝王委将军以重任，将行，“跪而推毂，曰：‘阃以内者，寡人制之；阃以外者，将军制之。’”元戎，主将，统帅。阃，郭门，国门。阃外，指统兵在外。

［12］上将斋坛：典出《史记·淮阴侯列传》。萧何荐韩信于刘邦，须拜为大将，言：“王必欲拜之，择良日，斋戒，设坛场，具礼，乃可耳。”坛场：古代设坛举行祭祀、继位、盟会、拜将等大典的场所。《史记·封禅书》：“诸祠各增广坛场，珪币俎豆，以差加之。”这里衔接上句“元戎阃命”，以魏尚、韩信来喻张太尉，说明择将之重要，强调边帅之重责。

［13］区脱：又作“瓯脱”，匈奴语，边界哨所，此指西夏营垒。

［14］兜零夕举：兜零，放置柴薪以备举燃烽火的笼子，代指烽火。古时每夜初举烽火，放烟一炬，以告平安，谓之平安火。

［15］甘泉：汉宫殿名。

［16］虎牙：东汉时将军的名号。此句化用杜牧“戍楼吹笛虎牙闲”诗句，形容此时大将的悠闲逸乐。

[17] 珠履：即珠履客，或言有谋略之门客。此句意谓此刻吹起了悠扬的笛声，歌女们应声歌唱，觥筹交错，贵宾云集。

[18] 云鬟（huán）：高耸的环形发髻。这里代指歌女。

[19] 招取英灵毅魄：此处用典寓意，对守边将士视死如归的乐观精神以热烈的赞颂。《楚辞·国殇》："魂魄毅兮为鬼雄。"

步韵五泉山

（明）陈　质[1]

【解题】

步韵，是旧时古体诗词"和韵"的一种格式，又叫"次韵"。和韵有同韵与次韵之分。同韵容易一些，只要与所和诗的韵相同即可，不必考虑韵的前后次序。而次韵则要求作者用所和诗的原韵原字，其先后次序也与所和诗相同，就是依次用原韵、原字按原次序相和，是和诗中限制最严格的一种。次韵始于元稹、白居易，后皮日休、陆龟蒙也如此跟随。到了宋代苏轼、黄庭坚后，风行一时，成为诗的一种体式。五泉山位于兰州市区南侧的皋兰山北麓，因有甘露泉、掬月泉、摸子泉、惠泉、蒙泉五眼清澈甘美的清泉而得名。相传汉武帝元狩三年（前120）骠骑将军霍去病征匈奴，曾驻兵于此，士卒疲渴，霍去病手著马鞭，连击五下，鞭响泉涌，遂成五泉。这首七言律诗是陈质在明洪武年间谪戍兰州期间，游览五泉山时所作，描绘了高耸入云的五泉山寺庙苍翠满目、香烟缭绕、清幽静穆的景色，以及寺僧焚香诵经的活动，抒发了作者融入自然的惬意心情。

梵宫高耸与云连[2]，昼静僧焚宝鼎烟。
入钵龙收檐外雨[3]，听经鹤隐洞中天。
岩廊幽阒那知暑[4]，金碧交辉不计年[5]。
丝辔锦囊游乐处，吟成珠玉思如泉[6]。

【注释】

[1] 陈质（？—1402）：字太素，广信（今江西上饶）人。明洪武（1368—1398）中谪戍兰州。著有《瓦瓿（bù）集》。

［2］梵（fàn）宫：佛寺。

［3］入钵（bō）龙：皈依佛门之龙，此处指钵状的容器。岑参《太白胡僧歌》："窗边锡杖解两虎，床下钵盂藏一龙。"

［4］阒（qù）：寂静，空寂。

［5］金碧交辉：此处意谓春秋景色变换。金，黄色。碧，绿色。

［6］珠玉：指诗篇。

游 五 泉

（明）李 文［1］

【解题】

五泉即五泉山。见7页"兰州篇"（明）陈质《步韵五泉山》的解题。这是一首登临记游的七言律诗，是李文在明正统（1436—1450）年间，随其父兰州守备李进宦游兰州，登临五泉山所作。这首七言律诗，生动地描绘了五泉山群山叠翠、廊阁相连、瀑布飞泻的秀美景色，以及高僧从蒙泉中汲取甘美醇正的泉水，泡茶款待作者的场景，情浓意切。

四面峰峦紫翠连，白云深处有人烟。
落花泛泛流双涧［2］，古塔巍巍出半天。
福地近城三四里［3］，名师卓锡几千年［4］。
上人邀我烹新茗［5］，水汲山中第五泉［6］。

【注释】

［1］李文：生卒年不详。字焕章，明代山西大同（今山西大同）人。正统间，随其父兰州守备李进宦游兰州。能诗善书，在兰州多处有题咏。

［2］双涧：指五泉山东、西龙口的涧水。

［3］福地：此指五泉山。

［4］卓锡：僧人居留。卓，竖立。锡，锡杖，僧人外出所用。

［5］上人：高僧。

［6］第五泉：即蒙泉。五泉山因山有惠泉、甘露泉、掬月泉、摸子泉和蒙泉而得名。

后 五 泉

（清）牛运震[1]

【解题】

后五泉，也称夜雨岩，因地处五泉山后而得名。其位置在今兰州市七里河区八里镇阿干河东山后五泉村，是皋兰山西麓一道深幽的沟壑。这里也有龙泉、伏泉、马黄泉、叶家泉、谢家泉等五眼泉水，正好背对前山的惠泉、蒙泉、甘露泉、摸子泉、掬月泉等五泉，故兰州人俗称后五泉。《兰州府志》云："夜深籁静，潺潺如雨声"，故明肃靖王朱真淤命名为"夜雨岩"。早年的后五泉溪流潺潺，气候凉爽，景色宜人，曾是人们避暑纳凉的胜地。这首五言律诗是牛运震游览后五泉时的作品，描写了后五泉谷幽林静的秋景。

岩谷殊堪入[2]，清秋兴未阑[3]。
水明天一色，峰峭月同寒。
野鹤闲相语，孤云定里看[4]。
夕阳犹在地，倚杖且盘桓[5]。

【注释】

[1] 牛运震（1706—1758）：字阶平，号真谷，滋阳（今山东兖州）人。雍正十一年（1733）进士，先后任秦安、徽县、两当、平番（今甘肃永登）知县，曾在兰山书院讲学。著有《空山易解》四卷，《空山堂文集》十二卷，《诗集》六卷，《空山堂春秋传》十二卷。

[2] 殊：特别。堪：可。

[3] 未阑（lán）：未尽。阑，残尽或将尽。

[4] 定：即入定。佛教用语，指一种无念无欲的境界。

[5] 盘桓：徘徊、逗留。

兴隆山四景

（清）刘一明[1]

【解题】

兴隆山位于兰州市榆中县城西南五公里处，属祁连山东延余脉，被东北向的兴隆峡河截为东山和西山，乾隆年间，以山“有如龙兴之状”，又因为“龙生云而云从龙”，分别称东山为兴龙山，西山为栖云山。清康熙年间取复兴之意，“兴龙山”改名为“兴隆山”。兴隆山有“陇右第一名山”的美誉。嘉庆、道光年间，刘一明居兴隆山，在狄道、兰州等地募款，并在当时金县（榆中）把总林启明的支持下，于乾隆四十四年（1779）开始修建，历时十余年，在兴隆山建成殿宇楼台亭阁62座，使兴隆山蔚然成为名副其实的道教名山。刘一明于嘉庆四年（1799）元宵节，为庆祝兴隆山修建二十年而作《兴隆山四景》。《春》主要描绘了兴隆山残雪消融，清溪涓流，山花绽蕾，河畔杨柳抽枝的欣欣向荣的景象。《夏》主要描绘了兴隆山荷花满池、清冷幽静的景色，是人们避暑休闲的好去处。《秋》主要描绘了兴隆山丹桂飘香，鸿雁南飞，漫山红黄交错、五彩缤纷的秋景。《冬》主要描绘了兴隆山银装素裹，天寒地冻，琼楼玉阁，如幻似梦的冬景。

春

春风解冻泽冰消[2]，桃杏花开满树梢。
杨柳堤边垂嫩叶，山川草木尽抽条。

【注释】

[1] 刘一明（1736—1820）：曲沃（今山西临汾）人。少时多病，出家为道士，师从龛谷老人、仙留丈人。嘉庆、道光年间，居金县栖云山（即今兰州榆中兴隆山），道号悟元子，又号素朴散人。精通医学，著述颇丰，有《栖云笔记》行世。其中所录诗、词、记、楹联诸体，描述了道家生活及其清幽环境，抒写了对生活的独特感悟。

[2] 泽：聚水的洼地。

夏

夏日薰风热气涨[1]，荷花开放满池塘。
游人避暑林间坐，俱说田中麦豆黄。

【注释】

[1] 薰风：和暖的风，初夏时的东南风。涨：弥漫。

秋

秋风吹动桂花香，鸿雁南飞字几行。
霜叶相攒如锦绣[1]，蟾蜍分外有精光[2]。

【注释】

[1] 攒（cuán）：聚拢、聚合。

[2] 蟾蜍（chánchú）：传说月中有蟾蜍，故称月亮为蟾，此处指月亮。

冬

冬岭苍松叶转新，梅花瓣瓣似星辰。
琼楼玉阁云中现[1]，半夜寒候叫梦人[2]。

【注释】

[1] 琼楼玉阁：琼楼、玉阁均指华美的建筑物。诗文中有时指仙宫中的楼台。此处指兴隆山中美丽的亭台楼阁。

[2] 寒候：即寒气。候，征候，征兆。此句意谓半夜因寒冷而被冻醒。

我忆兰州好（其一）

（清）江得符[1]

【解题】

江得符所著十二首《我忆兰州好》五律组诗，是作者对家乡兰州的赞赏之作，选自《三馀斋诗草》，这里选其一。这首诗描绘了兰州元宵节灯会，剪彩胜、赠彩胜，以及清明节前后郊外踏青等民俗活动的典型画面，反映兰州民间多姿多彩的文化生活。吴镇评价江得符的诗："诗初不经意，既铎华阴，课士暇，枕藉风骚，兼以名岳当轩，荡胸豁目，日事吟哦，遂臻妙境。今其诗安雅和平，味之不尽。"

我忆兰州好，当春果足夸。
灯繁三市火[2]，彩散一城花。
碧树催歌板[3]，香尘逐锦车。
青青芳草路，到处酒帘斜。

【注释】

[1] 江得符（1728—1782）：字右章，号镜轩，兰州（今属甘肃）人。父江霜以武举人官至彝陵游击。母李氏知书识礼，教江得符学习诗文。江得符十来岁就考中廪生。乾隆十三年（1748）考入兰山书院，跟牛运震（见9页，注释[1]）学经史、制艺。同学有临洮吴镇、兰州黄建中。他们切磋砥砺，期为国用，后来都成为驰名三陇的学者与诗人。乾隆二十五年（1760）为举人，授华阴县训导。著有《三馀斋文集》、《三馀斋诗草》各一卷。

[2] 三市：泛指闹市，都市中繁华热闹的地区，也说三市六部。

[3] 歌板：檀板，一种打击乐器，歌唱时敲击作为节奏的拍板。此处泛指歌唱。

九 州 台

（清）秦维岳[1]

【解题】

九州台，位于兰州市北，东接城关，西起安宁，海拔2067米，峰顶似台，平坦如砥，略呈长形，与皋兰山相对峙，形成两山夹长河，拱抱兰州城的态势，巍峨峻秀。传说大禹治九水，其中有六条水导源于甘肃。大禹导河积山，路过兰州时曾登临此台，眺望黄河水情，制定治水方案，将天下分为九州，故以九州台名之。这首五言律诗，是秦维岳登临九州台时所作。此诗描绘了九州台巍峨峭拔、高耸险峻的情景。

望远九州著[2]，台原号九龙。
荷衣皴百道[3]，芝盖耸千重[4]。
雨渥每随愿[5]，云层足荡胸[6]。
巍然天北镇，锁钥更何庸[7]？

【注释】

[1] 秦维岳（1759—1839）：字觐（jìn）东，号晓峰，皋兰（今甘肃兰州）人。乾隆五十五年（1790）进士，入选翰林院庶吉士。曾任国史馆纂修、都察院江南道御史、兵科给事中等职。归乡后，创办五泉书院，续修皋兰县志。著有《听雨山房文集》、《听雨山房诗钞》、《听雨山房赋钞》、《皋兰县续志》等。

[2] 九州著：意谓九州台挺拔于群山之中。著，显著。

[3] 荷衣：用荷叶编成之衣。皴（cūn）：中国画画法之一。画山石时，先勾出轮廓，再用淡干墨侧笔而画（为了显示山石的纹理和阴阳面）。此句描写九州台表面之纹理。

[4] 芝盖：指九州台。此句描写九州台的高峻。

[5] 渥（wò）：沾湿、沾润。

[6] 荡胸：涤荡胸怀。

[7] 锁钥：军事关隘。何庸：何用。此句意谓九州台为天然屏障。

金 城 关

（清）张 澍[1]

【解题】

兰州地处黄河上游，是古代军事重镇，曾建有重要关隘七座，其中最著名的是金城关。金城关位于兰州市中山桥西黄河北岸约 1 公里处的金山寺西山腰隘处，北依白塔山，南濒黄河，地势险要，是古丝绸之路上的必经之地和通往西域的交通要道，是著名的老兰州八景之一。这首七言律诗是作者在兰州兰山书院任教时期，登临金城关所作。此诗描写了金城关险要的位置，关下白马浪涛声震天，关上群山迭翠的景观，表达了作者对兰州美景、泉水的无限留恋之情。

依岩百尺峙雄关，西域咽喉在此间。
白马涛声喧日夜[2]，青鸳幢影出冈峦[3]。
轮蹄不断氛烟靖[4]，风雨常愆草木瘝[5]。
回忆五泉泉味好，为寻旧日漱云湾。

【注释】

［1］张澍（shù）（1776—1847）：字寿谷、时霖，号介侯、鸠民、介白，武威（今属甘肃）人。清代著名经学家、史学家。嘉庆四年（1799）进士，曾在贵州、四川、江西任知县等职，先后在陕西汉南书院、兰州兰山书院任教。他致力于著述，后来患眼疾，竟至双目失明。辑有《诸葛忠武侯文集》，著有《续敦煌实录》、《姓氏五书》、《凉州府志备考》、《养素堂诗文集》等。未刊遗稿《凉州府志备考》现已问世。

［2］白马涛声：指白马浪。古金城关下的黄河段水流湍急，白色大浪如万马奔腾，故名白马浪。

［3］青鸳幢（chuáng）影：作者自注“对面系白塔寺”。

［4］轮蹄：此指车马。

［5］愆（qiān）：延误、错过。瘝（guān）：病；痛苦。

兰州竹枝词（其四）

（清）马世焘[1]

【解题】

竹枝词，唐代乐府曲名。原是古代巴渝地区一种与音乐、舞蹈结合的民歌，它用吹短笛击鼓的方式来应和节拍。歌词杂咏当地风物和男女爱情，富有浓厚的生活气息。这一优美的文学形式，曾引起唐代诗人顾况、白居易的仿制，后经刘禹锡依其调改作新词，把民歌变成文人的诗体。每首七言四句，形同七绝，多咏当地风土和儿女柔情，语言通俗优美，音调轻快。《竹枝词》有民歌色彩，可用来歌唱，后来用作词牌名。马世焘作的十首组诗《兰州竹枝词》，描绘了兰州的四时八节、名胜古迹、民俗特产等风物，展现了兰州的面貌，抒发了作者对兰州的热爱。

其第四首是作者夏日登临避暑胜地五泉山时所作，描绘了五泉山烟水苍茫、风光旖旎、楼台掩映生辉的景致。全诗格调高绝，气象阔大，引人入胜。

名山最爱五泉游，炎夏登临似早秋。
烟水茫茫看不尽，一层楼外一层楼。

【注释】

［1］马世焘（1809—1875）：字鲁平，皋兰（今甘肃兰州）人。咸丰五年（1855）举人，曾任教于皋兰书院、五泉书院。因教学有方，生徒弟子中成才者较多。壮游西北胜景，开阔胸襟，增进学识。一生博览群书，著述甚丰，现仅存《枳香山房诗草》二卷。

黄　　河

（清）马世焘

【解题】

黄河是中华民族最主要的发源地，人们称其为“母亲河”。这首七言律诗，是作者观赏了绕城而过的黄河后所作，描绘了黄河波涛汹涌、奔腾不息的壮丽景色，突出了黄河桀骜不驯的性格。

浑浑浩浩撼金城[1]，势抱雄关便不平[2]。
二万里余虽遍绕，三千年后为谁清？
浪翻白马天瓢倒[3]，波滚黄云地轴惊[4]。
若使乘槎能得路，好凭机石卜前程[5]。

【注释】

［1］浑浑浩浩：浑浊浩荡。撼：摇动，这里形容黄河声势浩大。金城：今甘肃省兰州市。

［2］雄关：即金城关。

［3］白马：即白马浪，指位于金城关附近的黄河段。《重修皋兰县志》云：金城“关下水石湍激，雪涌涛飞，名白马浪”。

［4］黄云：指河水翻滚，犹如黄云。

［5］槎（chá）：用竹木制成的筏。“若使”两句：此二句化用“张骞乘槎”的故事。南朝梁宗懔《荆楚岁时记》载：汉武帝令张骞寻河源，乘槎经月，而至一处，见城郭如官府，室内有一女织，又见一丈夫牵牛饮河，骞问曰：“此是何处？”答曰：“可问严君平。”织女取支机石与骞。还后，至蜀问君平。君平曰：“某年月日，客星犯牛女，所得支机石，为东朔所识。”张华《博物志》亦有类似故事，言天河与海相通，有人乘槎由海到达天河。这里借指张骞出使西域。机石，即支机石，传说为天上织女用以支撑织布机的石头。

游白塔寺

（清）崔　旸[1]

【解题】

兰州白塔寺，旧称白塔禅院，位于兰州黄河北岸白塔山之巅，寺以塔名。据载，元太祖成吉思汉在统一大元帝国时，曾致书西藏喇嘛教的萨迦派法王。法王即派一著名喇嘛去觐见成吉思汗，该喇嘛途经兰州时不幸病逝，于是元朝下令修塔纪念。元代所修白塔今已不存，现存塔为明景泰年间（1450—1456）镇守甘肃内监刘永成在旧址上重建。清康熙五十四年（1715），巡抚绰奇扩其旧制，名为慈恩寺，但百姓仍呼之为白塔寺。这首七言律诗是作者在秋日游览白塔寺时所作，描绘了凭栏四望白塔寺，粼光潋滟，峰峦叠嶂，暮烟袅袅，白塔熠熠生辉的壮丽景色，抒发了作者渴望自由洒脱、摆脱束缚的心境。

白塔初游九月天，依栏四望足留连。
城垣河水明斜照，岭树山村起暮烟。
身到禅林心自静，耳闻佛磬俗缘捐[2]。
平生洒脱真情性，自惜衣冠束晚年[3]。

【注释】

［1］崔旸（yáng）：生卒年不详。字时林，号月沽，庆云（今山东德州）人。曾在甘肃的合水、大通、玉门以及丹噶尔任知县、同知。著有《月沽诗草》。

［2］捐：抛弃、放弃、舍弃。

［3］自惜：爱惜自己的声誉。衣冠：古代士以上的服装，后引申指世族、士绅。

小西湖竹枝词

（清）王澍霖[1]

【解题】

兰州小西湖原系明肃王府园林，名曰“西园”。明建文元年（1399），肃王府从甘州（今甘肃张掖）移至兰州。肃王思念南方水乡之美，遂于建文四年（1402）建莲荡池。莲池周围五里，花木畅茂，鱼鳖充盈，供其游憩赏玩。后多次毁于战火。清光绪六年（1880），陕甘总督杨昌浚由浙调甘，再次重建，为寓不忘乡土之意，改名为小西湖。号称兰州古八景之一，又名“莲池夜月”。竹枝词，见15页“兰州篇”（清）马世焘《兰州竹枝词》的解题。这首诗描绘了风雨来临，雷电交加，人们涌向魏公台的情景。

北山风雨隔河来，急电惊雷动地开。
男女纷纷无处避，一起涌上魏公台[2]。

【注释】

［1］王澍霖：生卒年不详。字石樵，皋兰（今甘肃兰州）人。咸丰二年（1852）副贡，曾任榆林、神木和韩城知县。擅长写诗，以五七言律诗为主。诗风清新刚健，沉郁壮阔。

［2］魏公台：清光绪年间总理甘肃营务处魏光焘在小西湖重修的亭榭楼台，故址在今兰州市小西湖公园一带。

兰州庄严寺

（清）谭嗣同[1]

【解题】

庄严寺，位于兰州市城关区旧城中心鼓楼西侧，始建于唐代，相传为隋末金城校尉薛举故宅。谭嗣同的父亲谭继洵于光绪三年（1877）至光绪十五年（1889）间历任甘肃巩秦阶道（1877）、甘肃按察使（1883）、甘肃布政使（1884）。谭嗣同于光绪四年（1878）十四岁时初次踏上甘肃的土地，到光绪十五年（1889）二十五岁时最后一次离开甘肃，曾数次往返于甘肃、湖南、北京之间，足迹遍及大河上下，长江南北，并曾远去西北之新疆与东南之台湾。这首纪游咏怀诗是作者在秋日探访兰州庄严寺后所作，描绘了庄严寺经历了千年沧桑后的凄凉景象：小道两旁遍及苔藓，楼宇失修破烂不堪，寒风萧萧落叶遍地，昔日的辉煌荡然无存，只有林间的乌鸦发出声声凄惨的鸣声，抒发了作者感时伤世的心情。

访僧入孤寺，一径苍苔深。
寒磬秋花落[2]，承尘破纸吟[3]。
潭光澄夕照，松翠下庭阴。
不尽古时意，萧萧雅满林[4]。

【注释】

[1] 谭嗣同（1865—1898）：字复生，号壮飞，浏阳（今属湖南）人，甘肃布政使、湖北巡抚谭继洵之子。甲午战争之后，倡新学，参新政，力主变法，为“戊戌六君子”之一。谭嗣同是清末百日维新著名人物，是中国近代资产阶级著名的政治家、思想家。著有《谭嗣同集》。

[2] 磬：用玉、石或金属做的打击乐器。秋花：菊花。

[3] 承尘：纸糊的顶棚，俗称仰尘。

[4] 萧萧：风声。雅：即鸦。

别 兰 州

（清）谭嗣同

【解题】

谭嗣同少年时随作宦的父亲来到兰州，曾数次往返于甘肃、湖南、北京之间，足迹遍及大河上下，长江南北，并曾远去西北之新疆与东南之台湾。他常常在游历山川名胜时，考察民情得失，广交天下豪杰，这加深了他对社会积弊、民间疾苦的了解，也激发了他探求经国救世方案的热忱。这首五言律诗是作者离开兰州时所作，描绘了兰州山环水绕、碧柳成荫的景色，抒发了诗人济世报国的壮志。

前度别皋兰[1]，驱车今又还。
两行出塞柳[2]，一带赴城山。
壮士事戎马，封侯入汉关[3]。
十年独何似，转徙愧兵间[4]。

【注释】

[1] 皋兰：今甘肃兰州。

[2] 两行出塞柳：此句指左宗棠任陕甘总督时，在泾州（今甘肃泾川）至玉门之间的道路两旁所栽之柳。

[3] 汉关：指玉门关，汉武帝元狩年间设置，因西域输入玉石取道于此而得名。据《唐诗今译集》中李瑛、刘逸生注：西汉初玉门关在汉玉门县（今甘肃玉门）西北方向，后移至沙州（今甘肃敦煌）和瓜州（曾名安西）。汉代班超立功西域，封定远侯。年老时，汉皇准其入关。

[4] 转徙：辗转奔走。

翻水车诗

（清）金　炼[1]

【解题】

翻水车又名龙骨水车，是一种农田灌溉工具。东汉灵帝（166—189年）时毕岚发明翻水车，三国时的马钧予以完善、推广。明嘉靖年间，兰州进士段续在云南任职时，发现当地人民用木制的筒车提水灌田功效显著，于是引进相关技术，制作了兰州水车。这首七言律诗介绍了翻水车的来历，描绘了翻水车在空中旋转时的壮观景象，反映了广大乡村农民在车灌活动下的生活状态和精神感受。

汉时巧制夺天工，引水非关郑白功[2]。
苗到旱时曾望泽[3]，车因低处更翻空。
斗旋杓运连云汉[4]，浪激轮奔带雨风。
野老灌田谁抱瓮[5]，西桥异样古今同。

【注释】

[1] 金炼：生卒年不详。字子熔，榆中（今属甘肃）人，清末秀才。

[2] 郑白：即郑国渠和白渠。郑国渠是战国后期秦国任用韩国人郑国在关中兴建的著名水利设施，它将泾水引到了洛水。白渠是汉武帝时期兴修的重要河渠，它将泾水引入渭水。白渠与郑国渠的修建，使泾水资源的分配发生了很大变化。

[3] 泽：雨露。

[4] 斗：指北斗星。杓（biāo）：指北斗柄部的三颗星。云汉：天河；高空。此句形容水车在空中旋转时的壮观景象。

[5] 抱瓮：即抱瓮汲水灌田。语出《庄子·天地》。此句意谓再无人手提肩挑来浇田了。

过兰州浮桥

黄润勋[1]

【解题】

“天下黄河第一桥”兰州中山桥的前身是黄河浮桥。黄河浮桥是明洪武五年（1372），宋国公冯胜在兰州城西7里处始建的。明洪武九年（1376），卫国公邓愈将此桥移至城西10里处，称为“镇远桥”。明洪武十八年（1385），兰州卫指挥杨廉将浮桥移至白塔山下。《甘肃新通志》记载：“（浮桥）用巨舟二十四艘横亘河上，架以木梁，栅以板，围以栏。南北两岸铁柱四，木柱四十五，铁缆二，各长一百二十丈，棕麻、草绳各相属，冬拆春建。”这首七言律诗是作者在1881年冬，来甘肃省亲时经过兰州浮桥所作。

西到阳关万里遥[2]，倦游归去话渔樵[3]。
曾经立马天山顶，重过黄河第一桥。

【注释】

[1] 黄润勋：生卒年不详。字宇仪，号希愚山人，湖南宁乡人。光绪辛巳（1881）冬，来甘肃省亲（其父曾两任甘肃阶州白马关州判），先后在甘、新、湘开馆授徒。在甘肃陇南期间，声誉较高。所到之处，多有吟咏。著有《希愚山人遗稿》。

[2] 阳关：关名，西汉所置。自古为出塞必经之地。故址在今甘肃省敦煌市西南七十五公里处的古董滩，与其东北之汉玉门关均为通西域之关卡。因位处玉门关之南，故称“阳关”。唐代，路线迁移，玉门关东迁至今甘肃省安西县双塔堡，而阳关依旧，后渐渐废弃。

[3] 倦游：厌倦做官而想退休。

五泉记游

周应沣[1]

【解题】

五泉，见7页“兰州篇”（明）陈质《步韵五泉山》的解题。这首七言律诗描绘了五泉山细雨如烟、幽花涧底、瀑布如练的优美景色，抒发了诗人对五泉山林泉之美的热爱。

细雨如烟滴翠台，幽花涧底向风开。
岩头瀑布垂垂下[2]，林角溪云故故来[3]。
半卷诗成动苍海，一壶兴尽寄蓬莱[4]。
诸君到此须留醉，不醉湖山未是才。

【注释】

［1］周应沣（fēng）（1861—1942）：字伯清，号棣园、鼎元，花萼大士。甘肃永登县树屏镇人。清光绪十四年（1888）举人。二十四年（1898），任静宁州学正。二十六年（1900）出任平凉电报局委员。后任秦安县训导，积极参与废科举，兴学堂的变革。宣统二年（1910）周被保荐为知县，调入甘肃学务公所（类今省教育厅），先后任普通教育科、专门教育科、实业教育科、图书科与总务科科长，掌管全省师范学堂、中等学堂、农林学堂的师资调派、课程安排、设备购置、以及审查各学堂的教科书事宜，对清末民初甘肃各级各类学堂的设置与建设做出了努力。辛亥革命后，周应沣应聘任教于甘肃省公立法政专门学校、兰州中山大学、甘肃省立五中等学校。周应沣长期寓居兰州，博通内典、外典、兼习西学，能文善诗，与兰州进士黄毓麟、举人白宝千齐名，时称“金城三才子”。著有《金刚般若波罗蜜经了解》、《心经了解》各一卷，《黑弱水源流考》、《周易四卦解》、《希腊哲学名人传》各一卷，《棣园文集》、《棣园诗集》各一册。

［2］垂垂：由上往下掉落。

［3］故故：屡屡、常常。

［4］蓬莱：蓬莱山，古代传说中的神山名，亦常泛指仙境。

登皋兰山

张良弼[1]

【解题】

皋兰山位于兰州市区南侧，西起龙尾山，东至老狼沟，形若蟠龙，高厚蜿蜒，如张两翼，东西环拱兰州城，延袤二十余里，森林茂密，山清水秀。站在海拔2170米的山顶，可将市区全景尽收眼底。张良弼的这首诗将皋兰山上高山流水、绿树成荫、雕梁画柱、高塔入云的景象一一呈现，登山远眺，只见皓月当空，群星闪耀，炊烟袅袅，万家灯火辉煌。

乱峰围绕水中流，绿树苍茫隐画楼[2]。
郭外烟囱云外塔[3]，高山顶上看兰州。

【注释】

[1] 张良弼（1867—1931）：字右卿，榆中（今属甘肃）人。教育家，中国职业教育、纺织业先驱。能琴善诗，工吟咏。著有《竹石山房诗抄》。

[2] 隐：遮蔽。

[3] 郭：外城，古代在城的外围加筑的一道城墙。

青城杂咏（其一）

杨巨川[1]

【解题】

青城，亦名新城，在今甘肃省榆中县北部，北临黄河。青城历史悠久，文物古迹众多，文化底蕴深厚，自然风光优美，是古丝绸之路上的水旱码头和商贸中心，唐宋元明时期的边塞军事重镇，被誉为“黄河千年古镇”。青城是兰州市唯一的省级历史文化名镇和全国民间艺术之乡，是甘肃省古民居保存较为完整、非常难得的古镇。杨巨川的《青城杂咏》组诗收录在《梦游四吟》中。这首七言绝句是作者在初秋回乡时的登楼抒怀之作，描绘了青城群山俊秀，云树苍茫的景致。

青山依旧水东流，云树苍茫绘早秋[2]。
我比仲宣诚有幸[3]，此来乡国又登楼[4]。

【注释】

[1] 杨巨川（1873—1954）：字楫舟，号松岩，又号青城外史，金县（今甘肃榆中）青城镇人。光绪三十年（1904）进士，授刑部主事。曾赴日本考察法政，归国后任湖南新田、麻阳知县。辛亥革命后，任甘肃省议会议员、敦煌县县长。晚年主持五泉图书馆，兼甘肃学院教席。一生著作颇丰，著有《青城记》、《梦游四吟》等。

[2] 苍茫：空阔辽远，没有边际。

[3] 仲宣：汉末文学家王粲的字，写有名作《登楼赋》。

[4] 乡国：故乡，家乡。

黄河皮筏

燕南楼主[1]

【解题】

羊皮筏子是一种传统水上交通运输工具，流行于青海、甘肃、宁夏等地的黄河沿岸，被称为黄河上的千年“古船”。它是用羊皮或牛皮扎制而成的筏子，俗称“排子”。具有体积小、重量轻、结构简单、携带方便等优点，被称为世界上最轻便的船只。这首诗描写了黄河皮筏轻似沙鸥、极速行进的情形和筏主肩扛晚归的场景。

轻似沙鸥水上浮，随波一刹过前洲[2]。
夕阳散尽山村客，负筏人归月在头[3]。

【注释】

[1] 燕南楼主：生卒年和生平事迹均不详。

[2] 一刹：即一刹那。

[3] 负：背、肩扛。皮筏只能顺流而下，将客与货物送达目的地后，筏主只能肩扛而归。

嘉峪关篇

关　山　月

（唐）卢照邻[1]

【解题】

“关山月”是汉乐府横吹曲名。《乐府古题要解》云：“关山月，伤离别也。”多写边塞士卒久戍不归和家人互伤离别之情。卢照邻这首《关山月》沿袭汉乐府传统主题，抒发戍卒久滞边塞不归而月夜思念妻室之苦。

塞垣通碣石[2]，虏障抵祁连[3]。
相思在万里，明月正孤悬。
影移金岫北[4]，光断玉门前[5]。
寄言闺中妇[6]，时看鸿雁天[7]。

【注释】

［1］卢照邻：见1页“兰州篇”（唐）卢照邻《紫骝马》注［1］。

［2］塞：原作“寒”。垣（yuán）：意为矮墙。“塞垣”与下句“虏障”对应成文。碣石：古山名。在今河北昌黎西北。因远望其山，穹窿似冢，山顶有巨石特出，其形如柱，故名。

［3］虏障：敌军屏障。虏，指敌人。祁连：山名，又名白山、雪山。位于青海省东北部与甘肃省西部边境，由多条西北—东南走向的平行山脉和宽谷组成。“祁连”，匈奴语为“天”，意即“天山”，因位于河西走廊南侧，又名南山，北与合黎山、龙首山相对。古祁连山有南北之分，南祁连在新疆南部，自葱岭而东，包括古昆仑山、阿尔金山以及今之祁连山。北祁连即今新疆天山。此句意谓敌军已抵达祁连山。

［4］金岫：此指金山。嘉峪关在汉时名延寿县，隶属酒泉辖地，金山在延寿县

东。岫（xiù），指峰峦。

［5］玉门：此指玉门关，嘉峪关诸地曾为边防重地，在黑山峡口的西侧曾建有天（玉）门关。见19页“兰州篇”（清）谭嗣同《别兰州》注［3］。

［6］寄言闺中妇:《乐府诗集》此句作:“寄书谢中妇。”

［7］鸿雁:《汉书·苏武传》有鸿雁传书之语，后多以大雁比喻信使。

陇　西　行

（唐）王　维[1]

【解题】

“陇西行”是乐府曲名。这首典型的边塞诗，取材角度独特，仅仅撷取军使飞马告急这一侧面，来表现匈奴兵围酒泉而又雪阻交通信息不畅的紧急场面，略去此前后情况，充分调动了读者的想象力去补充故事，篇幅集中而内蕴丰富，节奏短促，一气呵成，构思上颇有新意。

十里一走马，五里一扬鞭。
都护军书至[2]，匈奴围酒泉[3]。
关山正飞雪，烽戍断无烟[4]。

【注释】

［1］王维（701—761）：字摩诘，原籍太原祁州（今属山西），开元九年（721）进士。唐代著名山水田园诗人。先后做过太乐丞、右拾遗、监察御史等官。后奉命出塞，为凉州河西节度判官。此后半仕半隐，官至尚书右丞，世称“王右丞”。早期诗有高岑雄浑之气派，表达积极的人生态度和政治抱负，后期山水作品风格恬静有禅意。他工书善画懂音律，诗以意境淡远高雅取胜，以五言律诗、五言绝句成就最高。苏轼赞：“味摩诘之诗，诗中有画；观摩诘之画，画中有诗。”

［2］都护：官名。设在边疆地区的最高行政长官。唐设六大都护府统辖边远诸国，称都护府长官为都护。

［3］汉武帝元狩二年（前121）后，嘉峪关一带隶属酒泉辖地。东汉为酒泉延寿县，唐亦属酒泉，宋为回鹘所据，后属西夏，元之后属肃州路。

[4] 烽：古时边防报警、求援用的烟火信号。戍：边防的营垒或城堡。此句意谓因雪大而烽烟不起。

过酒泉忆杜陵别业

（唐）岑　参[1]

【解题】

杜陵是地名，在今陕西省西安市东南。古为杜伯国，本名杜原，又名乐游原。汉宣帝在此筑陵，改名杜陵。岑参于此当有别业。别业，也就是另置的产业，此处指别墅。这首诗为军旅之作，途经酒泉，忽而忆及远在长安杜陵的家，写此诗以表思归而不得的愁闷之情。

昨夜宿祁连，今朝过酒泉。
黄沙西际海[2]，白草北连天[3]。
愁里难消日，归期尚隔年[4]。
阳关万里梦[5]，知处杜陵田[6]。

【注释】

[1] 岑参：见4页“兰州篇”（唐）岑参《题金城临河驿楼》注[1]。

[2] 际：连接、到达。上古神话中大地被四海环绕，“西际海”即向西到达西海，与下文“北连天”相对，极言沙漠广大辽远。

[3] 白草：我国西北地区草名，即芨芨草。春夏绿色，秋天变白，故叫白草。牛羊多喜食。据《汉书・西域传》注曰：“白草似莠而细，无芒，其干熟时正白色，牛马所嗜也。”

[4] 尚隔年：还要等待来年。

[5] 阳关：见21页“兰州篇”（清）黄润勋《过兰州浮桥》注[2]。

[6] 知处杜陵田：此句指梦回杜陵。

宿嘉峪关

（明）陈　诚[1]

【解题】

永乐十一年（1413）明成祖派使团护送西域诸国使者回国，作者随行。翌年正月十六，使团抵达嘉峪山，次日过嘉峪关。本诗当作于此时，既交代了出使行程，又描绘嘉峪关的雄姿和塞外苦寒、荒凉空阔的秋景，含蓄地表达了担忧前路遥远的苦闷之情。

朝离酒泉郡，暮宿嘉峪山[2]。
孤城枕山曲，突兀霄汉间[3]。
戍卒夜振铎[4]，鸡鸣角声残[5]。
朔风抢白草[6]，严霜冽朱颜。
流沙远漠漠，野水空潺潺。
借问经行人，相传古榆关[7]。
西游几万里，一去何时还。

【注释】

[1] 陈诚（1365—1457）：字子鲁，号竹山，吉水（今属江西）人，明代使臣。有《竹山文集》、《西域行程记》、《西域藩国志》等行世。

[2] 嘉峪山：山名，在今甘肃省酒泉市西。

[3] 突兀：高耸。霄汉：天空。霄，云。汉，天河。此处极写嘉峪关之高耸峭拔。

[4] 戍卒：守边的士兵。振铎（duó）：振，摇动。铎，大铃，古代宣布政教法令或有战事时使用。此写军中之景。

[5] 角：古乐器名，发声哀厉高亢，军中多作军号，以警昏晓，振士气，肃军容。

[6] 朔风：北风。抢：冲、撞。白草：见 27 页“嘉峪关篇”（唐）岑参《过酒泉忆杜陵别业》注［3］。

[7] 榆关：即山海关，也作“渝关”。此处当为“玉关”，陶保廉《辛卯侍行

记》记载嘉峪关一带，“五代属回鹘，有天（玉）门关，址在黑山峡”。天门关又名玉门关，见 19 页“兰州篇”（清）谭嗣同《别兰州》注［3］。

嘉峪关

（明）杨一清[1]

【解题】

这首诗以激发创作思绪的嘉峪关为题目，诗中尽管没有对嘉峪关的描绘，但充分发挥联想和想象，多用典故，更不乏谀美之词，整体抒发了作者对朝廷安边定国策略的自豪和赞颂之情。

嘉峪关头西更西[2]，圣朝封建几藩篱[3]。
不劳尚父盟回纥[4]，又见陈汤斩郅支[5]。
万里总归唐节度[6]，诸番争睹汉官仪[7]。
天威咫尺惊心地[8]，尽是梯航纳贡时[9]。

【注释】

［1］杨一清（1454—1530）：字应宁，号邃庵，别号石淙，镇江丹徒（今属江苏）人。明朝政治家、文学家。曾任陕西按察副使兼督学。弘治十五年（1502）任南京太常寺卿都察院左副都御史，督理陕西马政。后又三任三边（延绥、宁夏、甘肃）总制、吏部尚书等职。为官五十余年，官至内阁首辅，号称“出将入相，文德武功”。著有《石淙类稿》。

［2］西更西：泛指西域地界。

［3］圣朝：指汉唐中央朝廷。明代嘉峪关以西已不受中央朝廷节制。封建：封邦建国，此指封西域部族首领为王，建立藩国。藩篱：篱笆，此指屏障中央朝廷的藩国。

［4］尚父：周武王称吕尚为尚父，后世皇帝尊礼大臣也有加“尚父”尊号的，此为对重臣的尊称。回纥（hé）：中国古代北方及西北的少数民族，唐德宗时改称回鹘（hú）。

［5］郅（zhì）支：郅支在都赖水（今塔拉斯河）畔筑城，名郅支城（今哈萨克斯坦江布尔）。《汉书·陈汤传》载，匈奴郅支单于因不满汉庇护呼韩邪单于，杀

汉使，攻乌孙，强令大宛等国进贡。建昭三年（公元前36），西域都护甘延寿、副校尉陈汤发兵合击郅支城，于围城次日激战并斩杀郅支单于，歼灭匈奴军。

[6] 节度：节制，法度。此指管理、控制。

[7] 番：泛指少数民族。汉官仪：即指汉王朝官员之威仪。

[8] 天威：上天的威严，此指帝国的威严。咫尺：八寸曰咫，咫尺，比喻距离很近。

[9] 梯航：登山渡水的工具，比喻长途跋涉。梁简文帝《大法颂序》："航海梯山，奉百环之使。"纳贡：诸侯或藩属国向天子进贡。

嘉峪晴烟

（明）戴　弁[1]

【解题】

"嘉峪晴烟"是肃州八景之一，另有"南山积雪"、"北陌平沙"、"金塔凌虚"、"玉关来远"、"僧寺晚钟"、"清河夜月"、"戍楼晓角"，合称"肃州八景"，或绘阴晴晨昏寒暑之景，或描古战场的广袤无垠，历来多歌咏之作。

烟笼嘉峪碧岧峣[2]，影拂昆仑万里遥[3]。
暖气常浮春不老[4]，寒光欲散雪初消。
雨收远岫和云湿[5]，风度疏林带雾飘。
最是晚来闲望处，夕阳天外锁山腰[6]。

【注释】

[1] 戴弁：生卒年不详。字士章，明浮梁（今江西景德镇）人，曾任广西参政，后升左布政使。

[2] 嘉峪：此处指嘉峪山，一名"璧玉山"，又名"鸿鹭山"，也称"玉石山"。岧峣（tiáoyáo）：山高峻的样子。

[3] 昆仑：昆仑山，又称昆仑虚、昆仑丘或玉山。亚洲中部大山系，也是中国西部山系的主干。西起帕米尔高原东部，在新疆、西藏之间，延伸至青海境内，全

长约2500公里，平均海拔5500—6000米，宽130—200公里，西窄东宽，总面积达50多万平方公里。山势高峻，多雪峰、冰川。祁连山脉遥接昆仑，此处极言境界之广大。

［4］春不老：春常在之意。

［5］远岫：远山。此句意谓雨停之后，湿气弥漫山间。

［6］锁山腰：夕阳透过云层照耀山腰。

玉关来远

（明）戴　弁

【解题】

来远，即招致远方之人、使远方之人归附。《论语·季氏》：“（孔子曰）故远人不服，则修文德以来之。”此诗描绘了玉门关的政治稳定、经济繁华、多民族文明交汇的壮观景象，赞颂了大明王朝对边疆少数民族恩威并重的政策，抒发了作者的喜悦自豪之情。

圣代文明遍九垓［1］，河山设险玉关开［2］。
月明虏使闻鸡度［3］，雪霁番王贡马来［4］。
泛泛仙槎浮瀚海［5］，翩翩驿骑上金台［6］。
幸逢四海为家日［7］，独坐藩垣愧乏才［8］。

【注释】

［1］九垓（gāi）：同“九畡”，犹言九州。

［2］玉关：指石关，古称“玉门关”，简称“玉关”。见19页“兰州篇”（清）谭嗣同《别兰州》注［3］。

［3］虏使：指西域部落的使者。闻鸡度：古代嘉峪关每日清晨鸡鸣开关，故有“闻鸡度关”之说。

［4］霁：雨雪停止，天放晴。番王：少数民族部落首领。贡马：进贡马匹。

［5］瀚海：沙漠。陶翰《出萧关怀古》：“孤城当瀚海，落日照祁连。”李世民《饮马长城窟行》：“瀚海百重波，阴山千里雪。”此处化用“张骞乘槎”的故事，见

16页“兰州篇”（清）马世焘《黄河》注［5］。此句写出关的使者。

［6］驿骑：乘驿马归来的使臣。上金台：指获得尊荣。金台，黄金台的省称。

［7］四海为家：此处指四海归于一家，即天下统一。刘禹锡《西塞山怀古》：“今逢四海为家日，故垒萧萧芦荻秋。”

［8］藩垣：守卫边疆的官衙。藩，藩篱，垣，垣墙。泛指屏障，此外比作藩国、藩镇。此句意谓自己守卫着边疆却很惭愧没多少才能，即没能建功立业。

戍楼晓角

（明）戴　弁

【解题】

肃州城头三面皆有戍楼，每将晓，便有戍卒吹角，其声呜咽凄凉。诗中描写了边塞戍楼上清秋拂晓时的凉肃、安定景象，也幽微地传达了作者渴望远离边塞，回到朝中侍奉君王的心曲。

碧天如水满城霜，五鼓初收戍角长[1]。
入塞数声胡北遁[2]，残星几点雁南翔。
梅花叶落开关早，杨柳风清拂暑凉。
客枕独怜惊夜梦，五云深处侍君王[3]。

【注释】

［1］五鼓：即五更，古代常以鼓角报时。戍角长：指军中吹角之声悠长。

［2］入塞：词调名，调名本古乐府横吹曲《入塞》辞。遁：逃。此句意谓胡兵闻戍角横吹，知大军入塞而逃遁。

［3］五云：五色的瑞云。一说指五陵的景色，也用来指皇宫所在地。此句意谓梦回京城侍奉君王。

防秋登嘉峪关纪事（三首）

（明）陈其学[1]

【解题】

防秋，古时西北游牧部落多趁秋日草黄马肥时进犯边地，故朝廷派重兵防守，是为“防秋”。陈其学任肃州兵备副使的时候，正遇到“哈密夷人煽乱”。他曾带兵西出嘉峪关，退敌于敦煌以西，有“五载防秋，边境无事”之誉。三首诗既洋溢着横刀立马、壮怀激烈的英雄气，也潜流着年华衰逝、孤独愁病之叹，真实而感人。

一

铁骑行边倚佩刀，西风历历几亭皋[2]。
孤城斗着黄云脊[3]，万堞斜连白雪尻[4]。
属国书通传旧县[5]，磨崖剑气定谁曹[6]。
一声肠断梅花引[7]，隐几侵寻早二毛[8]。

【注释】

[1] 陈其学（1514—1593）：号竹庵，别号行庵，登州蓬莱（今属山东）人。嘉靖二十三年（1544）进士。授行人，选湖广道监察御史，后任右佥都御史巡抚大同，任右副都御史巡抚陕西。嘉靖四十五年四月升户部右侍郎总督陕西三边军务。先后擒斩敌九百余，招降二千三百余，夺获马牛器械甚众，修墩台二千四百余座，修缮壕墙八十四里有余。招入京协理京营戎政，升南京刑部尚书。隆庆五年（1571）八月初三日致仕。万历二十一年（1593）正月十日卒，年八十，谥恭靖。

[2] 亭皋（gāo）：水边的平地。

[3] 斗：陡峭挺拔。着（zhuó）：接触。黄云：边塞之云。塞外黄沙飞扬，天空常呈黄色，故称。

[4] 堞（dié）：城上如齿状的矮墙。此指长城。尻（kāo）：脊骨的末端。白雪：雪山。此句意谓长城遥连着雪山末端。

[5] 属国：本指两汉时归属汉朝的附属国，后也指归属朝廷的少数民族政权。

明王朝曾在嘉峪关以西哈密以东的广大地区设立少数民族自治形式的“卫所”，乃安抚羁縻之举。旧县：汉唐旧地，当指敦煌一带。因其未入明朝版图，为“卫所”管辖地区，故称其为旧县。此句意谓卫所文书又从旧县传来，即成功拒敌于敦煌以西之意。

［6］磨崖：即磨崖碑。碑文为元结撰《大唐中兴颂》，颜真卿书，书字奇伟。剑气：杀气。磨崖剑气即文治武功。定：到底，究竟。谁曹：谁人，何人。此句意谓文治武功究竟依靠谁？有自诩之意。

［7］梅花引：词牌名。

［8］隐几：凭几。隐，凭也。《孟子·公孙丑下》：“隐几而卧。”侵寻：渐渐，渐进之意。二毛：头发花白，黑白二毛也。庾信《哀江南赋序》：“信年始二毛，即逢丧乱。”

二

紫峪横霄客路穷[1]，壮怀长啸对秋蓬[2]。
风翻云海寒烟外，雪涨天山夕照中。
回纥叩关先贡马[3]，牙蛮隔塞未归鸿[4]。
伊州歌遍黄花戍[5]，草色离离故垒空。

【注释】

［1］紫峪：指嘉峪山。横：截断。霄：天空。客路穷：指嘉峪关外早已闭塞，道路不通。

［2］秋蓬：秋天的蓬草。蓬，蓬草。

［3］回纥：见29页“嘉峪关篇”（明）杨一清《嘉峪关》注［4］。

［4］牙蛮：哈密卫忠顺王拜牙郎。明正德八年，弃城叛逃入吐鲁番，此后再未归顺明朝。未归鸿：用鸿雁传书的典故，即毫无音讯。

［5］伊州：故城在今新疆哈密，此处当指伊州商调曲，此曲系唐代西凉节度使所进。黄花戍：唐天宝年间西凉节度使所进歌曲中有“闻道黄花戍，频年不解兵”。

三

苍茫西海有无间[1]，多病书生愧抱关[2]。
日暮倚楼风万里，天涯弹铗月千山[3]。

驰鸣玉垒移封旧[4]，雁带金城振旅还[5]。
守捉滩头递刁斗[6]，独吟秋色水潺潺。

【注释】

[1] 苍茫：旷远无边貌。西海：嘉峪关以西之沙漠。沙漠亦称瀚海。

[2] 书生：自指。抱关：指把守城门，这里指作者驻守嘉峪关。《史记·魏公子列传》："嬴乃夷门抱关者也。"

[3] 弹铗：弹铗而歌。战国时冯谖客孟尝君，曾弹铗而歌，以求重用。铗，剑把。月千山，月照千山。

[4] 驰鸣：带兵驰过。玉垒：玉门关。见 19 页"兰州篇"（清）谭嗣同《别兰州》注［3］。封：边界。移封旧：移动边界到旧地，即恢复到汉唐时期的边界。此句与下句疑为想象之词。

[5] 金城：指嘉峪关，取金城汤池之意。雁带金城：即雁过金城。振旅：意谓整队班师。

[6] 守捉：唐代边防部队的名称，大曰军，小曰守捉。刁斗：古代军中的器具，又名"金柝"、"焦斗"，如勺，铜质有柄，能容一斗，白天用以做饭，夜晚用以打更守夜。递刁斗：传递刁斗之声，即击打刁斗，驻守滩头之意。

嘉峪关楼

（清）岳钟琪[1]

【解题】

此诗多用对仗句。首联强调嘉峪关的悠久历史；颔联、颈联写眼前所见：戈壁广阔，边民稀少，高楼雄立，沧桑斑驳，风疾沙舞，云海茫茫；此境之下，尾联中思乡之情也就油然而生了。

酒泉今重镇，天险古名州。
牧野无新幕[2]，筹边有旧楼[3]。
风旋沙碛动[4]，天接海云浮。
回首长安路，烽烟万里秋。

【注释】

［1］岳钟琪（1686—1754）：字东美，号容斋，平番（今甘肃永登）人，清朝名将。曾任四川提督、川陕总督、宁远大将军等职，封公爵。去世后谥襄勤。

［2］幕：此指牧民的帐篷。

［3］筹边：筹划、谋划边境之事，即主持、处理边境事务。旧楼：此指嘉峪关楼。

［4］沙碛（qì）：碛，沙漠。沙碛，此指戈壁滩。

柔远亭（二首）

（清）沈青崖[1]

【解题】

柔远亭，现不存，具体位置不详。根据此二诗来看，当在嘉峪关之西不远处。柔远，顾名思义，以怀柔之策安抚蛮荒偏远之民。其一写偏远寒荒之景，抒离别伤感之情。其二以喜悦之情赞颂朝廷兵驻嘉峪关，边疆少数民族政权纷纷来归服的盛况。

一

古塞通西域，岩城接大荒[2]。
一亭聊驻马[3]，万里此离殇[4]。
风劲草痕白，山寒日影黄。
征夫折鞭去，前路少垂杨[5]。

【注释】

［1］沈青崖（1691—？）：字艮思，号寓舟，嘉兴（今属浙江）人。雍正十一年（1733）以西安粮监道，管军需库务。驻肃州时同黄文炜一起主持修纂了《重修肃州新志》。

［2］岩：险峻，险要。岩城：指嘉峪关。

［3］亭：柔远亭。聊：姑且、暂且。

［4］离殇：此处指离别之际的哀伤。“殇”通“伤”，“殇”本义为“未成年而死”。

［5］垂杨：即垂柳。古诗文中杨柳常通用。古人有折柳送别的习俗。此句言前

路荒蛮。

二

嘉峪分天堑[1]，筹边陋昔人[2]。
斯亭才结构[3]，西旅即来宾[4]。
庭杂乌孙座[5]，墀牵大宛驯[6]。
与楼虽对峙[7]，独喜靖胡尘[8]。

【注释】

[1] 天堑：天然形成的壕沟，险要之地。

[2] 筹边：见36页“嘉峪关篇”（清）岳钟琪《嘉峪关楼》注[3]。昔人，古人。陋昔人，使古人显得浅陋。此句意谓设立嘉峪关以防边，比前人高明。

[3] 斯亭：此亭。结构：搭起框架，刚刚修建。

[4] 西旅：西方的使者。宾：归顺。《国语·周语上》：“侯卫宾服”。

[5] 乌孙：古代西域国名。地在今伊犁河谷。乌孙座：即摆有为乌孙使者准备的座位。

[6] 墀（chí）：原指宫殿前台阶上的空地，后泛指台阶。大宛（yuān）：古代中亚国名，以出产汗血马著称。大宛驯：大宛马。

[7] 楼：当指嘉峪关城楼。

[8] 靖：安定，平定。胡尘：胡人兵马扬起的沙尘，喻胡人带来的灾祸。

入嘉峪关

（清）洪亮吉[1]

【解题】

作者于嘉庆四年（1799）以越职言事触怒皇帝，判斩入狱，后改为流放伊犁。百日之后，又以洪亮吉获罪后，敢于“言事者少”而释放回原籍家中。从此家居撰述至终。此诗为作者东归经嘉峪关时所作。诗作极力描绘关外东西自然环境变化之大和立足关上所见城内外的壮观景象，结尾抒发了对地方官殷情款待的感激之情及贬谪放还后的庆幸之情。

瀚海亦已穷[2]，关门忽高矗。
风沙东南驱，到此势已缩。
候门余数骑[3]，骏足植如木[4]。
风递管钥声[5]，岩扃忽然拓[6]。
城垣金碧丽，始见瓦作屋[7]。
羌回分畛域[8]，中外此枢轴[9]。
晓日上北楼，长城莽遥瞩[10]。
平衢驰若砥[11]，雪岭俯如伏。
天形界西域[12]，地势极南服[13]。
数折向郭东[14]，泉清手堪掬[15]。
尤惭关令尹[16]，来往饷刍牧[17]。
驻马官道旁，生还庆僮仆[18]。

【注释】

[1] 洪亮吉（1746—1809）：字稚存，号北江，阳湖（今江苏常州）人。乾隆五十五年（1790）考中进士，授翰林院编修，充国史馆编纂官，后督贵州学政。嘉庆初回京供职，入值上书房。嘉庆四年，上书言事，直陈时政，却以“翰林无言事之责”获罪，流放伊犁，不久赦还。从此回籍，家居撰述以终。虽然在伊犁的时间不足半年，却留下了《伊犁日记》、《天山客话》等著作，记载当地山川物产。

[2] 瀚海：这里指茫茫戈壁。穷：穷尽。

[3] 候门：等候打开关门。余数骑：言随从人员很少。

[4] 骏：好马。此言马腿亦僵硬如木。

[5] 管钥：钥匙。此句意谓在风中听到以钥匙开门之声。

[6] 岩扃（jiōng）：岩，险峻。扃，门户。拓：推开，打开。

[7] 瓦作屋：西域无瓦屋，故有此言。

[8] 羌回：羌族和回族，此处泛指关外的少数民族。畛（zhěn）域：界线。此处指嘉峪关为汉族与关外少数民族的分界线。

[9] 枢轴：中枢，中心。此句意谓嘉峪关为关内外往来的交通枢纽。

[10] 莽：无边无际。

[11] 衢（qú）：四通八达的道路。砥（dǐ）：打磨得很细的磨刀石，比喻地面平坦光滑。

[12] 天形：自然地形。界西域：为西域划界。

[13] 南服：周制，以土地距国都远近分为五服，南服，即指南方。与前句“西域”相对应。这两句意谓嘉峪关从自然形势上看，实为西域和中原的交界。

[14] 数折：沿小路多次转折。郭：外城。

[15] 泉：指关城东南的九眼泉。

[16] 惭：惭愧，这里意谓面对嘉峪关长官的款待非常惭愧。令尹：指嘉峪关的行政长官。

[17] 饷：同“飨”，用酒食款待客人。刍牧：用草料喂牲口。

[18] 生还庆僮仆：此句意谓仆人也庆幸活着回来了。

进嘉峪关

（清）史善长[1]

【解题】

作者因失察之罪遣戍新疆，三年后赦还，经过嘉峪关时写下此诗。作者深切感受到了军纪之严与守关将士之雄。同时，诗中也流露出作者归途中的喜悦、急切之情。

一纸将军令，重门六扇开[2]。
当关资虎将[3]，题壁费鸿裁[4]。
日月无中外，轮蹄自去来[5]。
酒泉明日到，小憩尽残杯[6]。

【注释】

[1] 史善长（1768—1830）：字春林，山阴（今浙江绍兴）人。曾任江西余干县知县，后因“失察”获罪，遣戍新疆。在戍三年赦还。著有《味根山房诗钞》、《轮台杂记》等。

［2］重门：嘉峪关城门。

［3］当关：守关。资：凭借。

［4］题壁：在墙壁上题诗或题词。鸿裁：指文章的宏伟体制，此指构思。

［5］轮蹄：车轮与马蹄。指车马。

［6］憩：休息。

出嘉峪关感赋（四首）

（清）林则徐[1]

【解题】

鸦片战争失败后，林则徐受投降派打击被遣戍伊犁。这四首诗写于遣戍途中。其一、其二歌咏嘉峪关的雄险；其三赞颂圣朝明君开疆化远的雄才大略和文治武功；其四抒写建功立业的豪情。四首诗气象雄伟，对仗工稳自然，确有《射鹰楼诗话》评价的“气体高壮，风格清华”特点。

一

严关百尺界天西[2]，万里征人驻马蹄。
飞阁遥连秦树直[3]，缭垣斜压陇云低[4]。
天山巉削摩肩立[5]，瀚海苍茫入望迷[6]。
谁道崤函千古险[7]？回看只见一丸泥[8]。

【注释】

［1］林则徐（1785—1850）：字少穆，又字元抚，晚号俟村老人，侯官（今福建福州）人。嘉庆九年（1804）进士，历任湖广、陕甘、云贵总督等职。1837—1840年间，曾在广东积极查禁鸦片，屡挫英军挑衅，反遭诬陷，充军伊犁。林则徐的诗作有很高的艺术成就，存世有《云左山房诗钞》等。

［2］界天西：西域的边界。

［3］飞阁：凌空耸立的高阁。秦：此指秦地。因嘉峪关护卫中原，所以有此说。

［4］缭垣：此指盘绕的长城。

［5］天山：即今祁连山。匈奴称天为祁连。山上常年白雪皑皑，又名白山、雪山。巉（chán）削：形容山势陡峭、险峻。巉，高峻险要的样子。摩肩：肩挨着肩，此指峰峦密集。

［6］瀚海：见31页“嘉峪关篇”（明）戴弁《玉关来远》注［5］。

［7］殽（xiáo）函：指殽山和函谷关，在今陕西潼关以东至河南新安一带，自古以险要著称。

［8］一丸泥：《东观汉记·隗嚣载记》：“嚣将王元说嚣曰：‘元请以一丸泥为大王东封函谷关，此万世一时也。’”言函谷关地势险要，易守难攻。此处反用其意，谓与嘉峪关相比，崤函真是小如泥丸。

二

东西尉侯往来通［1］，博望星槎笑凿空［2］。
塞下传笳歌敕勒［3］，楼头倚剑接崆峒［4］。
长城饮马寒宵月，古戍盘雕大漠风［5］。
除是卢龙山海险［6］，东南谁比此关雄！

【注释】

［1］尉侯：泛指东西使者与官员。

［2］博望：指博望侯张骞。星槎：因乘槎浮于银河，故称星槎。此处化用“张骞乘槎”的故事，见16页“兰州篇”（清）马世焘《黄河》注［5］。凿空：开辟通道，此言打通西域。

［3］笳：北方少数民族的一种乐器，类似笛子，亦称“胡笳”。敕勒：北方少数民族，也称“铁勒”。《敕勒歌》为其名曲。

［4］崆峒：指崆峒山。位于甘肃省平凉市城西12公里处，东瞰西安，西接兰州，南邻宝鸡，北抵银川，是古丝绸之路西出关中之要塞。此句与前诗“飞阁遥连秦树直”用意相同，都是赞嘉峪关护卫中原之作用。也与后诗“威宣贰负陈尸后”呼应。

［5］古戍：边疆古老的城堡、营垒。盘雕：空中盘旋之大雕。

［6］除是：除此。是，此，这。卢龙：汉郡名，在今河北唐山承德一带，连接山海关。此句意谓除此山海关，天下再无可比拟者。

三

敦煌旧塞委荒烟[1]，今日阳关古酒泉[2]。
不比鸿沟分汉地[3]，全收雁碛入尧天[4]。
威宣贰负陈尸后[5]，疆拓匈奴断臂前[6]。
西域若非神武定，何时此地罢防边？

【注释】

[1] 敦煌：地名，在今甘肃省。旧塞：指阳关，见21页“兰州篇”黄润勋《过兰州浮桥》注[2]。委：抛弃。荒烟：形容荒凉衰败，此指阳关被弃而荒凉。

[2] 今日阳关：指嘉峪关。唐边界在敦煌阳关，明代边界则在酒泉，即嘉峪关。此二句写古代边疆之变迁。

[3] 鸿沟：我国最早开凿的运河，在今河南省。楚汉相争时曾以鸿沟为界平分天下。

[4] 雁碛：泛指北方边塞地区。碛，本指沙漠。尧天：《论语・泰伯》：“巍巍乎，唯天为大，唯尧则之。”后因以“尧天”指太平盛世和帝王圣德。此句赞颂康熙开疆扩土之功。

[5] 贰负：古神话人物名，与其臣危合谋杀其国君窫窳，被黄帝枷在疏属之山。事见《山海经・海内西经》。疏属之山在开题西北，开题即崆峒山。郭璞注云，汉宣帝使人发石室得二人，俱被桎梏。刘向谓之贰负与危。“论者多以为是其尸像，并非真体。”唐李冗《独异志》：“汉宣帝时有人于疏属山石盖下得二人，俱被桎梏，将至长安，乃变为石。宣帝集群臣问之，无一知者。刘向对曰：‘此是黄帝时窫窳国负贰之臣，犯罪大逆，黄帝不忍诛，流之疏属之山，若有明君，当得外出。’”贰负与危二人不死“变为石”与“是其尸像”，即为“陈尸”。贰负陈尸，是叛臣受罚。其后遇明君而得解脱是天恩浩荡。此句意谓康熙在宽赦叛乱诸部之后声威煊赫于天下。

[6]《汉书・西域传》：“孝武之世，图制匈奴……通西域，以断匈奴右臂。”汉武帝打通河西，建立敦煌、酒泉、张掖、武威四郡，断匈奴右臂，而康熙在此基础上更向前直入西域，故有此言。

四

一骑才过即闭关，中原回头泪痕潸[1]。
弃繻人去谁能识[2]，投笔功成老亦还[3]。

夺得胭脂颜色淡[4]，唱残杨柳鬓毛斑[5]。
我来别有征途感，不为衰龄盼赐环[6]。

【注释】

[1] 潸（shān）：潸然，流泪的样子。此二句为西出嘉峪关，回望中原。

[2] 繻（rū）：汉代出入关隘的帛制凭证。《汉书·终军传》："步入关，关吏予军繻，军问：'以此何为？' 吏曰：'为复传，还当以合符。' 军曰：'大丈夫西游，终不复传还。' 弃繻而去。"

[3] 投笔：掷笔。《后汉书·班超传》："（超）家贫，常为官佣书以供养。久劳苦，尝辍业投笔叹曰：'大丈夫无他志略，犹当效傅介子、张骞，立功异域，以取封侯，安能久事笔砚间乎？'"。班超投笔从戎，率三十六人出使西域，使西域五十余城国获得安宁。他在西域三十一年，官至西域都护，封定远侯。

[4] 胭脂：山名，又名焉支山、燕支山、胭脂山。位于甘肃张掖市山丹县东南五十多公里处，东西绵延一百多公里，南北横跨二十多公里。山坡上松柏常青，水丰草美。相传昔时匈奴人曾将西域的燕支花移植于此山，其花可制胭脂，匈奴女人以燕支花粉搽脸。《史记·匈奴列传》张守节《正义》引《西河故事》："匈奴失祁连、焉支二山，乃歌曰：'亡我祁连山，使我六畜不蕃息；失我焉支山，使我妇女无颜色。'"

[5] 杨柳：这里指《折杨柳》，古横吹曲名，后人多有续作者。大多为伤别之辞，而犹多怀念征人之作。

[6] 衰龄：形容年老衰败。赐环：古时贬逐之臣遇赦召还曰"赐环"。

塞外杂咏

（清）林则徐

【解题】

塞外，此指嘉峪关。作者在鸦片战争失败后遭投降派打击而被遣戍伊犁，途中写了一系列充满忧时悯民、富有爱国情怀的诗作。这首绝句以描绘赞颂雄关壮观之句起，用墙边勒马首次回望承接，转句中忧时伤国，心系鸦片战争后的险峻形势，合句中"黄花真笑"写出了自己尽管身处逆境而乐观依旧的豁达胸怀。

雄关楼堞倚云开[1]，驻马边墙首重回。
风雨满城人出塞，黄花真笑逐臣来[2]。

【注释】

[1] 楼：建造在高处的建筑物，古代城墙上多有楼，用于瞭望。

[2] 逐臣：被放逐之臣，此自指。

出嘉峪关（二首）

（清）王树枏[1]

【解题】

王树枏《出嘉峪关》诗作共两首。其一描绘出关时的见闻感想。作者肩挑重任，腰悬长剑，嘴边吟着慷慨凄凉的古军歌，涉红水河，穿胡杨林，纵马西行去新疆布政使任所，强烈的使命感在胸中回荡。其二借典故写自己西行赴任，志在立功报国，既描绘自然环境的严酷，更强调自己使命的崇高，读来令人荡气回肠。

一

长佩剑嵯峨[2]，凄凉出塞歌[3]。
雪添红水阔[4]，风入白杨多。
汉使乘槎去[5]，胡儿牧马过[6]。
秦城尽头处[7]，落日望交河[8]。

【注释】

[1] 王树枏（nán）（1852—1936）：字晋卿，晚号陶庐老人，直隶新城（今河北高碑店）人。光绪十二年（1886）进士，曾甘肃中卫县知县，平庆泾固化道，巩秦阶道，兰州道，光绪三十二年（1906年）补授甘肃新疆布政使。入民国，曾参加编撰《清史稿》，有《陶庐文集》等。

[2] 嵯峨（cuó'é）：高峻貌。杜甫《江梅》："巫岫郁嵯峨。"

[3] 出塞歌：古代一种军歌。《乐府解题》："汉横吹曲，二十八解……五曰

《出塞》。”

［4］雪添红水阔：此句意谓雪水融化后流入河水里，使河水显得更加开阔。

［5］乘槎：此处化用“张骞乘槎”的故事，见16页“兰州篇”（清）马世焘《黄河》注［5］。后用以比喻奉使。

［6］胡儿：指西北少数民族，也称胡人。

［7］秦城：秦朝长城。

［8］交河：古城名。西汉车师前国首府。北魏至唐期间，为地方政权高昌首府。地在今新疆维吾尔自治区吐鲁番县西北的雅尔和屯。

二

山河连四郡[1]，风雪暗三边[2]。
老子辞周日[3]，班侯返汉年[4]。
夜深沙自籁[5]，地莽水无泉[6]。
胡相收西域[7]，绸缪仗后贤[8]。

【注释】

［1］四郡：河西四郡，即酒泉、张掖、敦煌、武威。

［2］三边：汉代幽并凉三州，其地都在边疆。后以三边泛指边疆。李白《古风》：“谁怜李飞将，白首没三边。”

［3］老子辞周：《史记·老子韩非列传》：“老子修道德，其学以自隐无名为务。居周久之，见周之衰，乃遂去。”

［4］班侯：即班超。见43页“嘉峪关篇”（清）林则徐《出嘉峪关感赋》（其四）注［3］。

［5］籁：从孔穴里发出的声音；泛指一切声音。

［6］莽：无边无际。水无泉：形容干旱无水。

［7］胡相：疑为“故相”。此指左宗棠。左宗棠任内阁大学士，人称相国、中堂。光绪元年（1875），左宗棠以钦差大臣督办新疆军务，收复乌鲁木齐、和田等地，阻击沙俄侵略新疆。

［8］绸缪：紧密缠绕。这里有“未雨绸缪”之意，喻防患于未然。

金昌篇

从　军　行

（南朝）张正见[1]

【解题】

《从军行》是乐府《相和歌辞·平调曲》旧题名，内容多写军旅生活。吴兢《乐府古题要解》云："从军行，皆述军旅苦辛之词也。"张正见这首《从军行》叙事写景结合，充分描绘了边塞军旅所见和征战之苦，中间两联对仗较工稳，写实逼真。

将军定朔边[2]，刁斗出祁连[3]。
高柳横遥塞，长榆接远天。
井泉含冻竭，烽火照山燃。
欲知客心断，危旌万里悬[4]。

【注释】

［1］张正见（527？—575？）：字见赜，清河东武城（今属山东）人。陈宣帝太建年间卒，年四十九岁。历任撰史著士、尚书度支郎、通直散骑侍郎。有集十四卷，善五言。《沧浪诗话》："南北朝人惟张正见诗最多，而最无足省发。"

［2］朔边：指北方边地。朔，北，北方。祁连：见25页"嘉峪关篇"（唐）卢照邻《关山月》注［3］。

［3］刁斗：见35页"嘉峪关篇"（明）陈其学《防秋登嘉峪关纪事》（其三）注［6］。

［4］危：高。旌：旗子。

塞 上 曲

（唐）李 白[1]

【解题】

塞上曲，乐府曲名。这是一首五言古体诗，大约作于李白供奉翰林期间。诗中批评了大汉王朝建立之初对匈奴的妥协退让政策，肯定了用战争手段取得胜利的安边策略，表达了停战休兵以保海内清宁和定的愿望，有借古讽今之意。

大汉无中策[2]，匈奴犯渭桥[3]。
五原秋草绿[4]，胡马一何骄。
命将征西极[5]，横行阴山侧[6]。
燕支落汉家，妇女无花色[7]。
转战渡黄河，休兵乐事多。
萧条清万里，瀚海寂无波。

【注释】

[1] 李白（701—762）：字太白，自号青莲居士，又被称为谪仙人，祖籍陇西成纪（今甘肃秦安），唐代著名诗人。生于西域之碎叶城，五岁时随父亲迁居彰明青莲乡（今四川绵阳）。天宝初年奉召入京，供奉翰林，不久便遭谗放归。安史之乱后曾佐永王李璘，李璘败，长流夜郎，中途遇赦。晚年往来于金陵、宣城之间，后客死当涂。其诗风格清新洒脱，豪放飘逸。有《李太白集》。

[2] 中策：中等的策略。《汉书・匈奴传下》："周得中策，汉得下策，秦无策焉。"

[3] 渭桥：汉代时长安附近渭水上的桥梁。

[4] 五原：地名。秦置九原郡，汉武帝改置五原郡，在今内蒙古自治区五原县。

[5] 征西极：实为汉武帝断匈奴右臂之策。西极，极西之地，此指河西、西域之地。

[6] 阴山：山名，唐时为北方屏障。今河套以北、大漠以南诸山的统称。阴山横亘于内蒙古中部，东段进入河北省西北部，连绵 1200 多公里，南北宽 50—100 公里，是黄河流域的北部界限。这里泛指河西走廊北部的山脉。

[7] 燕支：见 43 页“嘉峪关篇”（清）林则徐《出嘉峪关感赋》（其四）注 [4]。

调笑令（二首之一）

（唐）韦应物[1]

【解题】

调笑令，词牌名。此调一名《宫中调笑》，一名《转应曲》，一般以咏物名开始，此词即从“胡马”咏起，刻画了胡马矫健、奔放的形象和胡地傍晚广袤无际的苍茫之景，节奏短促，语言活泼，读来令人耳目一新。

胡马，胡马[2]，远放燕支山下[3]。跑沙跑雪独嘶[4]，东望西望路迷。迷路，迷路，边草无穷日暮[5]。

【注释】

[1] 韦应物（737—790）：京兆万年（今陕西西安）人。曾任苏州刺史，世称“韦苏州”。诗风恬淡高远，以善于写景和描写隐逸生活著称。有《韦江州集》、《韦苏州诗集》、《韦苏州集》等传世。

[2] 胡马：指我国西北地区出产的良马。胡，我国古代泛指北方边地及西域地区。

[3] 燕支山：见 43 页“嘉峪关篇”（清）林则徐《出嘉峪关感赋》（其四）注 [4]。

[4] 跑（páo）：用脚刨地。

[5] 边草：边地的野草。

祁　连　山

（明）郭　登[1]

【解题】

祁连山，见 25 页“嘉峪关篇”（唐）卢照邻《关山月》注 [3]。这首歌咏祁连山的诗将目光凝聚在祁连雪景上，绘出玉树琼枝的冰雪世界，表现了作者飘逸洒脱的兴致。

祁连高耸势岧峣[2]，积素凝花尚未消[3]。
色映晶盐迷晓骑[4]，光是玉树晃琼瑶[5]。
寻梅腊外春寒敛[6]，仗策吟边逸兴飘[7]。
几度豪来诗句险，恍疑乘蹇灞陵桥[8]。

【注释】

［1］郭登（1405？—1468？）：字元登，濠州（今安徽凤阳）人。明朝靖边大将。洪熙时（1425）充任勋卫。正统十四年（1449）任都督佥事。在“土木之变”中英宗被也先挟持北上，他遣壮士劫营，救英宗未成。代宗景泰初，以率兵击败也先有功，封为定襄伯。英宗复辟后，因事谪戍甘肃，充任甘肃总兵官。宪宗成化初年（1465）恢复官爵。死后赐侯，谥忠武。郭登诗或沉雄浑厚，或委婉生动，语言平易而含义隽永，大都琅琅可诵。与其父郭玘、兄郭武合著《联珠集》二十二卷。

［2］岧峣（tiáoyáo）：山高峻的样子。

［3］积素凝花：指山顶上的积雪。

［4］晶盐：雪色如洁白晶莹的盐一样。

［5］琼瑶：美玉或美石。比喻似玉色之物，也可指白雪。白居易《西楼喜雪命宴》：“四郊铺缟素，万室甃（zhòu）琼瑶。”

［6］敛：收。

［7］仗策：手持马鞭。吟边：吟咏边塞的风光。

［8］乘蹇：骑着驴子。此引唐郑綮的故事。《古今诗话》：“相国綮善诗……或曰：‘相国近为新诗否？’对曰：‘诗在灞桥风雪中，驴子背上。此中安可得之？’”灞陵桥，灞水之桥，在陕西省西安市东，亦称灞桥。

吟永昌八景

（清）李登瀛[1]

【解题】

“永昌八景”共八首诗，紧扣“景”字大做文章，绘形摄神，写尽了塞上之美：天山积雪壮观，雪水灌润田，功不可没；云庄幽翠，月下柳池光影浮动，万籁清静；金川河畔烟树朦胧，水声潺潺；东岗晚照色彩斑斓，西岭晴岚翠峰如洗，北山状如铁狮稳镇金川，南峪苍松翠柏覆盖，含云吐雾，形似卧龙。

天山积雪

雪岭西来接大荒[2]，岭头千载白茫茫。
天浆融作田中雨[3]，不藉神功庆岁穰[4]。

【注释】

[1] 李登瀛（1656—1730）：字俊升、天山，晚号梅溪，清代绍兴山阴人，著有《梅溪诗集》、《诗巢香火证因录》等。

[2] 雪岭：祁连山。见 25 页“嘉峪关篇”（唐）卢照邻《关山月》注［3］。

[3] 天浆：此指积雪。

[4] 穰（ráng）：庄稼丰熟。

云庄铺翠[1]

层岩迭巘映东南[2]，水石松花荫碧潭。
疑是前朝高士屋，俗人不许说幽探。

【注释】

[1] 云庄：指永昌云庄寺，建于北魏年间。

[2] 巘（yǎn）：山峰。

柳池漾月

郭门碧柳荫清池[1]，池上水亭月朗时。
万籁无声清净甚，蟾光浮动影参差[2]。

【注释】

[1] 郭门：外城的门。

[2] 蟾光：月光，月色。

金水潺声[1]

双流合抱下金川，烟树朦胧欲暮天。
石上忽闻声沥沥，半疑箫管半琴弦。

【注释】

[1] 金水：即金川河。

东岗晚照

孤树远村半夕阳，烟霞十里抹东岗。
林峦一片归残照，疑是相公碎锦坊[1]。

【注释】

[1] 相公：古称丈夫。锦坊：制作锦绣的作坊。此句意谓林峦间透过万点夕照，犹如丈夫把妻子制作锦绣的作坊打碎。此句状林峦残照如锦。

西岭晴岚[1]

焉支雨洗湿融融，翠巘晴岚出碧空[2]。
茅屋数椽[3]山色里，一天霁景画图中。

【注释】

[1] 西岭：指焉支山，见 43 页“嘉峪关篇”（清）林则徐《出嘉峪关感赋》（其四）注 [4]，在永昌西，故称。晴岚：晴天山中的雾气。岚，山间雾气。

[2] 翠巘（yǎn）：青绿的山峰。

[3] 数椽（chuán）：几根椽，形容茅屋之简陋。

北山狮伏

小山结构另方圆，铁额铜头致宛然[1]。
父老不须忧虎豹，神峰千载镇金川。

【注释】

[1] 致：意态。宛然：仿佛，好像。

南峪龙腾

峪近南山墨黛浓[1]，于今溪谷尚云峰。
殷勤告我邑中士[2]，平地原来有卧龙。

【注释】

［1］峪：山谷。黛：青黑色颜料，古时女子常作画眉之用。

［2］邑：城市。

早发永昌县

（清）胡　釴[1]

【解题】

永昌县即今甘肃省金昌市永昌县。清晨从永昌启程，山青树碧，忽荒忽芳，沿途景色流转，诗人心情也起落跌荡。结尾以典故收束，表达了自己愿栖居于此以奉王事的胸怀。抒情言志显得沉稳含蓄。

水曲青山角，村深碧树梢。
行游正荒塞，景物忽芳郊[2]。
欲驻飞鸿迹[3]，堪营乳燕巢[4]。
一枝如可借[5]，三径自诛茅[6]。

【注释】

［1］胡釴（yì）（1708—1770）：字鼎臣，号静庵，秦安（今甘肃天水）人。雍正十二年（1734）拔贡，乾隆六年（1741）主讲秦安书院，以奖掖后进为已任，致力诗赋，每一篇出，士林争相传诵。乾隆三十一年（1766）出任高台训导，四年后兼署肃州学正，同年以病辞归，半月而卒于家中。胡釴穷于遇却工于诗，与狄道（今甘肃临洮）吴镇、潼关杨鸾并称“关陇三诗杰”。后人评他的诗曰：“诗境清腴，而曲尽事情，虽刻苦研炼，而自然流转如脱口出。”著有《静庵诗文集》。

［2］芳郊：花草丛生的郊野。王勃《登城春望》：“芳郊花柳遍，何处不宜春。”

［3］驻：停留。飞鸿：指鸿雁。此处化用苏轼《和子由渑池怀旧》：“人生到处

知何似，应似飞鸿踏雪泥。泥上偶然留指爪，鸿飞那复计东西。”以飞鸿迹比喻往事遗留的痕迹。

[4] 营：建造。乳燕巢：喻人的住处。

[5] 一枝：《庄子·逍遥游》：“鹪鹩巢于深林，不过一枝。”李义府《咏鸟诗》：“上林如许树，不借一枝栖。”前人称谋求职位为觅一枝栖。

[6] 三径：归隐所居的田园。《三辅决录》：“蒋诩归乡里，荆棘塞门，舍中有三径，不出，唯求仲、羊仲从之游。”诛茅：割茅草，指务农。《楚辞·卜居》：“宁诛锄草茅以力耕乎”。

金川潺声

（清）黄 时[1]

【解题】

诗人泛舟金川河，山高谷深，峡曲流折，水声潺潺，亦真亦幻，不绝于耳。晴天碧空，风过云起，于时寻声奋力前行，兴致盎然，豪情满怀。

何处松翻万树涛，旋疑骤雨过林皋。
驱车石硖行频折，侧耳金川咽复号[2]。
旦暮冲撞千布硙[3]，风云呼吸四山高。
还以鼓棹寻声去[4]，水阔天晴兴正豪。

【注释】

[1] 黄时：生卒年不详。字子楷，清乾隆年间贡生。其《创见云川书院记》和《咏永昌八景诗》，收入乾隆五十年本《永昌县志》。

[2] 金川：指金川河。咽复号：金川河水时咽时号。

[3] 千布硙：万千瀑布洁白光亮。布，即布水，瀑布。朱熹《再用韵题翠壁》：“翠壁何年悬布水，绿荫经雨堕危花。”硙（ái），通“皑”，洁白光亮。

[4] 鼓棹：划船。棹（zhào），船桨。

白银篇

边　城

（明）杨一清[1]

【解题】

据《明史》载，杨一清学识广博善于随机应变，尤其通晓边防事务。他上奏文书频繁，一晚可口授十疏，全部切中要害，“其才一时无两”。这首五言律诗是作者嘉靖初年总兵陕西、甘肃诸地军务时在靖远所作，描绘了靖远一带的苦寒气候和征途的孤寂、荒远，表现了作者不愿无功食禄，从军边塞、为国立功的心志和老当益壮的进取精神。

漠漠穹边路[2]，迢迢一骑尘。
四时常见雪，五月未知春。
宵旰求贤意[3]，驰驱报主身[4]。
逢时今老大[5]，羞作素餐人[6]。

【注释】

[1] 杨一清：见29页“嘉峪关篇”（明）杨一清《嘉峪关》注[1]。

[2] 穹（qióng）边：天边。穹，苍穹、天空。

[3] 宵旰（gàn）：旰食宵衣的略语，指日已晚方进食，天未明即穿衣。此处形容勤于政事。

[4] 报主身：指自己。主，指国君。此指驱赶自己立功以报国君。

[5] 逢时：正当时。老大：指年龄已老。

[6] 素餐：素食。此指无功受禄，不劳而食。

吟法泉寺东山景

（明）彭 泽[1]

【解题】

法泉寺，又名“红山石崖禅寺”，位于今甘肃省白银市靖远县东南红山岔。法泉寺始建于北魏，现存洞窟36个，保存有唐代以来的雕塑佛像和壁画，具有重要的艺术欣赏价值和历史研究价值。明武宗正德年间，川陕总督彭泽寓居法泉寺达三年之久，潜心苦读，创作颇为丰硕，作品有《爱日轩赋》、《仙堤赋》和法泉寺“东山景”诗八首，此诗是其中一首。这首诗抒发了作者徜徉于大自然、怡然自乐的心情。

草亭琴趣

白云深处草堂深，洗耳宫商太古音[2]。
莫笑钟期今去远[3]，清风明月自知心。

【注释】

[1] 彭泽（1459—1530）：字济物，号敬修子，又号兑斋，晚号幸安，兰州（今属甘肃）人。弘治三年（1490）进士，历任工部主事、刑部郎中、浙江副使、河南按察使、总督川陕左都御史、兵部尚书等职。著作甚富，多数散佚。有文十四篇，诗三十余首，辑入《皋兰明儒遗文集》。

[2] 宫商：此指音乐、乐曲。太古音：太古时代的乐曲，古人认为太古乐曲纯朴、肃穆、典雅、仁厚。

[3] 钟期：指钟子期。据《吕氏春秋》记载：伯牙鼓琴，钟子期听之，方鼓琴而志在泰山，钟子期曰：“善哉乎鼓琴，巍巍兮若泰山。”少时而志在流水，钟子期曰：“善哉乎鼓琴，洋洋兮若流水。”钟子期死后，伯牙摔琴绝弦，终身不复鼓琴，以为世上再也没有值得让他鼓琴的人。此处比喻知音。

赴河西经会宁偶作

（明）张佳胤[1]

【解题】

会宁县，今隶属于甘肃省白银市，位于甘肃省中部，白银市南端，始建县于明朝。这首七言律诗，是作者去河西途经会宁时所作。此诗用高丘、戍楼、塞雁、浊河等词描写了边塞萧条、荒凉的景况，并用张骞和班超出使西域的典故，表达了作者勇于进取的精神和立志建功边塞的豪情。

暗淡山城古会州，胡天双目尽高丘。
春深柳色凝霜雪[2]，日落边声起戍楼[3]。
塞雁啼云皆北向，浊河归漠亦东流[4]。
乘槎莫是穷源使[5]，投笔应疑定远侯[6]。

【注释】

[1] 张佳胤（1526—1588）：铜梁（今属重庆）人。曾遣部将李成梁屡破鞑靼插汉儿部，功加太子少保、太子太保衔，后回朝任兵部尚书。张佳胤工诗文，自号崌崃山人，为“嘉靖五子”之一。著有《崌崃集》六十五卷，补《华阳国志》一卷，并有奏议二十二卷。

[2] 霜雪：此指柳絮。

[3] 戍楼：边防驻军的瞭望楼。边声：边境之声。此指军队的鼓角之声。

[4] 浊河：此指会宁祖厉河。

[5] 乘槎：此处化用“张骞乘槎”的故事，见 16 页“兰州篇”（清）马世焘《黄河》注 [5]。后用以比喻奉使。

[6] 定远侯：东汉班超的封号。见 43 页“嘉峪关篇”（清）林则徐《出嘉峪关感赋》（其四）注 [3]。

迭烈逊堡

（明）董世彦[1]

【解题】

迭烈逊堡，即鹳阴古渡口，位于今白银市平川区境内的黄河湾中村，东距鹳阴县古城10公里，处红山峡上口。西夏神宗光定十二年（1222）在此建索桥，在桥头修迭烈逊堡（西夏时，此地称“迭烈逊”）驻兵。这首七言律诗作于董世彦担任陕西巡抚期间，董世彦曾阅边至迭烈逊，见黄河滚滚，穿崇山峻岭而北去，险塞雄关，感慨系之，遂有吟唱迭烈逊的诗歌数首。此诗描绘了迭烈逊堡的险峻地势和边关的紧张战事，表达了作者听到边夷归顺时的喜悦，同时规劝统治者要及时振兴武力，不可图一时之安。

长河曲曲水漫漫，峻岭崇岗更郁盘[2]。
险塞环洄临虎穴[3]，雄关今古重龙蟠[4]。
边城清昼犹闻柝[5]，战马通宵不解鞍。
近喜诸夷多款顺[6]，乘时振武莫图安。

【注释】

［1］董世彦（1526—?）：钧州（今河南禹州）人。曾出任都察院右副都御使，巡抚陕西，升任兵部右侍郎，总督三边军务。

［2］郁盘：指山势耸峙稳固。韦应物《酬郑户曹骊山感怀》：“苍山何郁盘，飞阁凌上清。”

［3］虎穴：危险的地方。此指虎踞龙盘之地。

［4］龙蟠（pán）：原指龙盘曲而伏。此指地势险要。蟠，屈曲、环绕、盘伏。

［5］柝（tuò）：打更所敲的木梆。

［6］款顺：诚服，归依。范仲淹《谢转给事中移知邓州表》：“由朝廷之威灵，属羌戎之款顺。”

乌兰耸翠

（明）路　升[1]

【解题】

乌兰，指今靖远乌兰山，位于甘肃省靖远县城南，又名城南山。乌兰山势峙若屏，山岚氤氲，庙宇洞窟鳞次栉比，错落成趣，蔚为壮观，是“靖远八景”之一，名曰“乌兰耸翠”。这首七言绝句通过勾勒乌兰山高耸入云的雄伟气势和危峰兀立的险峻山峰，抒发了作者对雄奇、壮观美景的无限热爱。

白云深处见岧峣[2]，嵯峨耸翠万仞高[3]。
漫说三峰天外迥[4]，兹山突兀最雄豪。

【注释】

[1] 路升：生卒年不详。靖远（今属甘肃）人，现存咏靖远景诗八首，《乌兰耸翠》是其中一首。

[2] 岧峣（tiáoyáo）：形容山高峻的样子。

[3] 嵯峨（cuó'é）：形容山势高峻。万仞：形容山势极高。仞，古时八尺或七尺叫做一仞。

[4] 迥（jiǒng）：远。此指高，形容乌兰山之高。

寿鹿山八景诗

（清）邱兆麟[1]

【解题】

寿鹿山，位于今甘肃景泰县西部的寺滩乡境内，属祁连山脉向东延伸的南支。一说古人为了取意“寿比南山”，“鹿活千岁”，名为寿鹿山。另一说由于山中出没的主要动物为白唇鹿，因此得名寿鹿山。《皋兰县志》载：“寿鹿山……樵人以斧斤入，始见庙宇，不知何代所建。有僧偕白鹿于庙中，岁一出游。清康熙三十年后踪迹绝矣！士人画僧鹿于壁，因以名山。”寿鹿山巍峨峻拔、青山叠翠，森林蔽日，山中原有真武殿、圣帝殿、观音楼、斗母楼、磨针宫、文昌殿、雷祖殿、舍身崖等建筑。嘉庆年间，甘州训导邱兆麟览游寿鹿山，饶有兴致地随意写下讴歌那里八处奇特景观的山水诗，命名为《寿鹿山八景诗》。寿鹿山八景分别是：“群峦耸秀”、“崖畔虹桥”、“风幡兆瑞”、“天梯云路”、“古洞仙踪”、“石泉泻玉”、“夜半涛声”、“炎天飞雪”。其中《群峦耸秀》是一首充满诗情画意的山水诗。通过描绘寿鹿山的雄伟、溪水淙淙、莺啼燕语的景象，抒发了作者悠然自得、无比舒畅的心情。《崖畔虹桥》描绘了寿鹿山真武殿崖畔悬桥的宏伟、壮观的景象，表达了作者对虹桥横空凌压的雄姿由衷地赞美和喜爱。《风幡兆瑞》描写了寿鹿山观风幡、卜瑞年的民间风俗，通过朴实而自然的笔墨，对长幡随风卷舒、山风清凉的情况进行介绍，结尾用反诘语气，表示对人们沉迷于风幡兆瑞的不解，点明人应该自己把握命运的深刻道理。《天梯云路》描绘了寿鹿山的险峻高危，以及作者登上真武殿的感受。《古洞仙踪》采用了虚实相生的表现手法，巧妙结合佛经故事，表达了对仙人鹿女行迹如莲花般不染俗尘的向望。《石泉泻玉》则描写了山泉从高峻的岩隙里喷涌而出，发出击玉撞金般清脆悦耳声响，消失在山界处的情景。《夜半涛声》描写了静谧的古刹、潺潺的流水以及此起彼伏的松涛声。诗歌运用递进的手法，表现出对大自然的赞叹之情。《炎天飞雪》描绘了正当三伏天，寿鹿山上一阵雷雨洒向山陵，随之像美玉一般的雪花，纷纷扬扬地飘落下来的奇景，表现了作者的浪漫理想和壮逸情怀，以及对寿鹿山夏日飞雪的欣赏之情。色彩瑰丽，比喻贴切，浪漫的意境鲜明独特。

一　群峦耸秀[2]

数朵祥云天外横[3]，溪声鸟语弄阴晴。
闲来顿忘人间世，别有清凉一段情。

【注释】

[1] 邱兆麟：生卒年不详。字兰坡，皋兰（今甘肃兰州）人，清嘉庆二十五年（1820）贡生，曾任甘州府训导。

[2] 群峦耸秀：寿鹿山八景之一。众山幽雅，高耸秀丽。

[3] 祥云：吉祥的征兆。

二　崖畔虹桥[1]

忽见云外落长虹，半压苍苔半接空[2]。
雨后雌雄谁辨得[3]蜷蜷碧影挂青枫[4]。

【注释】

[1] 崖畔虹桥：寿鹿山八景之一。寿鹿山有一巨石，高数十丈，上面建有真武殿。旁边架设木桥，纡回而上行，从下面看，好像一座虹桥在空中。

[2] 苍苔：绿色苔藓植物。

[3] 雨后雌雄谁辨得：相传虹有雌雄之别，色鲜盛者为雄，色暗淡者为雌，雄为虹，雌为霓。此处以霓喻桥，与虹桥相对，指雌雄难辨。

[4] 蜷蜷（liánquán）：蜷曲貌。此指盘旋的样子。

三　风幡兆瑞[1]

长幡缥缈石坛风[2]，习习泠泠左右冲[3]。
舒卷凭谁开与结，村农曾此度年丰[4]。

【注释】

[1] 风幡兆瑞：寿鹿山八景之一。寿鹿山有一座崖林寺，每年农历三月初三、四月初八周围村民多上山参谒庙会，庙旁巨大的石坛上竖立数丈的高杆，系长幡在上面，长幡升至杆端迎风舒卷，人们认为长幡飘动如绾结者为丰年，否则就会欠收，这是寿鹿山往昔特有的祭仪。

[2] 缥缈：形容隐隐约约，若有若无的样子，也作飘渺。石坛：石头筑的高台，古代多用于祭祀。

[3] 习习：形容频频飞动的样子。泠泠（líng）：形容幡动之声清越、悠扬。

[4] 度（duó）：揣测，推测。

四　天梯云路[1]

崎岖嵂嵘水云深[2]，会有钟声度远岑[3]。
为觅鲸音凌绝顶[4]，迴看百折已千寻[5]。

【注释】

［1］天梯云路：寿鹿山八景之一。想登上寿鹿山真武殿的人，必须沿山势盘缘而上，乘石梯数十磴，高如云梯，如登天路，极为惊险。

［2］嵲嶫（jiéyè）：山势高峻的样子。嵲，同"杰"，山连延貌。嶫，同"业"，山高貌。

［3］会：恰好。远岑：远山。岑，小而高的山。

［4］鲸音：钟声。古时刻杵作鲸鱼形以撞钟，故称鲸音。凌：登上。

［5］千寻：形容很高。寻，古长度单位，八尺为寻。

五 古洞仙踪[1]

窈窕山阿若有人[2]，云销雨霁认前因[3]。
为看鹿女踏花迹[4]，想见当年不染尘。

【注释】

［1］古洞仙踪：寿鹿山八景之一。寿鹿山的崇山峻岭间有古洞，相传仙人曾居于此。

［2］窈窕：指美好的样子，此处形容山水幽深的情状。

［3］云销雨霁（jì）：语出《滕王阁序》："云销雨霁，彩彻区明"。此指雨过天晴，一切景色清晰可见。前因：佛教语，谓事皆种因于前世，故称前因。

［4］鹿女踏花：佛经故事记载：昔有南窟仙人，见鹿产一女，取归抚养，长大成人，惟脚似鹿，是为鹿女。一日，因洞中火熄，命鹿女往北窟仙人处取火。北窟仙人见鹿女行处步迹皆有莲花，因与鹿女言："绕我舍七匝，当与汝火。"鹿女如其所言，遂取火而去。后因以"踏花"谓鹿女步行，足迹状如莲花。此指寻找仙人的踪迹不得而喻美好的事物无处可寻。

六 石泉泻玉[1]

嵯峨石隙泻珑玲[2]，戛玉敲金响未停[3]。
瞥见清光才过眼[4]，一行界断碧螺青[5]。

【注释】

［1］石泉泻玉：寿鹿山八景中最引人入胜者。

［2］嵯峨：形容山势高峻的样子。珑玲：同"玲珑"，山形精巧细致的样子。

［3］戛（jiá）玉敲金响未停：形容泉水在山中流淌的声音如击玉敲金般清脆且绵绵不断。戛，轻轻的敲打。

［4］清光：指泉水。

［5］界断：泉水在山界处消失。碧螺：蜷曲呈螺状，此处形容山岗青翠。

七　夜半涛声［1］

一到招提俗虑删［2］，尤宜夜半听潺湲［3］。
忽然四面涛声起，尽在千岩万壑间［4］。

【注释】

［1］夜半涛声：寿鹿山八景之一。每当夜静风来，松声如涛，清爽宜人。

［2］招提：梵语，义为四方。北魏太武帝造伽蓝，创招提之名，后遂为寺院的别称。俗虑删：世俗之烦恼消除干净。

［3］潺湲（chányuán）：形容河水慢慢流的样子。

［4］岩：山峰。壑：山谷。

八　炎天飞雪［1］

纷纷六出降琼瑶［2］，不必互寒始见飘［3］。
正值炎蒸三伏热，一声雷雨遍山椒［4］。

【注释】

［1］炎天飞雪：寿鹿山八景之一，也是寿鹿山特有的景观。通常霏雪是与严寒结伴出现，但由于寿鹿山幽僻高寒，虽值盛暑时节，逢雨天即有飞雪降临，炎天飞雪成了寻常之事。

［2］六出：雪花的结晶成六角形，称为六出。《太平御览》卷十二引《韩诗外传》："凡草木花多五出，雪花多六出"。后把六出作为雪花的代称。琼瑶：见49页"金昌篇"（明）郭登《祁连山》注［4］。此指雪花。

［3］互寒：彼此映照，互衬寒冷。

［4］山椒：叶子披针形，春季开黄花，果实叫山苍子，可制香料。此指山顶。谢庄《月赋》："菊散芳于山椒，雁流哀于江濑"。

天水篇

伏　羲　赞

（三国·魏）曹　植[1]

【解题】

伏羲又作宓羲、庖羲、庖牺、包牺、伏戏，亦称牺皇、皇羲、太昊。《史记》中称伏牺，为华胥氏之子，风姓，少典之父，炎（帝）黄（帝）之祖。伏羲所处时代约为旧石器时代中晚期，据考证，伏羲出生在甘肃省天水陇南一带。相传是人类历史上第一个帝王，建都陈国（今河南省淮阳县），在位一百十五年，被列为“三皇”（伏羲、神农、轩辕）之首，亦称人皇。赞是文体的一种。刘勰《文心雕龙》：“赞之义兼美恶。亦犹颂之变耳”。赞文讲究篇幅短小，主要用四言韵文，行文言简意赅，辞采丰美。本文即以丰美的辞藻赞颂了伏羲创制八卦、音乐，教导人民驯养家畜等功绩。

木德风姓[2]，八卦创焉[3]。
龙瑞名官[4]，法地象天[5]。
庖厨祭祀[6]，网罟渔畋[7]。
瑟以象时[8]，神德通玄[9]。

【注释】

[1] 曹植（192—232），字子建，三国曹魏著名文学家，建安文学代表人物。后人因他文学上的造诣而将他与曹操、曹丕合称为“三曹”。

[2] 木德风姓：木德，言伏羲德泽东方青土树木之地。《淮南子·时则训》：“东方之极，自碣石山过朝鲜，贯大人之国，东至日出之次，榑木之地，青土树木之野，太皞、句芒之所司者，万二千里。”高诱注：“太皞，伏羲氏，东方木德之帝也，句芒，木神。”风姓，伏羲姓氏为风。皇甫谧《帝王世纪》：“太昊帝庖牺氏，

风姓也，燧人之世有巨人迹出于雷泽，华胥以足履之，有娠，生伏羲于成纪。蛇身人首，有圣德，燧人氏后，庖牺氏代之，继天而王，首德于木。百王为先。”

[3] 八卦：乾、坤、兑、坎、离、巽、震、艮。

[4] 龙瑞：相传伏羲时有龙马自河中负图而出，为圣者受命之瑞。《左传·昭公十七年》：“太皞氏以龙纪，故为龙师而龙名。”杜预注：“太皞，伏牺氏，风姓之祖也。有龙瑞，故以龙名官。”

[5] 法地象天：伏羲取法天地万物，创立八卦。《易经·系辞下》：“庖羲氏之王天下也，仰则观象于天，俯则观法于地，观鸟兽之文与地之宜，近取诸身，远取诸物，于是始作八卦，以通神明之德，以类万物之情。”

[6] 庖（páo）厨：原意为厨房。《孟子·梁惠王上》：“是以君子远庖厨也。”此处意指伏羲教会人们驯养家畜，烹制肴馔。司马贞《补史记·三皇本纪》云：“太皞庖牺氏，养牺牲以庖厨，故曰庖牺。”

[7] 网罟（gǔ）：捕鱼或鸟兽的用具。畋（tián）：打猎。

[8] 瑟以象时：瑟，言伏羲制琴瑟作音乐。象时，观测天象和时令，令乐与天时和。皇甫谧《帝王世纪》：“（大昊）伏牺氏作瑟，三十六弦，长八尺一寸。”《世本·作篇》云：“宓戏作瑟，八尺二寸，四十五弦。”又云：“庖牺氏作瑟，五十弦。瑟，洁也，使人清洁于心，淳一于行。”马骕《绎史·太皞记》引东汉纬书《孝经钩命诀》说：“伏羲乐曰《立基》，一云《扶来》，亦曰《立本》。”此句意谓伏羲制琴作乐以沟通天人，与天地合。亦使人修养身心，培养品性，所谓礼乐兴也。

[9] 通玄：通晓玄妙之理。

女 娲 赞

（三国·魏）曹 植

【解题】

女娲，中华上古女神。《山海经·大荒西经》：“女娲，古神女而帝者”。风姓，又称娲皇、女娲娘娘，《史记》中称女娲氏。生于陇西成纪（今甘肃天水一带），所处时代约为旧石器时代中晚期。女娲是古代传说中中华民族人文始祖，是神话中的创世女神。女娲人首蛇身，为伏羲之妹，与伏羲兄妹相婚，以泥土造人，创造人类社会并建立婚姻制度。在伏羲去世之后代替伏羲统治部众，因世间天塌地陷，于是熔彩石以补天，斩龟足以撑天，留下了女娲补天的神话传说。本诗即以篇幅短小的赞文言简意赅地赞颂了女娲。

古之国君，造簧作笙[1]。
礼物未就[2]，轩辕纂成[3]。
或云二皇[4]，人首蛇形[5]。
神化七十[6]，何德之灵[7]？

【注释】

[1] 造簧作笙：笙，乐器名。簧，笙上之竹管。笙簧，一种乐器。王谟辑《博雅》："女娲作笙簧。笙，生也，象物贯地而生，以匏为之，其中空而受簧也。"

[2] 礼物：制度与器物。

[3] 轩辕纂成：轩辕，中华民族始祖黄帝。《史记·五帝本纪》："黄帝者，少典之子，姓公孙，名曰轩辕。"纂成，继续完成。《尔雅·释诂》："纂，继也。"

[4] 二皇：伏羲、女娲。

[5] 人首蛇形：女娲形象为人首蛇身。皇甫谧《帝王世纪》："庖羲氏蛇身人首。女娲氏承庖羲制度，亦蛇身人首。"萧统《昭明文选·鲁灵光殿赋》："伏羲鳞身，女娲蛇躯。"

[6] 神化七十：古代传说女娲氏一日之中，出现七十种变化。《山海经·大荒西经》晋郭璞注："女娲，古神女而帝者，人面蛇身，一日中七十变。"

[7] 何德之灵：这是有怎样高尚品德之神灵呢？此句是对女娲的高度赞美。

姜伯约庙

（晋）陈　寿[1]

【解题】

姜伯约即姜维。姜维（202—264），字伯约，号幼麒，天水冀县（今甘肃甘谷）人。三国时期蜀汉著名将领、军事统帅，杰出的军事家、政治家、文学家。陈寿在《三国志·蜀书·姜维传》中评价姜维说："姜维粗有文武，志立功名，而玩众黩旅，明断不周，终致陨毙。"

此诗更高度概括了姜维的一生，并赞美了姜维继承诸葛亮的遗志，在危境之中仍心存汉室，尽节侍主之忠诚。

凉州夸上士[2]，天水产英才。
曾得高人授，亲传秘策来[3]。
中原经九战[4]，爵位显三台[5]。
拔剑酬西蜀[6]，临危志不摧[7]。

【注释】

[1] 陈寿（233—297）：字承祚，巴西安汉（今四川南充）人，西晋史学家。晋武帝太康元年（280）开始撰写三国史书，历时15年终于撰成《魏书》、《蜀书》、《吴书》三书，后人合称《三国志》。

[2] 凉州夸上士：《三国志·蜀书·姜维传》载："亮留书与府长史张裔、参军蒋琬书曰：'姜伯约忠勤时事，思虑精密，考其所有，永南、季常诸人不如也。其人，凉州上士也。'"

[3] 高人：此处指诸葛亮。"曾得"二句意谓姜维深得诸葛亮器重。诸葛亮一手栽培、提拔姜维。诸葛亮死后，蜀国由姜维独当一面。《三国志·蜀书·姜维传》载："亮又曰：'……姜伯约甚敏于军事，既有胆义，深解兵意。此人心存汉室而才兼于人，毕教军事，当遣诣宫，觐见主上'"。

[4] 九战：据《三国志》记载，蜀后主延熙景耀间（238—262），姜维共进行了十一次北伐。九，泛指多数。

[5] 三台：汉以尚书为中台，御史为宪台，谒者为外台，合称三台。这里指姜维位高权重。姜维历任右监军、辅汉将军而统帅诸军，又封平襄侯，后累迁镇西大将军，领凉州刺史，拥有最高军事指挥权。

[6] 酬：报答。此句意谓姜维一生征战为报答蜀国及诸葛亮知遇之恩。

[7] 摧：挫败。此句意谓姜维在危境之中仍心存汉室，志向不改。《三国志·蜀书·姜维传》载魏将邓艾率军绕道袭击蜀地，围成都，后主降，并命姜维也降。姜维假意投降钟会，并出谋划策让钟会反魏，试图再次重新扶持汉室。后来事情败露，姜维及妻、子皆遇害。

陇 头 歌

（北朝）乐府民歌[1]

【解题】

陇头歌，乐府古题，又名《陇头歌辞》，属《乐府诗集》“梁鼓角横吹曲”之一。此诗形象地描绘了北方旅人的艰苦生活。行人的孤独飘零，山路的险峻难行，北地的刺骨严寒，以及思念家乡的悲痛情绪，无不一一跃然纸上。

陇头流水[2]，流离四下。
念我行役，飘然旷野。
登高望远，涕零双堕。
陇头流水，鸣声幽咽[3]。
遥望秦川[4]，肝肠断绝。

【注释】

[1] 乐府民歌：“乐府”约始于秦代，汉承秦制，亦设有专门的乐府机构。至汉武帝时，乐府的规模和职能都得以扩大，其任务包括制定乐谱、训练乐工、搜集民歌及制作歌辞等。为了区别文人制作的乐府歌辞，把采自民间的歌辞称为“乐府民歌”。宋代郭茂倩将历代歌曲按其曲调收集分类汇编为《乐府诗集》，多数为优秀的民歌和文人用乐府旧题所作的诗歌。本首《陇头歌》属于北朝民歌。

[2] 陇头流水：指发源于陇山的河流、溪水。一说是指发源于陇山，向东流的泾河等几条河水。陇头，即陇山，又名陇坂、陇坻、陇首等。陇山为六盘山系的南端，绵延约 120 公里，地处宁夏和甘肃南部、陕西西部，位于西安、银川、兰州三省会城市所形成的三角地带，是甘肃、陕西的分界线。陇山是华夏民族的发祥地，是古丝绸之路东段北道必经之地，是历代兵家屯兵用武的要塞重镇，也是北方游牧文化与中原文化的结合部。

[3] 鸣声幽咽：水声幽咽，像人在哭泣。

[4] 秦川：泛指今陕西、关中平原地带，因春秋、战国时地属秦国而得名。此指故乡。

陇头水

（南朝）顾野王[1]

【解题】

陇头水，乐府横吹曲名。《陇头水》从模仿扩写《陇头歌》而来，《陇头水》题名缘起，郭茂倩《乐府诗集》卷二一："《乐府解题》曰：'汉横吹曲，二十八解，李延年造。魏晋以来，惟传十曲：一曰《黄鹄》，二曰《陇头》……'《陇头》：一曰陇头水。《通典》曰：'天水郡有大阪，名曰陇坻，亦曰陇山，即汉陇关也。'《三秦记》曰：'其阪九回，上者七日乃越，上有清水四注下，所谓陇头水也。'"多写行旅之人旅途艰辛、乡愁百转。道路漫漫，陇阪艰险，当行旅之人听到陇头水声幽咽，不禁悲从中来，愁肠百转，故有题咏甚众的《陇头水》。《元和郡县图志》卷三九，"秦州伏羌县"条载："小陇山，一名陇坻……陇阪九回，不知高几里，每山东人西役，升此瞻望，莫不愁思。陇上有水，东西分流，因号驿为分水驿。行人至此，歌曰：'陇头流水，鸣声幽咽。遥望秦川，肝肠断绝。'"

陇坻望秦川[2]，迢递隔风烟。
萧条落野树，幽咽响流泉。
瀚海波难息[3]，交河冰未坚[4]。
宁知盖山水[5]，逐节赴危弦[6]。

【注释】

[1] 顾野王（519—581）：字希冯，原名体伦，吴郡吴县（今江苏苏州）人。南朝梁、陈间官员，文字训诂学家、史学家。历梁武帝大同四年太学博士、陈国子博士、黄门侍郎、光禄大夫，博通经史，擅长丹青，著《玉篇》。

[2] 坻（chí）：山坡，高地。

[3] 瀚海：见31页"嘉峪关篇"（明）戴弁《玉关来远》注[5]。波：沙丘起起伏伏。此句意谓沙漠沙丘起起伏伏，难以平伏。亦隐喻北方战事波折难以平息。

[4] 交河：北方河名，位于今新疆维吾尔自治区吐鲁番县西北，《汉书·西域

传》记载："车师前国，王治交河城，河水分流绕城下，故号交河。"唐贞观十四年（640）设交河县。

［5］宁知：岂知，怎知。盖山水：山水相连叠递。

［6］节：名节。危弦：急弦，此指危难险隔之地。

入秦州界

（唐）卢照邻［1］

【解题】

秦州，三国魏始置，治为上邽，即今甘肃省天水市。后历代有变化，唐曰春州，移治成纪，即今天水县治，后还治上邽，改为天水郡，又改曰秦州。卢照邻，"初唐四杰"之一。《旧唐书·卢照邻传》："卢照邻，字升之，幽州范阳人也。年十余岁，就曹宪、王义方授《苍》、《雅》及经史，博学善属文。初授邓王府典签，王甚爱重之，曾谓群官曰：'此即寡人相如也。'后拜新都尉。因染风疾去官，处太白山中，以服饵为事。后疾转笃，徙居阳翟之具茨山，著《释疾文》、《五悲》等诵。颇有骚人之风，甚为文士所重。"此诗为卢照邻染风疾辞官后，于高宗显庆三年（658）春晚自蜀中返长安时作。

陇阪长无极［2］，苍山望不穷。
石径萦疑断［3］，回流映似空。
花开绿野雾，莺啭紫岩风［4］。
春芳勿遽尽［5］，留赏故人同。

【注释】

［1］卢照邻：见1页"兰州篇"（唐）卢照邻《紫骝马》注［1］。

［2］陇阪：即陇山。

［3］萦：绕，此处指盘桓。

［4］莺啭（zhuàn）：黄莺婉转而鸣。

［5］遽（jù）：急，仓促。

陇 头 水

（唐）沈佺期[1]

【解题】

陇头水，见68页“天水篇”（南朝）顾野王《陇头水》的解题。此诗为沈佺期拟作。

陇山飞落叶，陇雁度寒天。
愁见三秋水[2]，分为两地泉。
西流入羌郡[3]，东下向秦川。
征客重回首[4]，肝肠空自怜。

【注释】

[1] 沈佺期：见2页“兰州篇”（唐）沈佺期《出塞》注[1]。

[2] 三秋：古时人们将秋季的七、八、九月份分别称为孟秋、仲秋、季秋，合称“三秋”，代指秋天。

[3] 羌郡：此处泛指陇山以西的甘肃天水地域。因古老的羌族在甘肃分布十分广泛，故历史上也将甘肃通称为“西羌”，甘谷县在历史上也因此长期称为“伏羌”。后甘肃境内的羌族随着人口的东迁，一部分迁往四川汶川等地，留下来的羌族成为汉族的主要族源之一。

[4] 征客：远行之人。

乌 夜 啼

（唐）李 白[1]

【解题】

乌夜啼，乐府古题，为唐教坊曲，又名《相见欢》、《秋夜月》、

《上西楼》。属《清商曲·西曲歌》。郭茂倩《乐府诗集》卷四七，《乌夜啼》解题云："《唐书·乐志》曰：'《乌夜啼》者，宋临川王义庆所作也。元嘉十七年，徙彭城王义康于豫章。义庆时为江州，至镇，相见而哭。文帝闻而怪之，征还庆大惧，伎妾夜闻乌夜啼声，扣斋阁云："明日应有赦。"其年更为南兖州刺史，因此作歌。故其和云："夜夜望郎来，笼窗窗不开。"今所传歌辞，似非义庆本旨。《教坊记》曰：'《乌夜啼》者，元嘉二十八年，彭城王义康有罪放逐，行次浔阳；江州刺史衡阳王义季，留连饮宴，历旬不去。帝闻而怒，皆囚之。会稽公主，姊也，尝与帝宴洽，中席起拜。帝未达其旨，躬止之。主流涕曰："车子岁暮，恐不为阶下所容！"车子，义康小字也。帝指蒋山曰："必无此，不尔，便负初宁陵。"武帝葬于蒋山，故指先帝陵为誓。因封馀酒寄义康，且曰："昨与会稽姊饮，乐，忆弟，故府所饮酒往，遂宥之。"使未达浔阳，衡阳家人扣二王所囚院曰："昨夜乌夜啼，官当有赦。"少顷使至，二王得释，故有此曲。'按史书称临川王义康为江州，而云衡阳王义季，传之误也。《古今乐录》：'《乌夜啼》，旧舞十六人。'《乐府解题》曰：'亦有《乌栖曲》，不知与此同否。'"李白这首的主题也与前代所作相类，但言简意深，别出新意，遂为名篇。

黄云城边乌欲栖，归飞哑哑枝上啼。
机中织锦秦川女[2]，碧纱如烟隔窗语。
停梭怅然忆远人[3]，独宿孤房泪如雨。

【注释】

[1] 李白：见 47 页“金昌篇”（唐）李白《塞上曲》注 [1]。

[2] 机中织锦秦川女：指苏若兰。苏若兰，名蕙，为前秦著名的才女，创造织锦回文诗。其丈夫官任秦州刺史，随夫居天水，在这里织锦。夫后被苻坚徙流沙，若兰把思念织成回文璇玑图，纵横反复皆成章句，凡八百四十字，名满天下。现天水市秦州区有苏若兰雕像。

[3] 远人：在远地的丈夫。

秦州杂诗（二十首之九）

（唐）杜　甫[1]

【解题】

“杂诗”为古人常用诗题，内容不一，多为随感而作。唐玄宗天宝十四年（755），安史之乱爆发，乱军一度攻入长安。玄宗奔蜀，太子李亨在灵武继位，名号肃宗。杜甫投奔肃宗，被任命为左拾遗。不料很快因营救房琯，触怒肃宗，被贬到华州，任华州司功参军之职。乾元二年（759）夏，华州及关中大旱，杜甫忧时伤乱，感叹国难民苦。这年立秋后，杜甫因对污浊的时政痛心疾首，而放弃了华州司功参军的职务。因其从侄杜佐和至交京师大云寺主持赞公和尚都在秦州（今甘肃天水），杜甫便携家眷西去。唐肃宗乾元二年（759）秋天，杜甫携眷旅居秦州，三个多月里，杜甫游历古刹名寺，走亲串友，访谈作诗，共写出了一百多首诗作。先后以五律形式写了二十首诗来歌咏当地山川风物，抒发伤时感乱之情和个人身世遭遇之悲，统题为《秦州杂诗》。南宋刘克庄《后村诗话》称这二十首诗记秦州“山川城郭之异，土地风气所宜，开卷一览，尽在是矣。”

一

满目悲生事，因人作远游[2]。
迟回度陇怯，浩荡及关愁[4]。
水落鱼龙夜，山空鸟鼠秋[4]。
西征问烽火，心折此淹留[5]。

【注释】

[1] 杜甫（712—770）：字子美，自号少陵野老，巩县（今河南巩义）人。盛唐时期伟大的现实主义诗人。他忧国忧民，人格高尚，诗艺精湛，被世人尊为“诗圣”，其诗被称为“诗史”。杜甫与李白合称“李杜”。

[2]“满目”两句：安史之乱使国家满目疮痍、饿殍遍地，诗人看到此景，

心中顿生悲凉。因人，依人。此二句总写诗人面对生事艰难的时局，只得远涉秦州，投奔赴秦。

［3］“迟回”两句：迟，迟疑。怯，胆怯，犹豫。浩荡，汹涌壮阔貌，言陇关之壮阔。此二句意谓诗人及到壮阔的陇关，却又胆怯、犹豫，心中愁闷，不敢迈步前进。王嗣奭《杜臆》云：“所以怯且愁者，因吐蕃未靖，西征之烽火未息也。”

［4］“水落”两句：鱼龙，鱼龙河，发源于陇县西北。鸟鼠：指鸟鼠山，在甘肃省渭源县西南，是中国文献记载最早的名山之一。因缺乏大树筑巢，鸟只得用鼠穴营巢下蛋，而鼠利用鸟为它们报警，以防老鹰侵犯。鼠在穴内，鸟在穴外，各自生育，不相侵害，故称为鸟鼠同穴山。《山海经》称“鸟鼠同穴山，渭水出焉。”诗人在此以鱼龙河、鸟鼠山代指入秦时过陇关的山水。此两句诗以水落山空，写秦州秋日凄凉之况。

［5］“西征”两句：西征，这里指诗人西行入陇关。烽火，战事。心折，心惊。淹留，停留。这两句意谓诗人西行入陇关之后，仍惴惴不安地打听前方的战事。诗人并不想久客于秦，但可能因战事而不得不淹留，因此心里十分恐慌。此联与颔联照应。

二

秦州城北寺[1]，胜迹隗嚣宫[2]。
苔藓山门古，丹青野殿空[3]。
月明垂叶露，云逐渡溪风[4]。
清渭无情极，愁时独向东[5]。

【注释】

［1］城北寺：坐落在天水城北天靖山麓，又称崇宁寺、山寺。《杜臆》：“地志：州东北山上有崇宁寺，乃隗嚣故居。”

［2］隗（wěi）嚣宫：隗嚣的宫室。隗嚣（？—33），字季孟，天水成纪（今甘肃秦安）人。东汉初年曾割据陇上，以此地为都，称雄十一年。

［3］“苔藓”两句：“古”言年代久远，古寺犹存；“空”言故宫荒寂，无人之境。此二句意谓昔日盛极一时的隗嚣宫，如今是山门久生苔藓，野殿空有丹青。

［4］“月明”两句：月光清幽，垂叶方露。秋风萧条，逐云度溪。此二句写古寺凄寂之景。

［5］“清渭”两句：渭，渭水，黄河第一大支流。源出甘肃渭源县鸟鼠山，流域包括甘肃、宁夏、陕西三省区，干流自西向东流经甘肃省的渭源、武山、甘谷、

天水市北道区后，东流入陕西渭河平原，至潼关入黄河。渭水在秦州，东流于长安。此二句意谓清澈的渭河水无情之极，偏在人东归不得愁绪满怀时，独自东流去。也表达了杜甫始终心向长安、关心朝政的情怀。

七

莽莽万重山，孤城山谷间[1]。
无风云出塞，不夜月临关[2]。
属国归何晚[3]？楼兰斩未还[4]。
烟尘独长望[5]，衰飒正摧颜[6]。

【注释】

[1] 孤城：此指秦州。此二句描绘秦州险要的地理形势。

[2]“无风”两句：地面无风，云飘然出塞；还未入夜，月先临关。山多，故无风而云常出塞。城迥，故不夜而月先临关。此二句描写边境的苍凉景象。

[3] 属国：指苏武被封典属国。汉武帝时，苏武出使匈奴，被匈奴扣留，十九年后才得以返回，汉武帝封他为典属国。

[4] 楼兰斩未还：楼兰，汉代西域国名，即“鄯善”国。名称最早见于《史记》，曾经为丝绸之路必经之地。现只剩遗迹，地处新疆维吾尔自治区巴音郭楞蒙古自治州若羌县北境。汉武帝时派遣使者到大宛国去，楼兰阻挡道路，扣留汉朝使者。汉昭帝元凤四年平乐监（官职名）傅介子前往楼兰，用计斩楼兰国王而归。颈联以苏武、傅介子的典故，意在感慨边乱未靖，缅想有壮士能像苏武、傅介子那样立功异域，安抚边境，防止吐蕃入侵。

[5] 烟尘：此指战火弥漫。

[6] 衰飒正摧颜：此句意谓诗人目睹衰飒的边地景象，联想唐王朝衰败形势，惆怅心痛而愁容满面。

九

今日明人眼[1]，临池好驿亭[2]。
丛篁低地碧[3]，高柳半天青。
稠叠多幽事[4]，喧呼阅使星[5]。
老夫如有此，不异在郊坰[6]。

【注释】

［1］今日：今天的太阳。此句意谓这一天太阳明亮、天气晴好，人的心情舒畅。

［2］临池：靠近池塘。驿亭：古代驿站所设亭子，供旅人休息。

［3］丛篁（huáng）：丛生的竹子，竹林。宋之问《泛镜湖南溪》："杳嶂开天小，丛篁夹路迷。"因竹子性喜阴湿，低洼之地多有之，故曰："低地碧"。

［4］稠叠：一个接一个，忙不迭。幽事：机密之事。此句意谓边关多有情报传递，故而驿亭呈现出非常繁忙的景象。

［5］喧呼：喧闹呼叫。阅：看。使星：使者。《杜诗详注》引《后汉书·李郃传》：和帝遣使者二人到益部，郃曰："有二使星人蜀分野。"后因称使者为"使星"。

［6］不异：无异。郊坰（jiōng）：郊外、郊野。《尔雅·释地》："邑外谓之郊，郊外谓之牧，牧外谓之野，野外谓之林，林外谓之坰。"

十

云气接昆仑[1]，涔涔塞雨繁[2]。
羌童看渭水[3]，使客向河源[4]。
烟火军中幕[5]，牛羊岭上村。
所居秋草静[6]，正闭小蓬门[7]。

【注释】

［1］接昆仑：意谓云气与昆仑山相接，这是夸张的写法。意谓阴云浩漫，遮山蔽空，故有下句雨势淫溢的描写。昆仑，见30页"嘉峪关篇"（明）戴弁《嘉峪晴烟》注［3］。

［2］涔涔（cén）：天色阴晦、淫雨不断貌。

［3］羌（qiāng）：居住在大西北的古老民族，汉唐时期活动于今新疆、青海、甘肃、宁夏等地，陇右亦为氐羌主要活动区域。看：观望（渭河涨水）。渭水：见73页"天水篇"（唐）杜甫《秦州杂诗》（其二）注［5］。此言雨大，儿童看渭河水涨。

［4］使客：使者。河源：地名，今青海西宁一带，唐代亦称为鄯州。《杜诗详注》引《唐书》："鄯州鄯城县，有河源军，属陇右道。"也可解为黄河源头，亦指青海一带。在此句中借指西域。

［5］烟火：即炊烟。军中幕：驻军中的帐篷。

［6］所居：当指诗人自己的居所。

［7］蓬门：用藤条编成的门。尾联写诗人秋日雨后闭门，自伤岑寂。

十二

山头南郭寺[1]，水号北流泉[2]。
老树空庭得[3]，清渠一邑传[4]。
秋花危石底，晚景卧钟边[5]。
俯仰悲身世[6]，溪风为飒然[7]。

【注释】

[1] 南郭寺：位于今天水市城南2公里慧音山坳，风景优美，鸟语花香，为秦州十景之一的“南山古柏”所在地。

[2] 北流泉：水名。今南郭寺内井水“北流泉”并非杜甫此处所说。首联描写南郭寺兼山水之胜。

[3] 老树：指南山古柏，南郭寺中有一株生长至今达两千多年的千年古柏，称为南山古柏。在杜甫至南郭寺时，古柏也已生长一千多年，故此处老树即指南山古柏。本句应为“空庭得老树”，意谓庭得老树而生色。

[4] 清渠：即本诗所指北流泉。邑（yì）：泛指一般城镇。大曰都，小曰邑。此处指秦州境内清水县。清水：汉置县，属天水。唐以后属秦州，后皆因之。《九域志》：“县名清水，是邑以清水渠而传名。”《秦州记》：“一派北流，是清渠传注一邑也。”《水经注》：“清水导源东北陇山，经清水县，故城东与秦水合，东南注渭县。”本句意谓清水县借清渠之传注。

[5]“秋花”两句：秋花掩映危石，黄昏中秋影疏落于卧钟。本联以萧索之景况已之穷老，故下有俯仰身世之感。

[6] 俯仰：形容沉思默想。

[7] 飒（sà）然：形容风雨声。尾联意谓诗人面对萧索的景色，不由对景伤情，想起身世飘零之苦，这时只听见溪谷中风声飒飒。

十三

传道东柯谷[1]，深藏数十家。
对门藤盖瓦[2]，映竹水穿沙[3]。
瘦地翻宜粟，阳坡可种瓜。
船人近相报[4]，但恐失桃花[5]。

【注释】

[1] 东柯谷：地名，在渭水南岸的麦积区马跑泉镇颍川河与伯阳谷水之间。杜甫因“安史之乱”，弃官西行至东柯谷，在其从侄杜佐处寓居三月余，传道，听闻。仇兆鳌《杜诗详注》引赵汸注：“起用‘传道’二字，则此下景物，皆是未至谷中，而先述所闻。”

[2] 对门：门户相对；对面。此处指家家户户。本句意谓家家户户屋檐盘结着藤萝，皆在藤罗苍翠之中。

[3] 映竹水穿沙：东柯谷处处溪水沙岸，又有丛竹掩映之趣。

[4] 船人：船夫。近：接近。

[5] 桃花：桃花源。诗人将东柯谷喻作桃花源。尾联的意思是东柯谷佳胜如此，如陶渊明武陵之源，足可以遁世，遂急往图之，故嘱咐船夫接近东柯谷时即报，担心失却桃源之胜地。

十六

东柯好崖谷，不与众峰群[1]。
落日邀双鸟，晴天卷片云。
野人矜险绝[2]，水竹会平分[3]。
采药吾将老[4]，童儿未遣闻[5]。

【注释】

[1] 群：此处为相似、相同的意思。此句意谓东柯谷独异特秀，不与其他峰一样。

[2] 野人：山野之人、农夫。矜（jīn）：夸耀。

[3] 水竹会平分：溪水丛竹相参，交相掩映。王嗣奭《杜臆》：“半水半竹为平分。”

[4] 采药吾将老：我决心采药终老于此。表达作者归隐之心。

[5] 童儿：儿辈。遣：令，使。闻：知道。尾联意谓诗人面对东柯谷此等水竹佳胜之地，留连不已，意欲采药为名，卜居于此，终老此乡。但此番深意，儿辈岂能理解？

十八

地僻秋将尽，山高客未归。
塞云多断续，边日少光辉。
警急烽常报[1]，传闻檄屡飞[2]。
西戎外甥国[3]，何得迕天威[4]。

【注释】

[1] 烽：古时边防报警的烟火，比喻战火或战争。

[2] 檄：古代官府用以征召或声讨的文书。

[3] 西戎外甥国：指西北方吐蕃、回纥。仇兆鳌注："《唐书》：'景龙四年，以金城公主下嫁吐蕃。乾元元年，肃宗以幼女宁国公主下降回纥'。《吐蕃传》：'开元十年，赞普请和，上表曰：外甥是先皇帝旧宿亲，千岁万岁，外甥终不敢先违盟誓。'"

[4] 迕（wǔ）：违背，忤逆。尾联意谓吐蕃作为外甥之国，为何违背诺言，迕犯天威呢？仇兆鳌注："盖反言以见和亲之无益。"

赤　谷

（唐）杜　甫

【解题】

赤谷，地名，位于秦州西南约7里处，即今甘肃省天水市西南暖和湾河谷，因两面山崖皆呈红色，故名。乾元二年（759），杜甫四十八岁。七月，他自华州（今陕西华县）弃官，寓居秦州（今甘肃天水），十月转赴同谷（今甘肃成县）。沿途写下了系列的纪行诗，此诗为其中之一，为从秦州出发，向西南方向途径赤谷时所作，主要写诗人经过赤谷时的所见所感。诗人在赤谷的荒凉中触景生情，流露出流离失所、行旅艰辛的哀怨绝望之情。

天寒霜雪繁[1]，游子有所之[2]。
岂但岁月暮[3]，重来未有期[4]。

晨发赤谷亭，险艰方自兹[5]。
乱石无改辙，我车已载脂[6]。
山深苦多风，落日童稚饥。
悄然村墟迥[7]，烟火何由追[8]。
贫病转零落，故乡不可思。
常恐死道路，永为高人嗤[9]。

【注释】

[1] 霜雪繁：霜多而厚。
[2] 之：往，去。
[3] 岂但：岂只。岁月暮：一年将尽。
[4] 重来：再来。未有期：不敢期盼。
[5] 方：刚刚，才。自兹：自此，从这里。
[6] 载脂：加上脂膏，即往车轴内加油。
[7] 悄然：寂静无生气。迥：远。
[8] 烟火：借指人家，村落。何由追：从哪里寻找。
[9] 嗤（chī）：讥笑。

铁 堂 峡

（唐）杜　甫

【解题】

铁堂峡，地名，位于秦州东南70里处，即今甘肃省天水市秦州区小天水东北张家峡、赵家磨之间的峡谷。本诗为乾元二年（759），杜甫离开秦州，取道成州入蜀时路经铁堂峡所作。本诗着力描绘了铁堂峡奇险特出的地貌，并抒发了诗人旅途飘零、忧心国事的爱国感情。

山风吹游子，缥缈乘险绝[1]。
峡形藏堂隍[2]，壁色立积铁[3]。
径摩穹苍蟠[4]，石与厚地裂。
修纤无垠竹[5]，嵌空太始雪[6]。

威迟哀壑底[7]，徒旅惨不悦[8]。
水寒长冰横[9]，我马骨正折[10]。
生涯抵弧矢[11]，盗贼殊未灭[12]。
飘蓬逾三年[13]，回首肝肺热[14]。

【注释】

[1] 缥缈：衣裳飞扬貌。乘：登。

[2] 堂隍：即“堂皇”，殿堂之意。《汉书·胡建传》：“列坐堂皇上。”此句意谓铁堂峡形如一座殿堂。

[3] 积铁：累积起来的钢铁。此句意谓铁堂峡的峡壁颜色如积铁色。与上句相联系，点名“铁堂峡”得名的原因。

[4] 径：山路。摩：摩天。穹苍：天空。蟠：如龙蛇弯曲。

[5] 修纤：修长纤细。无垠：没有边际。

[6] 嵌空：镶嵌在空中。太始：原始。《列子》：“太始者，形之始也。”

[7] 威迟：曲折绵延貌。潘岳诗：“峻板路威迟。”哀：叹息。

[8] 徒旅：指旅客。谢灵运《七里濑》：“孤客伤逝湍，徒旅苦奔峭。”吕向注：“言旅客奔往，皆多伤苦于此。”惨：凄惨。

[9] 长冰横：沿河床冻结的冰蜿蜒横在眼前。

[10] 正折：偏偏折骨。“我马骨正折”犹言水寒。汉乐府陈琳《饮马长城窟行》诗：“饮马长城窟，水寒伤马骨。”

[11] 抵弧矢：赶上战乱。《易传》：“弧矢之利，以威天下。”

[12] 盗贼：指安史叛军。

[13] 飘蓬：犹如蓬草飘零，此处是作者对漂泊生涯的自况。逾三年：超过三年。指杜甫从天宝十五年（756）四月离开长安至乾元二年（759）十月，已经三年有余。

[14] 肝肺热：形容内心焦急，悲伤不已。

题麦积山天堂

（五代）王仁裕[1]

【解题】

麦积山位于今甘肃省天水县东南约50公里处，因峰峦突起，形如麦草垛，故名。山有石窟，名麦积山石窟，是我国著名的石窟之一。王仁裕在自己的笔记《玉堂闲话》中曾写到麦积山的“天堂”：“其青云之半，梯空架险，有散花楼。由西阁悬梯而上，有万菩萨堂，并就石凿成。自此室之上，有一龛，谓之天堂，空中倚一独梯。至此万中无一人敢登者，仁裕独登之，题诗于天堂西壁。”

蹑尽悬崖万仞梯[2]，等闲身与白云齐[3]。
檐前下视群山小，堂上平分落日低。
绝顶路危人少到[4]，古岩松健鹤频栖[5]。
天边为要留名姓，拂石殷勤手自题。

【注释】

［1］王仁裕（880—956）：字德辇，秦州长道县碑楼川（今甘肃礼县）人。晚唐五代著名政治家、文学家。一生著作甚多。

［2］蹑：攀登。

［3］等闲：轻易，随便。

［4］绝顶：最高峰。

［5］古岩：古老而险峻的山崖。松健：高大雄伟的松树。栖：栖息。

天 水 湖

（北宋）蒋之奇[1]

【解题】

天水湖即“天水瀛池”，指天水城西南天水郡的天水湖。《水经注》云：“上邽北城中有湖，水有白龙生，风雨随之，故汉武帝改为天水郡。”《秦州志》云：“郡前有湖，冬夏无增减。故有天水之名”。是为天水名称之由来。天水湖因水有白龙生，又曰灵源。湖水清澈甘美，夏秋荷花盛开，风景幽美，其湖尚存。

灵源符国姓[2]，丽泽应州名[3]。
地脉薰来润，云根出处清。

【注释】

[1] 蒋之奇（1031—1104）：字颖叔，常州宜兴（今属江苏）人，仁宗嘉祐二年（1057）进士。英宗初年，擢监察御史。宋神宗时转殿中侍御史。熙宁中，历河北、陕西发运副使等。

[2] 灵源：即天水湖。

[3] 应：顺合、适合。丽泽即天水湖，州名即天水，故曰丽泽应州名。

马 跑 泉

（北宋）游师雄[1]

【解题】

马跑泉位于今天水市麦积区南约3公里的马跑泉镇。《读史方舆纪要》："相传唐初尉迟敬德与番将金牙战于此，士卒疲渴，敬德马忽驰，泉遂涌出，故名。"《天水县志》载："在（天水市）东西十里之马跑泉镇，泉出寺中，极甘冽，源壮可灌田。"

清甘一派古祠边[2]，昨日亲烹小凤团[3]。
却恨竟陵无品目[4]，烦君精鉴为尝看[5]。

【注释】

[1] 游师雄（1037—1097）：字景叔，武功（今属陕西）人。北宋名臣。宋治平二年（1065）进士，授仪州司户参军。元祐五年（1090）任陕西转运判官、秦凤路提点刑狱。次年，夏（宋时称"西夏"）人侵泾原、熙河两地，游师雄在定西至通渭间修筑护耕七寨等战略据点以加强防卫，使边境安定多年。元祐七年（1092），除祠部员外郎，兼集贤校理，领陕西转运使。

[2] 古祠：当地人民为纪念尉迟敬德将军，在马跑泉边改建的鄂公（尉迟将军的封号）祠。

[3] 凤团：宋代贡茶名。用上等茶末制成团状，印有凤纹。后来泛指好茶。

[4] 恨：遗憾。竟陵：湖北省天门市古称竟陵，是茶圣陆羽的故里。品目：物品的名称、类别。此句意谓真遗憾茶圣陆羽在《茶经》中没有将马跑泉列出，意指他缺乏品味和眼力。

[5] 精鉴：仔细鉴别。

陇 头 水

（南宋）陆游[1]

【解题】

陇头水，见68页“天水篇”（南朝）顾野王《陇头水》的解题。此诗为陆游拟作。

陇头十月天雨霜[2]，壮士夜枕绿沉枪[3]。
卧闻陇水思故乡，三更起坐泪数行。
我语壮士勉自强，男儿堕地志四方。
裹尸马革固其常[4]，岂若妇女不下堂。
生逢和亲最可伤[5]，岁辇金絮输胡羌[6]。
夜视太白收光芒[7]，报国欲死无战场。

【注释】

[1] 陆游（1125—1209）：字务观，号放翁。越州山阴（今浙江绍兴）人，南宋爱国诗人。诗歌今存九千多首，内容极为丰富，有抒发政治抱负的，有反映人民疾苦的，也有抒写日常生活的，风格雄浑豪放，也多清新之作。

[2] 雨霜：下霜。

[3] 绿沉枪：以绿色为装饰的枪。绿沉，浓绿色。凡弓、枪、衣甲以绿色装饰皆可。杜甫《重过何氏》其四：“雨抛金锁甲，苔卧绿沉枪。”

[4] 裹尸马革：语出《后汉书·马援传》：“男儿要当死于边野，以马革裹尸还葬耳。”寓意将士忠勇杀敌、战死疆场。

[5] 生逢和亲最可伤：指宋金和议之事。南宋自1141年与金达成“绍兴和议”以来，每年缴纳金人银二十五万两、绢二十五万匹。1164年又订立“隆兴和议”，每年改纳金银二十万两，绢二十万匹。

[6] 岁：每年。辇（niǎn）：载运；运送。金：金银。絮：绢帛。输：输送。

[7] 太白收光芒：太白，即金星，古称启明、长庚、太白金星，在九大行星中

光最明亮。陆游借夜观天象不见太白为喻，暗指朝廷无意北伐，壮士们没有舍身报国的机会。

伏羌纪事

（明）曹　琏[1]

【解题】

伏羌，旧县名，今甘肃省甘谷县。《读史方舆纪要》："古冀戎地。秦武公十年，置冀县。汉属天水郡。东汉为汉阳郡治。晋亦属天水郡。唐武德三年，改为伏羌县，仍置伏州。八年，州废，县属秦州。广德以后，没于吐蕃，县废。宋建隆二年，置伏羌寨。元至元十三年，升为县。"此后延此县名，1928年改为甘谷。本诗热情地歌颂了伏羌县的悠久历史及壮阔风光。

百里平川入冀城[2]，伏羌谁改旧时名[3]？
风云半掩天门近[4]，瀑布遥连渭水清[5]。
阳谷霜寒啼鸟乱[6]，赤崖风细落花轻[7]。
泮宫咫尺行台侧，喜听诸生弦诵声[8]。

【注释】

［1］曹琏（liǎn）：生卒年不详。字廷器，湖南永兴人。明宣德四年（1429）以诗中乡试第一。初任四川嘉定州学正，荐擢河南提学佥事，迁陕西按察副使，寻擢大理少卿，参赞延绥军务。

［2］冀城：即甘谷。

［3］"伏羌"句：意谓是谁将冀县的旧名改为伏羌这个县名呢？

［4］天门：天门山，位于甘谷县城南，海拔1500米，是甘谷县名胜风景旅游区之一，自古以来有"天门春晓"的美誉。《甘肃通志》描述甘谷时说："关岭东峙，朱圉西雄，南仰天门，北环渭水，万山四塞，复岭重网。"

［5］遥连：远处相接。渭水：见73页"天水篇"（唐）杜甫《秦州杂诗》（其二）注［5］。

[6] 阳谷：面阳的山谷。此句意谓时间至秋季，向阳之处亦霜重冷寒，鸟儿也似乎不堪寒冷而啼声零乱。

[7] 赤崖：指阳光下的崖壁。

[8] 泮（pàn）宫：西周诸侯所设大学，后泛指学宫。行台：旧时地方大吏的官署与居住之所。弦诵：古代授《诗》、学《诗》，配弦乐而歌者为弦歌，无乐而朗读者为诵，合称“弦诵”。后即用以泛指授业、诵读之事。

麦积烟雨

（明）傅鼐[1]

【解题】

麦积山，见80页“天水篇”（唐）王仁裕《题麦积山天堂》的解题。麦积烟雨是秦州十景之一，因麦积山林木茂盛，气候阴湿，每年夏秋，常有烟云缭绕山境，景色清幽而多变幻，故以“麦积烟雨”胜名。本诗描绘了挺秀的麦积山和如梦似幻的“麦积烟雨”胜境。

挺秀危峰不可跻[2]，岧嶤上与白云齐[3]。
西瞻似觉昆仑小，东顾犹嫌华岳低。
千里堆蓝烟漠漠，几村横翠雨霏霏[4]。
良工水墨难描画，多少人家路欲迷。

【注释】

[1] 傅鼐（nài）：生卒年不详。恒山（今山西浑源）人。明成化十九年（1483）进士，后任职秦州，在知州任上赋诗描写秦州十景，麦积烟雨为十景之一。

[2] 跻（jī）：攀登。

[3] 岧嶤（tiáoyáo）：高峻，高耸。

[4] 霏霏：雨雪盛貌。

天水湖颂

（明）胡缵宗[1]

【解题】

天水湖，见 81 页“天水篇”（北宋）蒋之奇《天水湖》的解题。诗歌以古朴的四言赞颂了天水湖的美丽风光，语言清新隽秀。

泠泠天水[2]，源远流长。
玉壶其色[3]，冰鉴其光[4]。
有莲百亩，馥郁水乡[5]。
花发如锦，叶垒如裳[6]。
绿云荡漾，碧雾回翔。
莲乎其华，我侯洸洋[7]。

【注释】

[1] 胡缵（zuǎn）宗（1480—1560）：字世甫，原字孝思，号可泉，别号鸟鼠山人，明陕西省巩昌府秦州秦安（今甘肃天水）人。著名书法家。明正德、嘉靖之际，前七子、吴门派、唐宗派鼎足三立，胡缵宗以其现实主义诗歌崛起于陇右，为当时文坛所瞩目，对后世亦产生深远影响。

[2] 泠泠（línglíng）：形容水流清脆的声音。

[3] 玉壶：指明月。朱华《海上生明月》：“影开金镜满，轮抱玉壶清。”辛弃疾《青玉案・元夕》：“凤箫声动，玉壶光转，一夜鱼龙舞。”此句意谓天水湖湖水清冽，其色如皎洁的明月。

[4] 冰鉴：以冰为镜。鉴，镜子。此句意谓天水湖水面波光犹如洁净如冰的镜子。

[5] 馥郁（fùyù）：形容香气浓厚。

[6] 裳（cháng）：古代称下身穿的衣裙，男女都穿。《左传・昭公十二年》：“裳，下饰也。”《楚辞・离骚》：“制芰荷以为衣兮，集芙蓉以为裳。”此句写莲花的叶子层层叠叠如同裙裳。

[7] 洸（huàng）洋：水无边无际的样子。比喻言辞或文章恣肆放纵。

游凤凰山

（明）冯惟讷[1]

【解题】

凤凰山，位于今甘肃省天水市麦积区西北56公里新阳镇境内，相传有凤凰栖息而得名，总面积6750亩，被誉为天水市的“天然氧吧”。本诗描写了作者登临凤凰山的所见所感，首联极写凤凰山的高峻，以及山路的险绝；颔联写登高所见之辽阔秋景；颈联承接颔联写眼前近景；尾联嗟叹人生的漂泊。

凤凰高阁俯晴空[2]，万里蚕丛此路通[3]。
远近川原秋色里，参差草树夕阳中。
尊前舞袖翻霜叶[4]，天外清笳咽塞鸿[5]。
回首旧游成梦隔，独将迟暮叹征蓬[6]。

【注释】

[1] 冯惟讷（1513—1572）：字汝言，号少洲，临朐（今属山东）人。他长于文学研究和古籍整理，他辑录的《古诗纪》一五六卷和《风雅广逸》八卷存世，并被收入《四库全书》，时人称其与《昭明文选》为并辔之作。

[2] 凤凰：凤凰山。

[3] 蚕丛：传说中蜀国首位称王的人，代指蜀国。此处指险绝的山路。李白《送友人入蜀》：“见说蚕丛路，崎岖不宜行。”

[4] 尊前：在酒樽之前。指酒筵上。

[5] 笳：胡笳，古管乐器，类似笛子。边塞常用。塞：阻塞，遮盖。鸿：大雁。此句意谓远处胡笳悲切的声音遮盖了大雁的鸣叫。

[6] 征蓬：比喻飘泊的旅人。

李 广 墓

（清）胡 钦[1]

【解题】

李广（？—前119），陇西成纪（今甘肃天水秦安县）人，中国西汉时期的名将。汉文帝十四年（前166）从军击匈奴，因功为中郎。景帝时，先后任北部边域七郡太守。武帝即位，召为中央宫卫尉。元光六年（前129），任骁骑将军，领万余骑出雁门（今山西右玉南）击匈奴，因众寡悬殊负伤被俘。匈奴兵将其置卧于两马间，李广佯死，于途中趁隙跃起，奔马返回。后任右北平郡（治平刚县，今内蒙古宁城西南）太守。匈奴畏服，称之为飞将军，数年不敢来犯。元狩四年（前119），漠北之战中，李广任前将军，因迷失道路，未能参战，愤愧自杀。李广墓，在天水市区南郊的文山山麓。据考证，此墓是李广的"衣冠冢"，葬宝剑衣物。此诗为胡钦经过李广墓时凭吊而作。

大名犹表墓[2]，识是李将军。
狐首秦亭上[3]，雄心汉塞云[4]。
封侯多骨相[5]，飞将自功勋。
石马多苔藓[6]，摩挲野日曛[7]。

【注释】

[1] 胡钦：见52页"金昌篇"（清）胡钦《早发永昌县》注[1]。

[2] 表：书写。此句意谓李广墓的墓碑上镌有"汉将军李广之墓"七个大字。

[3] 狐首：据说狐狸死时，会把头颅朝向它出生时的山丘的方向，有成语"狐死丘首"。秦亭：本指李广墓所建亭阁，此喻指家乡。此句意谓李广死后葬在了家乡。

[4] 塞云：边塞的战云，指战争。

[5] 骨相：迷信中的看相。据《史记·李将军列传》：李广战功卓著，但不得封侯。一次他和占星家王朔讨论此问题，发出疑问："岂吾相不得侯邪？"

[6] 石马：原李广墓前伫立石马一对。

[7] 日曛（xūn）：日色昏黄，指天色已晚。王勃《采莲赋》："悲时暮，愁日曛。"此句意谓诗人站在荒野中的李广墓前，抚摸石马久久不去，直至田野日色黄昏。

纪 信 祠

（清）胡 钍

【解题】

纪信（？—前204），字成，秦末汉初时刘邦的部将，天水人。公元前204年，刘邦被项羽困于荥阳，粮草告罄。危难之际，纪信奋勇救主，假充刘邦夜出东门，被项羽烧死。刘邦感念其义勇，封为忠烈侯。纪信祠，即今甘肃省天水市城区城隍庙。这首诗歌赞颂了纪信的忠孝勇敢。

寥寥三代下[1]，忠孝首将军[2]。
入火心争赤[3]，飞尘骨许焚[4]。
古祠人过少，急雨夜深闻[5]。
想象东风外，英灵洗楚氛[6]。

【注释】

[1] 寥寥：稀少。三代：夏商周三个朝代。

[2] 首：首推。将军：指纪信。三代以下至楚汉争夺之际，忠孝寥寥，首推纪信。

[3] 入火心争赤：救刘邦突围被烧，赤胆忠心，故云。

[4] 飞尘骨许焚：言纪信之骨，慨然向焚。此句刻画纪信将军毅然赴火的忠勇。

[5]"古祠"两句：祠古而人少，夜深而雨急，此二句表现作者的叹惋、缅怀之情。

[6] 楚氛：俗恶之气。《左传·襄公二十七年》："晋楚各处其偏。伯夙谓赵孟曰：'楚氛甚恶，惧难。'"后以"楚氛"指恶劣、鄙俗之气。此句意谓希望纪信之忠孝可以一洗世风的俗恶之气。针对上句"古祠人过少"而发。

过三阳川

（清）任其昌[1]

【解题】

三阳川，宋代称三阳寨，位于今天水市麦积区，距天水市区 17 公里。据传伏羲画卦的卦台山即在三阳川。明代学者胡缵宗在《卦台山记》中说："三阳云者：朝阳启明，其台光荧；正阳中天，其台宣朗；夕阳返照，其台腾射。""朝阳、正阳、夕阳"是一天中三个时段太阳照射三阳川时所形成的美景。至今，在三阳川仍有早阳、正阳、晚阳这三个地名。

罂子迷离花正开[2]，瓜畦芋圃暂徘徊。
重云乍合雨将至[3]，万木无声风欲来。
村舍烟生新树密，河壖路尽乱峰回[4]。
我行自有归期在，渭水东流永矣哉[5]。

【注释】

[1] 任其昌（1831—1900）：甘肃秦州（今甘肃天水）人，晚清学者、诗人、教育家。主天水、陇南各书院，垂三十年。不以仕进，不尚虚荣，不慕名位；唯德是举，唯学是重，唯才是真。时人尊为"陇南文宗"。

[2] 罂子：即罂粟，也叫罂子粟，米囊。《本草纲目》："时珍曰：其实状如罂子，其米如粟，乃象乎谷，而可以供御，故有诸名。"迷离：模糊不清。此句意谓罂粟正在开花，米的形状模糊不清，尚未形成。

[3] 重云：重叠的云层。晋束皙《补亡诗》之三："黮黮重云，辑辑和风。"

[4] 河壖（ruán）：河边空地。

[5] 永：长久。矣哉：感叹词。

庞德墓（其二）

（清）李克明[1]

【解题】

庞德，字令明，谥号壮侯。三国时南安貆道（今甘肃天水武山）人，魏国著名的将领。初随马腾击羌氐、破白骑，勇冠滕军，屡建奇功。后随马超辗转流荡，终为曹操所收。曹“素闻其骁勇，拜立义将军，封关门亭侯，邑三百户。”后与关羽战于樊城（今属湖北），为羽所杀。其家人以其衣冠为冢，葬于故里，为庞德墓，在今甘肃省武山县四门镇新庄村。

寂寞貆川土一抔[2]，野梅零落水云愁。
行人谈到襄樊事[3]，不吊曹刘吊故侯[4]。

【注释】

[1] 李克明：生卒年不详。武山（今甘肃天水）人。光绪年间举人，著有《武山县志稿》，有诗作存世。

[2] 貆（huán）：即庞德的故乡古貆道。一抔（póu）：一捧。此指庞德墓。

[3] 襄樊：襄阳与樊城，两城隔江相望。襄樊事：指庞德与关羽战于樊城，兵败被俘，慷慨赴死的故事。

[4] 吊：凭吊，怀念。故侯：指庞德。此句与上句“行人谈到襄樊事”的意思是人们谈论起庞德当年在樊城大义凛然、慷慨赴死的事，就怀念起庞德的忠勇和忠义，而不是曹刘争霸的那些事情。

酒泉篇

建 除 诗

（南朝）鲍　照[1]

【解题】

建除诗，是一种杂诗，为建除十二生辰诗简称。全诗十二联，共二十四句，从第一句起，每隔句的句首冠以“建、除、满、平、定、执、破、危、成、收、开、闭”十二字，分别代表十二辰。《淮南子·天文训》云：“正月建寅，则寅为建，卯为除，辰为满，巳为平，主生；午为定，未为执，主陷；申为破，主衡；酉为危，主杓；戌为成，主小德；亥为收，主大备；子为开，主太阳；丑为闭，主太阴。”建除诗是古代文人的笔墨游戏，宋严羽《沧浪诗话》列有鲍照的建除体诗，为此诗体最早之作。鲍照这首《建除诗》强烈地表达了建功立业的愿望，杜甫评鲍照诗风“俊逸”，清代刘熙载评价说“惊遒绝人”，这首诗颇能体现俊逸、豪放、奇矫、凌厉的特点。

建旗出敦煌，西讨属国羌[2]。
除去徒与骑[3]，战车罗万箱[4]。
满山又填谷，投鞍合营墙[5]。
平原亘千里[6]，旗鼓转相望[7]。
定舍后未休[8]，候骑敕前装[9]。
执戈无暂顿[10]，弯弧不解张[11]。
破灭西零国[12]，生虏郅支王[13]。
危乱悉平荡，万里置关梁[14]。
成军入玉门[15]，士女献壶浆[16]。
收功在一时，历世荷余光[17]。

开壤袭朱绂[18]，左右佩金章[19]。
闭帷草《太玄》[20]，兹事殆愚狂[21]。

【注释】

[1] 鲍照（414—466）：字明远，南朝宋东海（今山东郯（tán）城）人。临海王刘子顼（xū）镇荆州时，任前军参军，人称鲍参军。后刘子顼作乱，鲍照为乱军所杀。鲍照工诗文，其诗以七言歌行体为长。

[2] 属国：附属国。羌：我国古代西部的民族。秦汉时部落众多，主要分布在今甘肃、青海、四川一带，总称西羌。此指西域的少数民族。

[3] 徒：徒步，此指步兵。骑：骑兵。

[4] 罗：排列、罗列。万箱：万辆战车。箱，战车车厢。

[5] 投鞍合营墙：以马鞍即可搭起营墙。

[6] 亘（gèn）：延续不断。

[7] 旗鼓：本指战旗和战鼓，此指战旗，偏义词。

[8] 定舍：即驻扎。舍，古代行军三十里为一舍。

[9] 候骑（jì）：担任巡逻、侦查和联络任务的骑兵。敕（chì）：整理。

[10] 执戈（gē）：拿着兵器。执，握着、拿着。戈，我国古代的一种兵器，横刃长柄。这里泛指兵器。

[11] 弧：木弓。解：同“懈”。张：拉紧弓弦，开弓。“执戈”二句意谓士兵拿着兵器，拉开弓箭，时刻准备作战。

[12] 西零国：即先零国，汉代时羌人的一支，又称先零羌。最初居于甘肃、青海的湟水流域。汉武帝伐匈奴，始置护羌校尉。汉宣帝神爵元年（前61），后将军赵充国破先零羌。事见《汉书・赵充国传》、《后汉书・西羌传》。

[13] 郅（zhì）支王：西汉时匈奴呼韩邪单于之兄，名呼屠吾斯。郅支，见29页“嘉峪关篇”（明）杨一清《嘉峪关》注［5］。

[14] 置：设置。关梁：水陆要会之处。关，关卡。梁，桥梁。

[15] 玉门：即玉门关。见19页“兰州篇”（清）谭嗣同《别兰州》注［3］。

[16] 士女：青年男女。壶浆：酒浆。以壶盛之，故名。

[17] 历世荷余光：指光耀千秋，名垂后世。荷（hè）：背、扛。

[18] 开壤：开边扩土。袭：相因、继承。朱绂（fú）：古代礼服上的红色蔽膝。后多借指官服。这里指做官。

[19] 金章：金印。

[20]《太玄》：指《太玄经》，西汉扬雄所著。这里指空谈。

[21] 兹：此。殆：通“迨”，赶上，差不多。此句意谓只知研究空洞学问，而不知疆场建功封侯，这事近乎愚笨颠狂。

陇头水

（南朝）陈叔宝[1]

【解题】

陇头水，见68页“天水篇”（南朝）顾野王《陇头水》的解题。这曲《陇头水》写尽了西部边塞的寒荒寂寥。

高陇多悲风[2]，寒声起夜丛[3]。
禽飞安识路，鸟转逐征蓬。
落叶时惊沫[4]，移沙屡拥空[5]。
回头不见望，流水玉门东。

【注释】

[1] 陈叔宝（553—604）：字符秀，小字黄奴，陈宣帝长子，南北朝时南陈后主，也是陈朝最后一个皇帝。在位七年，国亡被俘。

[2] 高陇：地势很高的地方。

[3] 夜丛：夜晚之丛林。

[4] 沫：漂浮在水面上的泡沫。

[5] 移沙：指飞扬的沙尘。拥空：弥漫天空。

饮马长城窟行

（唐）李世民[1]

【解题】

《饮马长城窟行》，又名《饮马行》，最早见于《文选》，题为“乐府古辞”。相传古长城边有水窟，可供饮马，曲名由此而来。诗人李世民戎马半生，对军旅征战生活的艰辛有直接而强烈的感受。这首诗述怀言志，充满必胜信念，文风刚健清新，开盛唐边塞诗气象。

塞外悲风切[2]，交河冰已结[3]。
瀚海百重波[4]，阴山千里雪[5]。
迥戍危烽火[6]，层峦引高节[7]。
悠悠卷旆旌[8]，饮马出长城[9]。
寒沙连骑迹，朔吹断边声[10]。
胡尘清玉塞[11]，羌笛韵金钲[12]。
绝漠干戈戢[13]，车徒振原隰[14]。
都尉反龙堆[15]，将军旋马邑[16]。
扬麾氛雾静[17]，纪石功名立[18]。
荒裔一戎衣[19]，灵台凯歌入。

【注释】

[1] 李世民（599—649）：陇西成纪（今甘肃秦安）人。唐朝第二位皇帝，史称唐太宗。唐代著名政治家、军事家、书法家、诗人。他即位后，励精图治，成为中国历史上最出名的明君，开创了历史上有名的“贞观之治”。

[2] 悲风切：寒风悲鸣，十分凄切。

[3] 交河：见 68 页“酒泉篇”（南朝）顾野王《陇头水》注［4］。这里和“塞外”对举，指北方。

[4] 瀚海：也作“翰海”，即北海，在蒙古高原东北。一说指今内蒙古之呼伦湖、贝尔湖。

[5] 阴山：见 47 页“金昌篇”（唐）李白《塞上曲》注［6］。

[6] 迥（jiǒng）：远。危烽火：烽火中传来了远方紧急的军情。

[7] 高节：高尚的节操。

[8] 旆旌：见 2 页“兰州篇”（唐）沈佺期《出塞》注［4］。

[9] 饮（yìn）马：让马饮水。

[10] 朔：北方。此句意谓凛冽的北风阻隔了边塞的嘈杂之声。

[11] 玉塞：玉门。此句意谓胡尘已落，玉门战事已停。

[12] 钲（zhēng）：古代一种用青铜制成的打击乐器，形似倒置铜钟，有长柄，用于行军。此句意谓人们正吹着羌笛，敲着金钲，载歌载舞。

[13] 干戈：泛指武器。戢（jí）：收敛、收藏。此句意谓把武器都收藏起来。

[14] 原隰（xí）：平原和湿地。隰，指低下的湿地。

[15] 龙堆：古西域沙丘名称，是白龙堆的简称。

[16] 旋：凯旋。马邑：古城名。

[17] 扬麾（huī）：即扬旗。麾，古代指挥军队用的旗子。

[18] 纪石：指将士们功勋卓著，应该把他们的功绩刻在石头上，永远流传后世。

在军中赠先还知己

（唐）骆宾王[1]

【解题】

先还知己，先于自己返回朝廷的友人。骆宾王从军西域，友人先归，自己功业未就。他有感于西汉霍去病、东汉班超等出塞建立了功业回朝的英雄，写了这首诗，抒发了自己岁月蹉跎、志业难遂的惆怅和对家园的思念之苦。

蓬转俱行役[2]，瓜时独未还[3]。
魂迷金阙路[4]，望断玉门关[5]。
献凯多惭霍[6]，论封几谢班[7]。
风尘催白首[8]，岁月损红颜[9]。
落雁低秋塞[10]，惊凫起暝湾[11]。
胡霜如剑锷[12]，汉月似刀环[13]。
别后边庭树，相思几度攀[14]。

【注释】

[1] 骆宾王（635？—684？）：字观光，婺州义乌（今属浙江）人。唐初诗人，与王勃、杨炯、卢照邻并称“初唐四杰”。唐龙朔初年，骆宾王担任道王李元庆的

属官。后来相继担任武功主簿和明堂主簿。唐高宗仪凤四年（679），升任中央政府的侍御史。曾经被人诬陷入狱，被赦免后出任临海县丞，世称“骆临海”。武则天光宅元年（684），徐敬业起兵讨伐武则天，骆宾王为记室，作《讨武曌檄》，后兵败不知所终。

[2] 蓬转：蓬草随风飞转。比喻人象蓬草一样，四处飘零。

[3] 瓜时：瓜熟之时，阴历七月。此处瓜时即瓜代。《左传·庄公八年》：“齐侯使连称、管至父戍葵丘，瓜时而往，曰：‘及瓜而代。’”古时戍边常于秋熟之后更换戍卒。即瓜熟时节新旧代换。此句意谓自己从军西域，到瓜代时节仍留边防。

[4] 金阙路：进入朝廷为官之路。金阙，宫殿。此指朝廷。

[5]“魂迷”两句：此二句意谓自己多么希望回到朝廷，人却还在边塞。《后汉书·班梁传》：班超上疏曰：“臣不敢望到酒泉郡，但愿生入玉门关。”

[6] 献凯：指传捷报。惭：惭愧。霍：汉代名将霍去病。他曾六次出击匈奴，渡沙漠。封冠军侯，为骠骑将军。

[7] 班：指班超。见 43 页“嘉峪关篇”（清）林则徐《出嘉峪关感赋》（其四）注[3]。此二句意谓自己很惭愧没有像霍去病那样取得战功，也不能像班超那样获得封侯。

[8] 白首：白头，此指白发。

[9] 红颜：喻指少年。此二句感慨岁月易逝，人很快就衰老了。

[10] 秋塞：秋天的塞外。

[11] 凫（fú）：野鸭。暝湾：黄昏时的水湾。

[12] 剑锷（è）：剑端，剑尖。锷：刀刃或剑尖。

[13] 刀环：刀头的圆环，因“环”与“还”同音，古诗常用来比喻征人思归。

[14] 攀：指爬树。

凉 州 词

（唐）王 翰[1]

【解题】

唐人的七绝多是乐府歌词，凉州词即其中之一。《新唐书·乐志》说：“天宝间乐曲，皆以边地为名，若凉州、伊州、甘州之类。”郭茂倩《乐府诗集》卷七九《近代曲词》载有《凉州歌》，并引《乐苑》：“《凉州》，宫曲词，开元中西凉府都督郭知运进”。凉州词即由此而来。凉州词，又名《凉州歌》，唐代诗人多用此调作诗，是用流行在凉州地区的音乐制作的歌词，内容多描写西北边塞的风光及战争情景。这首诗情感浓烈四射，音调铿锵激越，词语奇丽耀眼，描画出了守边将士豪情纵饮的难得场面，具有浓郁的边地色彩和军旅风情。

葡萄美酒夜光杯[2]，欲饮琵琶马上催[3]。
醉卧沙场君莫笑[4]，古来征战几人回[5]。

【注释】

[1] 王翰（687—736）：字子羽，唐晋阳（今山西太原）人。唐代著名边塞诗人。今《全唐诗》录其诗一卷，共14首。

[2] 葡萄美酒：唐初中国始种葡萄，并学会了以之酿酒。夜光杯：夜间发光的酒杯。此句意谓举起晶莹的夜光杯，盛满葡萄美酒。

[3] 琵琶：弦乐器名。此句意谓正在大家“欲饮”未得之时，乐队奏起了琵琶，酒宴开始了，那急促欢快的旋律，像是在催促将士们举杯痛饮（见上海辞书出版社《唐诗鉴赏辞典》380页）。一说是指将士们正要开怀畅饮，忽然从马背上传来琵琶声，像是催促征人出发。

[4] 沙场：战场。此句意谓醉卧在沙场上，请不要见笑。

[5] 古来征战几人回：此句意谓自古以来征战疆场的人有几个能活着回来？

凉　州　词

（唐）王之涣[1]

【解题】

“凉州词”是盛唐时流行的一种曲调名。王之涣这首诗描写了壮阔苍凉的边塞景物，抒发了守卫边疆的将士们凄怨而又悲壮的情感。诗歌起于山川的雄阔苍凉，承以戍守者处境的孤危，用“羌笛怨杨柳”转向将士久戍不得归之苦，苍凉悲壮却毫无衰飒颓唐情调，一显盛唐诗人宽广的心胸。虽悲而不失其壮，所以成为了“唐音”的典型代表。

黄河远上白云间[2]，一片孤城万仞山[3]。
羌笛何须怨杨柳[4]，春风不度玉门关。

【注释】

[1] 王之涣（688—742）：字季凌，唐晋阳（今山西太原）人，为盛唐著名边塞诗人。中年以后诗名大振，与王昌龄、高适等相唱和。晚年任文安县尉，卒于任上。王之涣写西北风光的诗篇颇具特色，《全唐诗》录其诗六首。

[2] 黄河远上：这里指远望黄河的源头。一作“黄河直上”。

[3] 孤城：这里指玉门关。见19页“兰州篇”（清）谭嗣同《别兰州》注[3]。万仞：极言其高。仞，古时长度单位，一仞相当于八尺。

[4] 羌笛：乐器，原出古羌族，属横吹式管乐器。杨柳：指《折杨柳》曲。

古从军行

（唐）李 颀[1]

【解题】

《古从军行》为乐府《相和歌辞·平调曲》旧题，内容叙写军旅之情。这首诗的主旨在于反对穷兵黩武的战争，大概写于天宝年间，讽刺唐玄宗对西北长期用兵，耗人费财，劳而无功的现实。

白日登山望烽火[2]，黄昏饮马傍交河[3]。
行人刁斗风沙暗[4]，公主琵琶幽怨多[5]。
野云万里无城郭[6]，雨雪纷纷连大漠。
胡雁哀鸣夜夜飞，胡儿眼泪双双落。
闻道玉门犹被遮[7]，应将性命逐轻车[8]。
年年战骨埋荒外，空见蒲桃入汉家[9]。

【注释】

[1] 李颀（690—751）：赵郡（今河北赵县）人，一说为四川人。出生在河南嵩阳（今河南登封），一说出生在河南许昌。开元年间进士，只做过几年小小的县

尉，后归隐，信奉神仙道教之说。其七言歌行及律诗，尤为后世人所推重。《全唐诗》编存其诗为三卷。

[2] 望烽火：指瞭望边警。烽火，古代于边防要地筑高台，敌至则燃火报警，称烽火。

[3] 交河：见 68 页“酒泉篇”（南朝）顾野王《陇头水》注 [4]。

[4] 刁斗：见 35 页“嘉峪关篇”（明）陈其学《防秋登嘉峪关纪事》（其三）注 [6]。

[5] 琵琶：弦乐器名称。此句意谓边地荒凉，使人愁惨。《宋书·乐志》引傅玄《琵琶赋》：“汉遣乌孙公主嫁昆弥，念其行道思慕，故使工人裁筝、筑，为马上之乐。欲从方俗语，故名曰琵琶，取其易传于外国也。”汉武帝以江都王刘建女为公主，遣嫁乌孙（西域国名），称乌孙公主。

[6] 云：一作“营”。

[7] 闻道：听说。犹：仍然。遮：阻拦。此句意谓统治者还在无休止地进行战争。汉武帝命李广利攻大宛（西域国名），期至贰师城取良马，号之为贰师将军。作战经年，死伤过多。李广利上书请班师回朝，徐图再举。武帝大怒，发使遮玉门关，曰：“军有敢入，斩之！”（见《汉书·李广利传》）

[8] 逐轻车：随着将军的战车而进攻。轻车，轻车将军李蔡，此指将领之车。《周礼·春官·车仆》：“掌轻车之卒。”郑注：“轻车，所用于驰敌致师之车也。”

[9] 荒外：穷边极远之地。蒲桃：即葡萄，西域特产，可以造酒。汉武帝时采其种归，遍种于离宫周围。见《汉书·西域传》。“年年”二句意谓汉朝开边政策的结果，牺牲了大量士兵，换来的只是将蒲桃移植到中国而已。

从军行（二首）

（唐）王昌龄[1]

【解题】

从军行，见 46 页“金昌篇”（南朝）张正见《从军行》的解题。唐高宗调露、永隆年间（679—681），吐蕃、突厥曾多次侵扰甘肃一带，唐礼部尚书裴行俭奉命出师征讨。王昌龄采用乐府旧题写的边塞诗《从军行》，共有七首，就是描写戍边战士的。全诗写士子从戎，征战边庭的过程和心情，从而表达了国家有难，匹夫有责的使命感和建功立业的豪迈情怀。这里选入第四首和第七首。第四首诗描绘了边塞战士在漫长而严酷的战斗生活中誓死杀敌“不破楼兰终不还”的坚强意志和决心。展现了将士们以身许国，决意扫除边尘的豪情壮志。其七首则反映边塞军情的紧急和羁旅行役环境的艰苦。

一

青海长云暗雪山[2]，孤城遥望玉门关[3]。
黄沙百战穿金甲[4]，不破楼兰终不还[5]。

【注释】

[1] 王昌龄（698—757？）：字少伯，京兆万年（今陕西西安）人，唐代著名边塞诗人。开元十五（727）年进士，授秘书省校书郎，后改授汜水尉。安史之乱后，他避乱江淮一带，被濠州刺史闾丘晓杀害。他擅长五言古诗和五言、七言绝句，其中以绝句成就最高，后人誉为“七绝圣手”。

[2] 青海：即今青海湖，因湖水为青色而得名。雪山：这里指祁连山。此句意谓青海长云越过祁连，使祁连山晦暗无光。

[3] 孤城：即玉门关。见 19 页“兰州篇”（清）谭嗣同《别兰州》注［3］。

[4] 穿：磨破，穿透。金甲：铠甲。

[5] 楼兰：见 74 页“天水篇”（唐）杜甫《秦州杂诗》（其七）注［4］。

二

玉门山障几千重[1]，山北山南总是烽[2]。
人依远戍须看火[3]，马踏深山不见踪[4]。

【注释】

[1] 山障：犹屏障。皮日休《奉和鲁望秋日遣怀次韵》：“取岭为山障，将泉作水帘。”此句意谓玉门关外山峦屏障重重叠叠。

[2] 烽：烽火，即古代边防报警时所烧的烟火信号。此句意谓山南山北到处都是烽火信号。

[3] 远戍：边境的军营、城堡。火：烽火。此句意谓人的行动要看远处的烽火信号。

[4] 踪：踪迹。此句意谓这里山大沟深，骑马进入深山不见踪迹。

送元二使安西

（唐）王　维[1]

【解题】

这是一首送友人赴边地从军的诗，后因谱入乐府，所以取首句二字又题作《渭城曲》，亦称《阳关三叠》。元二，作者的朋友，具体不详。使，奉命出使。安西，指安西都护府所在地，在今之新疆库车附近。

渭城朝雨浥轻尘[2]，客舍青青柳色新[3]。
劝君更进一杯酒[4]，西出阳关无故人[5]。

【注释】

[1] 王维：见26页“嘉峪关篇”（唐）王维《陇西行》注[1]。

[2] 渭城：地名，在今陕西省西安市西北，唐代从长安往西去的，多在此送别。浥（yì）：润湿。

[3] 客舍：旅店。柳色：初春嫩柳的浅绿色。

[4] 更：再。

[5] 阳关：见21页“兰州篇”（清）黄润勋《过兰州浮桥》注[2]。

燕　支　行

（唐）王　维

【解题】

燕支，见43页“嘉峪关篇”（唐）林则徐《出嘉峪关感赋》（其四）注[4]。古乐府命题多用歌、行、曲、引、吟、谣等来名篇，这可能与当时的乐调有密切关系。王维这首边塞诗从将军衔命、皇帝壮行起笔，中间部分叙述大军出征、驰骋疆场、攻伐征杀、建功立业，结尾赞颂将军运筹帷幄决胜千里的才略，气势雄壮，言语华美，多用夸张。

汉家天将才且雄，来时谒帝明光宫[1]。
万乘亲推双阙下[2]，千官出饯五陵东[3]。
誓辞甲第金门里[4]，身作长城玉塞中[5]。
卫霍才堪一骑将[6]，朝廷不数贰师功[7]。
赵魏燕韩多劲卒[8]，关西侠少何咆勃[9]。
报仇只是闻尝胆[10]，饮酒不曾妨刮骨[11]。
画戟雕戈白日寒[12]，连旗大旆黄尘没[13]。
叠鼓遥翻瀚海波[14]，鸣笳乱动天山月[15]。
麒麟锦带佩吴钩[16]，飒沓青骊跃紫骝[17]。
拔剑已断天骄臂[18]，归鞍共饮月支头[19]。
汉兵大呼一当百，虏骑相看哭且愁。
教战虽令赴汤火，终知上将先伐谋[20]。

【注释】

[1] 谒帝：拜见帝王。明光宫：汉宫名。建于汉武帝太初四年（前 101）秋，位于长乐宫北，具体地点不详。

[2] 万乘：此指天子。阙：宫殿。此句意谓天子亲自在双阙下为将军送行。

[3] 五陵：汉代五个皇帝的陵墓。汉高祖葬长陵，汉惠帝葬安陵，汉景帝葬阳陵，汉武帝葬茂陵，汉昭帝葬平陵。其地皆在渭水北岸，故合称五陵。

[4] 甲第：贵族的住宅。金门：汉宫金马门的简称。汉武帝得大宛马，诏令立铜马于鲁班门外，因而称金马门。

[5] 身作长城：以人为长城。玉塞：即玉门关，见 19 页“兰州篇”（清）谭嗣同《别兰州》注 [3]。此句意谓将军在边塞，以身作捍卫国家的长城。

[6] 卫霍：西汉名将卫青、霍去病。才堪：才能不过一骑兵之将而已。

[7] 贰师：本为汉时大宛地名，此指贰师将军李广利。武帝太初元年，命李广利为贰师将军，征贰师城，取天马，故以为号。事见《汉书·李广利传》。不数：不计，不表。

[8] 赵、魏、燕、韩：均列战国七雄。

[9] 咆勃：怒气冲冲的样子。这里形容士卒的强悍勇猛。“赵魏”二句主要写

将军、士卒强悍勇猛、建立功业。

[10] 尝胆：指春秋时越王勾践战败，为报仇而卧薪尝胆之事。事见《史记·勾践世家》。

[11] 刮骨：指三国时蜀将关羽为流矢所伤后，刮骨疗伤之事。事见《三国志·蜀志·关羽传》。此借用其事，歌咏将军的勇武刚毅。

[12] 白日寒：戟戈闪着寒光。

[13] 旆（pèi）：见2页“兰州篇”（唐）沈佺期《出塞》注[4]。黄尘没：掩没于黄尘之中。

[14] 叠鼓：小击鼓，急击鼓。

[15] 笳：胡笳。我国古代西北少数民族的一种乐器，类似笛子。

[16] 麒麟（qílín）锦带：绣有麒麟的锦带。吴钩：钩，兵器，形似剑而曲。春秋吴人善铸钩，故称。后来泛指利剑。

[17] 飒沓：众盛貌。鲍照《咏史诗》：“宾御纷飒沓，鞍马光照地。”青骊：与下文的紫骝皆马名。

[18] 天骄：此指匈奴。此句指汉武帝采用张骞计，断匈奴右臂之事。事见《汉书·张骞传》。

[19] 归鞍：骑马归来。月支：即月氏。古族名，曾于西域建月氏国。其祖先游牧于敦煌、祁连间。汉文帝前元三至四年时，遭匈奴攻击，西迁塞种故地（今新疆西部伊犁河流域及其迤西一带）。西迁的月氏人称大月氏，少数没有西迁的人入南山（今祁连山），与羌人杂居，称小月氏。

[20] 伐谋：上乘的用兵之法，以谋略攻敌赢得胜利而不以杀伤取胜。杜甫《出塞》：“苟能制侵凌，岂在多杀伤”。《孙子兵法·谋攻》：“故上兵伐谋，其次伐交，其次伐兵，其下攻城；攻城之法为不得已。”

关山月

（唐）李 白[1]

【解题】

关山月，见25页“嘉峪关篇”（唐）卢照邻《关山月》的解题。李白这首《关山月》以乐府古题来表达士兵离乡守边，长期不还的相思之苦。在内容上继承了古乐府，但又有极大的提高。

明月出天山[2]，苍茫云海间[3]。
长风几万里，吹度玉门关。
汉下白登道[4]，胡窥青海湾[5]。
由来征战地，不见有人还，
戍客望边色[6]，思归多苦颜。
高楼当此夜[7]，叹息未应闲[8]。

【注释】

［1］李白：见47页“金昌篇”（唐）李白《塞上曲》注［1］。

［2］天山：见41页“嘉峪关篇”（清）林则徐《出嘉峪关感赋》（其一）注［5］。

［3］云海：云气苍茫如海。

［4］白登：山名，在今山西省大同市东。汉高祖与匈奴作战，中计，被匈奴围困于白登达七日之久。

［5］青海：即今之青海湖，唐王朝曾多次在青海一带和吐蕃作战。

［6］戍客：防守边塞的兵士。戍，防守。

［7］高楼：此指戍客妻室所居之处。

［8］未应闲：即应未闲。“高楼”二句意谓妻子在家中相思，叹息不已。

从 军 行

（唐）李 白

【解题】

从军行，见46页“金昌篇”（南朝）张正见《从军行》的解题。诗人一生并未涉足戎马行伍，此诗属虚写，玉门道、金微山实有，但情节源于想象，只是抒发从军报国之志而已。

从军玉门道，逐虏金微山[1]。
笛奏梅花曲[2]，刀开明月环[3]。

鼓声鸣海上，兵气拥云间[4]。
愿斩单于首[5]，长驱静铁关[6]。

【注释】

[1]金微山：古山名，即今之阿尔泰山。

[2]梅花曲：即《梅花落》，汉乐府横吹曲名。

[3]刀开明月环：抽刀出鞘，刀环如月。

[4]兵气：古代指战争的预兆和气氛。此指士气。此句意谓士气高昂。

[5]单于：汉唐时匈奴最高统治者的称号。

[6]铁关：即铁门关。《新唐书·地理志》："自焉耆西五十里过铁门关。"故址在今新疆焉耆西库尔勒附近。

和王七玉门关听吹笛

（唐）高　适[1]

【解题】

王七，指王之涣，见99页"酒泉篇"（唐）王之涣《凉州词》注[1]。玉门关，见19页"兰州篇"（清）谭嗣同《别兰州》注[3]。《和王七玉门关听吹笛》又名《塞上闻吹笛》，作于诗人在哥舒翰幕府期间。诗歌将笛声与曲名融为一体，以抒发守边将士的思乡之情。

胡人吹笛戍楼间[2]，楼上萧条明月闲。
借问落梅凡几曲[3]，从风一夜满关山。

【注释】

[1]高适：见3页"兰州篇"（唐）高适《金城北楼》注[1]。

[2]戍楼：边卒守卫和瞭望的城堡。

[3]落梅：即《梅花落》，笛曲名。

塞上听吹笛

（唐）高　适

这首诗用明快秀丽的基调和丰富奇妙的想象，描绘了一幅优美动人的塞外春光图，反映了边塞生活安详、恬静的一面。全诗含有思乡的情调但并不低沉，表达了盛唐时期的那种豪情，是边塞诗中的佳作。

雪净胡天牧马还[1]，月明羌笛戍楼间。
借问梅花何处落，风吹一夜满关山。

【注释】

[1] 雪净：冰雪消融。

塞　上　曲

（唐）戴叔伦[1]

【解题】

塞上曲，乐府曲名。本诗前两句叙事，赞颂唐军出征盛况，一战功成，敌军无一漏网；后两句言志，抒发从军报国，即使马革裹尸也毫无怨憾之情。

汉家旌帜满阴山[2]，不遣胡儿匹马还[3]。
愿得此身长报国，何须生入玉门关[4]。

【注释】

[1] 戴叔伦（732—789）：字幼公，唐代金坛（今属江苏）人。善写诗，其诗多以农村生活为题材，揭露当时的社会矛盾，也写边塞诗，写景抒情，真挚深婉，

清新可读。作品辑入《戴叔伦集》。

［2］阴山：见47页“金昌篇”（唐）李白《塞上曲》注［6］。

［3］遣：使，令。胡儿：指入侵者。匹马：一匹马，后常指单身一人。此句意谓全歼入侵胡人。

［4］生入玉门关：此句引班超事。见97页“酒泉篇”（唐）骆宾王《在军中赠先还知己》注［5］。

雨雪曲

（唐）李　端[1]

【解题】

《雨雪曲》，收入《乐府诗集·横吹曲辞》，多描写边塞之荒僻与离人之忧愁。此诗起句一联中“雨、雪”点题，写出军旅生活虽因雨雪之故而倍加艰辛，但自己立功报国志向坚定不移。

天山一丈雪，杂雨夜霏霏[2]。
湿马胡歌乱，经烽汉火微[3]。
丁零苏武别[4]，疏勒范羌归[5]。
若看关头下[6]，长榆叶定稀。

【注释】

［1］李端（743—782）：字正己，赵州（今河北赵县）人，唐代诗人。少居庐山，师诗僧皎然。大历五年进士，曾任秘书省校书郎、杭州司马。晚年隐居湖南衡山，自号衡岳幽人，“大历十才子”之一。

［2］霏霏：雨雪纷飞的样子。

［3］烽：古代边防报警的烟火。此句意谓因雨雪飘落而烽火微弱。

［4］丁零：即“丁令”，匈奴的别支。当时投降匈奴的卫律被封为丁零王。苏武（前140—前60）：字子卿，西汉杜陵（今陕西西安）人。汉武帝天汉元年（前100）以中郎将出使匈奴，被扣留。匈奴单于胁其投降，苏武不屈，被幽禁在大窖之中，断其饮食，他和雪吞毡毛而不死，匈奴以为神。后徙至北海牧羝羊，说要等羝羊生下羊羔才放苏武回去。苏武持汉节牧羊十九年，节旄尽落。到汉昭帝始元六

年（前81），汉朝使者到了匈奴地区，终于得知苏武依然健在，于是扬言说，汉朝的天子在上林苑中射到一只大雁，雁的脚上系着帛书，帛书中清楚地写着苏武在北方的沼泽之中。单于只好把苏武等九人送还汉朝，拜为典属国。汉宣帝时，赐爵关内侯，图形于麒麟阁。事见《汉书·苏武传》。

[5] 疏勒范羌归：汉永平十七年（74）冬，骑都尉刘张率兵击车师，破车师，朝廷重新设立西域都护。后北匈奴攻击车师，耿恭军受困，范羌从天山北道进营救耿恭军，历尽艰辛才到达疏勒城下。匈奴兵追之，士兵身体孱弱，到玉门关时，仅剩十三人，且衣服褴褛，形容枯槁。事见《后汉书·耿弇列传》。疏勒，汉西域国名。故地在今新疆喀什葛尔一带。

[6] 关头：关下。此指玉门关头。

塞下曲

（唐）戎昱[1]

【解题】

《塞下曲》出于汉乐府《出塞》、《入塞》等曲，是乐府《横吹曲辞》旧题（见《乐府诗集》卷二一），多写边塞军旅生活。唐乐府中除《塞下曲》外，还有《前出塞》、《后出塞》、《塞上曲》、《出塞》等题，都是从这一曲调演变出来的。这首诗描绘了一幅将士凯旋回师玉门，在秋季的夕阳辉映下人笑马欢的景象。

汉将归来虏塞空[2]，旌旗初下玉关东。
高蹄战马三千匹[3]，落日平原秋草中。

【注释】

[1] 戎昱（744—800）：荆南（今湖北江陵）人，唐代诗人。少试进士不第。大历初卫伯玉镇荆南，辟为从事。后漫游各地。建中三年（782）任侍御史，后任辰州刺史，迁虔州刺史，其诗颇有现实性。《全唐诗》存其诗120余首。

[2] 虏塞：敌兵驻扎的城堡。虏，泛指敌兵。

[3] 高蹄战马三千匹：汉贰师将军李广利征大宛，获良马三千匹。或指此。事见《汉书·李广利传》。

塞 下 曲

（唐）李　益[1]

【解题】

《塞下曲》，见109页“酒泉篇”（唐）戎昱《塞下曲》的解题。李益的边塞诗，主要是抒发将士们久戍思归的怨望情绪，情调偏于感伤，但也有一些慷慨激昂之作，《塞下曲》便是这方面较著名的一首。诗以前代戍边名将自况，抒发豪情壮志。用典是这首诗的一大特色，每句一个典故，抒写立功报国之志向，表情达意含蓄有致。

伏波惟愿裹尸还[2]，定远何须生入关[3]？
莫遣只轮归海窟[4]，仍留一箭定天山[5]。

【注释】

[1] 李益（748—829）：字君虞，陇西姑臧（今甘肃武威）人。家居郑州（今属河南）。大历四年（769）进士，建中四年（783）登书判拔萃科。因仕途失意，后弃官在燕赵一带漫游，写了很多边塞诗。唐宪宗李纯闻其诗名，召为秘书少监，以礼部尚书致仕。他是中唐边塞诗的代表诗人，诗风豪放明快，但偏于感伤，主要抒写边地士卒久戍思归的怨望心情，往往是壮烈、慷慨之中带一点伤感和悲凉，不复有盛唐边塞诗的豪迈乐观情调。有《李君虞诗集》存世。

[2] 伏波：指马援。见83页“天水篇”（南宋）陆游《陇头水》注[4]。

[3] 定远：指定远侯班超。见43页“嘉峪关篇”（清）林则徐《出嘉峪关感赋》（其四）注[3]。生入关：生还关内。入关，指入玉门关。

[4] 只轮：一只车轮。此用战国时期晋国大败秦国，使其全军覆没、只轮不归的典故。事见《公羊传·僖公三十三年》。这里“只轮”代指一辆战车。海窟：此指西域荒寒地区。

[5]“仍留”句：指唐初薛仁贵的故事。唐高宗时，以郑仁泰为主将，薛仁贵任铁勒道行军副总管。九姓突厥犯边，薛仁贵领兵赴天山（今祁连山）抗敌，时九姓从十余万，令骁骑数十来挑战，仁贵连发三箭，射杀三人，突厥震慑而尽降。收兵后，军中唱道：“将军三箭定天山，壮士长歌入汉关。”事见《新唐书·薛仁贵传》。后以此典谓大将武艺高强，声威服人。

定 西 番

（唐）温庭筠[1]

【解题】

《定西番》，唐教坊曲名，后用作词调名。《金奁集》入“高平调”。据《词林纪事》载，陆游云：“牛峤《定西番》为塞下曲，《望江怨》为闺中曲，是盛唐遗音。”此调有不同格体，俱为双调。定，平定。西番，指西部少数民族。这首词三十五字，上片四句一仄韵两平韵；下片四句两仄韵两平韵。四平韵为主，三仄韵借叶。《花间集》中《定西番》多与调名本意有关，述征夫思妇之怨。这首词是就题发挥，写西域人对张骞的怀念。

汉使[2]昔年离别，攀弱柳[3]，折寒梅[4]，上高台。千里玉关春雪[5]，雁来人不来。羌笛一声愁绝，月徘徊[6]。

【注释】

［1］温庭筠（812—866）：本名岐，字飞卿，太原祁（今山西祁县）人，唐代著名诗人、词人，花间词派的重要代表。他的诗与李商隐齐名，称为“温李”，词与韦庄齐名，称为“温韦”。

［2］汉使：此处代指出使西番的官吏。

［3］攀弱柳：攀折柳枝，表示赠别。

［4］折寒梅：折梅寄远，表达思念之情。

［5］玉关：玉门关。见 19 页“兰州篇”（清）谭嗣同《别兰州》注［3］。此指塞外。

［6］徘徊：光影不定。曹植《七哀》：“明月照高楼，流光正徘徊。”

出　塞　曲

（唐）贯　休[1]

【解题】

《出塞》、《入塞》等曲属《横吹曲》，为唐代新乐府题，歌词多写边塞军旅生活。这首诗聚焦于战争结束后的特定瞬间：军营中为阵亡将士举行招魂仪式，并设宴犒赏健在的将士们，营内营外欢乐声一片，塞上和平情景乍现。

玉帐将军意[2]，殷勤把酒论[3]。
功高宁在我[4]，阵没与招魂[5]。
塞色干戈束[6]，军容喜气屯。
男儿今始是，敢出玉关门。

【注释】

[1] 贯休（832—912）：俗姓姜，字德隐，婺州兰溪（今属浙江）人，唐代著名画僧、诗人。七岁出家，日诵经千字，过目不忘。精通诗、书、画，尤其所画罗汉绝俗超群，在中国绘画史上有着极高的地位。贯休以八十一岁高龄圆寂于前蜀。与齐己、皎然并称为“唐三高僧”，后人编纂《唐三高僧诗集》。

[2] 玉帐：主帅所居的帐幕。

[3] 殷（yīn）勤：热情而周到。

[4] 宁：岂、难道。

[5] 阵没：阵亡，亦指阵亡的将士。招魂：本来是一种民间的迷信活动，这里指祭奠阵亡将士。

[6] 干戈束：武器收起来，比喻战争结束。干戈，兵器，代指战争。束，收起。

玉门关

（唐）胡曾[1]

【解题】

玉关，指石关，古称“玉门关”，简称“玉关”。见19页“兰州篇”（清）谭嗣同《别兰州》注［3］。此诗赞颂班超平定西域的丰功伟绩，肯定他对故土的思念之情。

西戎不敢过天山[2]，定远功成白马闲[3]。
半夜帐中停烛坐，唯思生入玉门关[4]。

【注释】

［1］胡曾（？—873）：唐代邵阳（今属湖南）人，唐懿宗咸通前后曾中进士，做过汉南节度使。高骈镇蜀时曾任书记在军幕中做事。著有《咏史诗》三卷、《安宝集》十一卷。

［2］西戎：古代对西方少数名族的统称。

［3］定远：指汉代定远侯班超。白马闲：喻指无战事。

［4］生入玉门关：班超事。见43页“嘉峪关篇”（清）林则徐《出嘉峪关感赋》（其四）注［3］。

敦煌廿咏

（唐）无名氏

【解题】

《敦煌廿咏》，又作《敦煌古迹廿咏》，是敦煌遗书中的晚唐诗作。这是一组带有短序的描写敦煌名胜古迹的二十首五言律诗，载于英藏文献S.6167及法藏文献P.2690、P.2748、P.2983、P.3691、P.3870、P.3929

等七个写本。作者不详。其中 P.2748 首尾完整，P.3870 前部稍残，余皆残缺不完。篇前短序略记作者行踪及作诗缘起，序云："仆到三危，向逾二纪。略观图录，粗览山川，古迹灵奇，莫可详究。聊申短咏，以讽美名云尔焉"。据此可知，诗人是长久生活在敦煌地区的。三危，山名，这里指敦煌。清道光十一年（1831）曾诚纂辑的《敦煌县志》卷二《地理志》引《都司志》云："三危，为沙州望山，俗名升雨山，今在城东南三十里。三峰耸峙，如危欲堕，故云。"作者到敦煌游山，阅读图志，对这里的名胜古迹，产生了浓厚的兴趣，于是"聊申短咏，以讽美名"。这二十首诗分别题为：三危山咏、白龙堆咏、莫高窟咏、贰师泉咏、渥洼池天马咏、阳关戍咏、水精堂咏、玉女泉咏、瑟瑟咏、李庙咏、贞女台咏、安城祆咏、墨池咏、半壁树咏、三攢草咏、贺拔堂咏、望京门咏、相似树咏、凿壁井咏、分流泉咏。

一　三危山咏[1]

危山镇群望，岫崿凌穹苍[2]。
万古不毛发[3]，四时含雪霜[4]。
岩连九陇险[5]，地窜三苗乡[6]。
风雨暗溪谷，令人心自伤[7]。

【注释】

[1] 三危山：在敦煌市东南，与凿有莫高窟洞窟的鸣沙山隔宕泉相望，因"三峰耸峙，如危欲堕，故云"（清苏履吉《敦煌县志》引《都司志》）。唐李泰等所撰《括地志》："三危山有三峰，故曰三危，俗亦名卑羽山，在沙州敦煌县东南三十里。"

[2] 镇：超出。群望：语出《左传·昭公十三年》，指星辰、山川。岫崿（xiù'è）：山崖。穹苍：天空。"危山"二句吟咏三危山高超众山，峰崿凌空。极言三危山的高耸。

[3] 不毛发：指寸草不生。此句意谓三危山的荒芜，寸草不生。

[4] 四时：指春夏秋冬四季。此句极言三危山的荒寒。

[5] 九陇：九陇坂，指三危山对面的鸣沙山和沙山以西的山脉。此句意谓三危山西接九陇之险。

[6] 三苗：我国古代部族名，亦称有苗、苗民。《史记·五帝本纪》载，其地

本在江、淮、荆州一带，传说舜时“迁三苗于三危。”此句意谓这里上古以来是流放犯人的地方。

［7］“风雨”两句：溪谷，指三危山与鸣沙山之间有宕泉的山谷。此二句借写溪谷里风雨迷茫景色，表达诗人为前景黯然而忧心忡忡。

二　白龙堆咏[1]

传道神沙异[2]，喧寒亦自鸣[3]。
势疑天鼓动，殷似地雷惊[4]。
风削棱还峻，人跻刃不平[5]。
更寻掊井处，时见白龙行[6]。

【注释】

［1］白龙堆：简称龙堆，在新疆罗布泊以东至玉门关之间。由古代湖积层及红色沙砾隆起高地受风力侵蚀而成，东北西南走向，谷中有流沙堆积，蜿曲如龙，故称龙堆。

［2］传道：传闻。此句意谓传闻此沙不同于别的沙。

［3］喧：原作“暄”。喧，与寒对举，指热天。此句意谓无论寒暑，沙能自鸣。

［4］“势疑”两句：势，气势。殷，声音宏大。李白《梦游天姥吟留别》：“熊咆龙吟殷岩泉”。此二句写白龙堆的巨大声响。“天鼓”、“地雷”用夸张手法描写其声响之烈。

［5］跻（jī）：升，登。“风削”两句意谓沙丘经风吹削减，但沙梁依然峻峭，棱角分明；虽经人力践踏，而锋刃永利。

［6］“更寻”两句：掊（póu）：掘、凿。行：运行。此二句意谓凡沿着白龙堆打井，井井见水，可见白龙在地下运行。

三　莫高窟咏[1]

雪岭干青汉，云楼架碧空[2]。
重开千佛刹，旁出四天宫[3]。
瑞鸟含珠影，灵花吐蕙蘩[4]。
洗心游胜境，从此去尘蒙[5]。

【注释】

[1] 莫高窟：即甘肃敦煌市东南25公里处的千佛洞。面三危而依鸣沙，自前秦凿窟，经隋、唐、宋、元拓修，今尚存四百九十余窟。

[2] “雪岭”两句：雪岭，指祁连、三危诸山终年积雪。干青汉，指山峰高耸入云。云楼，指高层的洞窟。莫高窟依鸣沙山东壁而凿，有石阶盘空勾连。此二句写莫高窟的背景，近叙其临空构建的栏杆和台阶。

[3] “重开”两句：重开，层层开凿。刹，这里指寺窟。四天宫，《李克让修莫高窟佛龛碑》：“妙宫建四庐之观。”四天官即指此时新建之台殿。此二句意谓唐代在前代凿窟的基础上扩大规模，广建寺窟、殿堂。

[4] “瑞鸟”两句：瑞鸟，特指鸾凤。灵花，亦即蕙兰草。瑞鸟、灵花均系吉祥之物。藂（cóng），“丛”的异体字。此二句描述千佛洞的祥瑞装饰：鸾凤口衔珠宝，蕙兰草处处开放，一派灵光祥瑞的景象。

[5] “洗心”两句：胜境，指莫高窟。此二句写作者的感受，含对莫高窟的崇敬之情。洗心、去尘，意谓一洗凡尘俗垢，荡涤邪心杂念。

四　贰师泉咏[1]

贤哉李广利，为将讨匈奴[2]。
路指三危迥，山连万里枯[3]。
抽刀刺石壁，发矢落金乌[4]。
志感飞泉涌，能令士马苏[5]。

【注释】

[1] 贰师泉：泉名，一名悬泉水，今名吊吊水。据说汉代贰师将军李广利西伐大宛，回至三危山士兵渴乏，李广利以掌击石，仰天悲誓，用剑刺山，飞泉涌出，以济三军。故后人称贰师泉。

[2] “贤哉”两句：李广利（？—前88），西汉将领，汉武帝宠妃李夫人之兄，中山（今河北定县）人。汉武帝命李广利攻大宛（西域国名），期至贰师城取良马，号之为贰师将军。多次出征大宛（yuān）、匈奴。后讨伐匈奴，兵败投降，不久被害。此二句叙写李广利出征大宛事。

[3] “路指”两句：迥，遥远。此处形容三危山高耸入云。枯，寸草不生。此二句叙写李广利路过三危山时的干涸景况：行军中望见三危山，因人马焦渴疲惫，觉得路途很是遥远；山上山下一片干枯，寸草不生。

[4] 矢：箭。金乌：太阳的别称。神话中说太阳里有三足鸟，故以金乌指代。

此句借用后羿射九日的神话，赞扬贰师将军消暑之功。后羿射日神话，见《淮南子·本经篇》。

[5]“志感”两句：志感，心志感动上苍。飞泉，指贰师泉。苏，苏醒或病体复原。此二句写石壁泉涌，士卒、战马饮水解渴而精力得以恢复。

五　渥洼池天马咏[1]

渥洼为小海，伊昔献龙媒[2]。
花里牵丝去，云间曳练来[3]。
腾骧走天阙，灭没下章台[4]。
一入重泉底，千金市不回[5]。

【注释】

[1]渥（wò）洼池：池名。在甘肃省敦煌市西、阳关东南的南湖乡。今称黄水坝水库。

[2]“渥洼”两句：海，即湖，藏族人称海子。龙媒，《汉书·礼乐志》：“天马徕，龙之媒。”颜师古注引应劭曰：“言天马者乃神龙之类，今天马已来，此龙必至之效也。”后因称骏马为“龙媒”。此二句写发现天马和献于武帝之事。意谓渥洼池虽是小湖，但当年它曾生出天马，献给汉武帝。

[3]“花里”两句：“花里”、“云间”，言所经之途。“牵丝”、“曳练”，皆指牵着马缰绳。此二句写天马由渥洼池敬献汉武帝之事。即牵丝缰穿过花丛之间而来。

[4]“腾骧”两句：腾骧，马头高扬奔驰。天阙，此指皇宫。章台，战国时，秦王于渭南离宫建台，名为章台。此指长安街道。灭没，言天马迅走的情势。此二句写天马在京行迹：马头高翘，奔跑于帝宫；蹄迹飞迅，过往于街市。

[5]“一入”两句：重泉，言水极深处。一入重泉，指归于水中。市，动词，买。此二句慨叹天马化龙而去，无处寻觅。

六　阳关戍咏[1]

万里通西域，千秋尚有名[2]。
平沙迷旧路，眢井引前程[3]。
马色无人问，晨鸡吏不闻[4]。
遥瞻废关下，昼夜谁复扃[5]？

【注释】

［1］阳关：见 21 页“兰州篇”（清）黄润勋《过兰州浮桥》注［2］。

［2］“万里”两句：万里，指土地广阔；千秋，指时间久远。此二句写阳关地理位置之冲要，乃通扼西域之门户，千秋闻名。

［3］“平沙”两句：眢（yuān）井，枯井、废井。此二句写阳关戍所周围环境的荒凉：昔日人烟稠密的旧路已被黄沙掩埋而不可识，只凭当年开凿的一眼一眼的枯井来辨认前路。

［4］“马色”两句：马色，马的状况。晨鸡，早上鸡鸣。古代关塞，向晚闭关，鸡鸣方启。此二句与下二句均慨叹关戍废弃、边备废弛。良马“无问”、晨鸡“不闻”，正是关备废弛的具体表现。

［5］“遥瞻”两句：废关，唐德宗建中二年（781），吐蕃占领沙州，阳关被废。扃（jiōng），本指门栓，此处指开关城门。此二句感叹阳关之荒废。

七　水精堂咏［1］

阳关临绝漠，中有水精堂［2］。
暗碛铺银地，平沙散玉羊［3］。
体明同夜月，色净含秋霜［4］。
可则弃胡塞，终归还帝乡［5］。

【注释】

［1］水精堂：用水晶装饰的堂舍。在阳关附近。可能是因以水晶装饰而得名。具体不详。

［2］“阳关”两句：绝漠，极远的大漠。此二句写水精堂在临近荒漠的阳关附近。

［3］“暗碛（qì）”两句：暗碛，指因夜色而变暗的沙石。玉羊，指月亮。刘孝绰《望月有所思》：“玉羊东北上，金虎西南昃。”此二句形容水精堂的洁白明亮：好像沙滩上铺了一片白银，又像在荒沙上洒了皎皎月光。

［4］“体明”两句：写水精堂建筑材料和装饰品之精美，晶莹润泽，洁白纯净。

［5］“可则”两句：可则，唐将谭可则。此二句以谭可则陷落于吐蕃终得返唐之事，比况水精堂所在之地终于回归。

八　玉女泉咏[1]

周人祭瑶水[2]，黍稷信非馨[3]。
西豹追河伯，蛟龙遂隐形[4]。
红妆随洛浦，绿鬓逐浮萍[5]。
尚有销金冶，何曾玉女灵[6]！

【注释】

[1] 玉女泉：在沙洲城西 85 里。今无考。一说在今大月牙湖一带。

[2] 瑶水：瑶池。“周人祭瑶水”，即合宴于瑶池。说的是周穆王于瑶池宴请西王母的传说。《穆天子传》：“乙丑，天子觞西王母于瑶池之上，西王母为天子谣。”谣：歌唱。

[3] 黍稷（jì）：均指谷物。信：真，诚，确实。馨（xīn）：芳香。语出《尚书·君陈》：“黍稷非馨，明德惟馨。”

[4]“西豹”两句：西豹，即西门豹，战国魏文侯时人。任邺城令时，邺县三老、廷掾、巫婆相勾结，以为河伯娶妇为名，择民女沉入漳河，以此敛财害民。西门豹投女巫等入河，革除恶俗。蛟龙，河神因食民女，故称蛟龙，此当指河伯。此二句写西门豹革除岁沉民女为河伯做妇之恶习。事见《史记·滑稽列传》。

[5]“红妆”两句：洛浦，此指洛水之滨。这句写玉女的美貌、举止。绿鬓，指少女鬓发亮泽，形容女子年轻美貌。浮萍，一种水草，无根漂水而生。此二句“红妆”、“绿鬓”皆写玉女的美容举止。

[6]“尚有”两句：销金冶，指张嵩熔铜铁汁灌入泉中之事。《瓜沙两郡大事记》云：“（太守张嵩）遂置炉冶穴所，销钢铁汁灌入泉中，其龙尸发声腾空而走；至州西三里，遗却二茎焦肋。”此二句否定玉女的灵验，赞扬张嵩斩妖除害。

九　瑟瑟咏[1]

瑟瑟焦山下，悠悠采几年[2]。
为珠悬宝髻，作璞间金钿[3]。
色入青霄里，光浮黑碛边[4]。
世人偏重此，谁念楚材贤[5]！

【注释】

[1] 瑟瑟：珠宝的一种，妇女多用于头饰。《瑟瑟咏》写开采瑟瑟之艰难，以及用来作装饰之美，世人对它的珍爱。诗末针对世人只知喜爱瑟瑟而不知其开采、识辨之难的现象抒发感喟。

[2] 焦山：敦煌山名，其处不详。悠悠，时间久远的样子。

[3] “为珠”两句：为珠，做成宝珠。璞，未琢去外层石质的玉。间金钿（diàn），镶嵌着金花。钿，用金片做成的花朵形装饰品。此二句意谓做成珠宝头饰高悬在妇女的发髻上，制作时往往镶嵌在金花上，显得金碧耀眼。

[4] 青霄：指天空。黑碛：黑色的沙砾。

[5] “世人”两句：楚材贤，用“和氏璧”的典故。楚人卞和得玉璞楚山中，奉而献之厉王。厉王使玉人相之，玉人曰：“石也。”王以为诳而刖其左足。武王立，他又去献建，玉人又曰：“石也。”刖其右足。文王立，卞和抱璞哭于山下。问他为何号哭，他说：“吾非悲刖也，悲夫宝玉而题之以石，贞士而名之以诳，此吾所以悲也。”王使玉人剖璞，果得宝玉。事见《韩非子·和氏篇》。此二句感慨世人钟爱瑟瑟成风，却不知其采识之艰辛。

十　李庙咏[1]

昔时兴圣帝[2]，遗庙在敦煌。
叱咤雄千古，英威静一方[3]。
牧童歌冢上，狐兔穴坟傍[4]。
晋史传韬略，留名播五凉[5]。

【注释】

[1] 李庙：在敦煌城西8里李先王庙东侧，是祭西凉武昭王儿子谭、让等之庙。约建于北魏太平真君年间（440—450），周围三百五十步，高一丈五尺。初唐时，阶墙尚存。

[2] 兴圣帝：即李暠（351—417），字选盛，陇西狄道（今甘肃临洮）人。北凉时任他为敦煌太守。天兴三年（400）自称凉公，建立政权，在位十七年，谥号为“凉武昭王”。唐玄宗天宝二年（743）追尊李暠为“兴圣皇帝”。

[3] 叱咤（chìzhà）：发怒的声音。静：通“靖”，平定，使安定。“叱咤”二句赞颂李暠称雄河西，威镇一方的功业。

[4] “牧童”两句：冢，坟墓。穴，挖洞穴。此二句写李暠坟墓的荒凉冷落。初唐时，李庙即屋宇拆除，坟墓无人看护。

[5] 韬略：本指古代兵书《六韬》、《三略》等，后用来称用兵计谋。

十一　贞女台咏[1]

贞白谁家女[2]？孤标坐此台[3]。
青蛾随月转，红粉向花开[4]。
二八无人识，千秋已作灰[5]。
洁身终不嫁，非为乏良媒[5]。

【注释】

[1] 贞女台：曾为一位贞洁不嫁女子所居，其址今无考。诗人以同情的笔触抒写这位古代贞女“洁身不嫁”、“孤标坐此台”的行事。

[2] 贞白：指节操。

[3] 孤标：独立的标格。标，标格、风格。

[4] “青娥”两句：青蛾、红粉皆指代青年女子，此指“贞女”。此二句描写贞女的花容月貌。

[5] 二八：指十六岁。作灰：化为灰尘，指人亡故。此二句惋惜贞女花季凋逝。

[6] “洁身”两句：意谓贞女保持洁白之身，矢志不嫁，并非无人说亲。曹植《美女篇》：“佳人慕高义，求贤良独难。”

十二　安城祆咏[1]

板筑安城日，神祠与此兴[2]。
一州祈景祚，万类仰休征[3]。
苹藻采无乏，精灵若有凭[4]。
更看雩祭处，朝夕酒如渑[5]。

【注释】

[1] 安城：可能指唐中宗景龙年间为安置西域内乱中投奔来的粟特人而设的社区。祆（xiān）：祆祠，当在沙洲故城东一里，遗址不详。法藏敦煌遗书 P.2005 卷《沙洲都督府图经》：“祆神，古在州东一里，立舍画神主，总有廿龛……”。

[2] 板筑：本指打墙用的夹板和夯筑工具，此指筑墙。兴：兴起。

[3] 景祚：亦即景福、大福。景，大。此指州郡平安、风调雨顺、五谷丰登等。万类：各行各阶层人。休征：吉祥的征兆。

［4］“苹藻”两句：苹藻，苹草和藻草，古人采之用于祭祀。凭，依靠，此处为附着之义。此二句意谓前来祭奠祆神的人众多，神灵颇为应验。

［5］“更看”两句：雩（yú），古代求雨的祭祀活动。渑（shéng），水名，源于山东临淄东南，北流，汇于小清河后，东入莱州湾。此二句叙写求雨祭祀时，献酒之丰、源源不绝。

十三　墨池咏[1]

昔人精篆素，尽妙许张芝[2]。
草圣雄千古，芳名冠一时。
舒笺行鸟迹，研墨染鱼缁[3]。
长想临池处，兴来聊咏诗[4]。

【注释】

［1］墨池：即张芝墨池，一名北水池。东汉至北宋敦煌蓄水池，在沙州子城东北1里罗城内，相传东汉草书家张芝洗笔于池。

［2］“昔人”两句：篆素，篆书与用来书写的素帛，这里用来指代书法。张芝，敦煌人，名将张奂长子。东汉献帝时人，著名书法家。尤好草书，后世誉为“草圣”。相传其临池学书，池水尽墨。此二句赞许张芝精于书法，能尽其妙。

［3］“舒笺”两句：舒笺，展开纸帛。鸟迹，本指传说黄帝时史官仓颉见鸟兽足迹受到启发，“初造书契”。这里用来指文字。鱼缁（zī）：或为鱼笺，亦称“鱼子”，是四川所产的一种纸。此二句描写张芝挥毫作书的情景。

［4］“长想”两句：意谓由书艺的绝妙，联想到张芝临池学书，为其苦学精神所感动，触发了写诗的兴致。

十四　半壁树咏[1]

半壁生奇木[2]，盘根到水涯[3]。
高柯笼宿雾[4]，密叶隐朝霞[5]。
二月含青翠，三秋带紫花[6]。
森森神树下，祈赛不应赊[7]。

【注释】

［1］本诗描写生长在水边崖缝中的古木，吟咏其根深、枝叶繁茂、亭亭若盖、青翠秋花，以及树下举行的祭祀活动。诗的语言清朗，由树的奇特联想到人们在树

下的祭神求福，显得别致。

［2］半壁：半崖，壁立的悬崖上。

［3］水涯：水边。

［4］宿雾：夜雾。

［5］隐：遮蔽。

［6］三秋：秋天。一季三月，古人称孟月、仲月、季月。孟秋、仲秋、季秋，合称三秋。

［7］“森森”两句：森森，繁密的样子。祈赛，祈福赛神活动。赊（shē），稀少，欠缺。此二句意谓因为半壁树是一种吉祥的神树，故树下常常举行祭神求福的活动。

十五　三攒草咏[1]

池草三攒别，能芳二月春[2]。
绿苔生水嫩，翠色出泥新。
弄舞餐花蝶，潜惊触钓鳞[3]。
芳菲观不厌[4]，留兴待诗人。

【注释】

［1］三攒草：敦煌的一种丛生水草。《三攒草咏》写这种草以翠绿新嫩的色泽，装点春光，逗引飞蝶，吸引游客的情景，流露出诗人对它的喜爱。

［2］芳：本指花，这里指能使二月有春的气息。

［3］“弄舞”两句：鳞，代指鱼儿。此二句意谓因为三攒草的新鲜嫩绿，引得采花的蝴蝶飞舞；它的根茎使得鱼儿以为是钓钩而慌忙躲避。

［4］菲：香气很浓。

十六　贺拔堂咏[1]

英雄传贺拔，割据王敦煌[2]。
五郡征般匠，千金造寝堂[3]。
绮檐安兽瓦，粉墙架虹梁[4]。
峻宇称无德，何曾有不亡[5]。

【注释】

［1］贺拔堂：唐武德初瓜州刺史贺拔行威所建的殿堂。贺拔，即贺拔行威

（?—622），唐高祖时曾任瓜州刺史。武德三年（620）十二月，举兵反唐。武德五年（622），瓜州土豪王干斩贺拔行威归唐，瓜州之乱平定。此诗叙写叛臣贺拔行威反唐占据敦煌期间，大兴土木，修建殿堂，极豪奢。谴责其反叛，揭示其不修德政、豪奢致亡的道理。

［2］“英雄”两句：王（wàng），此指自立为王。此二句意谓贺拔行威自立为王，反唐占据敦煌之事。

［3］“五郡”两句：五郡，汉代设武威、张掖、酒泉、敦煌四郡之外，后又设金城郡。般匠，本指春秋时鲁国名匠公输般。这里泛指工匠。写贺拔行威广招工匠，耗资建造殿堂之事。

［4］“绮（qí）檐”两句：绮檐，雕刻花纹、图绘色彩的屋檐。虹，又作“鸿”。此二句描写殿堂的富丽堂皇：雕花绘彩的屋檐安装着兽形砖瓦，粉白的墙壁上横架着彩虹般的栋梁。

［5］“峻宇”两句：峻宇，高华富丽的殿宇、宫殿。无德，无德之人，此指贺拔行威。此二句写贺拔行威不修德政、奢侈而亡的必然性。

十七 望京门咏[1]

郭门望京处，楼上启重緸闉[2]。
水北道西域，桥东路入秦[3]。
黄沙吐双堠，白草生三春[4]。
不见中华使，翩翩起虏尘[5]。

【注释】

［1］望京门：指唐代沙州治所敦煌城的东门，因护城河吊桥下大路通向长安，故称“望京门”。唐代敦煌县城在今甘肃省敦煌市西。

［2］“郭门”两句：郭门，指敦煌旧城东门。郭，外城。闉（yīn），瓮城，护城门的小城墙。此二句意谓打开东门城楼的前后两道门，登楼远眺。

［3］“水北”两句：水，指党河，源于青海，西流东折，经敦煌城，由南向北汇入经玉门西流的疏勒河。秦，指关中。此二句咏敦煌地理位置的重要：党河在这里汇合疏勒河流入新疆，大路远至关中。

［4］“黄沙”两句：双堠（hóu），用来眺望敌情的土堡，即烽隧。白草：见27页“嘉峪关篇”（唐）岑参《过酒泉忆杜陵别业》注［3］。三春，即孟春、仲春、季春。此二句意谓远而望之，一对烽燧耸立于黄沙之中，如大漠所吐一般；三春时节，处处是白草。

[5]“不见”两句：中华，指在长安的朝廷。翩翩，飞扬的样子。虏尘，敌骑奔驰扬起的尘土。此二句表达诗人对边境不宁、朝廷国力衰弱无暇西顾的忧虑。

十八　相似树咏[1]

两树夹招提，三春引影低[2]。
叶中微有宇，阶下已成蹊[3]。
含气同修短，分条德且齐[4]。
不容凡鸟坐，应欲俟鸾栖[5]。

【注释】

[1]这首诗咏颂生于寺院道路两边的颇为相似的两棵树。它们高低相同，枝条的长向长势也相似，树叶中若有图像。显然是诗人将它们神奇化，借写树的神奇以表达对佛寺佛教的崇敬。

[2]“两树”两句：招提，本指梵语“拓斗提奢”，后省作“拓提”，又作“招提”，为寺院的别称。三春，此泛指春天。此二句写相似树生长在寺院道路旁，春天时投下低低的凉荫。

[3]“叶中”两句：微，无、没有。蹊，小路。《史记·李将军列传》：“谚曰：‘桃李不言，下自成蹊。’”此二句意谓相似树树叶神奇，叶中好象有佛国殿宇的图像，因而前来观看的人很多。

[4]“含气”两句：含气，含藏灵气、元气。同修短，长短相同。德且齐，语出《孟子·公孙丑下》：“今天下地丑德齐，莫能相尚。”这里意谓分条相似是因为皆具神异之德。此二句赞叹树身的神奇，叹两树因含吸天地灵气，异德齐具，不但高低相同，而且枝条的长势也完全相似。

[5]俟：等待。鸾：传说中凤凰一类的神鸟。末二句意谓相似树不容凡鸟落在枝头，想必是等待鸾凤的栖息。

十九　凿壁井咏[1]

尝闻凿壁井，兹水最为灵。
色带三春渌，芳传一味清[2]。
玄言称上善，图录著高名[3]。
德重胜铢两[4]，诸流量且轻[5]。

【注释】

[1] 凿壁井：唐时敦煌井泉名，为当时名胜。这是一首咏赞井泉的诗，写井水的清澈清香、灵德闻名。

[2] “色带”两句：渌（lù），水清澈碧绿。此二句赞叹凿壁井水的澄澈、清香。

[3] “玄言”两句：玄言，玄妙之言。这里指《老子》。上善，《老子》：“上善如水。水善，利万物而有静，居众人之所恶，故几欲道矣。”图录，指敦煌图录之类。著高名，记录着此井之高名。此二句用《老子》语称赞此井水存德合道、图录载其美名。

[4] 德重胜株两：胜，承受得了。铢两，指钱币。此句意谓凿壁井德重，能承载、漂浮钱币等物。

[5] 且：尚。此句意谓其他水流不如此水德重。

二十　分流泉咏[1]

地涌澄泉美，环城本自奇[2]。
一源分异派，两道入汤池[3]。
波上青苹合，洲前翠柳垂[4]。
况逢佳景处，从此遂忘疲[5]。

【注释】

[1] 分流泉：唐时在沙州城西南的水泉，分为两道，绕城一周，故称之为分流泉。至城东北角合流北上，距城北 7 里流入甘泉水。此泉今已枯竭。

[2] “地涌”两句：写分流泉水的澄澈、清美，环绕周城。

[3] “一源”两句：异派，一泉所分出的支派。汤池，护城河。这里指环城的城壕。此二句写泉水分两道通向城壕。

[4] “波上”两句：青苹（píng），浮萍。苹，同“萍”。合，环聚。此二句描绘泉上水波荡漾、青萍聚合、水畔翠柳摇曳的美丽景色。

[5] “况逢”两句：写作者观此佳境留恋忘返、神旺忘疲的感受。

咏马

（唐）唐彦谦[1]

【解题】

唐彦谦这首《咏马》描形绘神，极力歌咏汗血宝马。据说汗血马的原产地在中亚地区，该稀有品种体健、力壮、善奔跑，多用作战马。据记载，张骞出西域，归来说：“西域多善马，马汗血。”故在中国，两千年来这种马一直被神秘地称为“汗血宝马”。

紫云团影电飞瞳[2]，骏骨龙媒自不同[3]。
骑过玉楼金辔响[4]，一声嘶断落花风。
崚嶒高耸骨如山[5]，远放春郊苜蓿间。
百战沙场汗流血[6]，梦魂犹在玉门关。

【注释】

[1] 唐彦谦：生卒年不详。字茂业，唐时并州（今山西太原）人。咸通时举进士十余年不第。后携家避居汉南。官至副使，阆、壁、绛三州刺史。《全唐诗》存其诗 187 首。

[2] 紫云团影电飞瞳：紫云团影，状马之行。电飞瞳，目光如电，写马之精神。此句指马速度迅疾。

[3] 骏骨龙媒：骏马。龙媒，见 117 页“酒泉篇”（唐）无名氏《敦煌廿咏·渥洼池天马咏》注［2］。

[4] 金辔（pèi）：马脖颈上挂的铃铛。

[5] 崚嶒（léngcéng）：本指山高峻，这里比喻战马骨相高大。

[6] 汗流血：天马汗流如血，故称汗血马。

塞　上

（北宋）胡　宿[1]

【解题】

《塞上》、《出塞》、《入塞》等曲是乐府诗题，属《横吹曲辞》，歌词多写边塞军旅生活。这首《塞上》曲赞颂将军神勇，倚重雄才大略安定边疆之后，塞上呈现出军队刀枪入库、将士赋闲、各民族和睦相处，使臣来往络绎不绝的安定、快乐、祥和情景。

汉家神箭定天山[2]，烟火相望万里间[3]。
契利请盟金匕酒[4]，将军归卧玉门关。
云沉老上妖氛断[5]，雪照回中探骑闲[6]。
五饵已行王道胜[7]，绝无刁斗至阛颜[8]。

【注释】

［1］胡宿（995—1067）：字武平，晋陵（今江苏常州）人。宋仁宗天圣二年（1024）进士，英宗治平三年（1066），以尚书吏部侍郎、观文殿学士知杭州。

［2］汉家神箭定天山：见110页“酒泉篇”（唐）李益《塞下曲》注［5］。天山指祁连山。

［3］烟火：烽烟。

［4］契利：突厥颉利可汗，曾多次侵扰唐境，战败后与唐结盟但又反复。贞观三年唐太宗派李靖、李绩出兵，与薛延陀可汗夷男等夹攻颉利可汗，次年大败之于阴山，并擒颉利可汗送至长安，东突厥前汗国灭亡。盟：结盟。金匕：酒器。

［5］老上：本为汉初匈奴单于名号，后用以泛指北方少数民族首领。《史记·匈奴列传》：“冒顿死，子稽粥立，号曰‘老上单于’。”妖氛：不祥的云气，也指妖气。断：消，此指无战争。

［6］回中：古地名，在今陕西省陇县西北。探骑：侦察骑兵。也代指从事侦探工作的人。

［7］五饵：出于贾谊“五饵三表”之说，五饵即“赐之盛服、车乘，以坏其目；

赐之盛食、珍味，以坏其口；赐之音乐、妇人，以坏其耳；赐之高堂、邃宇、府库、奴婢，以坏其腹；于来降者，以上召幸之，相娱乐，亲酌而手食之，以坏其心。”此处言安抚、养尊处优。

[8] 刁斗：见35页“嘉峪关篇”（明）陈其学《防秋登嘉峪关纪事》（其三）注［6］。

喜迁莺

（北宋）蔡挺[1]

【解题】

喜迁莺，词牌名。这首《喜迁莺》慷慨雄豪，是作者人品与词品的绝妙象喻。《宋史》本传说蔡挺“在渭久，郁郁不自聊，寓意词曲，有‘玉关人老’之叹”。全词以边塞生活为主体，在昂扬向上的主调中，也流露出了一缕淡淡的忧愁。

霜天秋晓[2]，正紫塞古垒，黄云衰草[3]。汉马嘶风[4]，边鸿叫月，陇上铁衣寒早[5]。剑歌骑曲悲壮，尽道君恩须报。塞垣乐，尽櫜鞬锦领[6]，山西年少。谈笑。刁斗静。烽火一把，时送平安耗[7]。圣主忧边，威怀遐远，骄虏尚宽天讨[8]。岁华向晚愁思，谁念玉关人老？太平也，且欢娱，不惜金尊频倒[9]。

【注释】

[1] 蔡挺（1014—1079）：字子政，宋城（今河南商丘）人。宋景佑元年进士，官至直龙图阁，知庆州，屡拒西夏犯边。神宗即位，加天章阁待制，知渭州。治军有方，甲兵整习，常若寇至。熙宗时，拜枢密副使。

[2] 霜天秋晓：边塞秋晓，霜空无际，冷气袭人。

[3] 衰草：枯草衰蓬。

[4] 嘶：叫。

[5] 铁衣：戍边将士的铠甲。

[6] 塞垣：边城之墙。乐，快乐。櫜鞬（tuójiàn）：櫜为盛箭之袋，鞬为盛弓之袋。锦领：犹言锦衣，华贵服装。

[7] 平安耗：平安的消息。

[8] 骄虏：形容强悍的少数民族。尚宽天讨：（圣明的皇帝）宽怀大度，尚未考虑讨伐。

[9] 金尊频倒：作者因归去无望，暂且把酒自宽。

塞　上

（南宋）陆　游[1]

【解题】

塞上，见128页“酒泉篇”（北宋）胡宿《塞上》的解题。作者中年入蜀，投身军旅生活，官至宝章阁待制。晚年退居家乡，但收复中原信念始终不渝。此诗同样贯穿了气吞残虏的爱国主义精神，正如“将军许国不怀归，老矣犹思万里行”诗句所言。

三尺铁如意，一枝玉马鞭[2]。
笑把出门去，万里行无前。
当道何崔嵬，云是玉门关[3]。
方当置屯守，征人何时还？
马色如杂花，铠光若流水[4]。
肃肃不敢哗[5]，遥望但尘起[6]。
日落戍火青[7]，烟重塞垣紫[8]。
回首五湖秋，西风开茨菁[9]。

【注释】

[1] 陆游：见83页“天水篇”（南宋）陆游《陇头水》注[1]。

[2]“三尺”两句：如意，器物名，头呈灵芝形或云形，柄微曲，象征吉祥。这里喻武器。玉马鞭，装有玉石把柄的马鞭。此二句抒写征人奔赴边塞的豪情。

[3]“当道”两句：崔嵬（cuīwéi），有石头的土山。这里形容玉门关城高峻。

此二句写玉门关城高峻雄伟。

［4］“马色”两句：马色，马的毛色。杂花，亦即五花，五花马，名贵马的代称。铠光，古代铁质铠甲上的光芒。此二句写马良人众，军容整肃。

［5］肃肃：清静、幽静的样子。哗：大声说话。

［6］遥望：远望。但：只，仅。

［7］戍火：戍卒在驻地所燃之火。

［8］塞垣：本指汉代为抵御鲜卑所设的边塞。后亦指边关城墙。

［9］开芡（qiàn）觜（zuǐ）：使芡觜开放。芡，水生植物名，又名鸡头。全株有刺，叶圆盾形，浮于水面。花单生，带紫色，花托形状像鸡头。种子称“芡实”，供食用，亦可入药。觜，本指猫头鹰头上的毛角，诗中指花开的形状像毛角。

题李广利伐宛图

（明）宋　濂[1]

【解题】

李广利，见116页“酒泉篇”（唐）无名氏《敦煌廿咏·贰师泉咏》注［2］。这首诗是为汉贰师将军李广利征伐大宛之画而作的题画诗，描绘出贰师将军率兵出征的盛况。

贰师城头沙浩浩，贰师城下多白草[2]。
六千铁骑随将军[3]，风劲马鸣高入云。
师行千里复引还，使者持刀遮玉关[4]。
乌孙轮台善窥伺，宛若不降轻汉使[5]。
玺书昨夜下炖煌[6]，太白高高正吐芒[7]。
戍甲重征十八万[8]，居延少年最翘健[9]。
杀气漫漫日月昏，边尘冉冉旌旗乱[10]。
旄竿已揭宛王头[11]，执驱校尉青狐裘[12]。
惜哉五原白日晚，郅居水急游魂返[13]。

【注释】

[1] 宋濂（1310—1381）：字景濂，号潜溪，别号玄真子、玄真道人，浦江（今浙江浦江）人，元末明初文学家，曾被朱元璋誉为“开国文臣之首”。

[2]“贰师”两句：贰师城，汉武帝时西域大宛国的都城。沙浩浩，形容风沙很大。白草，见27页“嘉峪关篇”（唐）岑参《过酒泉忆杜陵别业》注［3］。此二句叙写贰师城风沙大、白草繁茂的景象。

[3] 六千铁骑随将军：将军，指贰师将军李广利。此句写贰师将军李广利率六千铁骑征伐大宛国之事。事见《汉书·李广利传》。

[4] 使者持刀遮玉关：指汉武帝接到李广利第一次出征大宛败回敦煌的上书后，极为愤怒，派出使者把守在玉门关，传令道：“军队有敢进入关的，斩首”。

[5]“乌孙”两句：乌孙，见37页“嘉峪关篇”（清）沈青崖《柔远亭》（其二）注［5］。轮台，故轮台国，西域三十六国之一，于汉太初三年为李广利所灭。窥伺，偷看。这里指侵犯。宛，大宛国。此二句意谓若不能征服大宛国，西域各国便会轻视汉使，轻慢汉帝国。

[6] 玺书：古代以泥封加印的文书。后专指皇帝的诏书。炖煌：即敦煌。

[7] 太白高高正吐芒：太白星高照，主战事。

[8] 戍甲重征：重新调集组织军队。

[19] 居延：指居延海，古称流沙泽，汉魏晋称居延泽，唐以后称居延海。即今内蒙古额济纳旗西北的苏古诺尔湖和嘎顺诺尔湖。形状狭长弯曲，有如新月。翘（qiào）健：英勇强壮。

[10] 边尘：指边境的战尘，此处代指战事。

[11] 揭：举起。宛王头：指李广利二次征伐大宛获胜后斩大宛国王之首。

[12] 执驱校尉：掌管车马的军官。青狐裘：穿着青狐皮衣。

[13]“惜哉”两句：五原，关塞名，即汉五原郡之榆柳塞。在今内蒙古自治区之五原县。天汉四年（前97），李广利率六万骑兵、七万步兵出击匈奴，过五原。郅居水，现蒙古共和国色楞河。李广利第三次出击匈奴，渡过郅居水，大胜。后军中不和，南渡郅居水，兵败投降，后受卫律挑拨，被匈奴人杀之以祭神。此二句是感叹李广利多次出击匈奴，但最终只能死于他地，再也无法回大汉朝了。

汉将篇

(明)何景明[1]

【解题】

汉将，汉代将领。《汉将篇》这首诗是对汉代著名将领们保家卫国、英勇善战、功勋卓著的高度评价。但在卷末回归现实，“玉门关外朔云愁”实写当时边患之严峻，“亦白头”、“忆廉颇”、“羞称侯”既显爱国情怀，更有“但使龙城飞将在，不教胡马度阴山”之叹。

汉家西北烟尘起[2]，烽火夜照西京里。
胡虏奔腾一万骑，关塞逶迤五千里[3]。
飞符插羽募精强[4]，连营列阵扫边疆。
已见将军屯细柳[5]，更闻天子猎长杨[6]。
长杨羽猎兵威振，叠鼓鸣钲闻远近[7]。
龙虎遥分天上军，鱼蛇徧阅云中阵[8]。
长安骢马侠少年，金鞍玉辔铁连钱[9]。
共看拔剑追骄子，自许弯弓射左贤[10]。
惊风昼起边沙涨，疏勒黄云迷所向[11]。
饮马寒临月窟傍[12]，驱兵夜度天山上。
降旗款节树戎城，卷旆回旌入帝京[13]。
征人半死龙庭战[14]，壮士俱标麟阁名[15]。
麟阁功名不易得，贵臣良相徒颜色。
威胡尽道李飞将[16]，还汉谁言苏属国[17]。
玉门关外朔云愁，燕颔书生亦白头[18]。
君王自忆廉颇辈[19]，义士羞称万户侯。

【注释】

［1］何景明（1483—1521）：字仲默，号白坡，又号大复山人，信阳（今属河南省）人，明代文人，著名前七子之一，终年三十九岁。

［2］汉家：即汉朝。

［3］逶迤：曲折绵延的样子。

［4］飞符：急速传送的兵符。符，即兵符，调兵文书。插羽：古代军书插羽毛以示迅急。募：招募。此句意谓朝廷下达紧急命令招募精强士兵。

［5］细柳：地名，汉将周亚夫屯军处，号称细柳营。在今陕西省咸阳市西南渭河北岸。此句用周亚夫典故，意谓部队精锐。

［6］长杨：长杨宫。汉成帝元延二年（前11），汉成帝行幸长杨宫，携胡客游猎。猎后扬雄写有《长杨赋》、《羽猎赋》。

［7］叠鼓鸣钲（zhēng）：古代军队出征时壮军威而敲打乐器。

［8］“龙虎”两句：龙虎、鱼蛇当为所排列的阵形。偏，通“遍”。此二句意谓排列布阵。

［9］金鞍玉辔：极写马饰之精美。铁连钱：本指马身上黑色的钱形斑点，为良马的特征。此代指良马。杨炯《骢马》：“骢马铁连钱，长安侠少年。”

［10］“共看”两句：骄子，原指强盛的北方民族胡人，即匈奴人。《汉书·匈奴传》：“南有大汉，北有强胡。胡者，天之骄子也。”左贤：指匈奴的左贤王。自许：自己称许自己，即自夸。此二句写汉将的勇猛。

［11］“惊风”两句：涨，指风沙狂卷。疏勒，疏勒城，今新疆疏勒。黄云，边塞之云。塞外沙漠地区黄沙飞扬，天空常呈黄色，故称。杜甫《佐还山后寄》：“山晚黄云合，归时恐路迷。”仇兆鳌注：“塞云多黄，故公诗云‘黄云高未动’，又云‘山晚黄云合’。”此二句写西域地区沙尘、黄云的自然景观，言其自然条件荒凉、恶劣。

［12］月窟：本指月的归宿处，此泛指极西之地。李白《苏武》：“渴饮月窟水，饥餐天上雪。”

［13］“降旗”两句：款节，指节杖。树，插。帝京，京城，指长安。此二句写战争取得胜利，班师回朝。

［14］龙庭：朝廷。此指匈奴的朝廷。

［15］壮士：即英雄。麟阁：麒麟阁的省称，汉代阁名，在未央宫中。汉宣帝时曾图霍光等十一功臣像于阁上，以表扬其功绩。封建时代多以画像于麒麟阁表示卓越功勋和最高的荣誉。

［16］李飞将：指汉代名将李广，匈奴兵称其为“飞将军”。

［17］苏属国：指苏武。苏武，见108页“酒泉篇”（唐）李端《雨雪曲》注［4］。

［18］燕颔书生：有封侯之相的读书人。亦用以称美志在建立军功的士人，同“燕颔儒生”。燕颔，形容相貌威武。颔，下巴。此指武将、勇士。

［19］廉颇：战国时赵国杰出的军事家。

出　塞

（明）吴伟业[1]

【解题】

《出塞》，见2页“兰州篇”（唐）沈佺期《出塞》解题。据说这首《出塞》实为吴伟业《戏题仕女图》的题诗。尽管作者未有明言，但画面上颇似昭君出塞的情景，据此推断诗作实有关切、安慰昭君思乡情切之意。

玉关秋尽雁连天，碛里明驼路几千[2]。
夜半李陵台上月[3]，可能还似汉宫圆[4]？

【注释】

［1］吴伟业（1609—1672）：字骏公，号梅村。太仓（今属江苏）人。少师事张溥，为复社成员。明崇祯四年（1631）一甲二名进士，官左庶子。弘光朝召拜少詹事。入清后授秘书院侍讲，擢国子监祭酒。

［2］明驼：善走的骆驼。一说为骏马名。

［3］李陵台：指汉代李陵的墓。李陵是西汉名将，李广之孙。曾率五千步兵与匈奴十余万人作战，战败投降匈奴，汉武帝怒而夷其三族，致使其彻底与汉朝断绝关系，居匈奴二十余年后去世。此句意谓李陵投降后就再也无法回到从前了。

［4］可能：能否。此句意谓能否还像汉宫之月那么圆？

肃州怀古

（清）胡　钛[1]

【解题】

肃州，地名。汉为酒泉郡。晋时西凉李暠定都于此。隋文帝仁寿二年（602）设置肃州，清时为直隶州，1913年改县，改名酒泉县，属甘肃省。怀古，此处即追怀往昔历史沧桑，感叹时下和平安定之意。

控引玉门形势多[2]，李暠曾此据关河[3]。
挥戈返日空神力[4]，折戟沉沙耐洗磨[5]。
遗恨未教山雪化，闲愁都付野云过[6]。
太平时节无征战，羌笛休吹出塞歌。

【注释】

［1］胡钛：见52页“金昌篇”（清）胡钛《早发永昌县》注［1］。

［2］控引：控制，支配。控、引，都有拉弓之意。

［3］李暠（hào）：十六国时西凉国的皇帝，陇西成纪（今甘肃秦安）人。自称李广之后，以敦煌为都城，疆域广及西域。

［4］挥戈返日：挥舞兵器，赶回太阳。比喻排除困难，扭转危局。《淮南子·览冥训》：“鲁阳公与韩构难，战酣日暮，援戈而挥之，日为之反三舍。”

［5］折戟沉沙：折断的兵器沉埋在沙里，形容惨烈战斗之后的战场遗迹。语出唐代杜牧的“折戟沉沙铁未销，自将磨洗认前朝。”（《赤壁》）。此句意谓在洗磨中自然会体味到战争的得失。

［6］闲愁：无端的愁绪。

石 包 城

（清）马尔泰[1]

【解题】

据《肃州志·沙州卫》记载：“石包城，在沙州城东二百里，选石为城，势极高峻，不知何年所筑。”近年考证，石头城在肃北蒙古族自治县石包城乡，即十六国时的雍归镇，与子亭呼应，为瓜沙二州的屏藩。

翠壁崚嶒接玉霄，岩城竖起自何朝[2]？
五丁运力开神域，四郡连烽警夜刁[3]。

衰草当年遗战垒，秋风此日静天骄[4]。
周行已遂登临志，不惮经年万里遥[5]。

【注释】

[1]马尔泰：生卒年未详。号虞尊，清代满洲正黄旗人，工部侍郎。雍正五年（1727）奉命重修沙州（敦煌）城，与汪漋同为监督办理官员。雍正十二年（1734）以市易夷使至肃州。乾隆八年（1743）又以总督巡察边营，三至肃州，复抵安西。

[2]“翠壁”两句：翠壁，青绿色的石墙。崚嶒（léngcéng），山高峻重叠的样子。玉霄，云霄。岩城，即石包城。此二句意谓山峦高峻重叠，不知道石包城是什么时代建成的。

[3]“五丁”两句：五丁，五个大力士。传说秦惠王伐蜀时，造了五只石牛，扬言石牛能屙金，蜀王负力信以为真，派五丁把石牛拉回国，为秦开了通蜀的道路。事见《华阳国志·蜀志》。神域，神圣的疆域。四郡，即河西四郡，指酒泉、武威、张掖、敦煌四郡。连烽，烽燧相望。警夜刁，夜晚报警的刁斗声。此二句叙写当年打通西域孔道，设置烽燧以御敌的功绩。

[4]“衰草”两句：战垒，战地上的堡垒。天骄，汉朝时北方匈奴称“天之骄子”。此二句谓当年战地，而今和平。

[5]“周行”两句：周行，绕石城而行。不惮，不怕。万里遥，指边塞地。此二句写作者一行不辞辛劳，经略边塞的情志。意谓只要天下安宁，不惧怕常年驻守万里之外的边塞。

祁连晴雪

（清）曹麟开[1]

【解题】

这是一首赞颂祁连山雪景的诗。首联从时空两个维度起笔，大气磅礴；颔联着手地理形势，险峻重要；颈联写云气茫茫，光耀天地之景；尾联忆及贰师将军征战摩崖题名之处。全诗自然与人文相结合，浑然一体。

雪从太古积朦溟[2]，秀耸祁连若建瓴[3]。
雄跨两关开月氏[4]，势盘五郡控龙庭[5]。
苍茫气界中边白，皎洁光摇天地青。
记得贰师征战处，摩崖冰壑尚留铭[6]。

【注释】

[1] 曹麟开：生卒年不详。安徽贵池人，曾任湖北黄梅县知县。乾隆四十六年被谪流新疆。所任官职不高却才志非凡，其足迹遍历天山南北。有《新疆题景诗》八首。

[2] 朦溟：形容烟雾弥漫，景色模糊。

[3] 秀耸祁连：形容祁连山的巍峨耸立、雄伟壮观。建瓴：即“建瓴水”之省称，谓倾倒瓶中之水，形容居高临下、难以阻挡的形势。语出《史记·高祖本纪》：“譬犹居高屋之上建瓴水也。”

[4] 两关：习惯上指阳关和玉门关，是我国汉代西北通向西域等地的重要关隘。月氏：西域古国名。

[5] 五郡：河西五郡，即武威、酒泉、敦煌、张掖以及安西郡。龙庭：匈奴单于的京城。

[6] 摩崖冰壑：在山崖石壁上所刻的铭功、记事等文字和积冰的沟壑。铭：铭文。

双 塔 堡

（清）汪 �[1]

【解题】

双塔堡，清雍正六年（1728）建成，在今甘肃省安西县布隆吉城西三十里。堡内有双塔古迹。《肃州志·柳沟卫》记载：“双塔不知创于何代，厥迹犹存，而其地峰回路转，河水湾环，林木葱茜，虽未足比迹阴山，然徘徊瞻眺，一往流连，亦令尘襟顿涤。”

塔影参差旧迹荒，营屯卒伍启新疆[2]。
雪峰南耸当山阁，红日东来照女墙[3]。

草色满郊千骑壮，河流双汇一川长[4]。
幽情更爱禽鱼盛，闲向溪林钓猎忙。

【注释】

[1] 汪灐（lóng）（？—1789）：休宁（今安徽芜湖）人，康熙三十三年（1694）进士。雍正间，累官至广西、江西等省巡抚，坐事内用，以光禄少卿督修两淮高家堰堤及浙江仁和、海宁海塘等江南水利工程。雍正四年（1726），擢安西道与马尔泰督修口外瓜、沙等城工事务。著有《敦煌杂钞》、《敦煌随笔》。

[2] 营屯卒伍：屯驻军队。清初于双塔堡设千总一员，统兵驻防。启新疆：开发新的疆土。启，开启、打开。

[3] 雪峰：指祁连山。见25页“嘉峪关篇”（唐）卢照邻《关山月》注[3]。女墙：城墙上面呈凸凹形的小墙，中有小孔，可供瞭望，又名垛口。

[4] 河流双汇：指发源于土葫芦沟的窟窿河，经双塔堡入疏勒河。

酒泉四首

（清）程世绥[1]

【解题】

酒泉，位于今甘肃省酒泉市城东泉湖公园。史传汉武帝元狩二年（前121）骠骑将军霍去病击败匈奴，武帝赠御酒一坛，犒赏有功将士，酒少人多，霍去病倾酒于泉中，与众共饮，故称此泉为酒泉。另一说：酒泉郡名，系以泉命名，具体说是因武帝初东方朔所著《神异经》记载西北荒中有一其味如酒的酒泉而得名。程世绥关于咏酒泉的组诗共由四首七律组成，描绘了西汉胜迹古酒泉的清幽景色，盛赞这里泉甘酒美，是闲散自足的避世者乐园。

一

回泉绿带小栏边，疏凿依稀记汉年[2]。
重辟草堂依曲沼，平添水阁映清涟。
溪桥野色无人画，草榻茶烟病叟禅[3]。

莫讶山公偏好饮[4]，香甘一掬已陶然。

【注释】

[1] 程世绥：生卒年不详。江南休宁县（今安徽芜湖）人。乾隆二年（1737）出任整饰肃州分巡道。

[2] 记汉年：（石碑上）记载着汉代（开辟酒泉郡）的时间。

[3] 禅：佛家指坐禅。

[4] 山公：即山简，晋人山涛之子，字季伦，酷好饮酒。

二

沦漪一曲鉴湖开，谁击轻舠此溯洄[1]。
休沐且为无事饮，放衙争共讨春来[2]。
闲敲活火尝新茗，旋汲清泉压旧醅[3]。
老去头衔增曲部，醉乡日月胜蓬莱[4]。

【注释】

[1] 鉴湖：此处意谓湖水平静如镜，故称鉴湖。轻舠（dāo）：刀形小船。

[2] 休沐：旧时官吏休息沐浴，指休假。放衙：免去属吏早晚两衙的参见。讨春：探春。

[3] 活火：有火焰的炭火。茗：嫩茶叶。旧醅（pēi）：未滤的酒。

[4] 老去头衔：去职养老，等于说退休。曲部：唐代汝阳王李琎取云梦石砌泛春渠以蓄酒，作金银龟鱼，浮沉其中为酌酒具，自称酿王兼曲部尚书。曲，即酒麴。蓬莱：见 22 页“兰州篇”（清）周应泮《五泉记游》注［4］。

三

承平从此卸戎衣，万绿荫中且息机[1]。
闲里抱琴留客鼓，睡余沾醉折花归。
故园经岁音书杳，荒服投戈羽檄稀[2]。
取次南窗支小榻，呼童洗盏送余晖。

【注释】

[1] 息机：摆脱世务，息灭机心。《楞严经》卷六："息机归寂然，诸幻成无性"。

[2] 荒服：古五服之一，指离京师两千到两千五百里的边远地方。这里指离京师最远的地方。羽檄：犹羽书，插有鸟羽，以示紧急的文书。

四

芬芳不减洞庭春，沁入心脾味更醇。
纵饮那须愁小户，狂呼端许拟贤人[1]。
生憎陆羽遗泉品，会改刘伶作醉神[2]。
半具枯筒诗百首，始知城外有天民[3]。

【注释】

[1] 端许：果然如此。

[2] 陆羽：唐代复州竟陵（今湖北天门）人，字鸿渐，以嗜茶出名，著有《茶经》三篇，为我国关于茶的最早著作，民间祀为茶神，《新唐书》有传。刘伶：竹林七贤之一，纵酒放达，著有《酒德颂》，《晋书》有传。

[3] 天民：先知先觉的人，指贤者。因其明乎天理，适乎天性，故称。

吊锁阳城（二首之一）

范振绪[1]

【解题】

锁阳城，又名苦峪城，在今甘肃省瓜州县，位于疏勒河流域中部，是丝绸之路的交通要塞。古城规模依然存在。1941年夏，诗人陪同张大千先生前往瓜州榆林窟作画，其间还游览了附近锁阳、黑水桥墩坝、蘑菇台等古迹，均有诗纪行。这里所选为《吊锁阳城》二首中的第一首诗。

沙浪风行似大江[2]，千秋圣垒影双双[3]；
地当孔道思全盛[4]，城筑何年诩受降[5]。

欲腾黄尘埋战骨，尚疑白塔伴经幢[6]；
多情衹有天山月，照到寒磷惹吠庬[7]。

【注释】

[1] 范振绪（1872—1960）：字禹勤，号南皋，晚年号东雪老人、太和山民（因其祖上居住于甘肃省靖远县双龙乡，该境内有名山太和山而得名），祖籍甘肃省靖远县。1906年加入中国同盟会，成为甘肃早期参加辛亥革命运动的主要人物之一。著有《东雪草堂笔记》、《东雪草堂诗联存稿》、《夜窗漫录》、《学画随笔》、《东雪杂文》、《兰州事变纪略》、《燕子笺秦剧本》、《桃花扇秦剧本》、《济源县志》、《靖远县新志稿》等。

[2] 沙浪风行似大江：形容风势强大致使流沙如浪。因瓜州是世界有名的风库，锁阳城一带沙丘起伏，故谓。

[3] 圣垒：指锁阳城。“千秋”句：锁阳城是隋唐遗址，由东西两个长方形的主城组成，故谓。

[4] 全盛：历史上的强盛时期，指汉、唐。孔道：大道。“地当”句：锁阳城在汉唐时期是丝绸之路的交通要塞，故谓。

[5] 诩受降：自诩为受降城。受降，汉武帝时，打败匈奴，曾令公孙敖筑受降城。唐景龙二年，张仁愿又筑三座受降城以防突厥入侵。

[6] 白塔：锁阳城东有塔儿寺遗址，塔为白灰搪饰，多半倾颓如冢。经幢（chuáng）：我国佛教中的一种柱形刻石，高可三、四尺，雕以佛龛、佛相。

[7] 天山：见41页“嘉峪关篇”（清）林则徐《出嘉峪关感赋》（其一）注[5]。寒磷：白沙。磷为白色，视之有寒意，故可曰寒磷。吠庬：狗叫声。庬，象声词。

题榆林窟

范振绪

【解题】

榆林窟，又名万佛峡，距今甘肃省瓜州县城75公里。洞窟排列在榆林河谷两岸的砾岩上，共有洞窟41个（东岩30窟，西岩11窟）。隋、唐、五代、宋、西夏、元、清各代均有开凿及绘塑。诗作中作者惊叹石窟圣画如新，赞颂开窟造像者的伟大，洋溢着结缘佛窟的欣喜满足之情。

佛教原来不染尘[1]，千年圣画竟如新；
何人创造榆林窟，无数恒沙作化身[2]。
此行结得宝山缘，石窟重重别有天；
百亿万千瞻妙相[3]，何求道子羡龙眠[4]。

【注释】

[1] 不染尘：指佛的法力。染尘，本指沾染红尘世俗。

[2] 恒沙：即“恒河沙数”，佛教语。形容数量多至无法计算。化身：佛教宣称，佛具有法、报、化三身。此句是借佛教语说榆林窟由沙砾岩构成。

[3] 百亿万千：即佛。佛教中称释迦牟尼为“千百亿化身”。妙相：庄严的形象。

[4] 道子：吴道子，又名吴道玄，盛唐名画家，时称“画圣”。龙眠：李龙眠，即李公麟，号龙眠山人，宋代名画家，善长山水佛像，山水似李思训，佛像近吴道子。“何求”句：意谓见到榆林窟如此精湛高超的艺术，何须再去追求和羡慕吴道子、李龙眠呢！

万佛峡纪行诗四首

于右任[1]

【解题】

万佛峡，即榆林窟。见142页“酒泉篇”（清）范振绪《题榆林窟》的解题。本篇共由四首七绝组成，抒写了此行的见闻和复杂感受，感叹、怜惜之情溢于字里行间。

一

激水狂风互作声，高岩入夜倍分明。
三危山下榆林窟，写我高车访画行[2]。

【注释】

[1] 于右任（1879—1964）：号髯翁，晚年称太平老人，陕西三原县人。清末文举，著名爱国诗人、学者、书法家。1906年，在日本加入同盟会。辛亥革命后，

任陕西靖国军总司令，后为国民党中央执行委员、监察院长，是国民党元老辈人物，病逝于台北。生前曾巡视河西，涉足敦煌，对敦煌艺术无比珍爱，并为敦煌艺术研究所创立起过先声、倡导作用。存有《于右任诗文集》。

[2] 高车：当地俗称“大轱辘牛车”。

二

隋人墨迹唐人画，宋抹元涂复几层[1]。
不解高僧何处去？独留道士守残灯[2]。

【注释】

[1]“隋人”两句：意谓榆林窟壁画绘于隋、唐、宋、元各代，往往是后代覆盖前代，成了几层壁画。

[2]“不解”两句：作者原注：“万佛峡之榆林窟中千佛寺，现为道士观矣。”高僧：精通佛理、道行高深的僧人。这里泛指僧人。道士：指王道士。王道士，本名圆箓，一作元录，又作圆禄。此句写战乱之中莫高窟无人，僧侣皆奔，乱后王道士打理洞窟之事。

三

层层佛画多完好，种种遗闻不忍听。
五步内亡两道士，十年前毁一楼经[1]。

【注释】

[1]“五步”两句：作者自注：“钟道士，商州人，年八十余，民国十九年为匪所害，并将藏经毁去。”

四

红柳萧疏映夕阳，梧桐秋老叶儿黄[1]。
水增丽色如图画，山比髯翁似老苍[2]。

【注释】

[1]“红柳”两句：榆林窟位于踏实乡，《肃州志·柳沟卫》记载：“踏实最多柽柳，秋霜微染，一望红林，流泉环绕，掩映如画。”“梧桐”句：作者自注：“梧桐

似杨树，叶大小不同，土人呼为胡桐，近人称为杨桐。”

[2] 髯翁：冯梦龙在作品集里的自称，此指作者。“山比髯翁似老苍”化用温庭筠《达摩支曲》“白头苏武天山雪”句意，以自己的苍苍白发与祁连山的皑皑白雪对比。

天净沙·酒泉道中

于右任

【解题】

1941年9月下旬，作者过酒泉，畅游了西汉胜迹。他面对古朴幽静而略显荒芜的泉湖风光，抚今追昔，感叹历史沧桑，于是化用唐代诗人王翰的《凉州词》意，口占此词。

酒泉酒美泉香，雪山雪白山苍[1]。多少名王名将，几番回首，白头醉卧沙场[2]。

【注释】

[1] 酒泉：汉代郡名。《三国志·崔琰传》注：“太祖制酒禁，而融书嘲之曰：天有酒旗之星，地列酒泉之郡。”即指今甘肃酒泉。《汉书·地理志》酒泉郡下应劭注：“其水若酒，故曰酒泉也。”颜师古《汉书》注：“旧俗传云城下有金泉，泉味如酒。”雪山：祁连山终年积雪，故称。

[2] 白头：人老发白。沙场：平沙旷野，指战场。

别榆林窟

张大千[1]

【解题】

榆林窟，见142页“酒泉篇”（清）范振绪《题榆林窟》的解题。别，告别。这首《别榆林窟》抒写诗人离开榆林窟时的感受，诗中“摩挲”、“回首”等语词颇显眷恋不舍之意。

摩挲洞窟纪循行[2]，散尽天花佛有情[3]。
晏坐小桥听流水，乱山回首夕阳明。

【注释】

[1] 张大千（1899—1983）：名爰，又名季、季爰，斋号“大风堂”，四川内江人，我国著名画家。1957年被美国纽约世界美术协会推崇为“当代第一大画家”，并授予金质奖章。生前曾于1941年初，带领学生、子侄、裱工等十余人，由成都到达敦煌，研究敦煌艺术。1943年秋，携带所临二百余件作品返回成都，整理为《敦煌临摹白描画》三集。

[2] 摩挲：抚摸。纪循行：指其在榆林窟题壁留言事。循行，巡视。

[3]“散尽”句：赞扬榆林窟唐代壁画艺术的高超精湛。特别是二十五窟“西方净土变”中阿弥陀佛朗朗说法，十地菩萨虔诚静听，衬以白鹤起舞、飞天散花等仙境，生动形象地表现了佛国世界。

张掖篇

赠苏绾书记

（唐）杜审言[1]

【解题】

苏绾（wǎn）是作者的友人，曾任职秘书省和荆州、朔方军幕，官至郎中。苏绾此时正要去北疆担任节度使府的掌书记（官府或军幕中主管文书工作的人员）。这首七言绝句是作者托苏绾妻子的口吻写望归之情。诗歌赞美了苏绾的潇洒风度，文采出众，又从苏绾的妻子一方不忍分离着笔，委婉地劝说友人切勿留恋边庭，表达了诗人盼友人及早归家的心情。

知君书记本翩翩[2]，为许从戎赴朔边。
红粉楼中应计日，燕支山下莫经年[3]。

【注释】

[1] 杜审言（645？—708）：字必简，祖籍襄阳（今属湖北）人，是诗人杜甫的祖父，唐代近体诗的奠基人之一。作品多朴素自然，其五言律诗，格律谨严。

[2] 翩翩：形容风采、文辞的美好。

[3] 红粉楼：代指友人妻子。莫经年：不要长久淹留。“红粉”两句，写妻子遥想苏绾从戎塞外，在家中计算着时日。表达相思之情。

使至塞上

（唐）王　维[1]

【解题】

唐玄宗开元二十四年（736），吐蕃发兵攻打唐属国小勃律（在今克什米尔北）。开元二十五年（737）春，河西节度副大使崔希逸在青涤西大破吐蕃军。唐玄宗命王维以监察御史的身份奉使凉州，出塞宣慰，察访军情，并任河西节度使判官。这首纪行诗，是王维身负朝廷使命前往边塞慰问将士途中所作。此诗记述出使塞上的艰苦生活，描绘了边塞大漠中"大漠孤烟"、"长河落日"的雄奇壮阔的塞外风光，流露出对都护的赞叹，抒发了作者由于被排挤而产生的孤寂、悲伤之情和漂泊天涯的悲壮、豁达的情怀。王国维在《人间词话》中高度评价此诗："'明月照积雪'、'大江流日夜'、'中天悬明月'、'黄河落日圆'，此种境界，可谓千古壮观。求之于词，唯纳兰容若塞上之作，如《长相思》之'夜深千帐灯'，《如梦令》之'万帐穹庐人醉，形影摇摇欲坠'差近之。"

单车欲问边[2]，属国过居延[3]。
征蓬出汉塞[4]，归雁入胡天[5]。
大漠孤烟直，长河落日圆。
萧关逢候骑[6]，都护在燕然[7]。

【注释】

[1] 王维：见 26 页"嘉峪关篇"（唐）王维《陇西行》注 [1]。

[2] 单车：一辆车，这里形容轻车简从。问边：到边塞去察看，指慰问守卫边疆的官兵。

[3] 属国：即附属国。《汉书·武帝纪》："存其国号而属汉朝，故曰属国。"居延：指居延海，古称流沙泽，汉魏晋称居延泽，唐以后称居延海，即今甘肃省张掖市西北。唐时有以此称使臣的，此为作者自指。此句意谓经过居延属国。

[4] 征蓬：随风远行的蓬草。

[5] 归雁：因季节是春天，雁北飞，故称"归雁入胡天"。胡天：泛指胡人居住的地方。

[6] 萧关：古代西北边地著名的关隘，故址在今宁夏固原东南，为关中通向塞

北的交通要道。候骑：侦察、巡逻的骑兵。

[7] 都护：见 26 页“嘉峪关篇”（唐）王维《陇西行》注 [2]。这里指河西节度使。燕然：古山名，今蒙古国杭爱山，此指战场前线。

幽州胡马客歌

（唐）李　白[1]

【解题】

幽州，汉武帝所置，辖境在今河北北部及辽宁等地。唐时是北方的军事重镇。李白这首《幽州胡马客歌》是一首边塞诗，收录于《乐府诗集》，梁鼓角横吹曲有《幽州胡马客吟》，即此。此诗描写了胡马客的外貌、衣着、箭术高超，能耐寒苦的特性，并通过描写匈奴的狼戾凶残来映衬胡马客“万人不可干”的本领，抒发了作者企盼国家能有如胡马客之名将，镇守边关，绥靖边患，不惜为国牺牲，还中原一份安宁的爱国之志。

幽州胡马客，绿眼虎皮冠。
笑拂两只箭[2]，万人不可干[3]。
弯弓若转月[4]，白雁落云端[5]。
双双掉鞭行[6]，游猎向楼兰[7]。
出门不顾后，报国死何难[8]？
天骄五单于[9]，狼戾好凶残[10]。
牛马散北海[11]，割鲜若虎餐。
虽居燕支山[12]，不道朔雪寒[13]。
妇女马上笑，颜如赪玉盘[14]。
翻飞射鸟兽，花月醉雕鞍[15]。
旄头四光芒[16]，争战若蜂攒。
白刃洒赤血，流沙为之丹[17]。
名将古是谁，疲兵良可叹。
何时天狼灭[19]？父子得安闲。

【注释】

［1］李白：见 47 页“金昌篇”（唐）李白《塞上曲》注［1］。

［2］拂：擦拭，拂拭。

［3］干（gān）：冒犯，冲犯。

［4］弯弓：将弓拉开。此句意谓张弓射箭速度非常快。

［5］白雁落云端：此句意谓大雁被射落。

［6］掉：摇动，摇摆。

［7］楼兰：见 74 页“天水篇”（唐）杜甫《秦州杂诗》（其七）注［4］。

［8］报国死何难：此句意谓不惜为国而死。

［9］天骄：汉代人称北方匈奴单于为天之骄子，后来是某些北方强盛的民族或其君主的代称。五单于：指呼韩邪单于、屠耆单于、呼揭单于、车犁单于、乌藉单于，此指匈奴各部。

［10］狼戾（lì）：残忍凶暴。

［11］北海：湖名。指今贝加尔湖。一说在民勤境内东北三百里。《水经注》记载的休屠泽，即指此。唐代时改名“白亭海”，由于民勤人读“白”酷似“北”，故称为“北海”。这里泛指匈奴之地。《汉书·苏武传》：“徙武北海上无人处”。

［12］燕支山：见 43 页“嘉峪关篇”（清）林则徐《出嘉峪关感赋》（其四）注［4］。

［13］朔：北方。

［14］赪（chēng）：红色。

［15］花月：指妇女。醉雕鞍：醉酒于马背之上。

［16］旄（máo）头：战旗。

［17］丹：红色。

［18］天狼：星名。《楚辞·九歌·东君》：“青云衣兮白霓裳，举长矢兮射天狼。”王逸注：“天狼，星名，以喻贪残。”后以“天狼”比喻残暴的侵略者。

过燕支山寄杜位

（唐）岑　参[1]

【解题】

燕支山，见 43 页“嘉峪关篇”（清）林则徐《出嘉峪关感赋》（其四）注［4］。杜位，襄阳（今湖北襄樊）人，是杜甫的堂弟，李林甫的女婿，曾任考功郎中、湖州刺史。至德年间，杜位与杜甫同在尚书严武府中当参谋。唐肃宗二年（757）贬新州任参军，十年后离开新州迁任夔州司马。这首七言绝句，用富有边塞风情的景物描绘了塞外荒凉、萧索的环境，表达了作者孤独、寂寥的心情，以及对长安友人的深挚的思念之情。

燕支山西酒泉道[2]，北风吹沙卷白草[3]。
长安遥在日光边，忆君不见令人老[4]。

【注释】

[1] 岑参：见4页“兰州篇”（唐）岑参《题金城临河驿楼》注[1]。

[2] 酒泉：见145页“酒泉篇”于右任《天净沙·酒泉道中》注[1]。

[3] 白草：见27页“嘉峪关篇”（唐）岑参《过酒泉忆杜陵别业》注[3]。

[4] “长安”两句：暗用了晋明帝的典故，表达了诗人深切的思念之情。据《初学记》卷一引刘劭《幼童传》记载：“明皇帝讳绍，字道畿，元皇帝长子也。幼而聪哲，为元帝所宠异。年数岁，尝坐置膝前，属长安使来，因问帝曰：‘汝谓日与长安孰远？’对曰：‘长安近。不闻人从日边来，只闻人从长安来，居然可知也。’元帝异之。明日，宴群僚，又问之。对曰：‘日近。’元帝失色，问：‘何以异昨日之言。’对曰：‘举头不见长安，只见日，是以知近。’帝大悦。”

甘州即事

（明）郭　登[1]

【解题】

甘州，指今甘肃省张掖市，现在张掖甘州区。汉武帝元鼎六年（前121）置张掖郡，取“张国臂掖，以通西域”之意。北朝西魏废帝三年（554）改置甘州，因其甘浚山下有甘泉清冽而名。元始祖忽必烈设甘肃行中书省省会，“甘肃省”首字即源于此。明代置甘州卫。因地理位置重要，历来为兵家必争之地。甘州区位于河西走廊腹地、古“丝绸之路”南北两线和“居延古道”交汇点上，南依祁连山，北靠合黎、龙首二山，全国第二大内陆河——黑河横穿全境，地域辽阔，雪山、草原、绿洲、沙漠相间，自然风光旖旎，素有“塞上江南”之美称。“即事”是以当前事物为题材的诗。这首七言律诗作于作者谪戍甘肃，充任甘肃总兵官期间。此诗以甘州景物纪实，介绍了甘州特殊的地理环境，地处高寒、多雪少雨的气候，以及与西域游牧民族平等贸易的情况。表达了作者客居边塞、深刻怀念京都的愁思。

黑河如带向西来[2]，河上边城自汉开[3]。
山近四时常见雪，地寒终岁不闻雷。
牦牛互市番氓出[4]，宛马临关汉使回[5]。
东望玉京将万里[6]，云霄何处是蓬莱[7]？

【注释】

[1] 郭登：见48页“金昌篇”（明）郭登《祁连山》注[1]。

[2] 黑河：在甘肃省张掖市境内，发源于祁连山，流经甘州、临泽、高台、金塔等县，是中国的第二大内陆河。

[3] 边城：应指张掖。武帝开边设张掖郡。

[4] 番氓：少数民族之商贾。这句说青海和祁连山下的游牧民族赶着牦牛来到甘州城进行货物交易。

[5] 宛马：原指西汉大宛所产汗血宝马，这里指西域一带的良马。汉使：指张骞。《汉书・张骞传》：“骞以郎应募，使月氏，与堂邑氏胡奴甘父俱出陇西，凡西域之大宛、康居、月氏、大夏、乌孙诸国，先后皆定。”

[6] 玉京：明朝京城燕京。

[7] 蓬莱：见22页“兰州篇”周应沣《五泉记游》注[4]。唐高宗时将长安的大明宫改名为蓬莱宫，此指明朝的皇宫。

甘 浚 山

（明）郭 绅[1]

【解题】

甘浚山，又称龙首山，山下泉水清澈如玉、味极甘美，故名甘浚山。据《甘州府志》记载，“在城西南八十里，山下有泉，甘冽，故名。

《水经注》云：‘张掖水历绀峻山南，则是。’本名绀峻而二字并讹也。明太仆卿郭绅题云：味甘若醴原非酿，声响如琴本自鸣。”其山口俗名甘浚谷。这首七言律诗是明代弘治年间，作者任甘肃行太仆寺少卿游览甘州时所作。此诗描绘了甘浚山深秋傍晚时烟雨蒙蒙的峡谷景色，抒发了作者对美妙风景的热爱之情。

边境名山势插天，二三幽洞几千年。
半空滴翠深秋雨，一壑苍摇薄暮烟[2]。
室有金容沆瀣古[3]，门无玉钥苾刍鲜[4]。
鸟声花影皆佳致，留与诗筒贮百篇。

【注释】

[1] 郭绅：生卒年不详。江西宜春人，明代成化进士。弘治中任甘肃行太仆寺少卿，足迹遍河西。曾著《甘州卫志》十卷。

[2] 苍摇：草木随风摆动的样子。

[3] 金容：金光明亮的佛像面容。沆瀣（hàngxiè）：夜间的水气，露水。

[4] 玉玥：指锁。苾刍（bìchú）：即比丘，本西域草名，梵语以喻出家的佛弟子。此指山草苔藓。

祁 连 山

（明）陈 棐[1]

【解题】

祁连山，见25页“嘉峪关篇”（唐）卢照邻《关山月》注[3]。祁连山雪山千古不消，堆琼垒玉，望之群峰与银汉迷茫一色，光彩闪闪。日积月累，逐渐形成“万年雪源”。此诗是作者任甘肃巡抚时所作。诗歌描绘了祁连山巍峨险峻、终年积雪的景象。祁连山的雪水，为河西走廊的农田灌溉提供了充沛的水利资源，使此地变得富庶丰饶。诗歌结尾处化用典故，用唐朝名将薛仁贵曾在这里击退突厥的不朽战功，抒发了诗人忧国忧民的赤子情怀。

马上望祁连，连峰高插天。
西走接嘉峪，凝素无青烟[2]。
对峰拱合黎[3]，遥海瞰居延[4]。
四时积雪明，六月飞霜寒。
所喜炎阳会[5]，雪消灌甫田[6]。
可以代雨泽，可以资流泉。
三箭将军射[7]，声名天壤传。
谁是挂弓者[8]？千年能比肩[9]。

【注释】

[1] 陈棐（fěi）：生卒年不详。字文冈，鄢陵（今河南鄢陵）人。嘉靖十四年（1535）进士，官至甘肃巡抚。著有《文冈集》二十卷。

[2] 凝素：形容积雪素白。青烟：指草木的绿色。

[3] 合黎：指合黎山，位于甘肃省河西走廊北侧，海拔 2278 米，古谓要涂山。此句意谓祁连山对面的山峰是拱起的合黎山。

[4] 遥海瞰居延：语序应为“遥瞰居延海”，为对仗押韵而改动。瞰，遥望。

[5] 炎阳：烈日。会：逢，遇。

[6] 甫田：大田。《诗・齐风・甫田》：“无田甫田，维莠骄骄”。

[7] 三箭将军射：此句出自《新唐书・薛仁贵传》：“诏（薛仁贵）副郑仁泰为铁勒道行军总管，时九姓众十余万，令骁骑数十来挑战，仁贵发三矢，辄杀三人，于是虏气慑，皆降……军中歌曰：‘将军三箭定天山，壮士长歌入汉关。’”后以此典谓大将武艺高强，声威服人。

[8] 挂弓：息兵停战。杜甫《投赠哥舒开府翰》：“青海无传箭，天山早挂弓。”

[9] 比肩：并肩，指功业相当。

登张掖甘泉楼

（明）李本纬[1]

【解题】

甘泉楼，即甘州南城门楼。据《甘州府志》记载：“城南门内有甘泉庙，层阁上连雉堞，甚宏敞。”甘泉楼在泉洞上部，明嘉靖二十八年（1549）巡抚杨博都御使主持建造。楼高三丈二尺，楼上高悬着“河西第一泉”的匾额。当地的文人雅士常在此登楼团聚，赋诗低吟。这是一首登临记游的五言律诗，是作者在明神宗万历二十五年（1597）以甘肃巩昌推官巡阅边疆，从肃州到甘州东归途中所作。此诗描绘了甘泉楼高耸入云，甘泉水北流出城的景色，以及寒秋傍晚时的池塘月色、羌管悠悠之声，抒发了作者在深秋萧瑟清寒中内心无法排遣的愁情。

乍别酒泉郡，来登张掖楼。
关云傍槛入，塞水背城流[2]。
月涌陂塘暮[3]，寒生草树秋。
凭高听不尽，羌管数声愁。

【注释】

［1］李本纬：生卒年不详。明代山西曲沃人，进士。明神宗万历二十五年（1597）以甘肃巩昌推官巡阅边疆至肃州、甘州等地。万历三十年（1602）任主事。

［2］槛：门下的横木，亦作“门坎”。“关云”、“塞水”皆为边塞之景。

［3］陂（bēi）塘：池塘。

登甘州城楼

（清）胡悉宁[1]

【解题】

据《肃镇志·建置》记载：“明太祖洪武三十五年（1392），都督宋晟于甘州旧城东增筑新城，两城共一十二里二百五十七步，高三丈二尺，城上瞭堠四角各一，四面各十二，城门五，城楼五，西、南箭楼各一，西南、西北角楼各一。其规模之大，可数得上河西之首。”这首七言律诗作于作者居于甘州之时，描绘了作者黄昏时登临甘州城楼的所见所感，叙述了甘州城楼雄伟、商贾络绎不绝的盛况，抒发了作者登临城楼时无限怅惘的心情。

紫塞岩疆古镇雄[2]，井干独倚夕阳中[3]。
三边锁钥河山壮[4]，万国车书驿路通[5]。
遗种几人成素业[6]，谈经何处问高风[7]。
千秋极目空惆怅，碛远烟昏没暮鸿[8]。

【注释】

[1] 胡悉宁：生卒年不详。山东临清人，清康熙十六年（1677）以陕西按察司副使衔任分巡甘山道道员，常在甘州。

[2] 紫塞：晋雅豹《古今注·都邑》："秦筑长城，土色皆紫，汉塞亦然，故称紫塞焉。""紫塞"即长城也。此处指甘州城楼。岩疆：岩石构筑的城界。疆，边界。

[3] 井干（gàn）："干"即为"幹"，井幹，楼名。《史记·孝武本纪》记载："乃立神明台，井幹楼。"此指甘州城楼。

[4] 三边：指延绥、宁夏、甘肃三镇所辖的边境地区。锁钥：喻指军事重镇，出入要道。

[5] "万国"句：指国外使者络绎不绝。

[6] 遗种（zhǒng）：参与战事者的后代。素业：先世所遗的事业，旧时多指儒业。

[7] 谈经：谈论儒家经义。高风：有学识德行的人。

[8] 碛（qì）远：沙漠辽远。没暮鸿：大雁消失在苍茫暮色之中。

南山积雪

（清）秦国英[1]

【解题】

南山积雪是古甘州八景之一。南山即祁连山，因甘州南依祁连山，故名南山；因积雪终年不化，又名雪山。许多来到河西走廊的文人墨客，无不被祁连山的冰峰雪岭所吸引，留下了以祁连积雪为题的优美诗篇。这首七言律诗是作者受聘于甘州天山书院时所作。寒冬时节，作者遥望南山积雪，诗兴大发，故作此诗。此诗描绘了甘州一带的雪山冬景，祁连积雪银装素裹，如玉屏横亘，以及取暖饮酒的雅兴。

层层青嶂野云铺[2]，不减寒江钓雪图[3]。
一带银屏天外峙，千丛琼树望中敷[4]。
庭前曙色终朝送，眼底尘埃半点无。
想到梁园曾有赋[5]，炉添活火酒添壶。

【注释】

［1］秦国英：生卒年不详。字俊公，甘州（今甘肃张掖）人。雍正七年（1729）举人。曾任兰州学正。甘山道岳礼在甘州新建天山书院，受聘掌院近二十年。著作有《考经要义》、《四书讲义》。

［2］青嶂：青山。

［3］寒江：秋冬季节的江河水面。此句源自唐代柳宗元的《江雪》。

［4］琼树：玉树，带雪的树。敷：铺展，延伸。

［5］梁园：又名梁苑、兔园、睢园、修竹园，俗名竹园，为西汉梁孝王刘武所营建的游赏廷宾之所，故址位于今河南省商丘市。

马蹄山晚眺

（清）陶千龄[1]

【解题】

马蹄山，古名临松山，又名丹岭山、青松山，是祁连山支脉，因传说中有天马在此饮水落有马蹄印而得名。据《肃镇志·山川》记载："马蹄山，（甘州）城南一百里岩石间有神骥足迹在焉，故名。又有临松、青松、丹峡三名。"马蹄山位于肃南裕固族自治县境内，北距张掖市65公里，集石窟艺术、祁连山风光和裕固族风情于一体。远在西汉初年，为匈奴阿育单于的避暑胜地。这首七言律诗通过描写马蹄山的松柏、连绵的群山、大雁、昏鸦，展现了马蹄山在秋日夕照中的林壑之美，抒发了作者乐而忘返的愉悦心情。

寻诗不必曳筇行[2]，到处秋光泼眼明。
千树红兼千树碧[3]，数峰阴间数峰晴。

雁盘夕照书无迹，鸦噪秋林画有声[4]。
小立莫愁归路暝[5]，祁连岭上月初升。

【注释】

[1] 陶千龄：生卒年不详。清代甘州（今甘肃张掖）诗人。乾隆四十年（1775）岁贡。

[2] 曳筇（qióng）行：扶杖远行。曳，牵引。

[3] 碧：青绿色。

[4] “雁盘”两句：描绘了一幅深秋的山林中，夕阳西下，大雁盘旋于天际，乌鸦啼叫的美丽画面。

[5] 小立：暂时立住。暝：日落天黑。

临 湖 亭

（清）郭 楷[1]

【解题】

临湖亭位于张掖市甘泉书院内。这首七言绝句是作者在张掖教学期间所作。他在《九日忆阮邻》诗中自注云：“余九载之内，于此日，七在甘泉，一在金城，一在长安。”在张掖期间写了许多诗，比较有名的是在游览了甘泉书院后写的《过甘泉书院题四绝句》，即《甘泉池》、《三台阁》、《玩书楼》和《临湖亭》。此诗生动地描绘了深秋雨后甘泉亭烟波苍茫的景色，以及宾客欲狎鸥的欢愉场景。诗歌将秋景和闲情巧妙地融于一体，在自然中寄深意，于质朴中见情趣，流露出诗人寄情于山水的隐逸情怀。

芦荻萧萧一片秋[2]，晨风夕雨好淹留[3]。
座中几个清狂客，起向烟波欲狎鸥[4]。

【注释】

[1] 郭楷（1760—1840）：字雪庄，武威（今属甘肃）人，清代教育家、诗人。

清乾隆六十年（1795）进士，曾任河南原武县知县。后以不合于上官，回归乡里，教授终身。曾任教于灵州（今宁夏灵武）奎文书院、凉州天梯书院，在张掖教学七年。其诗不事雕琢，朴实自然。著有《梦雪草堂诗稿》二册，共十三卷。除诗外，著文亦甚丰，但多散佚。

［2］芦荻：芦与荻，均为多年生草本植物。

［3］淹留：逗留，羁留。

［4］狎：亲近，靠近。

甘泉观鱼

（清）马羲瑞[1]

【解题】

“甘泉观鱼”为甘州胜景之一。《嘉庆重修一统志》中记述：“甘泉在张掖市西南八十里甘浚山下，味甘冽。又，城南门内东三十余步，亦有甘泉，北流出城，引以转硙”。从中可知，在甘州有两处甘泉，一处在甘州城西南甘浚山下，另一处在现甘州区民族小学院内，也就是本诗所描绘的甘泉。泉水北流出城，能打动石磨。泉水清冽，甘美合口，冬暖夏凉，常盈不枯，素有“河西第一泉”之称。据记载，这“汩汩泉水，似玉带飘悠，尽显袅娜；淙淙水声，如缕缕琴声，不绝于耳，更加别致。”从泉洞中涌出的泉水流入泉池，泉池周围台阁典雅，杨柳依依。泉水清澈见底，游鱼可数，自明代以来，在甘泉池中一直放养着白口黑鳞鲤，来这里观鱼者川流不息。这首七言律诗描绘了作者在甘泉观鱼的情景，抒发了作者陶醉于美景，怡然自得的心境。

涓涓一脉任纵横，雄镇天关旧有名[2]。
鱼出石龛惊客至[3]，风恬水面逼人清[4]。
沿溪看柳枝枝曲，踏月登楼步步明。
载酒临渊堪寄傲[5]，几回拚醉枕流声[6]。

【注释】

[1] 马羲瑞：生卒年不详。清代甘州（今甘肃张掖）人，字肇易。曾任安定教谕。戏剧传奇作家，著有《天山雪传奇校注》。

[2] 天关：地势险要的关隘，指甘州城。

[3] 石龛（kān）：供奉神像或神主的小石阁。此指小的窟穴。惊客至：因游客到来而惊。

[4] 风恬：风静、风柔。逼人清：水清逼人。“逼人”有凌人之意，极言其清。

[5] 堪：能够。寄傲：寄托旷放高傲的情怀。

[6] 拚（pàn）醉：豁出去喝醉。拚，舍弃，不顾惜。枕流：语出《世说新语·排调》，后用为寄迹江湖，隐居不仕。

武威篇

凉　州　箴

（西汉）扬　雄[1]

【解题】

凉州，古地名，即甘肃省武威市，今武威市下有凉州区。地处河西走廊东端，是古丝绸之路上的重镇。张澍《凉州府志备考》："汉武帝元朔三年（前126），改雍州曰凉州，以其金行，土地寒凉故也。"凉州从此得名。汉武帝元狩二年（前121）春，汉武帝派骠骑将军霍去病出陇右击匈奴，使整个河西走廊纳入西汉版图。东汉时，"凉州部刺史"治所在陇城（今甘肃省张家川回族自治县），后移治冀城（今甘肃省甘谷县）。三国魏黄初元年（220），魏文帝复置凉州，以姑臧城（今甘肃省武威市凉州区）为治所，直到西晋。东晋十六国时，武威郡中姑臧县是"五凉"中的前凉、后凉、南凉、北凉的都城。唐初的大凉都曾在此建都，以后历为郡、州、府治。宋朝时期，此处是西夏国的"陪都"。元代在此举行了著名的"凉州会盟"，完成了西藏归属祖国的统一大业。明、清时期，分别在此设置凉州卫和凉州府，"塞上江南银武威"始称于此时。箴（zhēn），本义为针石之"针"，是医生治病的工具。此处是古代的一种文体，用以规劝、告诫。扬雄曾作十二州箴：《冀州箴》、《兖州箴》、《青州箴》、《幽州箴》、《徐州箴》、《扬州箴》、《荆州箴》、《豫州箴》、《益州箴》、《雍州箴》、《并州箴》、《交州箴》，《初学记》中分《雍州箴》为《凉州箴》。章炳麟《国故论衡·辨诗》："瞽师瞍矇，皆掌声诗，即诗与箴一实也。故自《虞箴》既显，杨雄、崔骃、胡广为《官箴》，气体文旨，皆弗能与《虞箴》异。盖箴规诲刺者其义，诗为之名。"《凉州箴》属于四言诗，此诗从凉州的地理环境入手，写汉朝把雍州改名为凉州的原因和凉州作为京都长安的屏障在驱逐匈奴、联络西域诸国方面的重要意义，最后写出了对帝王的规诫。扬雄的这首诗相对难懂，苏轼评价他"好为艰深之辞，以文浅易之说"。

黑水西河[2]，横属昆仑[3]。
服指阊阖[4]，画为雍垠[5]。
每在季王[6]，常失厥绪[7]。
上帝不宁[8]，命汉作凉[9]。
陇山以徂[10]，列为西荒[11]。
南排劲越[12]，北启强胡[13]。
并连属国[14]，一护彼都[15]。

【注释】

[1] 扬雄（前53—18）：一作“杨雄”，字子云，蜀郡成都（今四川郫县）人。西汉学者、辞赋家、语言学家。扬雄少时好学，博览群书，酷好辞赋，但口吃不能畅谈。后经蜀人杨庄引荐，被喜爱辞赋的成帝召入宫廷，任给事黄门郎。王莽称帝后，在天禄阁校书，后任为大夫。扬雄的四篇大赋《甘泉赋》、《羽猎赋》、《长杨赋》、《河东赋》创立了汉赋的蕴藉风格，是汉赋中十分重要的篇章。后期转而研究哲学，仿《论语》作《法言》，仿《周易》作《太玄》。扬雄是司马相如之后西汉最著名的辞赋家，所谓“歇马独来寻故事，文章两汉愧杨雄”。前人常把他和司马相如并称为“扬马”。

[2] 黑水：亦名弱水、黑河，见152页“张掖篇”（明）郭登《甘州即事》注[2]。

[3] 昆仑：见30页“嘉峪关篇”（明）戴弁《嘉峪晴烟》注[3]。

[4] 服：归服。阊阖（chānghé）：皇宫的正门，宫门，此指朝廷。

[5] 雍垠：雍州的领域。雍，即雍州，古九州之一。古雍州包括今陕西、青海、甘肃、宁夏回族自治区的大部分地区。《尚书·禹贡》：“黑水、西河惟雍州”。

[6] 季王：最后的皇帝。季，排行第四或最小的。古代把兄弟按伯、仲、叔、季排序，季指少子。

[7] 常失厥（jué）绪：此句意谓每到最后一个皇帝就会弄得政局混乱，未完成的功业也中断了。厥，代词，其。绪，未完成的功业，事业。

[8] 上帝：天帝。

[9] 命：使、让。此句意谓在汉朝时把雍州改为凉州。

[10] 陇山：见67页“天水篇”北朝乐府民歌《陇头歌》注[2]。徂（cú）：往。

[11] 西荒：西方荒远之地。相传古代京畿之外划分为侯、甸、绥、要、荒，称五服。服，服事天子之意。荒服最远。

[12] 排：排斥。劲：实力强大。越：古代南方部族名。当时江浙闽粤之地为

越族所居，称为百越。“越”与“粤”通，也作百粤。此句意谓从南边可以排斥实力强大的百越。

[13] 启：打开。胡：泛称我国古代北方边地的民族。此句意谓从北边驱逐强大的胡族。

[14] 并连属国：联络西域的小国家作为属国。

[15] 彼都：西汉都城长安。

凉州乐歌（二首之一）

（北朝）温子升[1]

【解题】

凉州，见161页“武威篇”（西汉）扬雄《凉州箴》的解题。凉州是古丝绸之路上的重镇，以其“通一线于广漠，控五郡之咽喉”的重要地理位置而名闻遐迩。《汉书》称“凉州之畜为天下饶”。凉州自古以来是一个“兵食恒足，战守多利”，土地富饶，农牧业发达、经济繁荣的边塞城市，有“四凉古都，河西都会”的美称。《凉州乐歌》共两首，此诗为其一，它是中国文学史上第一次把“武威”地名写入了诗歌的作品，成为凉州地方的千古绝唱。此诗描写了远游武威的所见所闻，以及作者远行凉州的乐趣：凉州城市生活繁华富庶，车水马龙，整日都有歌乐声回旋街市。它是对凉州经济、文化生活盛况的真实写照。全诗充满豪迈的气概，昂扬的激情。明末清初的文学家王夫之评论温子升此类诗作说：“江南声偶既盛，古诗已绝，晋宋风流仅存者，北方一鹏举耳。”

远游武威郡[2]，遥望姑臧城[3]。
车马相交错[4]，歌吹日纵横[5]。

【注释】

[1] 温子升（495—547）：字鹏举，济阴冤句（今山东菏泽）人，祖籍太原（今属山西），东晋显贵温峤后代。北朝著名文学家。在军事上有卓识，北魏时任南主客郎中、侍读兼舍人、金紫光禄大夫、散骑常侍、中军大将军等职。东魏末年，神武帝高欢的长子齐文襄（高澄）引温子升为大将军咨议参军。武定五年（547），

元瑾、刘思逸等作乱谋杀高澄，高澄怀疑温子升参与叛乱，将其囚入晋阳监狱，饿死狱中。温子升的诗文词藻绚丽，极负才名，与邢邵、魏收齐名，时称“北地三才”。明人辑有《温侍读集》。今存诗十一首，文二十七篇。《魏书》、《北史》有传。

［2］武威郡：“武威”二字，最早见于《汉书》。汉武帝元狩二年（前 121），以匈奴休屠王地置，河西四郡之一，其意是以示汉武帝的武力军威，治姑臧（今甘肃省凉州区），辖境为今甘肃省黄河以西，山丹县以东一带。

［3］姑臧（zāng）城：县名，汉置。故址在今甘肃省武威市凉州区，先后为前凉、后凉都城，南凉、北凉也曾一度都于此地。一说因姑臧山名而来，一说原名盖臧城，为匈奴所筑，后音讹为姑臧。城呈龙形，故又名“卧龙城”。王隐《晋书》载：“凉州有龙形，故曰卧龙城，南北七里，东西三里。本匈奴所筑也。”西汉建姑臧县，隶武威郡。东汉时为武威郡治所。三国曹魏时置凉州，以姑臧为治所，这是姑臧为凉州州治之始。宋元嘉十六年（439）北凉降于北魏，魏收姑臧城内户口 20 余万，改姑臧县为林中县，仍为武威郡治。此后，姑臧城便以武威城一名称世。

［4］车马相交错：此句意谓车马络绎不绝，城市生活繁荣富庶。

［5］歌吹日纵横：此句意谓整天都有歌乐声响彻街市。《汉书·霍光传》：“大行在前殿，发乐府乐器，引内昌邑乐人，击鼓歌吹作俳倡。”

塞　上

（唐）郭　震[1]

【解题】

郭震曾出使吐蕃，戍守边塞，在武后长安元年（701）任凉州都督、陇右诸军州大使，治边颇多建树，曾上疏曰：“夫善为国者，当先料内以敌外，不贪外以害内，然后夷夏晏安，昇平可保。”起先，凉州南北相距不过 200 多公里，突厥、吐蕃经常发兵前来袭扰。郭震就在凉州南边设立和戎城（今甘肃古浪），北边设立白亭军（今甘肃民勤东北），控制要道，扩宽州境 700 多公里。他在任的五年中，巩固了凉州边防，对凉州的安定和生产发展起了积极作用。此诗即写于这一时期。《塞上》，见 128 页“酒泉篇”（北宋）胡宿《塞上》的解题。这首五言律诗，描写了武则天统治时期为抵御突厥、吐蕃等国的侵扰，在边地连年用兵的现实，反映了将士长期戍守边关的郁闷和无奈。

塞外虏尘飞[2]，频年出武威[3]。
死生随玉剑[4]，辛苦向金微[5]。
久戍人将老，长征马不肥[6]。
仍闻酒泉郡，已合数重围[7]。

【注释】

[1] 郭震（656—713）：字元振，唐魏州贵乡（今河北大名）人，唐朝著名将领、诗人。十八岁举进士，武后时曾出使吐蕃。长安元年（701）任凉州都督，陇右诸军州大使，治边有方，后迁左骁卫将军、兼检校安西大都护、朔方大总管、兵部尚书、吏部尚书、宰相等职。唐玄宗在骊山讲武，因军容不整而被治罪，免死流放新州，不久起用为饶州司马，病逝于赴任途中。《全唐诗》录其诗二十三首，编为一卷。《全唐文》收录其奏疏五篇。

[2] 虏尘：以尘起喻胡虏挑起的扰边战争。虏，古代对北方外族的贬称。

[3] 频年：年年。武威：见161页“武威篇”（西汉）扬雄《凉州箴》的解题。

[4] 死生：偏义复词，指生命。玉剑：玉具剑。汉光武帝曾以玉具剑赐征西大将军冯异，冯异身负王命。此句意谓自己一生戎马生涯，一直都没有离开过玉剑。

[5] 金微：古山名，今阿尔泰山，位于我国新疆维吾尔自治区北部和蒙古西部。唐贞观年间，以铁勒卜骨部地置金微都督府，乃以此山得名。

[6] 长征：远地征戍、征伐。

[7] 酒泉郡：古郡名，汉武帝置，在今甘肃省酒泉市。见145页“酒泉篇”于右任《天净沙·酒泉道中》注[1]。此二句意谓边地还时有战争，还听到酒泉被围困的消息。

河西送李十七

（唐）高　适[1]

【解题】

唐代天宝十二年（753），高适深受陇右、河西节度使哥舒翰的赏识，入哥舒翰幕府，掌书记。此诗作于这年秋末。李十七，人名，排行十七，河西凉州人。李十七要入京应试，高适在凉州为其送行。这首五言律诗描写了作者在临别时对李十七真诚的勉励和深切的关怀，希望他能凭着满腹的才学，有所成就，早日登科及第，反映了高适对李十七浓厚的别情。

边城多远别[2]，此去莫徒然[3]。
问礼知才子[4]，登科及少年[5]。
出门看落日，驱马向秋天。
高价人争重[6]，行当早着鞭[7]。

【注释】

[1] 高适：见3页“兰州篇”（唐）高适《金城北楼》注[1]。

[2] 边城：凉州，见161页“武威篇”（西汉）扬雄《凉州箴》的解题。因河西节度使治所在凉州，故称。

[3] 徒然：白白地，枉然。此句意谓此去不要徒劳而空往返。

[4] 问礼：询问礼法，学礼。《礼记·曲礼下》：“在朝言礼，问礼对以礼。”此句意谓通过和你接触知道你是很有才学的。

[5] 登科：唐制，考中进士称及第，经吏部复试，考中后授予官职，方称登科。后代凡应试得中统称登科。及：趁。此句意谓要趁少年有为之时登科及第。

[6] 高价：即“价高”，科举及第身价高。

[7] 行当：正应。着鞭：常用以勉人努力进取。《晋书·刘琨传》：“吾枕戈待旦，志枭逆虏，常恐祖生先吾着鞭”。此句意谓应当趁早努力进取，争先博取功名。

武威同诸公过杨七山人得藤字

（唐）高　适

【解题】

诗题一作《武威同诸公过杨七山人》。杨七山人应该是一位姓杨的排行第七的隐士。此诗作于天宝十三年（754），高适此时为河西节度使哥舒翰幕府掌书记。这是公务闲暇之余，他和同僚们去拜访清雅高古的杨七山人的酬唱之作。古人在宴会上分韵赋诗，分得什么韵目就叫做

“得x字”，或“赋得x字”，例如本诗分得的是“藤”，平声登韵，与诗中的“古藤”相照应。诗中作者一方面为没能与深居于僻巷深斋中的杨七山人早日相知感到惋惜，另一方面也表达了他身居边城，幕府生活百无聊赖，除了借酒来消磨时光之外，无事可做的无聊心情。

幕府日多暇[1]，田家岁复登[2]。
相知恨不早，乘兴乃无恒[3]。
穷巷在乔木，深斋垂古藤[4]。
边城唯有醉，此外更何能。

【注释】

[1] 幕府：本指将帅在外临时设置作为府署的营帐。泛指军政大吏的官署。此句意谓在幕府中有许多闲暇时间。

[2] 登：谷物成熟。此句意谓今年庄稼又获丰收。

[3] 乘兴：兴会所至，乘一时的高兴。无恒：不经常。此句意谓我乘一时的高兴去看你，也不是经常的。

[4]“穷巷”两句：意谓杨七所居之宅，是在长着高大树木的冷僻简陋的小巷里，深幽的书斋在古藤的掩映之中。此二句以住处写杨七山人清雅高古。

凉州郊外游望

（唐）王　维[1]

【解题】

此诗题下有小注：“时为节度府判官，在凉州作。”可见此诗是王维在凉州担任河西节度使判官期间所作。当时崔希逸担任节度使，开始和吐蕃和好，边境安定，但不久唐玄宗听信谗言，命令崔希逸出击吐蕃，于是双方失去和好，战争又爆发。此诗展现了一幅淳朴逼真的凉州郊祭图，描写了诗人在凉州郊野游览时的见闻，生动地展现了当地郊外农村每年一度祭祀田神的赛社活动，反映了凉州的民间风俗和巫术等情况，具有浓厚的民俗文化情调。

野老才三户，边村少四邻[2]。
婆娑依里社[3]，箫鼓赛田神[4]。
洒酒浇刍狗[5]，焚香拜木人[6]。
女巫纷屡舞[7]，罗袜自生尘[8]。

【注释】

[1] 王维：见 26 页“嘉峪关篇”（唐）王维《陇西行》注 [1]。

[2] 野老：村野老人，即老农。“野老”两句意谓凉州一带农村人烟稀少。

[3] 婆娑（suō）：一种盘旋的舞态。里社：古代街坊中祭祀土地神的处所。《史记・封禅书》：“民里社，各自财以祠。”里，街坊，古代五家为邻，五邻为里。

[4] 赛田神：祭祀农神。赛，旧时祭祀报神恩的民俗活动。田神，农神，即田畯。《周礼・春官・宗伯》：“击土鼓以乐田畯”。

[5] 刍（chú）狗：古代祭祀时用草扎成的狗。

[6] 木人：木制的神像。

[7] 巫：古代能以舞降神的人。

[8] 罗袜自生尘：一说由于巫婆要长时间跳舞来降神，连丝罗织的袜子上也落上了灰尘。一说形容步履轻盈。曹植《洛神赋》：“凌波微步，罗袜生尘。”

河西春暮忆秦中

（唐）岑　参[1]

【解题】

河西在汉唐时多指甘肃、青海两省黄河以西的地区。秦中是古地区名，也称“关中”，今陕西中部平原地区，因春秋战国时地属秦国而得名。此诗作于岑参在天宝年间居于武威之时。这首五言律诗，通过对暮春时节河西的寒凉景色以及离开长安常梦家乡场景的描述，表达了诗人客居边城思念长安，希望能早日回归的心情。描述了长安和武威暮春时节气候的差别，长安早已拥有春天的气息，而武威却是小草刚刚发芽，寒衣还未脱去。

渭北春已老[2]，河西人未归。
边城细草出，客馆梨花飞。
别后乡梦数[3]，昨来家信稀[4]。
凉州三月半，犹未脱寒衣。

【注释】

[1] 岑参：见4页“兰州篇”（唐）岑参《题金城临河驿楼》注[1]。

[2] 渭北：古代地名，渭水以北的地区。此处与“秦中”都指长安。春已老：已经到了暮春时节。

[3] 乡梦数（shuò）：常做思家的梦。数，屡次，频繁。

[4] 昨：泛指过去。

登凉州尹台寺

（唐）岑 参

【解题】

凉州，见161页“武威篇”（西汉）扬雄《凉州箴》的解题。尹台，即尹夫人台。抄注：“是沮渠蒙逊夫人台”。原称窦融台，在今甘肃省武威市西北约三公里处。420年，北凉沮渠蒙逊灭了西凉，将西凉王李暠的皇后尹氏掳至姑臧（时为北凉都城），蒙逊在西汉末年窦融所筑的台基上为她修建了房子，让她住下来，今武威城郊的“皇娘娘台”即尹台遗址。唐代开国皇帝李渊系西凉国王李暠的“十六世子孙”。李渊为了纪念祖先，在姑臧尹夫人台的基础上修建了一座大寺院，名为“尹台寺”。此诗是一首登临记游的五言律诗，是岑参在天宝十年（751）春天游武威尹台寺时所作。这首优美的塞外踏春诗从三月梨花始开之景入手，形象地描绘了作者登临尹台寺与老僧品饭、登夫人台听歌的情景，表现了边塞生活的恬适与旷达。

胡地三月半[1]，梨花今始开。
因从老僧饭[2]，更上夫人台[3]。

清唱云不去，弹弦风飒来[4]。
应须一倒载，还似山公回[5]。

【注释】

[1] 胡地：古代泛称北方和西方各族居住的地方。西汉初，武威属匈奴休屠王领地，南北朝时，武威多属少数民族政权统治，故称。

[2] 因：于是。此句意谓于是应尹台寺老僧的约请去吃饭。

[3] 更：复，再。夫人台：尹台。

[4] 云不去：出自《列子·汤问》："薛谭学讴于秦青，未穷青之技，自谓尽之，遂辞归。秦青弗止，饯于郊衢。抚节悲歌，声振林木，响遏行云。"弹弦：用《孙子》郑师文从师襄学琴"当春而叩商弦以召南吕，凉风忽至，草木成实。及秋而叩角弦以激夹钟，温风徐回，草木发荣"的典故。南吕、夹钟，均为十二律（中国古代音乐调名）之一。"清唱"两句是形容尹台寺中琴声、歌声的美妙动听。

[5] 山公：指晋代山简，时人称山公。山简为"竹林七贤"之一山涛的幼子，性嗜酒，镇守襄阳，常游高阳池，饮辄大醉。《晋书·山简传》：山简镇守襄阳时，"时有儿童歌曰：'山公出何许？往至高阳池。日夕倒载归，酩酊无所知。时时能骑马，倒著白接篱。'""应须"两句意谓此游乐甚，要像晋代山简那样尽醉而归。

凉州馆中与诸判官夜集

（唐）岑 参

【解题】

凉州，见161页"武威篇"（西汉）扬雄《凉州箴》的解题。馆，客舍。判官，唐代节度使、观察使下的属官。这是一首即席酬唱的七言古诗，作于天宝十三年（754）。此诗反映的是岑参第二次出塞，由临洮赴北庭，途经凉州，与河西节度使幕府中的老同事重逢时的情景。此诗勾勒了月夜中凉州经济繁荣、和平安定的景象，描绘了凉州的夜晚明月皎洁，北风萧萧，琵琶声声，带有浓郁的边塞风情，表现了诗人宦游他乡，与故人相见时的愉悦心情，以及积极进取、渴望建功立业的豪迈气概。

弯弯月出挂城头[1]，城头月出照凉州。
凉州七里十万家[2]，胡人半解弹琵琶[3]。
琵琶一曲肠堪断[4]，风萧萧兮夜漫漫[5]。
河西幕中多故人，故人别来三五春[6]。
花门楼前见秋草，岂能贫贱相看老[7]。
一生大笑能几回，斗酒相逢须醉倒[8]。

【注释】

[1]“弯弯”句：点明夜集时间是夜晚月出之时。

[2]七里：一作“七城”。此句意谓凉州城市很大，人口众多。

[3]半解：一半人懂得。解，懂得，明白。

[4]“琵琶”句：极写琵琶声的凄切，让人听了可以断肠。

[5]“风萧”句：写空旷而又多风的边城夜晚所给人的感受。

[6]河西：泛指黄河以西的地方。三五春：三、五年。武威是河西节度使的治所。唐代天宝十年（751）三月，高仙芝任河西节度使，岑参曾暂驻武威。唐代天宝十二年（753）哥舒翰任河西节度使，其僚属如高适、严武等都早与岑参相识，所以说“河西幕中多故人”。

[7]花门楼：凉州馆舍的楼房。唐代读书人中进士后，在节度府担任兼职，目的是求得进身之阶。草木春生秋杀，诗借“秋草”表示一年又将过去，共勉及时努力，虽然出身贫贱，却不能相看到老。

[8]斗酒相逢：即“相逢斗酒”，必醉。

边　思

（唐）李　益[1]

【解题】

李益是唐代边塞诗人，对边塞景物和军旅生涯虽有亲身的体验，但这首七言绝句，是作者的拟想之作，因为他并没有到过玉门关一带，只是由于祖籍凉州，所以自然会经常想到凉州。此诗勾勒了一个华贵英武、在边塞身经百战的富家子弟，他虽有功业却只能化为苍凉悲慨的诗思和壮志难酬的悲哀。在看似潇洒轻松的语调中，透露出理想与现实的矛盾，寄寓着苍凉的时代，饱含有无可奈何的苦涩和个人身世的深沉悲慨，具有自嘲意味，耐人寻味。诗歌语言明白晓畅，于轻松中见豪放，是李益的代表作之一。

腰悬锦带佩吴钩[2]，走马曾防玉塞秋[3]。
莫笑关西将家子[4]，只将诗思入凉州[5]。

【注释】

[1] 李益：见110页“酒泉篇”（唐）李益《塞下曲》注[1]。

[2] 锦带：用色彩鲜艳的丝绸等做的飘带。吴钩：古代一种吴地（浙江）出产的钩形兵器。传说春秋时吴王阖闾曾铸宝刀金钩，因吴人所造，故称吴钩。《吴越春秋·阖闾内传》：“阖闾既宝莫耶，复命于国中作金钩。令曰：‘能为善钩者赏之百金’，吴作钩者甚众。”后用来泛指锋利的宝刀。

[3] 走马：骑马疾走，驰逐。《诗·大雅·緜》：“古公亶父，来朝走马。”防秋：古代西北各游牧民族每到秋日草黄马肥的季节，常进扰边境，届时边军特加警卫，调兵防守。《旧唐书·陆贽传》：“又以河陇陷蕃已来，西北边常以重兵守备，谓之防秋。”玉塞：玉门关。见19页“兰州篇”（清）谭嗣同《别兰州》注[3]。此句意谓自己曾经到过玉门关参加守卫边塞、驰驱沙场的战斗行动。

[4] 关西：汉、唐时泛指函谷关以西的地方，即今陕西、甘肃一带。《后汉书·虞诩传》曰：“关西出将，关东出相”。古时名将如秦代的白起、王翦，汉代的傅介子、李广等，都出在关西。因为李益是姑臧人，所以自称“关西将家子”。

[5] 诗思：赋诗的情思。此句意谓当立功献捷的宏愿化为苍凉悲慨的赋诗的情思，回到凉州城时，心中只能是壮志不遂的悲哀。

从军北征

（唐）李　益

【解题】

此诗有的版本题作《从军北征过凉州》。作者的祖籍虽然是凉州，但他并未在凉州生活过，他多在朔方军幕，所以这首诗是否写于凉州，尚属疑问。这首七言绝句，描绘了戍守边塞的士兵在月夜天山下的雪地中行军的场景，表现了身处遥远塞外的征人对故乡和亲人的深切思念之情。诗歌层层铺垫，壮阔而又悲凉，产生了巨大的艺术感染力。明人胡应麟在《诗薮》称："七言绝句，开元之下，便当以李益为第一，如《夜上西城》、《从军北征》、《夜上受降城闻笛》诸篇，皆可与太白、龙标竞爽，非中唐所得有也。"

天山雪后海风寒[1]，横笛偏吹行路难[2]。
碛里征人三十万，一时回首月中看[3]。

【注释】

[1] 天山：见41页"嘉峪关篇"（清）林则徐《出嘉峪关感赋》（其一）注[5]。《九州要记》："凉州武威郡有天山。"又《河西旧事》："天山高，冬夏长雪，故曰白山。山中有好木铁，匈奴谓之天山，过之者皆下马拜。"海风：瀚海的大风。因雪后扬不起沙尘，如风行海上，故谓。

[2] 行路难：乐府《杂曲歌辞》调名。《乐府解题》说："《行路难》，备言世路艰难及离别悲伤之意。"其内容多是抒写世路艰难和离别悲伤之情。此句意谓横笛偏偏又吹起悲伤低沉的曲子。

[3] 碛（qì）：水中沙堆，引申为沙漠。征人：出征或远戍边塞的士兵。回首：一作"回向"，回头，指思念家乡。月中看：即"看月中"，望月思乡。月中，一作"月明"。"碛里"两句意谓长期戍守在西北边塞沙漠地带的士兵，听到笛声，都一起望着天上的明月，回首怅望家乡。

凉州词（三首之一）

（唐）张　籍[1]

【解题】

凉州词，见97页"酒泉篇"（唐）王翰《凉州词》的解题。唐代凉州是屏障长安的重镇，也是"丝绸之路"的必经之地。但自唐代宗广德元年（763）以后，吐蕃族趁虚向唐连年兴兵，东下牧马，占据西北凉州等数十州镇，长达半个多世纪不能收复。唐德宗苟安求和，居然承认占领州县为合法，给吐蕃统治者侵扰内地大开方便之门。诗人目睹这种情况，感慨万千，写了《凉州词》三首，这是第一首。这首七言绝句，描写边城的荒凉萧瑟和边塞的备受侵扰，展现了边城惨淡的情景，表达了诗人对边事的深切忧患，希望能尽快收复边镇、恢复往日繁荣的强烈的愿望。

边城暮雨雁飞低，芦笋初生渐欲齐[2]。
无数铃声遥过碛[3]，应驮白练到安西[4]。

【注释】

[1] 张籍（767？—830？）：字文昌，祖籍苏州（今属江苏），后移居和州（今安徽和县）。贞元十四年（798）进士，历官太常寺太祝、水部员外郎、国子司业，世称“张水部”、“张司业”。张籍的乐府诗与王建齐名，并称“张王乐府”。著有《张司业集》。

[2] 芦笋：芦苇的幼芽，似竹笋而小，河西一带的芦苇于农历三、四月间发芽。此两句通过雁飞和芦发芽来写时令和对凉州的怀念。

[3] 铃声：骆驼结队而行，每十余峰串成一联，首尾两峰的脖子下各系一个铃铛。这种声音可以惊走野兽，并能防止驼群走散。

[4] 白练：白色熟绢，此处泛指丝绸。安西：安西县，现称瓜州县。贞元六年（790），沦为吐蕃的据点。凉州一带为古丝绸之路的必经之地，然此时丝织品却被吐蕃掠至其所占地安西等处。“无数”两句是诗人的遥思：只听见一串串的驼铃声消失在遥远的沙漠中，应该是骆驼驮着无数丝绸运往西域交易。

今皇帝陛下一诏征兵不日功集河湟诸郡次第归降臣获睹圣功辄献歌咏

（唐）杜 牧[1]

【解题】

这是一首七言律诗，作于唐宣宗大中三年（849）。自唐肃宗以后，河西陇右一带逐渐为吐蕃侵扰，这对唐政府是很大的威胁，当地人民备受吐蕃统治者的奴役，日夜盼望重归祖国。杜牧一直关心收复河西陇右。唐宣宗大中三年（849）二月，吐蕃内乱，为吐蕃所占的秦、原、安乐三州及石门等七关的人民起义归唐。六月，泾原节度使康季荣等取原州和石门等六关。七月，安东州、萧关、秦州皆为唐所收复。八月，河陇百姓一千余人来长安庆贺，宣宗登延喜楼接见。百姓争先恐后地解却发辫，脱去胡服，换上唐装，欢呼舞蹈，观者皆呼万岁。杜牧此时正在京都为司勋员外郎，亲眼目睹了当时盛况，十分喜悦，写了此诗。此诗赞赏唐宣宗的英明神武，收复河湟的辉煌功业，表达了边疆人民得知战争胜利时欣喜若狂的心情，反映了凉州歌舞风靡的盛况。

捷书皆应睿谋期[2]，十万曾无一镞遗[3]。
汉武惭夸朔方地[4]，周宣休道太原师[5]。
威加塞外寒来早[6]，恩入河源冻合迟[7]。
听取满城歌舞曲，凉州声韵喜参差[8]。

【注释】

［1］杜牧（803—852）：字牧之，号樊川居士，京兆万年（今陕西西安）人，晚唐诗人。大和二年（828）进士，曾为黄、湖等州刺史、司勋员外郎、中书舍人等官。他曾向宰相李德裕提出抗击吐蕃，收复河湟的策略。人称“小杜”，以别于杜甫。与李商隐并称“小李杜”。因晚年居长安南樊川别墅，故后世称“杜樊川”。著有《樊川文集》。

［2］捷书：报捷的文书。睿（ruì）谋：英明的谋略。期：期望。此句意谓，报捷的文书都应验了宣宗英明的谋略。

［3］镞（zú）：箭头。此句意谓十万军队丝毫没有一点损失。

［4］汉武：汉武帝。惭夸：不好意思夸说。朔方：汉武帝置十三刺史部之一，辖境在今宁夏回族自治区银川至壶口的黄河流域，汉武帝曾在此平定匈奴。此处泛指西北一带。

［5］周宣：周宣王，周厉王之子。休道：不要说。太原：即今山西省太原、汾阳一带。周宣王五年（前823），玁狁内侵，逼近京邑，宣王命尹吉甫率军北伐，即反攻至太原，迫使玁狁向西北退走。“汉武”两句意谓汉武帝在朔方平定匈奴的成就和宣王在太原攻打玁狁的功绩，远比不上唐宣宗收复河湟的辉煌战果。

［6］威加塞外：唐宣宗大中三年（849）出兵河湟。此句意谓唐朝的军威在天寒之时早已扬于塞外。

[7] 河源：黄河之源，指甘肃、青海一带的河湟地区。冻合迟：冰冻也来得迟。此句意谓皇帝的恩泽远及河源，使那里得到温暖，冰冻也来得迟。

[8] “听取”两句：意谓河湟老幼千余人到长安庆贺，受到宣宗接见时载歌载舞，他们演奏的凉州歌曲，参差的音韵非常动听，洋溢着喜悦的气氛。

凉 州 词

（明）张　恒[1]

【解题】

凉州词，见97页“酒泉篇”（唐）王翰《凉州词》的解题。这是一首豪放的边塞诗，大约是在作者被朱元璋放逐于边远之地时所作。此诗描写了暮春时节的边塞风情：酒坊中飘来了葡萄酒的阵阵香气，马儿在苜蓿地中驰骋飞扬。反映了边塞战事频仍，作者渴望在河西建立功勋的雄心。

垆头酒熟葡萄香[2]，马足春深苜蓿长[3]。
醉听古来横吹曲[4]，雄心一片在西凉[5]。

【注释】

[1] 张恒：生卒年不详。字伯常，一字明初，明代嘉定（今四川乐山）人。万历进士，历守建昌，累迁江西参议，晋右参政。曾因政事，被朱元璋放逐于边远之地。著有《因明子》、《学部撤辨》、《明志稿》、《续稿》、《长吟草》。

[2] 垆（lú）：古代酒店里安放酒瓮的土台子，亦作酒店代称。

[3] 苜蓿（mùxu）：原产伊朗，在汉代传入我国。是西北盛产的一种牧草，俗称金花菜。多开紫花，耐干旱，耐冷热。《史记・大宛列传》：“马嗜苜蓿，汉使取其实来，于是天子始种苜蓿。”

[4] 横吹曲：乐府歌曲名。《乐府诗集》称：“横吹曲，其始亦谓之鼓吹，马上奏之，盖军中之乐也。”西汉张骞出使西域，得《摩诃兜勒》一曲，乐工李延年更造新曲二十八解（乐曲一章为一解），作为军中音乐，马上演奏。原为乘舆的武乐，东汉以给边地将军。魏晋以后，二十八解亡佚。现存有歌词，均系魏晋以后文人的作品。

[5] 西凉：古代凉州（武威）的别称。十六国时在凉州有西凉政权，为汉族李暠所建。

狄台

（明）丁 昂[1]

【解题】

狄台，又名狄青台、招讨台、双阳台，相传是北宋名将狄青征西夏时，曾至武威，在屯兵处所筑的点将台，在武威城东北三公里处，即今武威市凉州区金羊镇窑沟村。曾经每当春暖花开时节，狄台周围的绿草在阳光照射下，水气氤氲，仿佛笼罩着一层烟雾，别具一番景色，遂有“狄台烟草”之景，现已荒废。狄青（1008—1057），字汉臣，汾州西河（山西汾阳）人，北宋抵抗西夏名将。宋仁宗宝元元年（1038）为延州指挥使，勇而善谋。在宋夏战争中，他每战披头散发，效仿古兰陵王戴铜面具，冲锋陷阵，屡建奇功，后以功升枢密副使。平生前后打了大小二十五场战斗，以皇祐五年（1053）正月十五夜袭昆仑关最著名。这是一首七言律诗，是丁昂在谪戍凉州时为凭吊狄青而作。此诗写狄台几经历史的变迁，如今早已不再有当年狄青挥师作战的踪影，只有春草依旧，烟雾依然，遗址凄凉冷落，游客稀少，荒凉不堪，流露出诗人的感伤情怀，抒发了作者不胜沧桑的感慨。

招讨台荒四百年[2]，凉州风月几凄然[3]。
白旄无复麾西塞[4]，故垒仍前驻北川[5]。
每岁春风齐碧草[6]，有时朝雨起塞烟[7]。
至今冷落空遗址，不见游人一醉眠[8]。

【注释】

[1] 丁昂：生卒年不详。明吴（今属江苏省）人，洪武年间谪居武威。《武威县志》载其曾为朝廷侍从。

[2] 招讨台：狄台，狄青任招讨使（官名，掌招降讨叛之事）时所筑，故云。

荒：荒芜。四百年：从宋仁宗天圣元年（1024）至明太祖洪武末年（1398），大约四百年。

[3] 几凄然：几经沧桑之变。

[4] 白旄（máo）：古代的一种军旗。竿头以白色牦牛尾为饰，置于竿首，用以指挥全军。此处代指掌招讨之事的将领。麾：通“挥”，指挥。此句意谓，狄青不再挥师河西边塞了。

[5] 故垒：古代的营垒，旧日的堡垒。北川：泛指狄青和西夏曾经战斗过的地方。

[6]“每岁”句：每到春天，狄台周围的青草在春风的吹拂下长得碧绿茂盛。

[7] 有时：时有。此句意谓，在清晨的雨露中，常会弥漫着一层塞上所特有的烟云雾气。

[8]“至今”两句：意谓狄台现在已经只剩遗址，非常冷落，不再有游人来此醉眠。

出　　塞（二首之一）

（明）李梦阳[1]

【解题】

《出塞》，见2页“兰州篇”（唐）沈佺期《出塞》的解题。明朝建立后，先后有也速儿、也先帖木儿、鞑靼阿台朵儿只伯、鞑靼部族小王子等元朝残余势力，以河套为根据地，经常对凉州及河西一带进行侵扰。明孝宗弘治十一年（1498），鞑靼小王子犯肃州。三边总制王越分兵三路击败小王子于贺兰山，次年，小王子入居河套不断窜犯延绥、甘肃各地。明朝再派大军进行抗击，连年征战，死伤无数。王越三次出塞，最终打败了他们，收回河套。（见《明史·王越传》及《鞑靼传》）这是一首描写边塞的五言律诗。此诗通过对边塞黯淡的阳光和风沙飞扬的描写，借萧索之景来抒发落荒士兵在迷途中的思归之情，反映了当时边塞战斗的激烈与伤亡的惨重，以及作者渴望和平、厌战的悲痛情绪。

碛日淡无晖[2]，胡沙惊自飞[3]。
望烟寻戍垒[4]，闻雁忽沾衣[5]。
大将搜河套[6]，游兵出武威[7]。
贺兰山下战[8]，昨日几人归。

【注释】

[1] 李梦阳（1472—1530）：字献吉，号空同子，庆阳府安化县（今甘肃庆城）人，迁居开封。弘治七年（1494）进士，授户部主事，迁郎中，累迁江西提学副使。他不畏权势，直言上书，揭发了寿宁侯“招纳无赖，罔利贼民”等罪行，后又因反对宦官刘瑾，几度下狱。明代中期文学家，复古派“前七子”的领袖人物。提倡“文必秦汉，诗必盛唐”。有《空同集》。

[2] 碛（qì）日：沙漠上的太阳。碛，浅水中的沙石，引申为沙漠。此句意谓因战乱频仍，在苍茫无垠的沙漠地带，连日光也是暗淡无色的。

[3] 胡沙：西北边地的风沙。此句意谓西北边地的风沙也似乎受到惊吓而飞扬。

[4] 戍垒：边防驻军的营垒、堡垒。

[5] 沾衣：眼泪打湿了衣服。“望烟”两句：意谓迷失道路的士卒根据烽火寻找自己的营地，忽然听到雁鸣声，更加引起了对故乡的怀念，于是眼泪打湿了衣服。

[6] 河套：一般指内蒙古自治区和宁夏回族自治区境内黄河拐的大弯子，此地河流平缓，物产丰富，有“黄河百害，惟富一套”之说。明代弘治年间，鞑靼小王子盘踞在此地。

[7] 游兵：担任巡哨和突击任务的骑兵。《史记·魏豹彭越列传》：“彭越常往来为汉游兵，击楚，绝其后粮于梁地。”

[8] 贺兰山：位于宁夏回族自治区与内蒙古自治区交界处，山上多青白草，遥望如骏马，蒙古语称骏马为“贺兰”，故名贺兰山。宁夏是明廷的九边重镇，贺兰山成了明朝政府在西北地区和蒙古残余势力中的瓦剌、鞑靼之间的界山。

武威绝句

（清）许荪荃[1]

【解题】

这首七言绝句是作者来武威期间所作。此诗从文物、前贤的列举中，说明武威虽是一个边塞城市，但它是我国的文化名城，有着悠久的历史、辉煌灿烂的文化传统。千百年来武威滋养了许多文人墨客，贤人名士承前启后，自古享有盛名。清代是武威文风盛行、文官迭出的鼎盛时期。此诗描写了武威作为一个边塞小城，文物前贤众多，列举了武威杰出文人的代表南朝著名诗人阴铿和中唐边塞诗人李益，为的是唤起后辈的奋发图强。

武威莫道是边城，文物前贤起后生[2]。
不见古来盛名下[3]，先于李益有阴铿[4]。

【注释】

[1] 许荪荃（1640—1688）：一作"许孙荃"，字友荪，又字生洲，号四山。江南合肥（今属安徽）人。生于明代，清康熙八年（1669）举人，康熙九年（1670）进士。选庶吉士，散馆改户部主事，再转郎中，为翰林院侍讲。历官刑部四川司员外郎、陕西提学道。著有《慎墨堂诗集》。

[2] 文物：文化。前贤：前代的贤人。起：承前启后。后生：后来者，后辈。"武威"二句意谓不要说武威是荒僻的边城，它有着优秀的文化传统，一代代贤士承前启后。

[3] 盛名：特别高的名望。

[4] 李益：见110页"酒泉篇"（唐）李益《塞下曲》注[1]。阴铿（约511—约563）：字子坚，姑臧（今甘肃武威）人。南朝梁、陈著名诗人、文学家。阴铿尤善五言诗，他的艺术风格同梁朝诗人何逊相似，世称"阴何体"。

凉州紫葡萄

（清）许荪荃

【解题】

凉州，见161页"武威篇"（西汉）扬雄《凉州箴》的解题。凉州种植葡萄的历史非常悠久。据《汉书·西域传》记载，汉武帝于太初二年（前103）派贰师将军李广利伐大宛国（在今俄罗斯费尔干纳盆地），取得胜利，“汉使采葡萄、苜蓿种归”，引进葡萄种植技术和酿酒技术到凉州。东汉凉州葡萄已负盛名，《艺文类聚》卷八七引《续汉书》：“扶风孟佗以葡萄酒一升遗张让，即拜凉州刺史。”这是我国最早关于葡萄酒的记载。三国时，凉州葡萄已美名远扬，魏文帝曹丕有《凉州葡萄诏》，盛赞凉州葡萄的甘甜。五代之后，由于连年战争，冠盖全国的凉州葡萄也随之日渐衰落下去。明清时期，凉州社会较以前稳定，经济也开始复苏，凉州葡萄又开始大量种植起来。这首五言律诗是作者来武威期间所作。此诗从来源、茎蔓、形状、色泽、美味等多方面赞美凉州紫葡萄，表述了如此色鲜味美的葡萄却不为朝廷所知的遗憾。

闻说凉州种，遥从西域传[1]。
风条垂磊落[2]，露颗斗匀圆[3]。
琼玉应无色[4]，离支足比肩[5]。
小臣空饱食，持献是何年[6]？

【注释】

[1] 西域：汉代以来对玉门关、阳关以西地区的总称。此句意谓凉州葡萄从遥远的西域传入。《博物志》：“张骞使西域，所得蒲桃（葡萄）、胡葱、苜蓿。”

[2] 风条：风中的枝条。磊落：多而错杂的样子。此句意谓葡萄枝荣叶茂，果实累累，从枝条中垂落下来。

[3] 露颗：露中的颗粒。此句意谓颗颗葡萄象晶莹的露珠一样，相互比斗着匀称圆润。

[4] 琼玉：美玉。此句意谓美玉和凉州葡萄相比，也该黯然无光。

[5] 离支：即“荔枝”。比肩：并列，居同等地位。此句意谓只有荔枝才能和葡萄一比高下。

[6] 小臣：作者自称。“小臣”两句意谓我虽常饱食这鲜美的葡萄，可是何时才能将它供奉给君王呢？

天梯积雪

（清）叶　先[1]

【解题】

天梯山是祁连山支脉，位于武威市南50公里处。天梯山山峰巍峨，陡峭峻拔，高入云霄。山有石阶，拾级而上，道路崎岖，形如悬梯，故称天梯山。《凉州府志·山川》记载：“天梯山，在武威境南，层峦峻峭，长川亘于北，远抵广漠，所赖以卫国养民者为最重焉。”天梯山巅常年积雪，景象奇美，称“天梯积雪”，为凉州八景之一，历来文人墨客多有题咏。这首五言律诗，是作者在武威游览天梯山时所作。此诗专咏天梯山的积雪，全诗贯穿一个“雪”字，介绍了天梯积雪的来历，描述了天梯山常年积雪不消的奇景。

岭上何年雪，炎曦却未消[2]。
想同盘古辟，匪直自今朝[3]。
蜀犬见应吠[4]，夏虫语总嘲[5]。
子卿啮不尽[6]，片片作琼瑶[7]。

【注释】

[1] 叶先：生卒年不详。清朝人，顺治时任分守道，担任凉州府和武威、永昌、镇番（今甘肃民勤）、古浪、平番（今甘肃永登）五县的长官。

[2] 炎曦（xī）：炽烈的日光。“岭上”二句意谓天梯山巅常年积雪，不知是何年累积起来的，经过炎炎的夏日，都未能消融。

[3] 盘古：我国古代神话传说中开天辟地的创世始祖。匪直：不是。匪，通“非”。“想同”两句意谓想来山上的雪是宇宙形成之时就有了，不是从现在才有的。

[4]“蜀犬”句：来自“蜀犬吠日”，此句意谓四川多雾，那里的狗不常见到太阳，看到太阳觉得奇怪就要叫。此句写阳光强烈。

[5] 嘲（zhāo）：指鸟鸣。《庄子·秋水》：“夏虫不可以语于冰者，笃于时也。”此句意谓夏虫不知冬天，所以见到冰雪而鸣叫。此句写山头冰雪，与前句对应，写

出烈日下天梯山雪不消融的奇景。

[6] 子卿：指苏武。苏武，见 108 页“酒泉篇”（唐）李端《雨雪曲》注 [4]。啮（niè）：咬。

[7] 琼瑶：见 49 页“金昌篇”（明）郭登《祁连山》注 [5]。此处用以比喻雪。“子卿”两句意谓天梯山的积雪苏武吃不完，于是化作片片美玉。此处借苏武牧羊和雪吞毡的典故极写天梯山积雪之多。

登武威城楼漫兴

（清）叶　先

【解题】

武威现存有巍峨雄伟的南门城楼，而北城楼现已不复存在。这首七言律诗是作者登临武威北城楼，登高远眺时所写的感怀诗。此诗描写了汉武帝和康熙帝的功业，联想到这里历经战乱，政权变换无常，而当前国家统一安定，局势稳定，人民安居乐业的现状。抒发了他对国家繁荣富强、人民幸福安康倍感欢欣的心情。

乘暇聊登北郭楼，武皇威略耀千秋[1]。
祁连塚并凌烟峻[2]，博望槎从天汉游[3]。
四郡重开追禹迹[4]，五凉迭谢复神州[5]。
河山今日全中外，极目氛销佳气浮[6]。

【注释】

[1] 武皇：汉武帝刘彻。汉武帝元狩二年（前 121）春，汉武帝派骠骑将军霍去病出陇右击匈奴，后在河西先后置四郡，使整个河西正式纳入西汉版图。威略：声威谋略。《汉书·武帝纪赞》：“如武帝之雄才大略，不改文、景之恭俭以济斯民，虽《诗》、《书》所称，何有加焉？”

[2] 祁连塚（zhǒng）：霍去病之墓。汉武帝元狩六年（前 117），23 岁的霍去病病逝。天子悲悼，举国凭吊。武帝为了纪念霍去病打败匈奴的功绩，以祁连山形为他营建坟茔，地址在今陕西咸阳。凌烟：指凌烟阁。唐太宗李世民为褒奖一同

打天下的众位功臣，命阎立本在凌烟阁内描绘了二十四位功臣的图像，时常前往怀旧。后来把表彰功臣而建的绘有功臣图像的高阁叫凌烟阁。

[3] 博望槎（chá）：此处化用“张骞乘槎”的故事，见16页“兰州篇”（清）马世焘《黄河》注[5]。这里借指张骞出使西域。天汉：银河。

[4] 四郡重开：河西的敦煌郡、酒泉郡、张掖郡、武威郡收复。禹迹：相传夏禹治水，足迹遍九州，后因称中国的疆域为禹迹。另一说据《尚书·禹贡篇》记述，大禹治水至于猪野，并导弱水入流沙。猪野在姑臧（今甘肃省武威市凉州区）东北140公里处，即甘肃民勤的柳林湖。

[5] 五凉：见4页“兰州篇”（唐）岑参《题金城临河驿楼》注[2]。迭谢：更替。神州：战国时齐人邹衍称华夏之地为“赤县神州”，泛指中国，即华夏、中国、中土。《史记·孟子荀卿列传》：“中国名曰赤县神州，赤县神州内自有九州，禹之序九州是也。”此句意谓经过五凉政权的更迭，最后重新统一于中国。

[6] 中外：泛指中原与边疆。氛销：往日战争的气氛完全消除了。氛，氛围，指以前凉州战争的杀气。销，消失。佳气：象征祥瑞的光彩。班固《白虎通·封禅》：“德至八方则神风至，佳气时喜。”“河山”两句意谓现在国家统一，河山完整。极目望去，往日战争的气氛完全消除了，眼前是一片国泰民安的升平气象。

苏武山访牧羝处

（清）卢生薰[1]

【解题】

苏武，见108页“酒泉篇”（唐）李端《雨雪曲》注[4]。苏武山在民勤县城东南12公里处，相传西汉苏武奉汉武帝之命，在天汉元年（前100）出使匈奴，被匈奴王单于囚禁，放逐此处牧羊。《镇番县志》（道光版）记载：“些业疸县东南二十五里，相传苏武牧羝于此，因以名山。”山上有苏武庙。牧羝，牧羊。羝，公羊。这首七言律诗是诗人凭吊苏武牧羝处时的临风怀想之作。描述了苏武山的形貌和山名的来历，以及苏武被扣匈奴近二十年，思国若渴的心情，赞赏苏武“富贵不能淫，威武不能屈，贫贱不能移”的英雄气概、高尚的民族气节和固若磐石的爱国情操。

小小峰峦曲曲隈[2]，山名犹自汉时来。
廿年北海心忘老[3]，万里西都梦未回[4]。
每见羊来公若对，但闻雁过我还猜[5]。
儒生讨论安能合，定案还须史笔裁[6]。

【注释】

[1] 卢生薰（1689—1724）：民勤（今属甘肃）人，祖籍江苏。字文馥，号月涓。清雍正元年（1723）进士，钦点翰林院庶吉士。与其同胞兄弟生华、生荚、生莲合吟有《兰言斋诗草》一卷。

[2] 隈：山水等弯曲的地方。

[3] 廿年：二十年。苏武留居匈奴十九年，二十年是概数。北海：见150页“酒泉篇”（唐）李白《幽州胡马客歌》注[11]。

[4] 西都：西汉的都城长安，即今陕西西安。

[5]“每见”两句：意谓苏武思乡而不得归的焦急心情。见108页“酒泉篇”（唐）李端《雨雪曲》注[4]。

[6]“儒生”两句：意谓读书人的意见怎能达成一致？最后的定论还需要真实的历史记载来裁决。

凉州八景

（清）张玿美[1]

绿野春耕

【解题】

凉州，见161页“武威篇”（西汉）扬雄《凉州箴》的解题。“凉州八景”载于清乾隆十四年（1749）武威张玿美受凉庄使张之浚邀所主修的《武威县志》中。每一景他都有题咏诗。八景起于何时无考，据民间传说结合古建筑初作推测，最迟在明代时已出现。“凉州八景”分别是：绿野春耕、平沙夜月、天梯古雪、镇西晓角、狄台烟草、金塔晴霞、大云晚钟、黄羊秋牧。武威地处祁连山北麓，依赖雪水的灌溉，农业发达，史称“地饶五谷”，“人烟扑地桑柘稠”，自古就有“塞外江南”的美誉，故号称“银武威”。尤其以凉州东北郊一带，地势平坦，土地肥沃，泉水遍地，为凉州最富庶地区。每至春播时节，男女老少，忙于春耕；歌声笑语，此起彼伏，一片趁时生产的欢乐景象，故有“绿野春耕”之景，为“凉州八景”之一。根据这首七言律诗前讲到的“甲子初秋归田作”，可知此诗是作者卸任回乡后的诗作。诗歌描述了一幅陇上春耕图，展现了春耕时节杏花开放，鸦雏声声，当地民众耕作时热火朝天的喜悦景象，以及祈求五谷丰登的美好愿望，表达了作者摆脱了繁杂沉重的官事，回归自然，恬适愉悦的心情。

孚甲早分穑事兴[2]，膏腴成亩各西东[3]。
杏花人趁锄犁雨[4]，乳哺鸦鸣柳陌风[5]。
王税待靡收获后[6]，云耕先入画图中[7]。
边陲广有桑麻乐，祈谷占年处处同[8]。

【注释】

[1] 张玿美：生卒年不详。字昆岩，甘肃武威人。康熙廪生，雍正元年（1723）应孝廉方正科荐举，授广东惠来知县。继升廉州知府、广东雷琼道。后辞官回归故里，掌教本城书院。曾主编《武威县志》、《五凉考治六德集全志》（即《五凉志》），著有《濯砚堂诗钞》。

[2] 孚（fú）甲早分：种子发芽。孚甲，草木及谷物种子的外壳。《礼记·月令》：“其日甲乙”。汉代郑玄注：“时万物皆解孚甲，自抽轧而出，因以为日名焉。”穑（sè）：收割谷物，亦泛指耕作。此句意谓当种子发芽的时节，正是耕作最忙的时候。

[3] 膏腴：此处指土地肥沃。膏，脂膏。腴，丰腴，肥沃。

[4] “杏花”句：每当杏花开的时节，正是农民耕种的时候。此句写春耕的时令与物候。武威的春种一般在三月，此时正是杏花开的时节。

[5] 乳哺鸦鸣：老鸦哺育时幼鸦的鸣叫声。柳陌：植柳之路。

[6] 王税：上交朝廷天子的税。待靡（mǐ）：企盼免除王税。待，企盼。靡，无。陶渊明《桃花源记》：“春蚕收长丝，秋熟靡王税”。

[7] 云耕：耕耘的景象。

[8] 祈谷：古代祈求谷物丰熟的祭礼。《礼记·月令》：“（孟春之月）天子乃以元日祈谷于上帝。”占（zhān）年：占卜年成的丰歉。柳宗元的《柳州峒氓》：“鹅毛御腊缝山罽，鸡骨占年拜水神。”此句意谓向神灵占卜祈求丰收的风俗，到处都是一样的。

平沙夜月

【解题】

武威东北接连我国第四大沙漠腾格里大沙漠。腾格里在蒙古语中为“天”，意为茫茫流沙如渺无边际的天空，故名。这里黄沙漫漫，浩翰无垠，尤其于清秋月明之夜，皎洁的月光洒在沙漠上，如同水银泻地，别具一番景色，故有“平沙夜月”之景，为“凉州八景”之一。这首七言律诗颠覆了众人心目中沙漠荒凉的一贯印象，描绘腾格里沙漠的深秋月色，清凉明静，晴空如洗。

雁塞沙沉一掌平[1]，夜来如水漾轻盈[2]。
笳声不动霜华静[3]，练色如新玉宇清[4]。
雕落寒隈河欲曙[5]，兔眠深窟月长明[6]。
黄昏每晃三秋影[7]，一碧无垠万里晴[8]。

【注释】

[1] 雁塞：山名，在梁州县界，即今陕西汉中一带。后泛指边塞一带。杨炯《原州百泉县令李君神道碑》：“山连雁塞，野接龙坰。”一掌平：沙漠平阔如水泽。掌，水泽。《释名·释水》：“今兖州人谓泽曰掌”。

[2]“夜来”句：意谓秋夜的月光洒在沙滩上，如水波在轻柔地荡漾。

[3] 笳：胡笳，中国古代北方民族的一种乐器，类似笛子。华：通“花”。此句意谓夜的寂静。笳声不起，有边境安宁之义。

[4] 练色：指月色洁白。练，白色的熟绢。玉宇：指天空。陆游《十月十四夜月终夜如昼》诗：“西行到峨眉，玉宇万里宽”。

[5] 寒隈（wēi）：寒冷清静的河湾。隈，河山弯曲的地方。欲曙：天将破晓。曙，破晓，日出。

[6] 兔眠：《太平御览·拟天问》：“月中何有？玉兔捣药”。“雕落”二句意谓拂晓寒冷清净的河湾里栖息着鹰雕，玉兔在月光中眠于深窟，连捣药的影子都看不到。极写了月光的皎洁。

[7] 三秋影：秋天的风光。三秋，阴历九月。王勃《滕王阁序》：“时维九月，序属三秋。”

[8] 一碧：整个碧空。无垠：无边无际。“黄昏”两句：意谓每当深秋黄昏，初升的月亮在沙漠上投下闪闪光影。

天梯古雪

【解题】

“天梯古雪”是凉州八景之一。天梯山，见182页“武威篇”（清）叶先《天梯积雪》的解题。这首七言律诗描绘了天梯山层峦叠嶂、银装素裹的景色，以及天梯积雪融化后灌溉农田的场景。

神龙西跃驾层峦[1]，万古云霄玉臂寒[2]。
北海当年毡共啖[3]，南窗此日练同看[4]。
晶莹不让乾坤老[5]，霜鬓徒惊岁月残。
未便屯膏空积素[6]，融流分润六渠宽[7]。

【注释】

[1]“神龙”句：意谓祁连山象一条神龙，飞跃起伏，堆起无数层峦叠嶂。

[2]玉臂：因山上常年积雪，又婉蜒起伏，故谓。

[3]啖（dàn）：吃。此句是指苏武北海牧羊的典故。见108页“酒泉篇”（唐）李端《雨雪曲》注[4]。

[4]“南窗”句：意谓作者依窗南望天梯积雪的景色，就如象一条洁白的丝绸横挂在天际。

[5]乾坤：天地。此句意谓天梯山常年冰封，万古不变，一直保持着同样的容颜，就像是天地宇宙不会变老一样。

[6]屯膏：《周易・屯卦》：“象曰：屯其膏。”比喻人囤积财货，少有施予。积素：积雪。此句意谓天梯山上并非有积雪而不施舍。

[7]“融流”句：意谓天梯山上溶化的雪水流入六渠，灌溉广大的农田。六渠：天梯积雪融化后，分化为六条溪水，即今日的金塔渠、大七渠、永昌渠、杂木渠、怀安渠、黄羊渠。

镇西晓角

【解题】

武威西城角有镇西楼，俗称“瞭高楼子”，“镇西晓角”是凉州八景之一。这首七言律诗描些了作者清晨听见西城楼上传来悲凉的号角声所引起的联想，赞扬凉州作为边塞重镇在保卫长安中所起的重要作用。

天宝开元法曲新[1]，层楼卧听晓吹频[2]。
风飘律吕星初落[3]，霜浥旌旗塞不尘[4]。
悲感胡笳十八拍[5]，号令铁甲五千人[6]。
久知幕府军容肃[7]，拱卫神京半属秦[8]。

【注释】

[1] 天宝、开元：唐玄宗时年号。法曲：是歌舞大曲中的一部分，也是隋唐宫廷燕乐中的一种重要形式，又称法乐。始见于东晋《法显传》，因用于佛教法会而得名，至隋称为法曲。

[2]“层楼”句：意谓拂晓时分，从西城楼上就传来一阵阵的号角声。

[3] 律吕：音乐术语，此指法曲。此句意谓当号角的音律传来的时候，正是辰星刚落的黎明时分。

[4] 浥（yì）：沾湿，润湿。王维《送元二使安西》：“渭城朝雨浥轻尘”。此句意谓清晨的霜润湿了城楼上的旗帜，空气清新，没有一点尘土。

[5] 胡笳十八拍：相传为东汉蔡琰（蔡文姬）所作，共分十八章，一章为一拍，故名。《胡笳十八拍》写她为乱军所掳，流入南匈奴，后又被赎归汉，与生子别离的悲惨情景和矛盾心情，极为悲苦。此处意谓号角的悲凉。

[6] 铁甲：亦称铁骑，穿铁甲的骑兵。五千人：过去常以此数泛指纪律森严、战斗强的部队。

[7] 幕府：见167页“武威篇”（唐）高适《武威同诸公过杨七山人得藤字》注[1]。肃：整肃。

[8] 神京：京城长安。秦：泛指中国西部。此句意谓保卫国家的任务一半在于西部。

狄台烟草

【解题】

“狄台烟草”，是凉州八景之一。狄台，见177页“武威篇”（明）丁昂《狄台》的解题。这是一首怀念狄青的七言律诗。此诗从荒废的狄台回忆了从前狄青在此抗击西夏之事，描绘了当年狄台周围的绿草在阳光照射下，水气氤氲，仿佛笼罩着一层烟雾的“狄台烟草”之景。

荒台昔日说屯师[1]，路出河湟到涧湄[2]。
千载勋名存面具[3]，九层遗迹在边陲[4]。
色侵古陌春生暖[5]，烟锁重城月上移[6]。
五姓纷争无尺土，争如名胜动人思[7]。

【注释】

[1]“荒台”句：意谓从荒废的狄台想到从前狄青在此屯兵的事情。

[2]河、湟、涧：地名，河指黄河，湟指湟水，涧指涧水，狄青抗击西夏行军征战过的地方。

[3]面具：狄青和西夏作战，往往让士兵戴上凶恶的面具出战，常使西夏兵惊骇溃逃，宋军因获大胜。《宋史·狄青传》：“临敌被发，带铜面具，出入贼中，皆披靡莫敢当。”

[4]九层：狄台原为九层的高台。

[5]古陌：古老的小路。此句意谓天气暖和起来了，春色渐渐扩展到古陌上。

[6]重城：凉州城。此句意谓暮烟笼罩着这个边塞重城，天边的月亮缓缓地向上升起。

[7]五姓：五凉，见4页“兰州篇”（唐）岑参《题金城临河驿楼》注[2]。争如，怎么比得上。“五姓”两句意谓当年五凉互相争伐，如今没有留下任何痕迹。怎么比得上狄台，还能常常引起后人的思念。

金塔晴霞

【解题】

金塔寺，位于武威市西南15公里处，建于明宣德二年（1427），内有塔。金塔寺与海藏寺、百塔寺、莲花寺并称“凉州四寺”，为西藏归属元朝后，西藏著名佛教领袖萨班所建。后金塔寺毁于1927年武威8级大地震，现有重建的金塔寺萨班经堂。金塔寺依山傍水，寺内的鎏金塔金碧辉煌，每逢晴天夕照，金塔寺傍山上空就有一片紫红色的彩霞出现，与古塔相互映衬，故有“金塔晴霞”之景。这首七言律诗描绘了万道金光照到金塔时，云霞缭绕金塔的盛况，介绍了登塔仰望和俯瞰的感受和景色，叙述了金塔铃声的清越悠远，给人以超脱世俗、度身世外之感。

金光照耀矗扶登[1]，七级千寻万缕腾[2]。
碎宝造成晴晃日[3]，四龙呵护迴超乘[4]。
仰窥碧落红尘远[5]，俯瞰青塍紫气蒸[6]。
高到天门璀璨处[7]，铎声清出白云层[8]。

【注释】

[1] 矗扶登：高耸的塔。

[2] 七级：金塔的层数。在佛教中，七层的佛塔是最高等级的佛塔，一般泛指佛塔为“七级浮屠”。此指宝塔。千寻：形容塔很高。寻，古尺度单位，八尺为寻。此句意谓，七级高塔在阳光照射下，万道彩辉腾空而起。

[3] 碎宝：碎宝石。此句意谓塔上宝石在日光之下比太阳还耀眼。

[4] 呵护：呵禁守护。李商隐《骊山有感》：“九龙呵护玉莲房”。超乘：跳跃上车，引申指勇士、武士。此句意谓云霞缭绕金塔的远影，好像天上驾驭着四龙之乘的守护神。

[5] 碧落：天空。红尘：人世间。此句意谓站在高塔上抬头观望碧空，给人一种超脱人世间的感觉。

[6] 俯瞰（kàn）：俯视。青塍（chéng）：麦畦的土埂子。紫气：紫色的霞气，古人以为祥瑞的征兆或宝物的光气。《南史·后妃传下·梁武帝丁贵嫔》：“贵嫔生于樊城，初产有神光之异，紫气满室。”此句意谓从塔上向下俯视，但见青绿色的田畦里升腾起一派紫色的霞气。

[7] 天门：天宫的门。璀璨：光辉灿烂。

[8] 铎（duó）：风铃，大铃。清出：形容铃声清越远扬。此句意谓悬挂于塔角的铁铃，经风吹动，发出一种清脆悦耳的响声，飘向四空。

大云晚钟

【解题】

大云寺是历史上的名刹古寺，位于武威市凉州区东北角的和平街钟楼巷，与文庙、罗什寺塔、海藏寺、雷台等古建筑遥相呼应。大云寺位于武威市东北角，原名宏藏寺，是东晋十六国时前凉张天锡于升平七年（363）所建造的。唐代武则天时，朝廷在全国颁《大云经》，下诏两京各州郡修建大云寺。凉州遂将宏藏寺改名为大云寺。西夏时，大云寺易名为护国寺，为西夏皇家寺院之一，寺内塔名感应塔。元代末年该寺毁于兵燹。明代洪武十六年（1383），由日本沙门志满募化重建。1927 年武威发生8级地震时，大云寺遭到严重损坏，现仅存钟鼓楼及大云寺铜钟。钟鼓楼上悬挂的大云寺铜钟体积较大，形状古朴精美，声音雄浑响亮，传遍四方，史称“大云晓钟”，为“凉州八景”之一。大云钟是武威人心目中的神钟，每逢农历传统节日如正月十五、五月端午，众多的游人登上钟鼓楼，放眼武威全景，敲击神钟，祈求五谷丰登，国泰民安。这首七言律诗描写大云寺的傍晚钟声，大云寺僧众诵经说法的虔诚以及寺内外庄严幽静的气氛。

梵天幽静暮烟深[1]，声教常闻震远音[2]。
花雨一天云外落[3]，松风满院月中吟[4]。
南园归雁惊寻侣[5]，北渚眠鸥稳趁心[6]。
吼罢蒲牢僧入定[7]，更无响度绿萝荫[8]。

【注释】

[1] 梵（fàn）天：佛教中称三界中的色界的初禅天之一，后泛指佛寺。此指大云寺。

[2] “声教”句：意谓佛的教化常随大云寺晚钟的声音传到很远的地方。

[3] “花雨”句：出自“天花乱坠”。一说为佛教传说，佛祖说法，感动天神，诸天雨各色香花，于虚空中纷纷下坠。一说为梁武帝时云光法师讲经，感动了上天，天上纷纷落下花来。

[4] 松风：松林的风。

[5] 惊寻侣：被钟声惊醒而寻伴侣。

[6] 渚（zhǔ）：水中的小块陆地。稳趁心：安心地睡眠。趁心，称心，符合心愿。“南园”两句，用归雁和眠鸥的动静对比烘托寺外的暮色。

[7] 蒲牢：兽名。古代传说中“龙生九子”之一，是一种生活在海边的兽，据说它吼叫的声音非常洪亮，但却十分怕鲸鱼，一旦鲸鱼发起攻击，它就会吓得乱叫。《文选》中班固《东都赋》：“于是发鲸鱼，铿华钟”。李善注：“（三国）薛综《西京赋注》曰：海中有大鱼曰鲸，海边又有兽名蒲牢。蒲牢素畏鲸，鲸鱼击蒲牢，辄大鸣。凡钟欲令声大者，故作蒲牢于上，所以撞之者，为鲸鱼。”后因以蒲牢为钟的别名。古人常在钟上铸上蒲牢的形象，把木杵造成鲸的形状，令铜钟格外响亮。入定：佛教语。谓安心一处而不昏沉，了了分明而无杂念。此句意谓击过钟后，寺僧即进入坐禅入定的静修状态。

[8] 度：穿过，通过。此句意谓再没有声音传入萝藤隐蔽的僧房。

黄羊秋牧

【解题】

黄羊镇在武威市东南35公里。黄羊河流经之地，水草丰美，多野生黄羊，宜畜牧。“黄羊秋牧”，为“凉州八景”之一。这首诗描绘了昔日武威黄羊镇一带秋日放牧的兴旺景象，并借苏武牧羊和霍去病拓疆之事抒发了怀古的幽情。

一线中通界远荒[1]，长川历历抱西凉[2]。
草肥秋色嘶蕃马[3]，雾遍山原拥牧羊。
苏武廿年持汉节[4]，嫖姚万里拓秦疆[5]。
几回听处横吹笛，杨柳春风忆夕阳。

【注释】

[1] 界：边界。此句意谓河西走廊像一条线，一直贯通到很远的地方。

[2] 长川：黄羊河，泛指武威的河流。历历：分明可数。崔颢《黄鹤楼》：“晴川历历汉阳树，芳草萋萋鹦鹉洲。”抱：环绕。

[3] 蕃马：少数民族的马群。

[4] 廿（niàn）年：二十年。此句意谓苏武出使匈奴被扣，经常手持汉节在北海牧羊，前后共有十九年，二十年是概数。

[5]“嫖姚”句：意谓霍去病在秦的基础上开辟河西四郡，扩充汉朝疆域。霍去病曾受封为嫖姚校尉，也留下了“封狼居胥”的佳话。李白《塞下曲》之三：“功成画麟阁，独有霍嫖姚。”

古 浪 峡

（清）胡　钍[1]

【解题】

古浪峡是峡谷名，位于甘肃省古浪县境内。它南连乌鞘岭，北接泗水和黄羊，势似蜂腰，两面峭壁千仞，形成一路险关隘道，扼控兰州、武威，史有“秦关”、“雁塞”之称，被誉为中国西部的“金关银锁”。古代西行的文人临此多有吟咏。这首五言律诗是作者经过古浪峡东归途中所作。描绘了初夏黄昏时分古浪峡中山水如画的秀丽景色，表达了作者羁旅的愁思。

峡日微侵晚[2]，溪风迥似秋[3]。
古浪城外路，归客旅中愁。
回互山南拥[4]，湾环水北流[5]。
时饶图画意[6]，绿树映青畴[7]。

【注释】

[1] 胡钋：见 52 页“金昌篇”（清）胡釴《早发永昌县》注 [1]。

[2] 峡日：峡谷中的阳光。微：微弱。侵晚：临近傍晚。

[3] 溪风：峡谷的风。迥（jiǒng）：差别很大。

[4] 回互：回环交错。山南拥：乌鞘岭耸立于古浪县南。

[5] 水北流：古浪河向东北流去。

[6] 饶：富有。

[7] 青畴（chóu）：绿色的田野。沈约《休沐寄怀》诗：“紫箨开绿篠，白鸟映青畴。”

凉州葡萄酒（四首之一）

（清）张　澍[1]

【解题】

凉州，见 161 页“武威篇”（西汉）扬雄《凉州箴》的解题。凉州酿酒历史非常悠久，距今 4000 年左右的齐家文化遗迹皇娘娘台墓葬中就有酒具出现。汉武帝于太初二年（前 103）派贰师将军李广利伐大宛国（在今俄罗斯费尔干纳盆地），胜利后又引进葡萄品种、种植技术和酿酒技术到凉州。东汉凉州葡萄已负盛名，凉州葡萄酒也以味美醇厚驰名遐迩，显赫于京师。盛唐时期，凉州在诗人的笔下也是一个闻名遐迩的葡萄酒之乡，唐康骈《剧谈录》称："凉州富人好酿葡萄酒，多至千余斛，积至十年不败"，可见唐代武威人酿造的葡萄酒有优良的酒质。五代之后，由于连年战争，冠盖全国的凉州葡萄也随之日渐衰落下去。到了清朝嘉庆、道光年间，凉州葡萄酒的酿造又达到了相当高的水平，凉州葡萄酒引得无数文人墨客的赞叹，留下了许多脍炙人口的千古佳句。这首五言绝句作于嘉庆五年（1800），作者考取进士入翰林院的第二年。他回武威省亲，品尝了凉州葡萄酒后所作。此诗盛赞了凉州葡萄酒以其醇美甘甜而闻名遐迩，展现了诗人积极进取，高昂振奋的精神。

凉州美酒说葡萄[2]，过客倾囊质宝刀[3]。
不愿封侯县斗印，聊拚一醉卧亭皋[4]。

【注释】

[1] 张澍：见14页"兰州篇"（清）张澍《金城关》注[1]。

[2] "凉州"句：意谓凉州所产的美酒，以葡萄酒为最佳。

[3] 倾囊：倒出口袋里所有的钱，比喻尽出所有。质：抵押。此句意谓，过往凉州的客人，为买凉州葡萄酒，不仅将所有的钱倾交以尽，还要把带的宝刀拿出作抵押。

[4] 县（xuán）：同"悬"，挂，系着。斗印：斗大的官印。聊拚：姑且不顾一切地。亭皋：水边的平地。"不愿"二句意谓过客来到凉州，不愿封侯拜印，不求高官厚禄，只求在水边的平地上不顾一切地把凉州的葡萄酒喝个酩酊大醉。

游海藏寺

（清）张　澍

【解题】

海藏寺是河西有名的古刹胜地，位于武威市西北两公里处，因寺院周围林泉茂密，寺院建在水中小岛灵均台上，犹如海中藏寺，故名。寺院始建于晋，唐三藏大师玄奘西行取经，曾在海藏寺讲经说法。元朝时藏传佛教萨迦派第四代祖师萨班借到凉州之机，捐资扩建修缮了凉州四大寺：海藏寺、白塔寺、莲花寺、金塔寺，成为藏传佛教寺院。明朝、清朝又扩建翻修。1927年武威大地震，海藏寺内的许多土木建筑被毁坏。近年来陆续重修，使这座古刹再显当日雄姿，殿宇宏伟，佛像庄严。现海藏寺外已开辟为海藏公园，是文物风景结合的游览胜地。这首七言律诗作于嘉庆五年（1800），是作者考取进士入翰林院的第二年。他回武威省亲，重游了海藏寺。此诗描绘了海藏寺内外清幽秀丽的风光，表现了作者探寻胜迹的浓厚兴趣，抒发了作者在此消暑胜地游览时的轻松、愉悦的心情。

虢虢清泉向北流[1]，招提切汉惯来游[2]。
不询僧腊嫌饶舌[3]，久读碑文觉渴喉[4]。
曲沼嘉鱼跳拨剌[5]，高松怪鸟叫钩辀[6]。
此间消夏真佳境，况有溪边卖酒楼[7]。

【注释】

[1] 虢（guó）虢：水声。

[2] 招提：梵文音译，意译为四方，指寺院。切（qiè）汉：切近霄汉。此句意谓寺内楼台高耸，是作者常来游览的地方。

[3] 僧腊：僧尼受戒后的年龄。韩翃《题荐福寺衡岳暕师房》诗："僧腊阶前树，禅心江上山。"此句意谓他不愿多费口舌打搅寺僧。

[4] 碑文：海藏寺内掘有明碑一块，是明成化二十三年（1487）重修寺院时，太监张睿工立《重修古刹海藏寺劝缘信官檀缘信越记》；清初碑两块，一为乾隆元年（1736）郭朝祚撰文并书《海藏寺藏经阁记》，一为孙辅撰文，王录书。这三块碑现还存于寺内，都具有史料价值。此句意谓作者在寺中读碑文的时间久了，感到口渴。

[5] 曲沼：曲池，曲折迂回的池塘。拨剌（là）：鱼跳跃声。此句意谓池沼中的鱼从水中跃出，拨动水面发出响声。

[6] 钩辀（zhōu）：鹧鸪的鸣声。此句意谓从高高的松树上传来鹧鸪的鸣叫声。

[7] "此间"两句：作者赞叹此间是消夏的佳境，景物之美，已令人陶醉，再加上溪边酒楼，更使人乐而忘返。

橐驼曲（十五首之一）

（清）张 澍

【解题】

橐驼即骆驼，骆驼极能忍饥耐渴，被称为“沙漠之舟”，是西北特有的动物。民勤县东、西、北三面被腾格里沙漠和巴丹吉林沙漠包围，自古善养骆驼，骆驼成为古代当地常见的运载工具，可以驮运货物、骑乘，出远贸易。诗人作此诗时，正在故乡武威。诗人出了武威城东，看见了从邻县民勤而来的成群的骆驼昂首长鸣，回家之后，就写了十五首《橐驼曲》，对骆驼的习性、形状、作用以及生活规律等都给予了细致生动的描写。《橐驼曲》采用了《竹枝词》的格调，主要写骆驼奇异的外形，指出早在汉代班固所著的《汉书》中就有记载，说明我国驯养骆驼的时间久远，纠正了有人认为是“麒麟”的错误说法。

[原序] 偶出东郭[1]，见橐驼成群，昂首长鸣，有乘凉远征之概。归而思之，古人无专赋此物者，因作橐驼曲十五首，不觉辞费，多用俗语为之，以存《竹枝词》[2]遗意云尔。

西番异畜说橐驼[3]，不读班书费揣摹[4]。
怪状奇形君莫笑，麒麟哪肯把人驮[5]。

【注释】

[1] 东郭：武威城东。

[2] 竹枝词：见 14 页“兰州篇”（清）马世泰《兰州竹枝词》的解题。

[3] 西番：西羌，此处指我国西北少数民族居住的地区。异畜：形体、习性较为奇异的牲畜。《汉书·匈奴传上》：“其奇畜则橐佗……”《汉书·西域传》说，鄯善国“多橐它”。橐佗、橐它，同“橐驼”。

[4] 班书：班固所著的《汉书》。《汉书》的《匈奴传》、《西域传》均有关于“橐佗（驼）”的记载。揣摹：揣摩，反复地思考推敲。

［5］麒麟：古代传说中的一种吉祥神兽，主太平、长寿。龙头，马身，鱼鳞，雄性称麒，雌性称麟，民间有麒麟送子之说。

松涛寺偶题

（清）陈炳奎[1]

【解题】

松涛寺位于武威市北约3公里处的金羊乡松涛村，该寺建于唐朝，明朝重修，初名“观音堂”。清朝状元王杰来谒时，更名为“松涛寺”。其作为密宗喇嘛教诵经理佛的一座重要寺院，对佛教的传播起到了极大的作用。它与闻名河西的海藏寺遥遥相望，南北对应，海藏河穿流其间。因寺内松柏遍布，经风吹动，一片涛声，故而得名。这首五言绝句是作者游览松涛寺时的即兴作品。此诗展现了一幅幽美绝妙的古刹风光图，抒发了作者游览时的闲适、惬意和怡然自得的情趣，以及希望再次重游的愿望。

匝地苔痕古，参天树影高[2]。
何时重砭俗，把酒来听涛[3]。

【注释】

［1］陈炳奎（1811—？）：字莲樵，武威（今属甘肃）人。道光十六年（1836）考中秀才，咸丰元年（1851）举孝廉方正，选授灵台县学教谕，因年老未到职。约卒于光绪年间。炳奎一生过着田园生活，生平爱好文学诗词。先后就学于郭楷、王于烈先生门下。他对陶渊明的诗作和为人倾心之至，写过许多以“陶”为题的诗。他的诗以抒发心情，描写景物者居多，清新恬淡，颇有陶诗风格。同治十二年（1873），他把多年写的一千多首诗加以筛选整理出825首，名为《古柏山房诗草》，但没有刊印。

［2］匝（zā）地：遍地。匝，环绕。苔痕：苔衣的痕迹。“匝地”两句意谓寺的周围遍布古老的青苔，长着高大的树木。暗示建寺久远，寺内极少来人。

［3］砭（biān）：批评，批判。“何时”两句意谓何时再能摆脱世俗的烦扰，到这里来手把酒杯，听松涛之声？

过凉州

（清）王作枢[1]

【解题】

凉州，见161页“武威篇”（西汉）扬雄《凉州箴》的解题。古代凉州地处边塞，曾是许多文才武将追求功名、报效国家所向往的地方。此诗是同治年间作者漫游甘肃，经过武威时所作。这首七言绝句用白石、黄沙、古战场、边风、琵琶、凉州曲和葡萄酒，描绘了凉州所特有的风物和边塞苍凉萧瑟的景致，反映了边塞的战争生活的凄苦，抒发了作者在凭吊古战场时的怅然心情。

白石黄沙古战场，边风吹冷旅人裳[2]。
琵琶不唱凉州曲[3]，且进葡萄酒一觞[4]。

【注释】

[1] 王作枢（1827—1886）：清代诗人。字宸垣，号少湖，别号文楼，晚年又号慕陶，清巩昌府安定县（今甘肃定西）人。同治十三年（1874）中进士，选翰林院庶吉士，后任翰林院编修、国史馆协修。后应聘主讲平凉柳湖书院、兰州求古书院，专心课业。翰林安维峻、刘尔炘、刘永亨、杨思等皆出其门。他一生清苦，仕途不得志，足迹遍于陇、秦、豫、冀、晋等地，诗文中多有记述，但都流佚于战火。现存《慕陶山房诗文集》四卷，收集诗一百八十余首。

[2] 边风：边塞的风。

[3] “琵琶”句：意谓现在听不到那种用琵琶弹奏的盛行于古代武威的《凉州曲》了。

[4] 觞（shāng）：酒具。此句意谓姑且痛饮一杯葡萄美酒吧。

古浪道中赠一涵

于右任[1]

【解题】

1941年9月，于右任携国画大师张大千等人，乘车赴敦煌视察敦煌莫高窟及榆林窟，沿途题诗留墨。这首七言律诗是作者路过古浪时所作。高一涵（1885–1968），原名高永浩，别名涵庐、梦弼，笔名一涵，安徽六安人，先后任国民政府监察院委员、甘青宁监察使、国民大会代表、南京市监察委员、全国政协委员等职，新文化运动的主力军之一。著有诗集《金城集》及其他多种著作。这首七言律诗描写了古浪秋天的美景，山明水秀，梨香瓜美，体现了作者济世救民、期待民族强盛的美好愿望。

古浪街头往复还，古浪河水声潺潺[2]。
山村红叶杂黄叶，客路南山礼北山[3]。
白发还期开世运，苍松应共挺人间[4]。
梨香瓜美山河壮，悔不同君出玉关[5]。

【注释】

[1] 于右任：见143页“酒泉篇”于右任《万佛峡纪行诗四首》（其一）注[1]。

[2] 古浪河：古名松峡水。发源于祁连山脉北麓，是石羊河的一条支流，也是古浪县最大的一条河流，山区水流急湍，多峡谷。古浪河谷是古丝绸之路的主要通道。

[3] 客路：旅途。南山：横亘于河西走廊南边的祁连山，海拔四、五千米，山势高峻。北山：蜿蜒在河西走廊北边的龙首山、合黎山、马鬃山，大多数山峰海拔在两三千米，山势低缓。此句运用了拟人手法，道路两旁峰峦迭起，两山对峙呼应，好像在互相礼让。

[4] 开世运：开创时代兴衰治乱的气运，即抗战胜利。苍松：双关语，古浪在汉代时被称为苍松县。挺：挺拔，挺身。“白发”两句意谓自己虽满头白发，但

壮心不已，仍期待抗战胜利民族强盛；古浪人民应当像称谓中的苍松一样，傲霜斗雪，让我们一起共同度过暂时的困难。王勃《滕王阁序》：“老当益壮，宁知白首之心；穷且益坚，不坠青云之志”。

［5］玉关：玉门关。见19页“兰州篇”（清）谭嗣同《别兰州》注［3］。此句运用虚笔点题，意谓古浪梨香瓜美，山河壮美，后悔自己没能同您（高一涵）一起去玉门关。

凉 州 行

张维翰[1]

【解题】

凉州，见161页“武威篇”（西汉）扬雄《凉州箴》的解题。1937年抗日战争爆发，从甘肃通往新疆的驿道，路面不平，有的路段过于狭窄，很不适合于源源而来的军事物资运输。国民党政府于1938年5月开始修建甘新公路，任命骑兵第五军军长马步青为甘新公路督办。他为虎作伥，横征暴敛，致使武威广大农民被迫离开家园，田园荒芜。1939年9月甘新公路全线完工。这首五言绝句作于1942年冬作者受命视察河西期间，反映了武威当时的现状。揭露了当时统治者扰民的弊端，表达了作者希望百姓能休养生息、安居乐业的思想。

物阜民殷岁有秋[2]，武威大邑古凉州。
十万力役殊憔悴[3]，劳止当今赋小休[4]。

【注释】

［1］张维翰（1886—1979）：字季勋，号莼沤，大关（今云南昭通）人。曾参加辛亥革命，后加入国民党。晚年潜心学佛，监修大藏经。1979年病逝于台湾。著有《西北纪行杂咏》。

［2］物阜民殷：物产丰盛，人民富足。

［3］力役：劳役。《孟子·尽心下》：“孟子曰：有布缕之征，粟米之征，力役之征。”

［4］赋：给予。此句意谓，如今劳役停止了，应该让人民休养生息。

城东北隅大云寺中有西夏碑

王海帆[1]

【解题】

大云寺，见191页“武威篇”（清）张玿美《凉州八景·大云晚钟》的解题。西夏碑即重修护国寺感应塔碑，立于西夏崇宗天佑民安五年（1094），正面刻有西夏文，背面有汉文译文，是迄今所见保存最完整、内容最丰富、西夏文和汉文对照字数最多的西夏碑刻。原置武威大云寺，元灭西夏后，西夏碑被当时的有识之士砌碑亭而封存起来。清嘉庆九年（1804），由武威著名学者张澍发现。民国时，西夏碑由大云寺移置武威文庙，现移置于武威市博物馆内。1918年3月，甘肃省督军张广建，委任作者为甘凉道区众议员，复选监察员，旋改为河西自治团体调查员。这首七言古诗就是1918年作者因公赴武威时所作。此诗描写了作者登临武威大云寺砖塔及观赏西夏碑的情景，展现了凉州一带的壮阔景象，在肯定元昊治理国家的功绩之余，抒发了对王朝盛衰、物是人非的感伤之情。

随着钟声入梵宫[2]，砖塔千尺摩苍穹[3]。
石级层层拾衣上[4]，西山雪色落望中[5]。
凭窗四顾偶回首，天上乱云东西走。
平原莽莽沙漠漠[6]，龙城霸气吞八九[7]。
瑰奇早闻西夏碑，非龙非蛇认蝌蚪[8]。
此儿颇有制作才[9]，历年四百知非偶[10]。
千年遗迹动古愁[11]，摩挲欲吊还复休[12]。
英雄都已成黄土，明月依稀照凉州[13]。

【注释】

[1] 王海帆（1888—1944）：原名永清，字海帆，因仰慕王船山，故自号半船，亦号梧桐百尺楼主人。甘肃陇西人。孙中山就任中华民国临时大总统，应选甘肃省

议员，曾任河西自治团体调查员、省长公署参事、庄浪县县长等职。他的诗豪迈俊爽，在陇上近代诗界中未可多得。皋兰王建候谓其诗“如美人剑客，信不诬之”。今所存者有《梧桐百尺楼诗集》（十三卷）、《双鲤堂文稿》（四卷）、《戊辰消夏录》、《辛壬兰山风闻录》、《双鲤堂联语抄存》等。

［2］钟声：来自大云寺钟鼓楼的钟声。梵宫：佛寺。

［3］苍穹：苍天，广阔的天空。

［4］拾衣：行走时用手撩起衣襟，以防拖地。

［5］望中：视野之中。

［6］莽莽：原野辽阔，无边无际。漠漠：广阔。甄敬《过大河驿》：“黄沙漠漠望中迷”。

［7］龙城：指凉州城。《水经注》卷四十引王隐《晋书》：“凉州有龙形，故曰卧龙城”。霸气：兴王成霸的气象，前凉、后凉、南凉、北凉时都在凉州建都。

［8］蝌蚪：汉末产生的一种书体，其特色是头粗尾细，形如蝌蚪，故称“蝌蚪文”。

［9］此儿：西夏国王元昊。《宋史·夏国传》：“元昊自制蕃书，命野利仁荣演绎之，成十二卷，字形体方整，类八分，而画颇重复，教国人记事用蕃书。”

［10］历年四百：自宋景祐三年（1036）元昊制成西夏文至洪武末年重修大云寺，将近四百年。

［11］千年遗迹：西夏碑。动古愁：触动怀古的情怀。

［12］摩挲：抚摩、抚弄。

［13］“英雄”两句：感慨宇宙永恒，人生短暂。

雷台望祁连雪色

王海帆

【解题】

雷台位于甘肃武威市北关中路，是古代祭祀雷神的地方，因在一个高约 10 米的土台上有明朝中期建造的古建筑雷祖殿而得名。1969 年 9 月在雷台台下东南角，出土了国家级文物“马踏飞燕”。这首七言绝句是 1918 年作者因公赴武威时所作。此诗描写作者登临雷台，望见祁连山千年积雪的壮丽景象。诗歌塑造了祁连雪山雄伟绮丽的形象，表现了诗人豪放、傲岸的个性，表达了他对祁连山的热爱与赞美。

雪压祁连几万年，白云常在有无间。
玉龙不入中原界[1]，划断西方半壁天[2]。

【注释】

[1]玉龙：雪山像玉刻的长龙一般。不入中原界：祁连山位于青海省东北部与甘肃省西部边境，地跨甘肃和青海，西接阿尔金山山脉，东至兰州兴隆山，南与柴达木盆地和青海湖相连，没有进入中原的地界。

[2]西方：我国西北地区。半壁：半边。李白《梦游天姥吟留别》："半壁见海日，空中闻天鸡"。此句意谓祁连山雄伟峻拔，像是划断了西北的半边天。

定西篇

西征临渭源

（隋）杨　广[1]

【解题】

渭源县，位于甘肃省中部，定西市西南部，因渭水发源于境内的鸟鼠山而得名。渭源处古雍州之地，秦朝属陇西郡，汉置首阳县，西魏始称渭源县。隋炀帝杨广在大业五年（609）三月，率40万人马西巡，由长安出发，入甘肃境沿渭河上溯过天水，“大猎于陇西”，“次狄道”（今临洮县），至于西平（今青海乐都），平定吐谷浑，至张掖。路途中从陇西到临洮，经过渭河，隋炀帝途经渭源鸟鼠山，出东峪沟时，从渭河源头的浊源河摆渡，见渭河横流，源头风景秀美，触景生情，写下了《西征临渭源》。这首诗描绘了鸟鼠山的神奇，渭河波涛汹涌、势不可挡的壮阔，以及瀑布咆哮而下的磅礴气势，抒发了作者对渭河、鸟鼠山壮丽景色的赞美，以及对隐居鸟鼠山的青牛道士封君达的神往仰慕之情，表达了自己“西征”的愿望。

西征乃届此[2]，山路亦悠悠。
地干纪灵异[3]，同穴吐洪流[4]。
滥觞何足拟[5]，浮槎难可俦[6]。
惊波鸣涧石[7]，澄岸泻岩楼[8]。
滔滔下狄县[9]，森森肆神州[10]。
长林啸白兽[11]，云径想青牛[12]。
风归花叶散[13]，日举烟雾收[14]。
直为求人隐[15]，非穷辙迹游[16]。

【注释】

［1］杨广（569—618）：即隋炀帝。一名英，弘农华阴（今属陕西）人。善为诗文，其诗多以艳丽的辞藻歌咏腐朽糜烂的宫廷生活。

［2］西征：向西远行。乃，才。届，到。

［3］地干（gān）：不详，疑为地祇，地神也，犹言大地。

［4］同穴：指鸟鼠山，见 73 页“天水篇”（唐）杜甫《秦州杂诗》（其一）注［4］。吐：发源。洪流：指渭河。

［5］拟：揣度，估量。“滥觞（lànshāng）”句：江河之源岂能相比。

［6］槎（chá）：传说中来往于海上和天河之间的木筏。此处化用“张骞乘槎”的故事，见 16 页“兰州篇”（清）马世焘《黄河》注［5］。俦（chóu）：相比。此句谓浮槎之水亦难以相比。浮槎之水指天河。

［7］惊波：激流波涛。鸣涧石：激流冲击山间之岩石发出鸣声。

［8］澄岸：水色清澈平静的河岸。岩楼：险要高峻的山崖。

［9］滔滔：水流的样子。狄县：或指狄道县，汉置，属陇西郡。

［10］森森：水流广阔的样子。肆：延伸扩张的意思。神州：见 184 页“武威篇”（清）叶先《登武威城楼漫兴》注［5］。唐刘禹锡《为京兆尹答于襄州第一书》：“盖神州赤县，尊有所厌，非他土之比。”后遂以“赤县神州”或“神州赤县”为中国的别称。

［11］白兽：即白虎。

［12］青牛：汉方士封君达所乘之牛。旧题汉班固《汉武帝内传附录》：“封君达，陇西人也。少好道。初服黄连五十余年，乃入鸟鼠山。又于山中服炼水银百余年，还乡里，年如三十者。常乘青牛，故号为青牛道士。”

［13］风归：风回。

［14］日举：太阳升起。

［15］直：作“但”、“只”讲。隐：隐居。

［16］穷：穷尽。

从军行（七首之一）

（唐）王昌龄[1]

【解题】

《从军行》，见 46 页“金昌篇”（南朝）张正见《从军行》的解题。

王昌龄作的《从军行》共七首，这是第五首。这首七言绝句，描绘了边塞风沙遮天盖地的恶劣环境，唐军出发征战时威武豪迈的壮观场面，以及奔赴前线的将士听到前方部队首战告捷、凯旋而归的消息时无比欣喜心情，歌颂了戍边将士英勇顽强、浴血奋战的豪情壮志和英雄主义精神。此诗没有正面描写战争场面，而是通过气氛渲染和侧面的烘托来写战争的胜利，避实就虚，留给读者无限的想象空间。

大漠风尘日色昏[2]，红旗半卷出辕门[3]。
前军夜战洮河北[4]，已报生擒吐谷浑[5]。

【注释】

[1] 王昌龄：见 101 页“酒泉篇”（唐）王昌龄《从军行》（其一）注 [1]。

[2] 大漠：即沙漠。风尘：由狂风卷起的尘雾。

[3] 半卷：风很大，军旗难以完全展开。辕门：军营之门户。古代行军扎营时，常用战车将军营围起来，并在开门处将两车竖立起来对搭，以车辕为门，故得名。

[4] 洮河：在甘肃省中南部，源于甘肃、青海交界的西倾山，流经岷县、临洮、永靖等县，经陕西注入黄河。

[5] 生擒：活捉。吐谷（yù）浑：古代部落名。原属鲜卑族，后西迁，曾在洮河西南一带建立过政权。此指吐谷浑之首领。

塞下曲（四首之一）

（唐）王昌龄

【解题】

《塞下曲》，见 109 页“酒泉篇”（唐）戎昱《塞下曲》的解题。王昌龄作的《塞下曲》共四首，这是第二首，又作《望临洮》。临洮一带经常发生战争，据《新唐书・王晙列传》和《吐蕃传》等书载，开元二年（714）旧历十月，吐蕃以精兵十万寇临洮，朔方军总管王晙与摄右羽林将军薛讷等合兵拒之，先后在大来谷口、武阶、长子等处大败吐蕃，前后杀获数万，获马羊二十万，吐蕃死者枕藉，洮水为之不流。诗中所说的“长城战”，指的就是这次战争。这首五言绝句以长城为背景，通过描绘深秋傍晚塞外萧瑟、苦寒的荒凉景象，以及远望临洮一带白骨成丘的触目惊心的场面，表现了戍边将士守卫边地的艰苦生活和战争的残酷无情，抒发了作者对征战将士的无限同情，以及对发动穷兵黩武战争的坚决反对。

饮马渡秋水[1]，水寒风似刀。
平沙日未没[2]，黯黯见临洮[3]。
昔日长城战[4]，咸言意气高[5]。
黄尘足今古[6]，白骨乱蓬蒿[7]。

【注释】

[1] 饮（yìn）马：给马喝水。秋水：秋天的洮河水。

[2] 平沙：形容沙漠荒凉无边。日未没：太阳还没有落下去。

[3] 黯黯（àn）：景色苍茫的样子。临洮：秦置临洮县，唐置洮阳郡，以临洮水而得名，郡治在甘肃省岷县。

[4] 昔日长城战：唐开元二年，薛讷、王晙大破吐番于临洮（今甘肃岷县）一带，杀获数万人。此句指此事。

[5] 咸言：都说。意气：杀敌意志和勇气。

[6] 黄尘：征战扬起的黄色尘土，此指战场。足：充塞。

[7] 白骨：战死士兵的骸骨。曹操《蒿里行》："白骨露于野，千里无鸡鸣。"蓬蒿：蓬草与蒿草，都是野草。乱蓬蒿：散乱在战地野草之中。

合水县玉泉右崖刻

（唐）无名氏[1]

【解题】

滴水崖又叫南谷瀑布、灵岩瀑布，位于甘肃省定西市漳县城南40公里的新寺镇高家沟村的西侧，是"漳县八景"之一。这里峰峦叠嶂，石壁峭立，森林茂密，山色苍翠。溪水从千仞绝壁的石壑中破壁而出，飞瀑流泉，形如素练，势如天降，激起的水珠溅落数米之外，四处水雾弥漫，水声轰隆不绝于耳。游人伫立雾中，恰如身临仙境，妙不可言。滴水崖风景旖旎，历代诗人留诗甚多，此诗描绘了滴水崖的宜人景色，表达了作者欣赏南谷瀑布的奇绝风光时悠然闲适，自得其乐，欣喜欢愉的心情。

山脉逗飞泉[1]，泓澄傍岩石[2]。
乱垂寒玉筱[3]，碎洒珍珠滴[4]。
澄波涵万象[5]，明镜泻天色[6]。
有时乘月来，赏咏还自适[7]。

【注释】

[1] 逗：住。

[2] 泓澄：水深广清澈的样子。

[3] 乱垂寒玉筱：此句意谓飞泉（瀑布）像无数的白玉练条从高处流下。

[4] 碎洒珍珠滴：此句意谓飞泉（瀑布）撞在岩石上，碎成无数珍珠飞溅下来。

[5] 澄：清澈。涵：包含。万象：千形万状的事物。

[6] 明镜：池水。

[7] 还（hái）：依然，仍然。自适：悠然闲适而自得其乐。

鸟 鼠 山

（明）刘 仑[1]

【解题】

鸟鼠山，见73页“天水篇”（唐）杜甫《秦州杂诗》（其一）注[4]。这首七言绝句，是作者游览完鸟鼠山后所作。诗歌描绘了夏日驱车看到的洮云渭水一带美不胜收的景色，夜晚登楼聆听的悠扬的羌笛声以及鸟鼠山皎洁的月色，表达了作者对鸟鼠山雄伟的气势和清丽迷人的山色风光的赞赏之情。

六月驱车塞外行，洮云渭水不胜情[2]。
晚来更上层楼望，羌笛一声山月明[3]。

【注释】

[1] 刘仑：生卒年不详。明朝人。事迹待考。

[2] 渭水：见 73 页“天水篇”（唐）杜甫《秦州杂诗》（其二）注 [5]。不胜（shēng）：不能承受。不胜情：充满情谊之义。

[3] 羌笛：古代的管乐器。因出于羌中，故名。王之涣《凉州词》之一：“羌笛何须怨杨柳，春风不度玉门关。”

题摩云岭

（明）吕 楠[1]

【解题】

岷州，即今甘肃省定西市岷县。这首诗始见于《岷州志》第十九卷。这首七言记游诗作于正德年间吕楠在岷州时，他被眼前白浪朵朵，松林茂密的美景所吸引，不觉诗兴大发，写下了此诗。此诗描绘了摩云岭层峦叠嶂、闾井河水奔流不息，以及松涛涌动、明月高悬、羌歌悠扬的壮观场景，抒发了作者对岷州美丽风光的热爱之情，以及悠闲自得、轻松愉悦的心情。

一江白浪摩云岭[2]，万树青松闾井河[3]。
常子枕岷高卧处[4]，月明人唱定羌歌。

【注释】

[1] 吕楠（1479—？）：高陵县（今陕西西安）人。正德三年（1508）以殿试第一而中状元，事迹不详。

[2] 摩云岭：康熙年间，岷州学人陈如平在其《岷州续志采访录・山水篇》中专门记载：“以南之山摩云岭：俗曰峪儿岭，在城南一百里，去宕昌三十里，桓水经其西。”

[3] 间井河：不详。

[4] 常子：指常喇嘛。据《岷州文化揽胜》载："常喇嘛，明末清初人，祖籍岷州间井。其先祖好善乐施，在明正德年间任间井藏经寺主持。此句写月出岷山。

岷州宿紫宸宫

（明）王予望[1]

【解题】

王予望在福建做了几年的知县，为了躲避政治迫害，便悄然告别仕途，辞官返回陇西，过起了游历生活。他浪迹陇右通都大邑，登山探奇，欣赏美景，出入于古刹名寺之间，拜访名僧，谈禅讲经，诗词唱和。这首五言绝句描写了作者在边城岷州冷清凄凉的生活境况，曲折地表达了作者报国无门、壮志难酬的苦闷之情。

边城寒作暑[2]，孤客静于僧。
可惜十年梦，萧然此夜灯[3]。

【注释】

[1] 王予望（1605—1685），原名家柱，后改名予望、了望，字胜用。巩昌府陇西县（今属甘肃）人。诗、文、书法都有很高的造诣。著有《风雅堂诗文集》、《王荷泽先生自书诗文集》、《一笑谈》等。

[2] 寒作暑：把寒当作暑。此句意谓在边城岷州，夏天也很寒冷，但那里的人们仍然觉得热，所以外来之人有边城寒作暑之叹。

[3] 萧然：冷清凄凉的境况。指十年寒窗，如此结果。

五竹山作

（明）王予望

【解题】

五竹山，位于渭水支流的清源河河畔，渭源县城南13公里的316国道边，原名秀峰岩寺。明惠帝建文四年（1402），大臣郭节随建文帝朱允炆一行避“靖难之役”，至秀峰岩隐居削发为僧，植红、黄、白、绿、蓝五色之竹于禅院，自称“五竹僧”，这是郭节心志的表现：竹者，朱也，对竹如对朱允炆；五彩则象征朱允炆的天子之气。当地人出于对郭节忠贞之举的仰慕，随将秀峰岩寺取名为“五竹山”。五竹山佛光宝气，每年农历四月初八山会之日，众多游客会前来焚香朝拜，游玩休闲。这首七言绝句，是作者过渭源县五竹山时所作。此诗描绘了五竹山的乡野风光，古刹的洁净，抒发了作者不随流俗的生活方式和超然脱俗的高洁情怀。这首感怀诗恬淡清雅，构思巧妙。清代诗人陈时夏评王予望的诗说：“荷泽之文，纯乎史鉴，以熔古之识，运独断之笔，汪经瀚海，有上下千年，纵横万里概”。

山行到处即为家[1]，饭煮胡麻雪煮茶[2]。
欲借白云一赠客，天风齐扫入雪花。

【注释】

[1]“山行”句：意谓自己无牵无挂，到处是家的超然胸襟。

[2]饭煮胡麻：古称仙家食胡麻饭。胡麻：本指芝麻，今陇地称亚麻为胡麻，是甘肃一带普遍种植的油料作物。雪煮茶：用雪水煎茶，此句写出了五竹山的高寒和古刹待客的清雅。

早春途次渭源即事

（明）朱家仕[1]

【解题】

渭源，见205页“定西篇”（隋）杨广《西征临渭源》的解题。次，旅行所居止之处所或途中暂时停留住宿。这首七言律诗是作者在早春时节经过渭源时，以其所见所闻而作。诗歌描绘了渭源早春的清新景色，山中寒气渐散，冰雪融化，渭水淙淙，柳叶泛着新绿，眼前明媚的春光触动了作者的情思，抒发了自己无法归乡的无奈，以及对家乡和亲人的无限思念之情，期盼可以早日回到家乡。

山意迎春散薄寒[2]，新澌清渭响潺湲[3]。
青归弱柳含烟嫩[4]，清点落霞带雪残[5]。
尘鬓经年丝欲满[6]，乡心就近绪无端[7]。
荒城浊酒堪拼醉[8]，夜夜还家梦未阑[9]。

【注释】

[1] 朱家仕（?—1644）：字翼明，谥节愍。临洮府河洲（今甘肃临夏）人，崇祯年间进士。崇祯十七年（1644）任大同兵备副使。李自成攻破大同，朱家仕怀敕印率领全家投井自杀，一家死者十六人。

[2] 山意：山中春意。薄：轻微。

[3] 澌：解冻时河中流动的冰块。渭：渭水，见73页“天水篇”（唐）杜甫《秦州杂诗》（其二）注[5]。潺湲（chányuán）：水流声。岑参《过缑山王处士黑石谷隐居》：“独有南涧水，潺湲如昔闻。”

[4] 青归：返青。青，绿色。归，返，回归。

[5] 残：剩余。

[6] 丝：白发。亦双关“思”。

[7] 无端：没有头绪。言其多也。

[8] 堪拼醉：可以放任一醉。堪，能够。拼，拼命，豁出去。

[9] 梦未阑：阑（lán），尽。此句意谓夜夜都作思乡还家的梦。

遮阳道中

（清）董绍孔[1]

【解题】

遮阳，即指遮阳山，位于甘肃省定西市漳县西部的大草滩乡境内，距县城29公里处，因“日出而为山所蔽”得名，现为国家森林公园。这首七言律诗是作者在担任洮岷道时所作。此诗描绘了遮阳道中雨后初霁的奇丽风光：这里山林寂静，野花飘香，奇峰竞秀，峭壁如削，银溪如练；抒发了作者对秀美风景的赞美，以及自己对边庭生活的厌倦之情。诗歌运用了动静结合的手法，吟山咏水，富有艺术感染力。

寂寂深山里，迎人谷鸟呼[2]。
野花香驿路[3]，客马入青庑[4]。
雨霁峰峦秀[5]，云开岩壑殊[6]。
边庭方四月[7]，三度问征途[8]。

【注释】

[1] 董绍孔：生卒年不详。辽东人，清代监生，康熙三十年（1692）任洮岷道。

[2] 谷鸟：布谷鸟。

[3] 驿路：驿道。

[4] 庑（wǔ）：堂下周围的走廊、廊屋。青庑：指驿站。

[5] 霁（jì）：雨雪停止，天放晴。

[6] 岩壑：山峦溪谷。殊：不同。此句意谓雨停日出，山峦、溪谷呈现出与平时不同的美景。

[7] 边庭：亦作“边廷”，边关之地。方：才，刚。

[8] 三度：多次。

题莲花山

（清）张逢壬[1]

【解题】

莲花山，位于甘肃南部的康乐、临洮、岷县、渭源、临潭交界处的崇山峻岭之间，地处洮河上游。莲花山俗称“西崆峒”，是佛教与道教圣地。整个山峦岚气笼罩，满目青翠，全山由裸露的石灰岩构成，并在顶峰形成酷似莲花的峰顶，像一朵初绽的莲花盛开在绿波翠色之中，因此被誉为莲花山。这首诗是作者游览莲花山时所作。诗歌描绘了莲花山群峰险奇俊秀，苍松翠绿的景观，勾勒了莲花山群峰拱立，状若莲花的形态，以及所处的地理方位，表现了作者博大的胸怀和对莲花山的浓厚兴趣。

千岩万壑尽苍松，天削莲台又几重[2]？
界破洮岷青一片[3]，花龛涌出妙高峰[4]。

【注释】

[1] 张逢壬：生卒年不详。字位北，兰州府狄道（今甘肃临洮）人。著有《世耕堂诗草》，诗人吴镇序而刻之。

[2]“天削”句：意谓莲花山群峰拱立，如天工削成的莲台。

[3]“界破”句：意谓莲花山一片青葱，分开了临洮与岷县。

[4] 龛（kān）：供奉神像的小阁。妙高峰：即须弥山。佛经上说，须弥山七宝合成，故名妙高。此指莲花山主峰金顶。“花龛”句：意谓彩画的神阁，从高峰顶涌出。

岷州八景（八首之四）

（清）汪元絅[1]

岷山积翠

【解题】

岷州，即今甘肃省定西市岷县。《岷州志》载有岷州八景，分别为：岷山积翠、洮水流珠、东坡晚照、叠藏长虹、西岭晴云、南峰霁雪、北岸温泉和龙潭皓月。清代汪元絅曾作岷州八景组诗，这里选其中四首。据《岷州志》载，岷州城北一里有玉女神祠。玉女祠边草色青青，一派秀色。根据明代诗人江奎的“鸟声暗度斜阳里”等诗句考证，“积翠”又指岷山山坡上栖息着大量的翠鸟。这种翠鸟岷州人俗称“捞鱼娃儿”，长得非常可爱，美丽的羽毛，翠如绿云，每当傍晚时分到洮河里觅食，如箭穿星流，来往不绝，故有“岷山积翠”之景。这首诗描绘了岷州玉女祠边春草绵绵，荷花在连绵的绿叶映衬下婷婷玉立、争相怒放的秀丽景色，令人神往。

玉女祠边春草新，芙蓉朵朵绿华匀[2]。
频分秀色来冰案[3]，始信山神不厌贫。

【注释】

[1] 汪元絅（jiǒng）：生卒年不详。江苏常州人。康熙二十八年（1680），任岷州抚民同知，编修《岷州志》。

[2] 芙蓉：荷花的别名。绿，绿叶。华，光华。匀，均匀。

[3] 频：连续。冰案：不详。根据诗意疑指玉女祠。

东坡晚照

【解题】

岷州群山环抱。离城二里之遥的东山，挺拔矗立，高出诸峰。每当夕阳西倾，在落日的余晖里，展现出一片琉璃世界。志书载：东山下有苏亭，是明代岷州进士刘世纶所建。苏亭是因地为东坡会意而名，在那里观赏美景秀色，趣味无穷。又相传东坡之南纸坊村有晾经台，唐玄奘西天取经，不慎将真经掉在叠藏河里，在这里晒过经，“东坡晚照”是佛光在返照。这首七言绝句，描绘了夕阳西下时分，高耸入云的岷州东山映入在落日的余晖里，远处钟声悠扬，牛羊晚归的场景，表现了作者亲近自然，悠闲自在的情致。

金轮西下势如倾[1]，千仞东峰一半明[2]。
点点牛羊移欲尽，余晖散入晚钟声[3]。

【注释】

[1] 金轮：喻太阳。宋陈允平《扫花游·雷峰落照》词：“看倒影金轮，遡光朱户。”

[2] 千仞：极言其高。

[3] 余晖（huī）：落日之晖。

南峰霁雪

【解题】

远望达拉梁一带的积雪，白雪皑皑，银妆素裹，犹如玉龙翻滚，蜿蜒曲折不断，故有“南峰霁雪”之景。这首七言绝句，描绘了南峰雪霁初晴时粉妆玉砌的美景，在阳光照耀下，积雪缓缓消融，星星点点没有消融的残雪，恰似梅岭盛开的梅花。此诗巧用“积玉”比喻雪，生动形象。

南山积玉拟仙家[1]，消向晴光薄似纱[2]。
几点凝寒消不去[3]，却疑庾岭试梅花[4]。

【注释】

[1] 积玉：形容雪堆积的状态。拟：似。

[2] 消：冰雪融化。

[3] 凝寒：此指南峰未消的积雪。

[4] 疑：疑似。庾岭：山名，即大庾岭，在江西省大庾县南。岭上多植梅树，故又名梅岭。试：试探，犹言初开。

叠藏长虹

【解题】

岷州城东叠藏河，河床宽浅，流水势急，每逢夏秋雨季，洪水泛滥。清康熙二十二年（1683），岷州守备叶天植，于河边天然石矶处修建大桥一座，宛如雨后彩虹，美丽壮观，故有“叠藏长虹”之景。康熙三十年，抚民同知汪元絅，又在桥北修了一座园林，取名“濯缨堂”。这首七言绝句，描绘了叠藏河大桥下泻玉喷雪的壮观，桥上游人如织，垂柳堤边戏燕飞舞的迷人景色。

谁复悲歌行路难，长虹飞下锁狂澜[1]。
掠波燕子垂堤柳，尽与征人作画看[2]。

【注释】

[1] 行路难：乐府杂曲歌辞名。内容多写世路艰难和离情别意。陈去病《少年行》之三：“劝君莫诵《行路难》，劝君莫复居长安。”锁：挽住。

[2] 征人：远行或出征的人。

我忆临洮好（其八）

（清）吴　镇[1]

【解题】

临洮，即今甘肃省定西市临洮县。据说吴镇解职还乡时，应紫云山佛归寺方丈邀请，与郡贡生宋馥、郡庠生魏宗制、郡左乡人黄命选等朋友，一同前往紫云山佛归寺游玩。在方丈的引导下，他们参观了石窟中的唐代壁画，观瞻了十八罗汉生动逼真的造型。后到客院，庭院培植牡丹花树，花开盈尺，香艳无比。吴镇突发灵感，作了十首《我忆临洮好》。这里选的是第八首。这首五言律诗，描绘了临洮绚丽多姿的山水风光：这里名胜古迹遍布，有群山迭翠的莲花山，壮观的三叉河洮水流珠，别具特色的胭脂马，漫山遍野的苜蓿花，寓意美好的永宁桥，山水秀丽，景色宜人，使人流连忘返。抒发了作者对家乡临洮由衷地热爱。

我忆临洮好，流连古迹赊[2]。
莲开山五瓣[3]，珠溅水三叉[4]。
蹀躞胭脂马[5]，阑干苜蓿花[6]。
永宁桥下过[7]，鞭影蘸明霞。

【注释】

[1] 吴镇（1721—1797）：字信辰，又字士安，号松崖，别号松花道人。祖籍会宁（今甘肃白银），后迁狄道州（今甘肃临洮）。乾隆六年（1741）拔贡，历任湖北兴国知州、湖南沅州知府。归乡后，主讲兰山书院，注重实学，因而弟子中涌现出了许多杰出人才。著有《松花庵全集》。

[2] 流连：不忍离去。赊：多，繁多。

[3]“莲开”句：意谓莲花山五峰耸立，像莲花瓣一样。

[4] 珠：指洮水流珠，为洮阳八景之一。每当冬日洮水凝结着颗颗冰珠，漂流而下，在阳光照耀下，异彩夺目，极为壮观。三叉：三叉河，为洮水支流。

[5] 蹀躞（diéxiè）：小步行走的样子。胭脂马：胭脂川所产的良马。胭脂川，在今甘肃省康乐县南胭脂岭下，清代属临洮所辖。相传吕布的胭脂马产于此地。

[6] 阑干：纵横散乱的样子。

[7] 永宁桥：在临洮城西洮河上。初建于宋朝，名永通桥，清朝初年更名永宁。今已不存。

陇西八景

（清）张如镛[1]

首阳旧县

【解题】

陇西因居陇山（六盘山）之西而得名，又称陇右（古人以西为右）。秦昭王二十七年（前280）设置陇西郡，后为天下三十六郡之一。

西晋曾设陇西国。陇西郡是甘肃最早的行政建制。陇西李氏故里，钟灵神秀，地灵景美，曾有“陇西八景”：首阳旧县、五台古刹、碧岩珠帘、石门夜月、翠屏晴岚、桃花晚照、洛浦荷盖、渭水秋波。首阳县，说法有二：一说是秦始皇统一六国后，渭源始建县，名首阳县，归陇西郡管辖。现今首阳是陇西县的一个乡镇，与渭源县接壤。一说是今首阳乡之旧堡。首阳、渭源交界处有首阳山，位于渭源县东南34公里的莲峰乡享堂沟，因其列群山之首，阳光先照而得名。传说商末周初孤竹国（今河北庐龙县）君的二子伯夷、叔齐互相推让不愿为王，一起到周，听说武王伐纣，拉着武王的马劝谏：“父死不葬，爰及干戈，可谓孝乎？以臣弑君，可谓仁乎？”武王不听，遂愤而不食周粟，西行至首阳山隐居，采薇而食，后饿死于首阳山。此山亦因之而名扬天下。现今首阳山有伯夷、叔齐墓。这首五言律诗描绘了充满传奇的首阳山黄昏时苍茫幽静的山川景色：荒芜的古城，幽香的野花，静谧的深山，诉说着千年前伯夷、叔齐的传说。作者引用了首阳山的典故，蕴含了深重沉郁的历史沧桑感。

落日荒城路，行人话首阳。
秋风孤竹怨[2]，春雨野薇香。
世远黄农古[3]，山深岁月长。
至今双冢畔[4]，断碣认苍茫[5]。

【注释】

[1] 张如镛（1843—？）：字序东，一字仲星，巩昌府陇西县北关（今属甘肃）人。光绪二年举人。曾任巩昌知府，著有《秋香阁诗草》。

[2] 孤竹：伯夷、叔齐原为孤竹国君的儿子，因不满商纣王的残暴，逃离中原。后又反对周武王以武力伐纣逃入首阳山。不食周粟，以薇菜为食，饿死于首阳山。

[3] 黄农：黄帝、神农。

[4] 双冢（zhǒng）：伯夷、叔齐墓。

[5] 断碣（jié）：伯夷、叔齐墓前残存的断碑。碣，圆顶的石碑。

五台古刹

【解题】

古刹（chà），年代久远的寺庙。五台古刹是“陇西八景”之一，位于今渭源县莲峰镇（早属陇西叫汪家衙）。距陇西县西45公里的马鹿山，原属陇西县管辖，后改隶渭源县。此山形似莲花，有前后五座山峰，故又称之“莲峰山”。此诗的“奇峰五瓣开”、“莲座涌高台”即就此奇特山形所说的。庙宇都已被摧毁，只剩满山的松涛。这首五言绝句，描绘了苍茫的莲峰山上奇峰俊秀、松涛荡漾的景色，以及樵夫穿云而唱、僧侣带月而归、深山古刹香火旺盛的场景，极具禅意。

苍茫西南境，奇峰五瓣开。
松涛横绝顶，莲座涌高台。
樵唱穿云出，僧归带月来。
禅关客下榻[1]，片梦净尘埃。

【注释】

[1] 禅关：禅门关闭。下榻：（客人）住宿。

碧岩珠帘

【解题】

陇西县城西南25公里的碧岩寺北之山沟中，古木夹道的清溪尽头，清泉从岩顶跌荡而下，犹如珍珠串起的垂帘，故有“碧岩珠帘”之景，为“陇西八景”之一。这首五言律诗描绘了月夜碧岩飞瀑流泉的壮美景致。此诗色彩瑰丽，作者发挥大胆想象，挽珠江水来润泽陇原，充满浪漫主义色彩。

谁挽珠江水[1]，飞来散作帘。
倒悬青霭合，直下峭峰尖[2]。
风卷波纹蹴[3]，云拖草色黏。
玉钩新月上[4]，岩际挂纤纤[5]。

【注释】

[1] 珠江：即粤江，为我国第三大河。此处借用其名以写珠。

[2] 青霭（ǎi）：青色的烟雾。霭，云雾密集。“倒悬”句写泉水下泻的样子。

[3] 蹴（cù）：通“蹙”，皱纹。

[4] 玉钩：喻新月。李白《挂席江上待月有怀》：“倏忽城西郭，青天悬玉钩。”

[5] 纤纤：月中之珠帘。

石门夜月

【解题】

石门，在今渭源县莲峰镇蒲川石门水库所在处，有金刚山、卧龙潭、皖崖等名胜。该地原来属于陇西县，后划归渭源县管辖。据说在农历十五时两山托起一月，故有“石门夜月”之景，为“陇西八景”之一。这首五言律诗描绘了傍晚石门水库微波荡漾，月光皎洁的秀丽景色，以及石门村生活的悠闲。

谷口路黄昏，樵归话石门。
泉光穿石磴[1]，人影散烟痕。
云净全低树，沙明远露村[2]。
岩扉知不锁[3]，山犬吠遥喧。

【注释】

[1] 石磴（dèng）：石台阶。

[2] 沙明：月光照射下，河滩反射出一片明光。

[3] 岩扉：岩洞的门。

翠屏晴岚

【解题】

翠屏山位于陇西县城东三台乡，隔渭水与文峰塔相望。每当天气晴朗时，山上就云蒸雾绕，林木茂盛，山色晴岚，故有“翠屏晴岚”之景，是“陇西八景”之一。这首五言律诗描绘了翠屏山巍峨险峻、群山迭翠的旖旎风光。

山色横晴翠，苍然入画屏[1]。
秀凝千仞碧[2]，横敞四围青[3]。
云观窗中岫[4]，虹销雨后亭[5]。
城南凭眺久[6]，一抹晚霞冥[7]。

【注释】

[1]“山色”两句：上联末尾“翠”，下联末尾“屏”，藏“翠屏山”之“翠屏”。此为藏尾诗常见手法。

[2]千仞：形容极高。此处状翠屏山高大、险峻。此句意谓秀美的景色凝聚在翠屏千仞高峰之上，一片苍翠碧绿之色。

[3]横敞：指翠屏山地势开阔。上句讲翠屏山之高险，此句讲翠屏山之开阔。

[4]岫（xiù），峰峦。“云观窗中岫”即“窗中观云岫”。用陶渊明《归去来辞》“云无心以出岫，鸟倦飞而知还”之意。

[5]销：消散，消失。

[6]凭眺：凭栏望远（多指观赏风景）。

[7]一抹：一条、一线。冥：昏暗。

桃花晚照

【解题】

有关“桃花晚照”的位置有二说：一说指陇西县城东10华里的红山头附近，渭河沿岸是一片桃园，落霞、桃花与红岩相映生辉。一说是指陇西县三台乡乔家门附近，当地红山脚下，有一片桃林，至今犹存。每至春日，桃花烂漫，云蒸霞蔚，丹染层城，春光盎然，故有“桃花晚照”之景，是“陇西八景”之一。这首五言律诗描绘了黄昏时分桃花开满山峰的美景。

何年丹嶂辟[1]，终古艳桃花。
落日观流水，春风卖酒家。
山浓疑带雨，客到欲餐霞。
谷口人来往，伊谁早泛槎[2]。

【注释】

［1］丹嶂：开满桃花之山峰。辟：开辟。

［2］伊：文言助词。谁：何人。泛槎：此处化用“张骞乘槎”的故事，见16页“兰州篇”（清）马世焘《黄河》注［5］。后因以“泛槎”指乘木筏登天。

洛浦荷盖

【解题】

陇西渭河北岸的荷浦山，因长年受河水冲刷，北山滑坡，形成山重水复，沟渠纵横，高低凹凸不规则的丘陵地貌，酷似片片荷叶。据旧县志记载：“荷浦山在县城北五里，其山形如荷叶，故名。”这些“荷叶”倒映在山下的渭河中，好像河面上盖满了“荷叶”，故有“洛浦荷盖”之景，为“陇西八景”之一。这首五言律诗描绘了荷浦山山形如荷，流水潺潺的美景，以及梦境中仙人的生活，似真似幻，引人入胜。

何处叶田田，居人唱采莲[1]。
山围天影碧，水蹴浪花圆[2]。
傍岸看鱼戏，沿溪有鹭眠。
临流谁与赋，遥忆藕如船[3]。

【注释】

［1］田田：形容荷叶饱满挺秀的样子。“何处”两句是对古乐府《江南》“江南可采莲，莲叶何田田”的化用。

［2］蹴（cù）：踏。山形犹如水踏起浪花，故称为荷盖，“山围”句总写山势，“水蹴”句写真水。

［3］“遥忆”句：描写梦境中仙人的生活，藕能长得像船一样大。李清照诗《晓梦》：“共看藕如船，同食枣如瓜。”

渭水秋波

【解题】

陇西县城清安门以北、保昌楼以东，渭河两岸地势平坦，河道宽阔，水面如镜。秋风送爽，微波涟漪，风景极佳，故有“渭水秋波”之景，是“陇西八景”之一。这首五言律诗描绘了鸟鼠山秋色宜人，渭水河川流不息，日暮人们竞相停船歇息，芦花绽放似雪，一幅渔舟唱晚的景色。

鸟鼠碧山秋[1]，茫茫渭水流。
潮平看洗马，日落竞停舟[2]。
芦雪沿堤聚[3]，人烟隔浦浮[4]。
匆匆临渡客，遥认晚村投[5]。

【注释】

[1] 鸟鼠：指鸟鼠山，见73页“天水篇”（唐）杜甫《秦州杂诗》（其一）注[4]。

[2] 竞：争，争着，此言多也。日落天暮，人们都争着停船歇工，准备回家吃饭。

[3] 芦雪：芦花。因芦花色白如雪，故称。

[4] 浦：水边。夕阳西下，遥望对岸人家，若影若浮。

[5] 投：投宿。

登贵清山石峡（二首）

（清）杨文耀[1]

【解题】

贵清山，位于漳县城南70公里处。山间奇峰秀水、古松参天、流泉飞瀑、古刹亭殿、仙桥巨石错落有致，史称“贵清仙境”，被游人誉为“兼有华山之险、黄山之奇、峨眉之秀、九寨沟之美”的一颗璀璨明珠。山上建有明代的古刹寺院，五百年来经久不衰，每年四月八庙会，香客游人日达数万。这两首七言律诗是作者在游玩贵清山后所作。其一描绘了贵清峡山奇水美、峭壁如削的美景，人杰地灵，令人留连忘返。其二描绘了贵清山银溪如练、峰峦叠嶂、高耸入云的壮观。

一

石横峡口水潺潺，扶杖高登万仞山。
借问桂花谁折去，天香飘散一林间[2]。

【注释】

[1] 杨文耀：生卒年不详。字世昌，甘肃狄道（今甘肃临洮）人，咸丰五年（1855）贡生。同治八年（1869），尕勇在岷任职时，文耀一度作文案之职。清末，设立临洮北街刘家巷学馆，较负盛名。著有《咏岷州诗》等。

[2]“借问”两句：旧时称科举中第为折桂，因以丹桂比喻科第。此二句既写贵清山之地美，又写贵清山之人杰。

二

水瀑石峰匹练悬[1]，林间一径可通天[2]。
高登绝顶云封处，丹桂香清万岫巅[3]。

【注释】

[1] 匹练：形容瀑布如一匹展开的白绢。练，白绢。

[2] 径：小道。

[3] 丹桂：桂树的一种。白居易《有木诗》其八：“有木名丹桂，四时香馥馥。”岫（xiù）：峰峦。

渭源道中

王海帆[1]

【解题】

渭源，见205页“定西篇”（隋）杨广《西征临渭源》的解题。1912年孙中山就任中华民国临时大总统，王海帆应选甘肃省议员。1915年12月，袁世凯复辟，宣布1916年为“中华帝国洪宪元年”，准备元旦举行登基大典，并胁迫各省、县派“国民代表”进京劝进。陇西县知事张某选派王海帆为代表，王海帆拂袖不理。1916年春恢复国会省议会，招集议员。王海帆当时正游漳县贵清山，这首五言律诗就是他经过渭源途中所作。此诗描绘了渭源城中桃花盛开的优美景色和恬静闲适的生活情景，表达了作者对田园生活的向往之情。

此日山南路，人家接土城[2]。
桃花开马首，麦饭熟鸡声。
别意随波长，春愁经雨生。
何时烟水外，归去事躬耕[3]。

【注释】

[1] 王海帆：见202页“武威篇”王海帆《城东北隅大云寺中有西夏碑》注[1]。

[2] 土城：小城。

[3] 躬耕：亲自耕作。

首 阳 山

王海帆

【解题】

首阳山，见219页“定西篇”（清）张如镛《陇西八景（首阳旧县）》的解题。这首诗是作者经过渭源首阳山时所作。此诗描写了秋天首阳山清寒烟翠的景色，歌颂了伯夷、叔齐不食周粟、饿死首阳山的精神，表现了作者性格耿直、疾恶如仇、毫不屈服的高尚节操。

我来首阳山，天地正秋色。
不许异花生[1]，那有狂吟客。
薇草亦千秋，允足证幽宅[2]。
至今岁岁发，雪霜未敢白[3]。
此意同禾黍[4]，清风振策策[5]。

山鬼抱夕阳[6]，照见古魂魄。

【注释】

[1] 异花：作者自注："墓前薇一丛，叶独白。"

[2] 幽宅：伯夷、叔齐墓。

[3] 未敢白：雪霜不敢与之比白。

[4] 禾黍：《诗·王风·黍离序》："《黍离》，闵宗周也。周大夫行役至于宗周，过故宗庙宫室，尽为禾黍。闵宗周之颠覆，彷徨不忍去而作是诗也。"后以"禾黍"为悲悯故国破败或胜地废圮之典。

[5] 策策：劲健潇洒。

[6] 山鬼：泛指山中之鬼神。

陇南篇

蒹葭

《诗经》

【解题】

本诗选自《诗经·秦风》。秦，周朝时诸侯国名，范围涉及今甘肃东南部和陕西中部。秦人早期活动中心主要在故地西陲，即今甘肃省东南部以礼县为中心及周围一带。公元前770年，秦襄公得封诸侯，秦正式成为诸侯国，但并未掌控西岐之地。后经近百年战乱，秦征服不少西戎部落，至公元前688年设置了邽县（今天水市秦城区）和冀县（今甘谷县），后继续东向发展，公元前677年于雍（今陕西凤翔）建秦国都，此后形成和建立了强大的秦国。《蒹葭》、《无衣》一般认为是秦早期作品，故将其选入此。蒹葭（jiānjiā），指芦苇。蒹，荻。葭，芦苇。本篇抒写怀人之情，但其所追求的对象为谁，迄今尚无定论。《诗序》说："《蒹葭》，刺襄公也。未能用周礼，将无以固其国也。"《郑笺》说同，谓诗中所追慕的"伊人"，为"知周礼之贤人"。朱熹不信《序》说，斥为穿凿。今人或以为是怀念恋人之作。在艺术上达到了情景交融的境地。

蒹葭苍苍[1]，白露为霜[2]。所谓伊人[3]，在水一方[4]。溯洄从之[5]，道阻且长[6]。溯游从之[7]，宛在水中央[8]。

蒹葭萋萋，白露未晞[9]。所谓伊人，在水之湄[10]。溯洄从之，道阻且跻[11]。溯游从之，宛在水中坻[12]。

蒹葭采采，白露未已[13]。所谓伊人，在水之涘[14]。溯洄从之，道阻且右[15]。溯游从之，宛在水中沚[16]。

【注释】

[1] 苍苍：茂盛的样子。后两章“萋萋”、“采采”义同。

[2] 白露为霜：晶莹的露水凝结成了霜。为，凝结成。

[3] 伊人：这个人。指诗人意中所追寻的人。

[4] 在水一方：在河的另一边。比喻所在之远。

[5] 溯洄（sùhuí）：逆这河流向上行走。从：跟从，追寻。之：指代伊人。

[6] 阻：险阻，难走。

[7] 溯游：顺流而下。游：流，指直流的水道。

[8] 宛：宛然，仿佛。

[9] 晞（xī）：干。

[10] 湄（méi）：岸边，水与草交接之地，即岸边。

[11] 跻（jī）：升高，攀登。指道路险峻，需攀登而上。

[12] 坻（chí）：水中的高地、小洲。

[13] 未已：指露水尚未被阳光蒸发完毕。已：止，干。

[14] 涘（sì）：水边。

[15] 右：向右拐弯，迂回曲折之意。

[16] 沚（zhǐ）：水中的小块陆地。

无　　衣

《诗经》

【解题】

本诗选自《诗经·秦风》。《无衣》是《诗经》中最为著名的爱国主义诗篇，表现了士兵在战争中的同仇敌忾、英勇无畏的战斗精神，是一首著名的战斗诗。《诗序》说：“《无衣》，刺用兵也。秦人刺其君好攻战，亟用兵，而不与民同欲焉。”殊与诗意不符。且据《左传·定公四年》记载，秦哀公同意楚臣申包胥的请求，决定派兵救楚时，曾赋《无衣》以示意，更可见其非“刺用兵”之作。

岂曰无衣？与子同袍[1]。王于兴师[2]，修我戈矛，与子同仇[3]！

岂曰无衣？与子同泽[4]。王于兴师，修我矛戟，与子偕作[5]！

岂曰无衣？与子同裳[6]。王于兴师，修我甲兵，与子偕行[7]！

【注释】

[1] 袍：长衣，袍子。“同袍”作为友爱之辞后被引申为军队战友的称呼。

[2] 兴师：出兵。

[3] 同仇：共同对敌。

[4] 泽：同“襗”，内衣，如同今之汗衫。

[5] 偕作：一同战斗。

[6] 裳：下衣，此指战裙。

[7] 偕行：一同前进。

秦州杂诗（其十四）

（唐）杜　甫[1]

【解题】

唐玄宗天宝十四年（755），安史之乱爆发，乱军一度攻入长安。玄宗奔蜀，太子李亨在灵武继位，号肃宗。杜甫投奔肃宗，被任命为左拾遗。不料很快因营救房琯，触怒肃宗，被贬到华州，任华州司功参军之职。肃宗乾元二年（759）夏，华州及关中大旱，杜甫忧时伤乱，感叹国难民苦。这年立秋后，杜甫因对污浊的时政痛心疾首放弃了华州司功参军的职务。因有自己的从侄杜佐和至交京师大云寺主持赞公和尚都在秦州（今甘肃天水），杜甫便携家眷西去，于肃宗乾元二年（759）秋天，到达秦州，后取道西和县、成县、徽县入蜀。在秦州期间，杜甫游历古刹名寺，走亲串友，访谈作诗。先后以五律的形式写了二十首歌咏当地山川风物，抒写伤时感乱之情和个人身世遭遇之悲的诗篇，统题为《秦州杂诗》。其中第十四首写诗人通过阅读有关“仇池”的文献记载遥想其地风物，对仇池山的情有独钟，表达了杜甫对“万古”“福地”仇池山的向往和意欲选择仇池作为养老之地的愿望。

万古仇池穴[2]，潜通小有天[3]。
神鱼今不见[4]，福地语真传。
近接西南境，长怀十九泉[5]。
何时一茅屋，送老白云边[6]。

【注释】

[1] 杜甫：见72页《天水篇》（唐）杜甫《秦州杂诗》（其一）注[1]。

[2] 仇（qiú）池：仇池山，位于甘肃省陇南市西和县南境的大桥乡，为古仇池国所在地。《三秦记》："山本名仇维，其上有池，故曰仇池。"《水经注》："仇池绝壁，峭峙孤险，登高望之，形若覆壶，其高二十余里，羊肠蟠道，三十六回。上有平田百顷，煮土成盐，因以百顷为号。山上丰水泉，所谓清泉涌沸，润气上流者也。"仇池山风景秀美，胜迹很多，洞景即为仇池山一美景。仇池穴，即洞景。

[3] 小有天：仇池山的一个山洞名，洞中有一清泉，碧绿，明如宝镜。

[4] 神鱼：世传仇池穴出神鱼，食之者仙。仇池山有一小石洞，涌出一眼碗口粗的泉，每年清明前后，有尾尾银鱼随水跃出，人称"神鱼洞"，为仇池一景"洞涌神鱼"。

[5] 十九泉：仇池山上多水泉。仇兆鳌引朱（鹤龄）注："旧志：仇池山上有田百顷，泉九十九眼，此云十九泉，乃诗家省字之法。"

[6] 送老：养老，怡老。本句意谓在仇池山纵意白云，怡然养老。梁简文帝诗："栖神紫台上，纵意白云边。"

寒　峡

（唐）杜　甫

【解题】

乾元二年（759），杜甫48岁。七月，他自华州（今陕西华县）弃官，寓居秦州（今甘肃天水），十月转赴同谷（今甘肃成县），沿途写下了系列的纪行诗，此诗为其中之一。寒峡，即今甘肃省西和县祁家峡，今名大湾峡，位于西和县城北约20公里处，是西和县长道镇通往县城的必经之道，自汉以来，亦为秦人入蜀之官道必经之处。此诗通过描写"寒峡"景色和旅途见闻，写景纪实，表达了诗人关注民间疾苦的思想感情。《杜诗镜铨》注引："陈眉公云：'此与《铁堂》、《青阳》二篇，幽奥古远，多象外异想，悲风泣雨，入蜀人不堪多读。'"

行迈日悄悄[1]，山谷势多端[2]。
云门转绝岸[3]，积阻霾天寒[4]。
寒峡不可度，我实衣裳单[5]。
况当仲冬交[6]，泝沿增波澜[7]。
野人寻烟语[8]，行子傍水餐[9]。
此生免荷殳[10]，未敢辞路难。

【注释】

[1] 迈：远行。《诗经》："行迈靡靡。"悄悄：寂静。

[2] "山谷"句：意谓峡谷山势险峻，变化多端。

[3] 云门：指峡口。《蜀都赋》："指渠口以为云门。"绝岸：陡峭的岸。此句意谓转出峡口，又逢绝岸。此句应上句"势多端"。

[4] 积阻：重山叠嶂。谢朓《和萧中庶直石头诗》："九河亘积岨。"霾（mái）：遮掩。霾天寒：山峰险峻，遮掩天空，使人望之更觉寒意。清黄生云："积阻之气，至于霾天，著此一句，寒峡方显。"

[5] 单：单薄。衣单不胜寒峡之寒，故曰不可度。清吴瞻泰云："一实字，哀诉如闻。'听猿实下三声泪'，亦妙在实字。"

[6] 况当：况且正当。仲冬：冬季的第二个月，即农历十一月。处冬季之中，故称。交：交界，此处意即接近十一月。《月令》："仲冬之月冰益壮，地始坼。"

[7] 泝沿：泝沿在此为偏义词，应为沿水而行。泝（sù），同"溯"，沿水逆流而上。沿，缘水而下。增波澜：增加行路的艰难。此句意谓仲冬又傍着水走，更为寒冷艰难。

[8] 野人：山野之人、农夫。此句按南宋蔡梦弼解释："谓寻火烟，乃得野人与之语，则知路少行人也。"指寒峡十分荒凉。高天佑认为，本句还有另一层意思："以寻烟火愈显天气之冷，从侧面显出'寒峡'之'寒'。一句而含二意，方为杜陵手笔。"

[9] 行子：行人，旅人，指杜甫一行。餐：这里用作动词，就餐，吃饭。鲍照《代东门行》："行子夜中饭。"

[10] 殳（shū）：兵器。《诗经·伯兮》："伯也执殳，为王前驱。"免荷（hè）殳：免除服兵役。

法 镜 寺

（唐）杜 甫

【解题】

本诗为杜甫在唐乾元二年（759）经成州入蜀，途经西和县法镜寺所作。法镜寺石窟，又名石堡石窟，位于西和县城北十二公里的石堡村，约建于北魏中期太和年间（477—499）。本诗主要描写了诗人路过法镜寺时所见情景，表达了诗人苦中寻乐、平中见奇的审美情趣。王嗣奭《杜臆》云："山行而神伤，寺古而愁破，极苦中一见胜地，不顾程期，不去捷径，见此老胸中无宿物，于境遇外，别有一副心肠，搜冥而构奇也。'泄云'四句，写景入神。"

身危适他州[1]，勉强终劳苦[2]。
神伤山行深，愁破崖寺古[3]。
婵娟碧鲜净[4]，萧摵寒箨聚[5]。
回回山根水[6]，冉冉松上雨[7]。
泄云蒙清晨[8]，初日翳复吐[9]。
朱甍半光炯[10]，户牖粲可数[11]。
拄策忘前期[12]，出萝已亭午[13]。
冥冥子规叫[14]，微径不复取[15]。

【注释】

[1] 适他州：往他州，到他州。此句描写诗人行旅，从长安到秦州，眼下又从秦州往成州。

[2] 勉强终劳苦：虽然强打精神勉力而去，但始终感觉到非常劳苦。

[3] 破：打破。此句意谓谓见崖中古寺而打破愁颜，心情舒展。

[4] 婵娟：藓色明润。碧鲜：鲜通"藓"，苔藓。

[5] 萧摵：草木黄落貌。箨（tuò），从草木上脱落下来的叶或皮。《诗》："箨兮箨兮，风其吹汝。"

［6］回回：河水环绕、蜿蜒迂回的样子。汉铙歌《巫山高》："回回临水远。"山根水：山脚下的河水。

［7］冉冉：慢慢地。此句意谓清晨些微雨水珠在松树叶上慢慢地滑动滴落。

［8］泄（xiè）：同"洩"，出。

［9］翳（yì）：遮蔽。吐：露出。此句写清晨之游。

［10］朱甍（méng）：红色的屋脊。甍，屋脊。炯：明亮光灿的样子。沈佺期诗："红日照朱甍。"江淹《神女赋》："日炯炯而舒光。"

［11］牖（yǒu）：窗户。粲（càn）：鲜明可见。

［12］策：拐杖。前期：前路程期。忘前期：忘记行程。明王嗣奭《杜臆》："公于极穷苦中，一见胜地，不顾程期，能于境遇外，别具一副胸襟，冥搜而构奇。"

［13］萝：藤萝。出萝：走出藤萝，言路上荒僻。亭午：中午。《水经注·三峡》："自非亭午夜分，不见曦月。"

［14］冥冥：隐隐约约。子规：杜鹃鸟，又名布谷鸟。宋黄希《补注杜诗》："子规，春鸟，仲冬声闻，地气之暖使然也。"或为虚写，中午日暖，心理感受中仿佛回春，能闻布谷鸟之声。

［15］微径：小路。不复取：不再取小道上山游览。

龙　门　镇

（唐）杜　甫

【解题】

本诗为杜甫在唐乾元二年（759）经成州入蜀，途径龙门镇所作纪行诗。龙门镇，一般认为地处今甘肃成县。清乾隆六年编的《成县新志》："龙门镇，县西七十里，杜工部诗'石门云雪隘，古镇峰峦集'即此，后改府城集。"今名府城镇，位于成县纸坊镇西南。本诗通过对龙门镇附近景色和戍卒的描写，表达了诗人对时局的关注和对国家命运的担忧。《杜诗镜铨》注引："黄淳耀曰：'时东京为思明所据，秦成间密迩关辅，故龙门有兵镇守。然旌竿惨澹，白刃钝涩，既无以壮我军容，况此地又与成皋远不相及，亦则徒劳吾民而已。'"

细泉兼轻冰[1]，沮洳栈道湿[2]。
不辞辛苦行，迫此短景急[3]。

石门云雪隘[4]，古镇峰峦集。
旌竿暮惨澹[5]，风水白刃涩[6]。
胡马屯成皋[7]，防虞此何及[8]？
嗟尔远戍人[9]，山寒夜中泣。

【注释】

[1] 细泉：小泉，冬天的泉水。轻冰：薄冰，因水小故冰薄。

[2] 沮洳（jùrù）：水旁低湿之地。《诗经・魏风・汾沮洳》："彼汾沮洳，言采其莫。"

[3] 短景急：冬日短促。

[4] 石门：即龙门。隘：狭窄。

[5] 旌（jīng）竿：军队之旗杆。惨澹：暗淡无光。

[6] 白刃：即刀枪，戍卒所执。涩：光芒黯淡。

[7] 胡马：此指安史叛军。屯成皋：驻扎在洛阳。《新唐书・本纪第六》："（乾元二年九月）史思明陷东京及齐、汝、郑、滑四州。" 黄淳耀曰："时东京为史思明所据。"

[8] 防虞：防患。此何及：在此有何用？

[9] 嗟尔：可怜你们（远戍人）。

石　龛

（唐）杜　甫

【解题】

石龛（kān），凿壁而成的洞窟，多用于供奉神像或神主，此处为地名。石龛地理位置有二：一说在成县，一说在西和县。《方舆胜览》："石龛在成州近境。"民国《西和县志》云："峰腰石龛在县南八十里，八峰排列，松柏苍翠，山腰有石龛一带，杜工部有《石龛》诗。"其故址在今甘肃省西和县南40公里的石峡乡，又名八峰龛，也叫八峰崖石窟。今人赵国正、张炯之考证认为，本诗描写的石龛应为成县沙坝乡观音崖石龛。本诗为杜甫在唐乾元二年（759）经成州入蜀途中所作。本诗通过对"石龛"景色的描绘和对"伐竹者"不幸遭遇的同情，表达了诗人对安史乱军的无比憎恨。本诗由情及景，由景及人，反映了诗人杜甫自己在艰险畏难之中亦不忘家园、关心民瘼的宽广胸襟。

熊罴咆我东[1]，虎豹号我西[2]。
我后鬼长啸，我前狨又啼[3]。
天寒昏无日，山远道路迷。
驱车石龛下，仲冬见虹霓[4]。
伐竹者谁子[5]，悲歌上云梯[6]。
为官采美箭[7]，五岁供梁齐[8]。
苦云直簳尽[9]，无以充提携[10]。
奈何渔阳骑[11]，飒飒惊蒸黎[12]。

【注释】

[1] 熊罴（pí）：熊和罴，皆为猛兽。《楚辞・招隐士》："虎豹斗兮熊罴咆。"

[2] 号（háo）：嚎叫。

[3] 狨（róng）：猿猴类，体矮小，形似松鼠，黄色丝状软毛，尾长，栖树上。亦称"金线狨"。

[4] 虹蜺（ní）：蜺同"霓"，亦称"副虹"，位于主虹外侧，内红外紫。《毛诗正义》引《尔雅音义》："虹双出，色鲜盛者为雄，雄曰虹；暗者为雌，雌曰蜺。"

[5] 谁子：是谁，哪个。

[6] 云梯：登山的石级路。此指山路。李白《梦游天姥吟留别》："脚着谢公屐，身登青云梯"。

[7] 采美箭：采集制作良箭的竹子。

[8] 五岁：自天宝十四年（755）发生安史之乱至乾元二年（759）杜甫写此诗之时，有五年。梁齐：即梁州、齐州，今为河南、山东一带。官军在梁齐一带平叛。

[9] 直簳（gǎn）：笔直的小竹子，可做箭杆。

[10] 无以充提携：本句当为"手中无所提携"之意，意即砍不到小竹子，空手无法交差。山采箭竿，竹已无余，民力之殚可知。

[11] 渔阳骑：指安史叛军，其部发难于渔阳。

[12] 飒飒（sà）：本指风声，此指安史叛军攻势之迅猛。蒸黎：平民百姓。蒸，通"烝"，众多。《诗经・烝民》："天生烝民，有物有则。"

泥 功 山

（唐）杜 甫

【解题】

泥功山，位于今甘肃省成县北部二郎乡境内，海拔2016米，四周凌空，状若城堡，在崇山峻岭中显得尤为巍峨壮观，是县内著名高峰。因形如牛心，俗称牛心山。山上原有泥功寺。本诗为杜甫在唐乾元二年（759）进入成县（同谷）境内时，路经泥功山所作。本诗通过描述翻越泥功山的情景，表达了陇蜀间道路艰险难行，以及家人此次行旅之艰苦。

朝行青泥上，暮在青泥中。
泥泞非一时，版筑劳人功[1]。
不畏道途永[2]，乃将汩没同[3]。
白马为铁骊[4]，小儿成老翁[5]。
哀猿透却坠[6]，死鹿力所穷[7]。
寄语北来人，后来莫匆匆。

【注释】

[1] 版筑：古人建房造墙的一种技术，即在夹版中填入泥土，用杵夯实筑土成墙。此指修筑道路。

[2] 道途永：道路长。永，长远。

[3] 汩没（gǔmò）：埋没，淹没。杜甫《赠陈二补阙》："世儒多汩没，夫子独声名。""不畏"两句意谓不怕道路漫长，但到了这里，人马都像被泥浆淹没过一样。

[4] 铁骊（lí）：铁黑色的马。铁，铁黑色。骊，《毛诗正义》："纯黑曰骊。"此指白马被泥染成黑马。

[5] 小儿成老翁：此句意谓小儿被泥所污成老翁。

[6] 哀猿：猿声哀哀。透却坠：刚从泥中钻出又坠落下去。此句意谓善于奔走的猿猴也因泥功山泥滑而堕坠入泥泞中，不得脱身。

[7] 死鹿：拼死挣扎之鹿。力所穷：拼死挣扎而用尽力气。

凤凰台

（唐）杜甫

【解题】

凤凰台，山名。位于今甘肃成县县城东南3.5公里飞龙峡口，山腰有高台，传说汉代曾有凤凰栖落其上，故名。诗名下原注："山峻，人不至高顶。"为诗人对凤凰台之高峻的说明，故有诗中"安得万丈梯，为我上上头"句以及对凤凰台有雏凤之想象。本诗为杜甫乾元二年（759）经成州入蜀，在成州同谷（今甘肃成县）飞龙峡寓居其间所作。作者因"凤凰台"之名生发出许多联想，通过一系列瑰丽奇幻的想象，生动的表达了忠君爱国的思想。如浦起龙在《读杜心解》中所评价的："是诗想入非非，要只是凤台本地风光，亦只是杜老平生血性。不惜此身颠沛，但期国运中兴。刳心沥血，兴会淋漓，为十二诗意外之结局也。"

亭亭凤凰台[1]，北对西康州[2]。
西伯今寂寞[3]，凤声亦悠悠[4]。
山峻路绝踪[5]，石林气高浮[6]。
安得万丈梯[7]，为君上上头[8]。
恐有无母雏，饥寒日啾啾[9]。
我能剖心出，饮啄慰孤愁[10]。
心以当竹实[11]，炯然无外求[12]。
血以当醴泉[13]，岂徒比清流[14]。
所重王者瑞[15]，敢辞微命休[16]。
坐看彩翮长[17]，举意八极周[18]。
自天衔瑞图[19]，飞下十二楼[20]。
图以奉至尊[21]，凤以垂鸿猷[22]。
再光中兴业[23]，一洗苍生忧[24]。
深衷正为此[25]，群盗何淹留[26]。

【注释】

[1] 亭亭：高耸之貌。左思《魏都赋》："亭亭峻址。"

[2] 西康州：地名。据《新唐书》载，唐高祖武德元年（618）初置西康州，唐太宗贞观元年（627）废州为县，改属成州，隶属于陇右道。州治上禄县，故址在今甘肃省西和县境内。

[3] 西伯：周文王姬昌，为商朝旧臣，封号为西伯。今寂寞：死去。

[4] 凤声：相传周文王时，凤鸣岐山，古人以为王者之瑞。亦悠悠：也听不见了。

[5] 绝踪：没有踪迹，意即没有山路可走。

[6] 石林：积石高耸，山峰如林。气高浮：云气高浮在山顶。

[7] 安得：如何得到。

[8] 上上头：上到上面。前一个"上"为动词，后一个"上"为方位名词。

[9] 啾啾（jiū）：雏凤唤鸣之声。乐府《陇西行》："凤凰鸣啾啾，一母将九雏。"

[10] 饮啄：饮血啄心。承前句"剖心出"。慰孤愁：使无母的凤雏得到哺育和抚慰。

[11] 竹实：竹子的果实，也叫练实，非常罕见，古人视为祥瑞之一。传说凤凰非竹实不食。《庄子・秋水》："夫鹓雏，发于南海而飞于北海，非梧桐不止，非练实不食，非醴泉不饮。"

[12] 炯然：明亮。此句意谓雏凤不用在白天出外求取食物。

[13] 醴（lǐ）泉：甘泉。

[14] 岂徒：怎能仅仅。比清流：和清流（山泉）相比。

[15] 王者瑞：此言凤凰带给王者以瑞气。

[16] 敢辞：岂敢推辞。微命：卑微的性命。休：停休。此两句意谓我所渴望的是国家能够出现吉祥的征兆，为此，我不怕自己卑微的生命从此停休。

[17] 彩翮（hé）：此指凤凰五彩的翅膀。翮，鸟的翅膀。坐看：犹行看，旋见。形容时间很短。

[18] 举意：纵情。八极周：周游八方。《淮南子・地形训》曰："天地之间，九州八极。"

[19] 衔瑞图：衔回瑞图。《春秋元命苞》："黄帝游玄扈洛水之上，凤凰衔图置帝前。"

[20] 十二楼：古代传说中神仙的居所，比喻仙境。传说昆仑山有玉楼十二，为仙人所居。

[21] 至尊：即皇帝。

[22] 凤以垂鸿猷（yóu）：凤凰因此而垂盛德于后世。垂：传留后世。鸿猷：

宏伟的蓝图。

[23] 再光：再次光大。

[24] 苍生忧：天下百姓的忧患。苍生，百姓。

[25] 深衷：深意。

[26] 群盗：指安史叛军。何淹留：为何而久留。

乾元中寓居同谷县作歌（七首）

（唐）杜 甫

【解题】

杜甫在乾元二年（759）经成州入蜀，十一月，杜甫携家人一路簸荡，流落同谷（今甘肃成县）飞龙峡。这一年是杜甫行路最多的一年，所谓“一岁四行役”。这一年也是他一生中生活最为困窘的一年，到了“惨绝人寰”的境地。在饥寒交迫的日子里，诗人以七古体裁，写下《乾元中寓居同谷县作歌七首》，也被称为《同谷七歌》，描绘颠沛流离的生活，对亲人的深情眷恋，盼望报效祖国的鸿志，抒发老病愁苦的感喟，大有“长歌当哭”的意味。在内容上，第一首从自身作客的窘困说起；第二首写全家因饥饿而病倒的惨况；第三首写怀念兄弟；第四首写怀念寡妹；第五首，由悲弟妹又回到自身，由淮南山东又回到同谷；第六首由一身一家说到国家大局；第七首集中地抒发了诗人身世飘零之感。在诗歌结构上，七首相同，首二句点出主题，中四句叙事，末二句感叹。形式上学习张衡《四愁诗》、蔡琰《胡笳十八拍》，采用定格联章的写法，深为后人赞许、模仿。

一

有客有客字子美[1]，白头乱发垂过耳。
岁拾橡栗随狙公[2]，天寒日暮山谷里。
中原无书归不得，手脚冻皴皮肉死[3]。
呜呼一歌兮歌已哀，悲风为我从天来[4]！

【注释】

[1] 有客：杜甫在同谷寓居，故自称有客。

[2] 岁：岁暮，一年最后的一段时间。狙（jū）：猕猴。狙公，养狙之人。

[3] 皴（cūn）：皮肤因受冻而干裂。

[4]“悲风”句：意谓仿佛风也为我悲恸而从天宇吹来。“悲风”是作者主观的感情作用。

二

长镵长镵白木柄[1]，我生托子以为命[2]！
黄独无苗山雪盛[3]，短衣数挽不掩胫[4]。
此时与子空归来[5]，男呻女吟四壁静。
呜呼二歌兮歌始放，闾里为我色惆怅[6]！

【注释】

[1] 镵（chán）：古代一种铁制的刨土工具。

[2] 子：此指长鑱。没有锄头，便掘不到黄独，性命交关，所以说“托子以为命”。

[3] 黄独：一种野生的土芋，可以充饥。

[4] 胫（jìng）：膝以下。衣短，故不及胫。意为衣不御寒。

[5] 子：此指长鑱。因雪盛无苗可寻，故只好荷镵空归。

[6] 闾里：邻居。

三

有弟有弟在远方，三人各瘦何人强[1]？
生别展转不相见，胡尘暗天道路长[2]。
东飞驾鹅后鹙鸧[3]，安得送我置汝旁！
呜呼三歌兮歌三发，汝归何处收兄骨？

【注释】

[1] 杜甫有四弟：颖、观、丰、占。此时只有占跟着杜甫。三人：指颖、观、丰三人。何人强：意谓没有一个强健的。强，强健。

[2] 胡尘：借指安史之乱。

[3] 驾(jiā)鹅：鸿雁，或说似雁而大。鹙鸧(qiūcāng)，即秃鹙。弟在东方，故见鸟东飞而生“送我”之想。

四

有妹有妹在钟离[1]，良人早殁诸孤痴[2]。
长淮浪高蛟龙怒[3]，十年不见来何时？
扁舟欲往箭满眼，杳杳南国多旌旗[4]。
呜呼四歌兮歌四奏，林猿为我啼清昼！

【注释】

[1] 钟离：今安徽凤阳。

[2] 良人：丈夫。殁(mò)：死。痴：幼稚。

[3] “长淮”句：意谓钟离在淮水南。形容水路的艰险。

[4] 南国：犹南方，指江汉一带。多旌旗：极言兵乱。

五

四山多风溪水急，寒雨飒飒枯树湿。
黄蒿古城云不开，白狐跳梁黄狐立[1]。
我生何为在穷谷？中夜起坐万感集！
呜呼五歌兮歌正长，魂招不来归故乡！

【注释】

[1] 跳梁：跳跃。此句意谓自己居住的同谷人烟稀少，所以狐狸活跃。

六

南有龙兮在山湫[1]，古木巃嵸枝相樛[2]。
木叶黄落龙正蛰[3]，蝮蛇东来水上游[4]。
我行怪此安敢出，拔剑欲斩且复休。
呜呼六歌兮歌思迟，溪壑为我回春姿[5]！

【注释】

[1] 湫（qiū）：龙潭。同谷有著名的万丈潭，传说有龙，杜甫写有《万丈潭》一诗。

[2] 巃嵸（lóngzōng）：树的楂桠峻拔高耸的样子。樛（jiū）：枝曲下垂貌。

[3] 蛰（zhé）：潜藏。

[4] 蝮蛇：一种毒蛇。按清浦起龙说，龙蛰蛇游两句以“龙蛰”喻指唐王朝君主昏庸，国势衰颓，无力平叛；以“蛇游”象征叛乱者之嚣张。

[5]“溪壑”句：写作者心有所思，故觉得溪壑也好像带有情意。

七

男儿生不成名身已老，三年饥走荒山道。
长安卿相多少年，富贵应须致身早。
山中儒生旧相识，但话宿昔伤怀抱[1]。
呜呼七歌兮悄终曲，仰视皇天白日速！

【注释】

[1] 宿昔：昔日。

重过圣女祠

（唐）李商隐[1]

【解题】

圣女祠，又名红女祠。郦道元《水经注·漾水》：“（武都秦冈山）悬崖之侧，列壁之上，有神像若图，指状妇人之容，其形上赤下白，世名之曰‘圣女神’。”或以为武都秦冈山（今甘肃武都）的圣女祠，或以为陈仓（今陕西宝鸡）的圣女神祠，或以为托喻女道士居住的道观，无法确指。李商隐以《圣女祠》为题写过三首诗，有两首都叫《圣女祠》，一首叫《重过圣女祠》。不过本诗虽有题目，但却更似一首无题的诗歌，意境扑朔迷离，寓托似有似无，比有些无题诗更为费解。张采田主张“全以圣女自慨己之见摈于令狐”，冯浩主张其中两首是自伤政治。诗歌成功塑造了一位沦谪不归、幽居无托的圣女形象，而诗人就借咏圣女寄托自己的身世沉沦之慨。

白石岩扉碧藓滋[2]，上清沦谪得归迟[3]。
一春梦雨常飘瓦[4]，尽日灵风不满旗[5]。
萼绿华来无定所[6]，杜兰香去未移时[7]，
玉郎会此通仙籍[8]，忆向天阶问紫芝[9]。

【注释】

[1] 李商隐（813—858）：字义山，号玉谿生、樊南生或樊南子，晚唐著名诗人，与杜牧合称“小李杜”，与温庭筠合称“温李”。其作品收入《李义山诗集》。

[2] 扉：门。白石岩扉：指圣女祠的门为开在岩壁上的白石。碧藓：青苔。

[3] 上清：道家所称的仙人居住的三清境（玉清、太清、上清）之一。《灵宝本元经》：“四人天外曰三清境，玉清、太清、上清，亦名三天。”沦谪得归迟：谓神仙被贬谪到人间，迟迟未归。

[4] 梦雨：指雨细微而若有若无者。

[5] 灵风：春风。

[6] 萼绿华：仙女名。陶弘景《真诰·运象篇第一》：“萼绿华者，自云是南山人，不知是何山也。女子年可二十上下，青衣，颜色绝整，以升平三年十一月十日夜降羊权。自此往来，一月之中，辄六过来耳。云本姓杨，赠权诗一篇，并致为浣布手巾一枚，金玉条脱各一枚。条脱似指环而大，异常精好。神女语权：‘君慎勿泄我，泄我则彼此获罪。’访问此人，云是九疑山中得道女罗郁也。”

[7] 杜兰香：仙女名。干宝《搜神记》、曹毗《神女杜兰香传》、杜光庭《墉城集仙录》、《太平御览》等古代典籍皆有记载，但仙女杜兰香的故事传说不尽相同。

[8] 玉郎：神仙名。《金根经》：“青宫之内北殿上有仙格，格有学仙簿录，及玄名年月深浅，金简玉札，有十万篇，领仙玉郎所掌也。”此引玉郎是谓圣女可仰仗玉郎登仙籍。

[9] 忆：想往、期望。天阶：宫殿前的台阶。问：求取。紫芝：一种仙草。

双　石

（北宋）苏　轼[1]

【解题】

苏轼一生未曾涉足陇原，但他对仇池山情有独钟，在多首诗中提到仇池，将其作为可以避世之仙山、桃源。苏轼于元祐七年（1320）知扬州，得到一块朋友馈赠的美石并见形状奇异时，联想萦绕于他梦际的“仇池”和杜甫诗，便以“仇池石”命名之。为此，他写了《双石》诗并序。仇池石产于今甘肃省西和县仇池山，原称五花石，因苏轼之推崇，现皆称仇池石。仇池石品类繁多，神采各异，玉润光洁，可制做多种工艺品。

至扬州，获二石。其一绿色，岗峦迤逦，有穴达于背；其一正白可鉴。渍以盆水，置几案间。忽忆在颍州日，梦人请往一官府，榜曰仇池，觉而诵杜子美诗曰：“万古仇池穴，潜通小有天。”乃戏作小诗，为僚友一笑。

梦时良是觉时非，汲水埋盆故自痴[2]。
但见玉峰横太白[3]，便从鸟道绝峨眉[4]。
秋风与作烟云意，晓日令涵草木姿[5]。
一点空明是何处[6]，老人真欲住仇池[7]。

【注释】

[1] 苏轼（1037—1101）：字子瞻，一字和仲，自号东坡居士，眉山（今属四川）人，北宋著名文学家、书画家。

[2] 汲水埋盆：将仇池石放入水盆中。自痴：自己十分珍爱。

[3] 太白：太白山，又名太乙山，位于陕西省境内，为秦岭山脉的主峰。

[4] 鸟道：指连绵高山间的低缺处，只有鸟能飞过，人迹所不能至。绝：越过。峨眉：峨眉山，位于四川省峨眉山市境内，是我国四大佛教名山之一。李白《蜀道难》：“西当太白有鸟道，可以横绝峨嵋巅”。

[5] 函：容纳。此指阳光普照。

[6] 空明：空旷澄澈。

[7] 仇（qiú）池：见232页“陇南篇”（唐）杜甫《秦州杂诗》（其十四）注[2]。

赋龙峡草堂

（南宋）宇文子震[1]

【解题】

龙峡草堂，又称杜公祠、杜甫草堂。坐落于成县县城东南七华里的飞龙峡口，是纪念唐代伟大诗人杜甫流寓同谷（今甘肃成县）的祠堂式建筑。该祠堂始建于北宋末年，是国内现存杜甫祠堂中最早的一处。本诗是南宋广宗绍熙四年（1193）宇文子震撰写的诗碑，最早见于杜甫草堂的游人诗碑。

燕寝香残日欲西，来寻陈迹路逶迤[2]。
江涛动荡一何壮[3]，石壁崔嵬也自奇[4]。
鸡犬便殊尘世事[5]，蛟龙长护老翁诗[6]。
草堂欻见垂偏榜[7]，却忆身游濯锦时[8]。

【注释】

[1] 宇文子震：生卒年不详。字子友，成都人，南宋隆兴元年（1163）进士，绍熙间成州知州。

[2] 陈迹：旧迹。逶迤（wēiyí）：蜿蜒曲折。

[3] 江涛动荡一何壮：飞龙峡万丈潭潭水奔涌，何其壮观。杜甫《万丈潭》：“前临洪涛宽”。

[4] 石壁：指飞龙峡峡壁。崔嵬（cuīwéi）：高大、高耸的样子。杜甫《万丈潭》：“岸绝两壁对”。

[5] 鸡犬便殊尘世事：即世事变幻。成语“淮南鸡犬”：王充《论衡・道虚》：“淮南王刘安坐反而死，天下并闻，当时并见，儒书尚有言其得道仙去，鸡犬升天者。”此句以“鸡犬殊”表达世事变迁之意。

[6] 蛟龙：此指飞龙峡万丈潭，俗传万丈潭有蛟龙。杜甫《万丈潭》表达希望伏龙腾飞、一展壮志之意，故有“蛟龙长护老翁诗”语。

[7] 欻（xū）：忽然。榜：船桨。垂偏榜：意谓有一小船。

[8] 濯锦（zhuójǐn）：濯锦江，岷江流经成都附近的一段，今称锦江。此指成都。

过杜甫祠次少宇先生韵

（明）郭从道[1]

【解题】

杜甫于乾元二年（759）入蜀时经过徽县栗亭，后栗亭建有杜甫祠。次韵，见7页“兰州篇”（明）陈质《步韵五泉山》的解题。本诗为郭从道陪同御史少宇瞻仰杜甫祠后，对少宇《瞻少陵祠》一诗的次韵应和。诗歌中表达了对诗圣杜甫深沉的爱国情怀和博大胸襟的的赞美和敬仰。

老杜芳名远，高原见古祠。
爱时悲去国，采菊向东篱。
白水江声转[2]，青泥雁影迟[3]。
草堂一以望，千载抱幽思。

【注释】

[1] 郭从道：生卒年不详。字省亭，徽县（今属甘肃）人。正德间举人，历任大明府判官、应州知州、潞安州知州、顺德府同知等，为陇上达官宿儒。撰《徽郡志》，为最早的徽县志书。

[2] 白水江：江水名，源自栗亭，南流入嘉陵江。杜甫离开栗亭后，经白水江而下至嘉陵江。

[3] 青泥：青泥岭，蜀道最为高峻艰险者。

忠节祠

（明）陈 讲[1]

【解题】

忠节祠，位于西和县县城南关，为南宋抗击元军入侵而全家殉国的西和知州陈寅祠堂。陈寅（？—1234），南宋民族英雄，曾任西和知州。1234年，蒙古军攻打西和，知州陈寅与州判贾子坤浴血奋战，至死不降，慷慨殉城。陈寅死后，明弘治五年（1492）在西和城立忠节碑，建祠塑像，奉为城隍爷，民众和地方官员致祭不绝。诗歌对陈寅的浴血奋战，英勇气节给予了高度的赞美。

十二连城宿雾黄[2]，一门全节总堪伤[3]。
指天方洒金戈血[4]，唾地宁回铁石肠[5]。
自分赤心终报主，非绿青史欲传芳[6]。
一杯椒酒忠魂在[7]，千仞丰碑照夕阳。

【注释】

[1] 陈讲：生卒年不详。明正德十五年（1520）进士，历任河南布政使，都察院右副都御史，山西巡抚等职。著《中川文集》、《茶马志》。

[2] 十二连城：又名白石镇城，《西和县志》载："原址在今白水河以北，崆峒山麓。唐玄宗时，始筑白石镇城。北宋末岷州镇将李永琦在南山重筑新城，即十二连城。"今城址犹存。宿雾：前日之残雾。陶渊明《咏贫士》："朝霞开宿雾，众鸟相与飞。"

[3] 一门全节：指陈寅全家殉国，连同陈寅的宾客好友同时殉国者四十余人。

[4] 指天方洒金戈血：指陈寅在西和城陷落之际，登上战楼，设立香案朝南拜天子，然后拔剑自刎的举动。

[5] 唾地：意即神色严厉。本句指意谓寅妻在明白陈寅决定以身殉国后，当即神色严厉地拒绝了丈夫劝其设法逃命的劝告，饮药自尽，其余家人亦随之自尽。

[6] 非绿青史欲传芳：此句意谓陈寅并非有意要光耀青史，留下美名。

[7] 椒酒：用椒浸制的酒。古俗献此酒以示祭奠。

祁山武侯祠

（清）宋 琬[1]

【解题】

祁山武侯祠，祁山东起盐官，西至大堡子山，横卧在礼县西汉水北侧，绵延25公里，扼陇蜀咽喉，控南北要冲，是三国时蜀魏相争的古战场。祁山堡距礼县县城约23公里，因诸葛亮六出祁山而闻名，上有武侯祠。诗歌对诸葛亮三分天下的赫赫功绩，六出祁山的鞠躬尽瘁给予了热烈的颂扬。

丞相当年六出师，空山伏腊有遗祠[2]。
三分帝业瞻鸟日[3]，二表臣心跃马时[4]。
风起还疑挥白羽，霞明犹似见朱旗。
一从龙卧今千载，魏阙吴宫几黍离[5]。

【注释】

[1] 宋琬（1614—1674）：字玉叔，号荔裳，汉族，莱阳（今属山东省）人。清初著名诗人，清八大诗家之一。琬诗入杜、韩之室，与施闰章齐名，有南施北宋之称。本诗为宋琬出任陇西右道佥事时，至甘肃礼县祁山堡凭吊诸葛亮所作。

[2] 伏腊：古代两种祭祀的名称。“伏”在夏季伏日，“腊”在农历十二月。

[3] 瞻鸟：玩弄花鸟。瞻鸟日，指诸葛亮于南阳茅庐隐居时期。

[4] 二表：诸葛亮上书刘禅的《前出师表》、《后出师表》。或可解为诸葛亮忠心辅佐了刘备、刘禅两代君主。

[5] 魏阙：指魏国宫殿。吴宫：指吴国宫室。黍离：即“黍离之悲”，出自《诗经·黍离》，指对国家昔盛今衰的伤感之情。此句意谓祁山武侯祠因诸葛亮而千载流传，魏吴二国的宫殿却早已湮没无闻。

万 象 洞

（清）贾廷琯[1]

【解题】

万象洞位于甘肃省陇南市武都区白龙江南岸露骨山汉王乡杨庞村的半山腰，距陇南市中心7公里，是我国北方规模最大、景致最佳的特大溶洞，称中国“北方第一洞”。因洞内洞中有洞，乳石遍布，森列多姿，宛如包罗万象的阆苑仙宫而得名。本诗形象地描写了万象洞的瑰丽奇美的景观。

不是人世间，包罗万象天。
卧龙几时起，玉柱几时悬。
谁凿洪蒙窍[2]？空留丹灶烟[3]。
洞深苔不滑，何处际神仙[4]。

【注释】

[1] 贾廷琯（guǎn）：生卒年不详。武都（今属甘肃）人，平生事迹不详。

[2] 洪蒙：即鸿蒙，浑沌。窍：孔洞。此句意谓是谁凿破浑沌，造出这包罗宇宙万象的孔洞呢？

[3] 丹灶：道教中炼丹的炉灶。

[4] 际：接近，遇见。

白 马 关

高一涵[1]

【解题】

白马关（今称云台），南宋嘉定十二年（1219）所设，处康北，扼川陕，守陇右，为古今重要的军事要地和交通要道。位于今甘肃省康县北部古石门河（今云台河）河畔，距康县县城30公里。清光绪三年（1877）建白马关古城，石筑城垣，依山面水，为康县历史悠久的古城之一。本诗热情赞颂了白马关地理的险要，关隘的雄奇。

白马关邻白马羌[2]，千年残垒据岩脸[3]。
地连雍梁山容壮[4]，水下荆扬释路长[5]。
峻极峰高欺五岳[6]，阴沉谷暗蔽三光[7]。
狰狞恶石横当道，鞭吒无能只自伤[8]。

【注释】

[1] 高一涵：见200页“武威篇”于右任《古浪道中赠一涵》的解题。

[2] 白马羌：古族名，古氐羌人的一支，又称白马氐。汉代称今四川绵阳北部与甘肃南部武都之间的白龙江流域的羌人为“白马羌”或“白马氐”。古代白马关周边白马羌聚居。现白马人在今四川平武、南坪及甘肃文县等地集居，人称“白马藏人”，他们自称白马人。

[3] 垒：古代军中作防守用的墙壁。残垒：宋代所建白马关。

[4] 雍梁：指甘肃。先秦时期，全国分为九州，甘肃省境大部属雍、梁二州，旧称“雍梁之地”。

[5] 荆扬：荆州和扬州，此指长江流域。康县在嘉陵江上游，境内河水均注入嘉陵江，属长江流域。释：消融。

[6] 欺：压倒。五岳：中国五大名山的总称，即东岳泰山、南岳衡山、西岳华山、北岳恒山和中岳嵩山。

[7] 三光：指日、月、星。《白虎通·封公侯》：“天道莫不成于三，天有三光，日、月、星；地有三形，高、下、平；人有三尊，君、父、师。”

[8] 鞭：鞭打。吒（zhà）：怒吼。

平凉篇

近　闻

（唐）杜　甫[1]

【解题】

仇兆鳌《杜诗详注》注曰："《唐书》载：永泰元年十月，郭子仪与回纥定约，共击退吐蕃，时仆固名臣及党项帅皆来降。大历元年二月，命杨济修好吐蕃。吐蕃遣首领论泣陵来朝，此诗盖记其事。"大历元年（766），流寓在夔州的杜甫听到这一消息，非常高兴，即写了《近闻》一诗，表达了对唐与吐蕃重新修好，再无战争纷扰的欣喜之情。

近闻犬戎远遁逃[2]，牧马不敢侵临洮[3]。
渭水逶迤白日净[4]，陇山萧瑟秋云高。
崆峒五原亦无事[5]，北庭数有关中使[6]。
似闻赞普更求亲[7]，舅甥和好应难弃[8]。

【注释】

[1] 杜甫：见 72 页"天水篇"（唐）杜甫《秦州杂诗》（其一）注 [1]。

[2] 犬戎：殷周时期甘肃东部古戎族的一支。此处指曾占据兰州一带的西部少数民族。遁：逃。

[3] 临洮：地名，地处洮河东岸，是西防吐蕃、南防羌族的军事重镇。

[4] 逶迤（wēiyí）：形容道路、山脉、河流等弯弯曲曲，连绵起伏。

[5] 崆峒五原：指与崆峒相邻的泾川、华亭、崇信、泾源、镇原五个地方。

[6] 北庭：唐代的方镇名，属陇右道。因其治所在北庭都护府而名，经过此地可进入回纥、吐蕃境内。

[7] 赞普：古时吐蕃君长的称号。更求亲：唐贞观十五年（641），唐太宗将文成公主嫁与吐蕃赞普松赞干布联姻修好。神龙三年（707），吐蕃赞普尺带珠丹遣使请婚，中宗许嫁。景龙四年（710）春，金城公主入藏和亲。

[8] 舅甥：指唐朝与吐蕃。

安定城楼

（唐）李商隐

【解题】

唐泾州（今甘肃泾川）又称安定郡。安定城楼即泾州城楼。文宗太和九年（835）李商隐仕途受阻，远道投王茂元幕，被王茂元招为女婿，而在当时的牛李党争中，王茂元属李党。据说李商隐就是因为这一原因，文宗开成三年（838），李商隐试博学鸿词科时受当权的牛党排挤，落选，客游安定郡，寄居在岳父泾原节度使王茂元幕中，郁郁不得意。此诗就是在应试落选后重回安定郡时的登楼感怀之作。《蔡宽夫诗话》载：王安石晚年喜吟此诗五六两句，以为“虽老杜无以过”。

迢递高城百尺楼[1]，绿杨枝外尽汀洲[2]。
贾生年少虚垂泪[3]，王粲春来更远游[4]。
永忆江湖归白发，欲回天地入扁舟[5]。
不知腐鼠成滋味，猜意鹓雏竟未休[6]。

【注释】

[1] 迢递（tiáodì）：形容楼高。

[2] 汀（tīng）：指水边之地。洲：水中的陆地。

[3] 贾生：指西汉人贾谊。《汉书·贾谊传》载：贾谊“数上疏陈政事，多所欲匡建”，但文帝并未采纳他的建议，后来他呕血而亡，年仅33岁。李商隐此时27岁，以贾生自比。

[4] 王粲：东汉末年人，建安七子之一。《三国志·魏书·王粲传》载王粲年

轻时曾流寓荆州，不得志。李商隐以寄人篱下的王粲自比。

[5] 永忆：长想。《史记·货殖列传》载春秋时范蠡辅佐越王勾践灭吴后，乃乘扁舟浮于江湖。“永忆”两句写李商隐本想等自己干上一番事业之后归隐江湖。

[6]“不知”两句：《庄子·秋水》载“惠子相梁，庄子往见之。或谓惠子曰：‘庄子来，欲代子相。’于是惠子恐，搜于国中三日三夜。庄子往见之，曰：‘南方有鸟，其名为鹓雏，子知之乎？夫鹓雏，发于南海而飞于北海，非梧桐不止，非练实不食，非醴泉不饮。于是鸱得腐鼠，鹓雏过之，仰而视之曰：“吓！”今子欲以子之梁国而吓我邪？’”李商隐以鹓雏自比，说自己有高远的心志，并非汲汲于官位利禄之辈，但谗佞之徒却以小人之心度之。鹓雏，古代传说中一种像凤凰的鸟。

崆 峒

（北宋）姚嗣宗[1]

【解题】

本诗一题作《书驿壁二首》。着意表现在道教仙山崆峒山隐居的老者洒脱自然、远离俗世的心境。

百越干戈未息肩[2]，五原金鼓又轰天[3]。
崆峒山叟笑不语[4]，饱听松风春昼眠。

【注释】

[1] 姚嗣宗：生卒年不详。华州（今陕西华县）人，宋代诗人，于宋仁宗庆历三年（1043），为环州军事判官、陕西四路部署司勾当公事，后知寻州。

[2] 百越：亦作“百粤”，我国古代南方越人的总称。分布在今浙、闽、粤、桂等地，因部落众多，故总称百越。息肩：停止。

[3] 五原：地名合称，在今陕西境内。杜甫《喜闻官军已临贼境》：“五原空壁垒，八水散风涛。”仇兆鳌注引《长安志》：“长安、万年二县之外，有毕原、白鹿原、少陵原、高阳原、细柳原，谓之五原。”

[4] 山叟（sǒu）：住在山中的老翁。

翠 屏 山

（北宋）游师雄[1]

【解题】

翠屏山也称香山，位于崆峒主峰绝顶（马鬃山）之西，海拔 2123 米，其形如孔雀开屏，峡谷幽深秀丽，景区内山峦叠翠，树木葱郁。

最高翠屏山，举手星可摘。
珠石信团栾[2]，群峰森剑戟[3]。

【注释】

[1] 游师雄：见 82 页“天水篇”（北宋）游师雄《马跑泉》注 [1]。
[2] 团栾（luán）：团聚。
[3] 戟（jǐ）：古代一种合戈、矛为一体的长柄兵器。

西岩积雪

（明）祝　祥[1]

【解题】

西岩山俗称寺山，位于静宁州城之西，山上建有佛寺僧舍，复道楼阁，花木掩映，禅房幽深。本诗描写了西岩山雪后胜境。

西岩层叠势崔嵬[2]，雪后峰峦次第开[3]。
石蹬纵横银作界[4]，僧房高下玉为台。
丰年有兆先占麦[5]，春信无凭欲寄梅。
仿佛长安退食看[6]，分明楼阁见蓬莱[7]。

【注释】

[1] 祝祥：生卒年不详。字廷瑞，别号鹤臞，江西浮梁（今江西景德镇）人。明宪宗成化十一年（1475）知静宁州，在静宁任职约十年时间，后因政绩卓著升任河南汝宁知府。

[2] 崔嵬（wéi）：形容山峰高峻、高耸的样子。

[3] 次第：依次，一个接着一个。此句写雪后放晴，山峰一座一座渐渐清晰。

[4] 银作界：以雪为界。

[5] 兆：兆头，事物发生前的征候或迹象。占麦：占卜小麦的收成。占，占卜。

[6] 退食：退朝就食于家或公余休息。

[7] 蓬莱：见22页“兰州篇”（清）周应沣《五泉记游》注[4]。

石门秋月

（明）祝 祥

【解题】

石门在今甘肃省庄浪县。石门口两山夹峙，洛水中流，悬崖苍壁，峭若斧劈，大有“一夫当关，万夫莫开”之势。乾隆时期编写的《静宁州志·山川》中说：“石门山在水洛城西三十五里，两山屹立如门，河水中流。”

云散遥空暮霭收[1]，石门山月最宜秋。
平分大地一轮满[2]，光照深闺几许愁。
玉宇无尘凉露下[3]，银河有影桂香浮[4]。
公余对酒闲吟赏，恍在仙家十二楼。

【注释】

[1] 暮霭（ǎi）：黄昏时的云雾。

[2] 一轮满：满月。此句意谓月光洒满大地，天地各半。

[3] 玉宇：传说中的仙宫。

[4] 桂香：传说月宫里有桂花树。

柳湖观荷

（明）赵时春[1]

【解题】

柳湖，在平凉市城区北郊。始建于北宋神宗熙宁元年（1068），时任渭州太守的蔡挺引泉成湖，因柳树宜水，故处处植柳，枝高叶茂，翠色参天，故名“柳湖”。本诗为赵时春夏日于柳湖宴会上所见所感。

帝孙台榭枕城边[2]，招客重开锦绣筵[3]。
花底鱼游青障里[4]，柳塘云拥碧荷天。
清波摇曳随风出[5]，绛殿平临对日鲜[6]。
置醴同欣接宴尝[7]，浴沂何让嗣群贤[8]。

【注释】

[1] 赵时春（1509—1567）：字景仁，号浚谷，平凉人，平凉“嘉靖八才子”之一。嘉靖五年（1526）擢进士第一，选庶吉士。文章豪肆，与唐顺之、王慎中齐名，著有《赵浚谷集》十六卷、《平凉府志》等。

[2] 榭（xiè）：建筑在台上的房屋。明代嘉靖年间，韩藩昭王将今甘肃平凉北郊区占为苑囿，由明代武宋皇帝朱厚照敕赐“崇文书院”，供王府子弟读书，昭王以千金筑城三仞，并做了大规模的扩建，筑亭榭楼阁十多处，故曰“帝孙台榭”。

[3] 锦绣筵（yán）：指宴请的都是有权有势的富贵之人。筵，筵席。

[4] 障（zhàng）：阻隔，遮挡。这里指水草。

[5] 摇曳（yè）：飘荡，摇动。

[6] 绛（jiàng）：赤色，火红。

[7] 醴（lǐ）：甜酒。

[8] 浴沂（yí）：《论语·先进》：“莫春者，春服既成，冠者五六人，童子六七人，浴乎沂，风乎舞雩，咏而归。”即追求一种恬淡自适的生活，同样是一种贤者的境界。沂，水名，在今山东省曲阜县南。嗣（sì）：继承。

游崆峒

（明）李攀龙[1]

【解题】

崆峒山遍地古迹，山峦突兀，奇峰叠嶂，林壑优美，景色秀丽。泾河、胭脂河像两条玉带夹山流过，山水辉映，使崆峒山更显灵气。这首诗描写了崆峒山山势的峥嵘挺拔，山色的壮美与雄浑。

谁道崆峒不壮游，香炉春雪照凉州[2]。
浮云半插孤峰色[3]，落日长窥大壑愁[4]。
万乘车还灵气歇[5]，诸天西尽浊泾流[6]。
萧关只在藤萝外[7]，客子风尘自白头[8]。

【注释】

[1] 李攀龙（1514—1570）：字于鳞，号沧溟，历城（今山东济南）人。明代著名文学家，是“后七子”的领袖人物，被尊为“宗工巨匠”。其诗文由他的朋友“后七子”领袖之一的王世贞整理编集为三十卷，题《沧溟先生集》。

[2] 凉州：见 165 页“武威篇”（西汉）扬雄《凉州箴》的解题。

[3] 浮云半插：云浮在半山腰。

[4] 壑（hè）：坑谷，深沟。此句意谓落日窥见大壑而难以降落。

[5] 万乘：天子。

[6] 诸天：佛教语。指护法众天神。浊：浑浊。泾流：即泾河，水名，发源于六盘山腹地的马尾巴梁，经泾源、平凉、泾川等地，在陕西高陵县汇入渭河。

[7] 萧关：见 148 页“张掖篇”（唐）王维《使至塞上》注［6］。藤萝：紫藤的通称，亦泛指有匍匐茎和攀援茎的植物。

[8] 客子：旅居异乡的人。

瑶池夜月

（清）何汝仁[1]

【解题】

瑶池为传说中西王母的居所，这里指泾川县回中山上西王母宫旁的一池清泉。《泾州志》上说："环池皆山泉，自石洞中出，喷激湍漩、缥碧涵青，共傍峭壁，天悬石，黑似古铁。又诸泉岔起，滴沥如雨。"

皓月盈盈射锦塘，九天蟾兔饮琼浆[2]。
兰波荡漾濯冰魄[3]，玉镜森沉摇碧沧[4]。
桃苑春深飞凤辇[5]，瑶池夜静映蟾妆[6]。
宫峦隐隐汭河北[7]，山紫烟凝不胜凉[8]。

【注释】

[1] 何汝仁：生卒年不详。字匠山，清代学者。

[2] 蟾兔：传说月宫中有蟾有兔。

[3] 兰波：碧波，形容水很清。冰魄：指月亮在水中的倒影。

[4] 玉镜森沉：月亮沉入山中。玉镜，指月亮。森沉，谓林木繁茂幽深。碧沧：指蓝天。

[5] 桃苑：相传瑶池是西王母举办蟠桃会大宴群仙的地方，所以称之为"桃苑"。凤辇（niǎn）：指仙人的车乘。

[6] 蟾妆：月亮。

[7] 汭（ruì）河：黄河水系泾河中上游的一级支流，发源于六盘山，经泾川，至王母宫山前汇入泾河。

[8] 不胜：禁不住。

自平凉柳湖至泾州道中

（清）谭嗣同[1]

【解题】

1878 年至 1890 年间，谭嗣同的父亲谭继洵在秦州（今甘肃天水）任巩秦阶道等职，谭嗣同随父久住天水、兰州，游历过甘肃许多地方。他曾到过平凉、泾川。在平凉到泾川的路上，写了《自平凉柳湖至泾州道中》一诗。诗中，有灵性的陇东水态山容使诗人春风满面。春雨后的泾州百里平原绿色一片，道旁的左公柳直插云天。泾河中的蛙声、泾州树木间的鸟语伴着他骑马行进。他是慕名专程去回山瑶池访王母的，在这里他想起了穆天子作《黄竹歌》时，曾看到北风大雪之时有人受冻的情景，联想到当时中国人民的苦难生活，使他不忍再听《黄竹歌》。作者爱国爱民思想可见一斑。

春风送客出湖亭，官道迢遥接杳冥[2]。
百里平原经雨绿，两行高柳束天青[3]。
蛙声鸟语随鞭影，水态山容足性灵。
为访瑶池歌舞地，飘零黄竹不堪听[4]。

【注释】

[1] 谭嗣同：见 18 页“兰州篇”（清）谭嗣同《兰州庄严寺》注［1］。

[2] 杳冥（yǎomíng）：极高或极远以致看不清的地方。

[3] 束：捆在一起。指柳树高耸如束。

[4] 不堪（kān）：承受不了，不忍。

崆　峒

（清）谭嗣同

【解题】

崆峒，见41页“嘉峪关篇”（清）林则徐《出嘉峪关感赋》（其二）注［4］。《崆峒》作于光绪十五年（1889）谭嗣同二十五岁时。谭嗣同在甘肃的经历见18页“兰州篇”（清）谭嗣同《兰州庄严寺》的解题。这十一年中大部分时间是在甘肃大地上度过，他在这里刻苦学习，广泛交游，奠定了他辉煌人生的学业基础，砥砺了视苦若甘的坚毅品质，丰富了一个杰出的思想家所必备的社会阅历，也完成了一生中最为重要的文学创作，形成了被他自己称为“拔起千仞，高唱入云”的文学风格。他丰富的想象和绮丽的语言继承了屈原、李白以来的中国古典诗歌浪漫主义传统，尤其受龚自珍的深刻影响。《崆峒》就是这样一首脍炙人口的诗歌。

斗星高被众峰吞［1］，莽荡山河剑气昏［2］。
隔断尘寰云似海［3］，划开天路岭为门。
松拏霄汉来龙斗，石负苔衣挟兽奔［4］。
四望桃花红满谷，不应仍问武陵源［5］。

【注释】

［1］“斗星”句：意谓斗星高悬于天际，然而它之下的崆峒诸峰，几乎可以把它吞没。

［2］“莽荡”句：相传三国后期，斗、牛二宿间有紫气，吴亡后，晋张华派人在丰城掘出二剑，紫气也随之消失，始知紫气乃二剑的剑气所化。在崆峒之下，是辽远无际的大地山河，在山河尽处，是昏昏欲坠的剑气。山河在横向上延伸得越远越广，崆峒在纵向就越显得高峻；剑气越是昏昏，崆峒越显昭昭。

［3］尘寰：尘世，人世间，现实的世界。

［4］“松拏”两句：写山中青松、巨石敢与天斗，不惧天威，肩负重任、奋勇

向前的神态和气势，无疑是诗人自身的写照。松拏：指松枝向天空伸出。拏，握住，牵引。

[5] 武陵源：典出陶渊明《桃花源记》，指“有武陵人捕鱼为业，忽逢桃花林”，发现桃花源一事。这里指诗人置身崆峒，看那桃花开满山谷，眼前美景使人流连忘返，与满目疮痍、内忧外患的时代相比，很容易使人想起与世隔绝、落英缤纷的桃花源。但诗人积极向上，断然否定消极遁世的意念，决不会去寻找通向“武陵源”的道路！

崆峒晓翠

（清）赵汝翼[1]

【解题】

作者自注：“崆峒山在崆峒区城正西三十里，其山险峻，参天巍峨，镇地关山，极其雄秀。每至天晓，数十里之外，皆得仰其青翠，故曰崆峒晓翠。”

崆峒秀削接穹苍[2]，欲挹晴风转渺茫[3]。
玉笋参差凝暮霭[4]，石岩浓淡映朝阳。
烟消翠滴雷峰外[5]，雨霁霞飞凤岭旁[6]。
此际广成刚睡起[7]，朦胧青眼待轩皇[8]。

【注释】

[1] 赵汝翼：生卒年不详。清代学者。

[2] 穹（qióng）苍：天空。

[3] 挹（yì）：拉，牵引。

[4] 玉笋：指山峰。参差：错落不齐的样子，此处形容山峰高高低低。霭：雾气。

[5] 雷峰：指雷声峰。

[6] 霁（jì）：雨雪停止，天放晴。凤岭：即凤凰岭，在今甘肃省平凉市崆峒区。

[7] 广成：即广成子。传说黄帝曾于此问道于广成子。

[8] 轩皇：轩辕黄帝。

灵台道中

于右任[1]

【解题】

1922年，陕西靖国军解体，曾任总司令的于右任由陕西三原县绕道甘肃、四川等地到上海向孙中山汇报。途经灵台，隐性埋名，微服上道，写诗以纪。

灵台原上望，何处是秦关[2]。
东去无归路，西来有万山[3]。
诗成补游记[4]，兵败耻生还。
学道诚宜早[5]，行行鬓已斑[6]。

【注释】

[1] 于右任：见143页“酒泉篇”于右任《万佛峡纪行诗四首》（其一）注[1]。
[2] 秦关：今陕西省洛川县秦关乡。是中国历史上的要塞之一。
[3] 万山：很多山。
[4] 游记：一种文体，主要记述游览经历。
[5] 学道：学习。诚：确实。
[6] 行行：走走停停。斑：花白。

崇信道中

于右任

【解题】

崇信，县名，在灵台西北。从灵台到崇信，翻越陇山，一路风光旖丽，林产丰富。祖国的大好河山，激发了作者的诗情。

蹀躞深山里[1]，探奇记不详。
野人都望岁[2]，植物自分疆。
处处生甘草，家家种大黄。
关山信难越[3]，梦里梦还乡。

【注释】

[1] 蹀躞（diéxiè）：小步走路。

[2] 野人：生活在乡野间的人。望岁：盼望粮谷丰收。

[3] 信：确实。

庆阳篇

北征赋（节选）

（东汉）班　彪[1]

【解题】

公元23年，刘玄称帝高阳，王莽死，刘玄迁都长安，年号更始。公元25年，赤眉入关，刘玄被杀。班彪远避凉州，从长安出发，至安定（今甘肃平凉），写了这篇《北征赋》。《北征赋》记叙了作者因避难而北行的历程，表现了自身的流离之悲，反映乱世之中社会动荡和民生疾苦，表达了怀古伤乱的感叹，抒发了安贫乐道的情怀。浦铣《复小斋赋话》云："班叔皮《北征赋》，妙在有议论，有断制，不则一篇述征记，有何意味？"作者北行始于长安，终于高平，中途历经义渠、安定。每到一地都即景抒情，发怀古伤乱之情。郇邠是周代远祖公刘所居之地，作者栖息此地，抚今思古，通过古今对比，感叹自己生不逢时。进入义渠旧城，联想起义渠戎王和秦昭王的故事，通过对秦昭王诛杀义渠戎王、北征匈奴的功绩的赞扬，批评当权者为政慌乱。途经安定时，沿古长城容与而行，又想起秦代名将蒙恬为秦筑长城的事。作者认为蒙恬为秦王修筑长城阻止匈奴的侵扰等于为秦王"筑怨"，作为一代名将置内忧而不顾，结果让胡亥赐死，这是政治上的失误。作者追述这些历史事实旨在说明应从历史中汲取教训，间接表达了对现实的不满。

朝发轫于长都兮[2]，夕宿瓠谷之玄宫[3]。
历云门而反顾[4]，望通天之崇崇[5]。
乘陵岗以登降[6]，息郇邠之邑乡[7]。
慕公刘之遗德[8]，及行苇之不伤[9]。
彼何生之优渥，我独罹此百殃[10]？
故时会之变化兮，非天命之靡常。

登赤须之长阪，入义渠之旧城[11]。
忿戎王之淫狡，秽宣后之失贞[12]。
嘉秦昭之讨贼，赫斯怒以北征[13]。
纷吾去此旧都兮，騑迟迟以历兹[14]。
遂舒节以远逝兮，指安定以为期[15]。
涉长路之绵绵兮，远纡回以樛流[16]。
过泥阳而太息兮[17]，悲祖庙之不修。
释余马于彭阳兮，且弭节而自思[18]。
日晻晻其将暮兮[19]，睹牛羊之下来。
寤旷怨之伤情兮[20]，哀诗人之叹时。
越安定以容与兮，遵长城之漫漫[21]。
剧蒙公之疲民兮，为强秦乎筑怨[22]。

【注释】

[1] 班彪（3—54）：字叔皮，扶风安陵（今陕西咸阳）人，东汉史学家，是班固、班超和班昭的父亲。班彪学博才高，专力从事于史学著述，写成《后传》六十余篇。

[2] 发轫（rèn）：拿掉支住车轮的木头，使车前进。这里指出发。

[3] 瓠（hù）谷：地名。玄宫：甘泉宫，旧址在今陕西省淳化县西南。张铣注："玄宫，谓甘泉宫也。"

[4] 云门：即云阳县门，在今陕西省淳化县西北。反顾：回头看。

[5] 崇崇：高大的样子。

[6] 陵岗：丘陵。

[7] 郇邠（xúnbīn）：地名，郇邑的邠乡，在今陕西省旬邑县与甘肃省正宁县一带。

[8] 公刘：古代周人部落首领，为周先祖不窋（kū）之孙。公刘在庆阳发展农耕生产，对庆阳川塬地带农业区域的形成和发展做出了很大贡献。又是《诗·大雅》的篇名，诗的首句："笃公刘，匪居匪康。"（忠厚的公刘，不敢安居图安康）

[9] 行苇：路旁的芦苇。又是《诗·大雅》的篇名，诗的首句："敦彼行苇，牛羊勿践履。"（聚生在路边的芦苇，牛羊不要乱踩。）《诗序》说这首诗体现的是忠厚。

[10] 优渥（wò）：优裕，丰厚，此指善待生命。罹（lí）：遭遇。

[11] 义渠：古义渠国之都，在今甘肃省庆阳市西南。

[12] 戎王：古义渠国首领，史称义渠戎王。宣后：战国时期秦昭襄王的生母，临朝专政多年。《史记·匈奴列传》："义渠戎王与宣太后乱，有二子。宣太后诈而杀义渠戎王于甘泉，遂起兵伐残义渠。"

[13] 赫斯怒：非常愤怒。语出《诗经·大雅·皇矣》："王赫斯怒，爰征其旅。"后来指帝王的怒气。

[14] 骓（fēi）：古代驾车的马，在中间的叫服，在两旁的叫骓，也叫骖。此处泛指马。

[15] 安定：西汉设安定郡，治所在今宁夏固原一带，东汉安定郡属凉州，改治临泾县（今甘肃镇原）。

[16] 纡回：弯曲，绕弯。樛（jiū）流：曲折，迂回的样子。

[17] 泥阳：古代地名，在今甘肃省宁县米桥乡一带。太息：指叹息，长叹。

[18] 彭阳：今甘肃省镇原县彭阳乡一带。弭节：驻节，古代官员出巡途中暂时驻留。弭，停止。节，官员出行时所用的旌节。

[19] 晻晻（yǎnyǎn）：夕阳西下暗淡无光。

[20] 寤：感悟。旷怨：即旷夫怨女，指已到婚龄，尚未婚配的男女。语出《孟子·梁惠王下》："内无怨女，外无旷夫。"

[21] 容与：徘徊犹疑。遵：沿着。长城：指秦长城。秦始皇三十三年（前214）遣大将蒙恬北逐匈奴，又西起临洮（今甘肃岷县），途径甘肃庆阳，东至辽东筑长城万余里，以防匈奴南进，史称秦长城。

[22] 剧：甚，严重。蒙公：蒙恬。作者在此埋怨蒙恬役使百姓修筑长城，为秦国构筑了怨恨。

致程伯达书

（北朝）胡　叟[1]

【解题】

公元438年，胡叟辗转到了河西，试图在河西得到发展。可是北凉主沮渠牧犍对他态度冷淡，当地的权贵名流也很轻视他。狷介不屈的胡叟作诗示友人程伯达以抒发心中的不平。

群犬吠新客，佞暗排疏宾[2]。
直途既已塞，曲路非所遵。
望卫惋祝鮀[3]，眄楚悼灵均[4]。
何用宣忧怀，托翰寄辅仁[5]。

【注释】

［1］胡叟：生卒年不详。字伦许，安定临泾（今甘肃镇原）人，出身于安定临泾著姓之家，生逢乱世，四方漂泊，坎坷多艰。他一生清贫，视富贵如浮云，满腹经纶，好发奇谈怪论，一支妙笔，写就天下文章。

［2］佞（nìng）暗：奸邪谄媚的人。排：排挤。疏宾：关系不亲近的人，此处指作者自己。作者在此指自己受到当地奸邪谄媚之人的排挤。

［3］祝鮀（tuó）：字子鱼，卫国大夫，有口才，以能言善辩得到卫灵公的重用，但卫灵公却是昏庸之君。作者在此对祝鮀表示惋惜。

［4］眄（miǎn）：斜着眼看。灵均：战国时期楚国诗人屈原的字。作者望着楚国而悲悼屈原。

［5］托翰：寓情文墨。辅仁：指程伯达。

宴圣公泉

（唐）王 勃[1]

【解题】

唐高宗年间，青年才子王勃游历名山大川一路来到蟠交县（今甘肃合水）老城镇南坎山脚下。慕名游览了城南坎山脚下风景清雅幽静的圣公泉。时值春末夏初，沿川一带林木蔚然，溪水长流，鸟鸣谷应，百兽依栖。走进通往山泉的林荫小道，远近高低树木枝缠藤绕，密不分株，犹如大海的波涛，一层一层，直向坎山山顶推去。此情此景，令王勃心旷神怡，欣然挥笔题写下《宴圣公泉》。此诗一名《圣泉宴》，诗前有序，云："玄武山有圣泉焉，浸淫历数百千年，垂岩泌涌，接磴分流，下瞰长江，沙堤石岸，咸古人遗迹也。兹乃青苹绿芰，紫苔苍藓，遂使江湖思远，寤寐寄托。既而崇峦左峙，石壑前萦，丹崿万寻，碧潭千顷，松风唱响，竹露熏空。潇潇乎人间之难遇也，方欲以林壑为天属，琴樽为日用。嗟乎！古今代谢，方深川上之悲；少长同游，且尽山阴之乐。盍题芳什，共写高情。诗得泉字。”全文以清新的笔触，详细地描绘出圣公泉深春傍晚的景色。

披襟乘石蹬[2]，列籍俯春泉[3]。
兰气熏山酌[4]，松声韵野弦[5]。
影飘垂叶外，香度落花前。
兴洽林塘晚[6]，重岩起夕烟[7]。

【注释】

［1］王勃（650—676）：字子安，绛州龙门（今山西河津）人，唐代诗人。王勃与杨炯、卢照邻、骆宾王齐名，称“初唐四杰”。其中王勃居“初唐四杰”之冠。

［2］披襟：敞开衣襟，多喻舒畅心怀。乘：登，升。磴（dèng）：台阶或楼梯的层级，特指山上石径。

［3］列籍：排列。

［4］山酌：山野人家酿的酒。此句意谓兰花之气为山之酒香。

［5］野弦：古朴自然的弦乐器。此句意谓松涛之声为野之乐曲。

［6］洽：和谐，融洽。

［7］重岩：重叠的山岩。

闻庆州赵纵使君与党项战中箭身死辄书长句

（唐）杜　牧[1]

【解题】

《文苑英华》卷三〇四题作《闻庆州赵纵使君祭酒与党项战中箭而死辄书哀句》。《全唐诗》卷五二一题中在“长句”字前有“辄书”二字。庆州，今甘肃庆阳。隋开皇十六年（596）置庆州，宋太祖建隆元年（950），属陕西路；乾德初复置庆州，仁宗庆历元年（1041）属环庆路。宋徽宗宣和七年（1125），改庆州为庆阳府。赵纵使君，庆州刺史赵纵。安史之乱后，部分党项人为吐蕃前驱，不断侵扰西北边郡，庆州遭受危害尤烈。庆州刺史赵纵在与党项人作战中中箭身死，杜牧作诗纪念，同时抒发自己怀才不遇的苦闷之情。明末王夫之《唐诗评选》卷四说："当知其蕴藉浃恰处。此等题于丹心碧血、日月山河、衰草夕阳外，自有无限。"

将军独乘铁骢马，榆溪战中金仆姑[2]。
死绥却是古来有，骁将自惊今日无[3]。
青史文章争点笔[4]，朱门歌舞笑捐躯。
谁知我亦轻生者，不得君王丈二殳[5]。

【注释】

[1] 杜牧：见 175 页"武威篇"（唐）杜牧《河湟诸郡次第归降》注 [1]。

[2] 将军：指庆州刺史赵纵。榆溪：古塞名，清顾祖禹《读史方舆纪要·陕西十·榆溪塞》："榆溪塞在废胜州北。"即今内蒙古一带。中（zhòng）金仆姑：指中箭。金仆姑，箭名。《左传·庄公十一年》："公以金仆姑射南宫长万"。

[3] 死绥（suí）：效死沙场。绥，临阵退却。曹操《败军令》："将军死绥。"骁骑（xiāojì）：勇猛的骑兵。

[4] 点笔：记载，记录（此事）。

[5] 殳（shū）：古代的一种武器，用竹木做成，有棱无刃，长一丈二。《诗经·伯兮》："伯也执殳，为王前驱。"

宁州道中

（唐）杨　夔[1]

【解题】

宁州，今甘肃宁县。本诗为作者经过历史上著名的萧关时的所见所感，通过对北方暮春时节寒冷苍凉景色的描写，表达了作者对关外的北方游牧民族时常侵袭骚扰的担忧。

城枕萧关路[2]，胡兵日夕临[3]。
唯凭一炬火，以慰万人心[4]。
春老雪犹重[5]，沙寒草不深。
如何驱匹马，向此独闲吟。

【注释】

[1] 杨夔：生卒年不详。自号“弘农子”，弘农（今河南灵宝）人，唐文学家。能诗，工赋善文，与杜荀鹤、张乔、郑谷等为诗友，以《冗书》驰名士大夫间。

[2] 萧关：见148页“张掖篇”（唐）王维《使至塞上》注[6]。

[3] 临：到来。

[4] 炬火：指烽火，烽火传递军情，可解边境之危。慰：抚慰。

[5] 春老：晚春。重：厚。

望 萧 关

（唐）朱庆馀[1]

【解题】

萧关，见148页“张掖篇”（唐）王维《使至塞上》注[6]。此诗写了作者走入庆阳境内，将临萧关时的所见所闻。

渐见风沙暗，萧关欲到时。
儿童能探火，妇女解缝旗[2]。
川绝衔鱼鹭[3]，林多带箭麋。
暂来戎马地[4]，不敢苦吟诗。

【注释】

[1] 朱庆馀：生卒年不详。名可久，越州（今浙江绍兴）人。宝历二年（826）进士，官至秘书省校书郎。见《唐诗纪事》卷四六、《唐才子传》卷六，《全唐诗》存其诗两卷。

[2] 探火：探看烽火，报告敌情。解缝旗：知道缝制军旗。解，知道，熟悉。

缝旗，缝制军旗。

［3］川：河。

［4］戎马地：征战之地。

渔家傲·秋思

（北宋）范仲淹[1]

【解题】

渔家傲，词牌名。不见于唐五代人词，至北宋晏殊、欧阳修则填此调多。《词谱》卷十四云："此调始自晏殊，因词有'神仙一曲渔家傲'句，取以为名。"魏泰《东轩笔录》卷十一："范文正公守边日，作《渔家傲》乐歌数阕，皆以'塞下秋来'为首句，颇述边镇之劳苦。"范仲淹于仁宗康定元年（1040）任陕西经略副使兼知延州（治所在今陕西延安），守边四年。此词写边地将士生活的艰苦，表达了作者立志破敌立功却又思念家乡的矛盾心情，极悲壮苍凉。

塞下秋来风景异[2]，衡阳雁去无留意[3]。四面边声连角起[4]，千嶂里[5]，长烟落日孤城闭[6]。　浊酒一杯家万里，燕然未勒归无计[7]。羌管悠悠霜满地[8]，人不寐[9]，将军白发征夫泪。

【注释】

［1］范仲淹（989—1052）：字希文，北宋著名的政治家、思想家、军事家和文学家，谥文正，故称"范文正公"。仁宗庆历元年（1041）五月，范仲淹知庆州（今甘肃庆阳），迁左司郎中，为环庆路经略安抚沿边招讨使。庆历四年（1044），元昊请和，范仲淹召拜枢密副使。从庆历元年五月至庆历五年正月，范仲淹知庆州共四年零九个月。

［2］塞下：边界要塞之地，这里指西北边疆。风景异：指景物与内地不同。

［3］衡阳雁去：相传北雁南飞，到湖南的衡阳为止。

［4］边声：边境特有的声音，如大风、号角、羌笛、马啸的声音。角：军中的号角。

［5］千嶂：崇山峻岭。

[6] 长烟：荒漠上的烟。

[7] 燕然未勒：指边患未平、功业未成。燕然：山名，即今蒙古境内之杭爱山。勒：刻石记功。据《后汉书·窦宪传》记载，东汉窦宪追击北匈奴，出塞三千余里，至燕然山刻石记功而还。

[8] 羌（qiāng）管：羌笛，羌族乐器的一种。

[9] 寐（mèi）：睡，睡着。

劝　农

（北宋）范仲淹

【解题】

范仲淹戍守环庆路时，不仅重视城寨的修筑，也很重视发展农业，专门写了《劝农》诗，勉励百姓重视农耕，依据季节，及时耕作。

烹葵剥枣古年丰[1]，莫管时殊俗自同[2]：
太守劝农农勉听[3]，从今再愿诵豳风[4]。

【注释】

[1] 葵：一种蔬菜，又叫冬苋菜。

[2] 时殊：时代不同。

[3] 勉：努力。

[4] 豳（bīn）风：此指《诗经·豳风·七月》。

庆　州　败

（北宋）苏舜钦[1]

【解题】

庆州，治所在今甘肃省庆阳市。西夏兵犯庆州（今甘肃庆阳），宋兵迎战于龙马岭，败退。宋援兵途中遇敌埋伏，又惨败，士卒被俘无数，主将被活捉。据《宋史·夏国上》载：宋仁宗景祐元年（1034）秋，“庆州柔远砦蕃部巡检嵬通攻破后桥诸堡，于是元昊称兵报仇。缘边都巡检杨遵、柔元砦监押卢训，以兵七百与战于龙马岭，败绩。环庆路都监齐宗矩、走马承受赵德宣、宁州都监王文援之，次节义峰，伏兵发，执宗矩。久之始放归”。庆州败即指此。此诗作于同一年，毫不留情地揭露了北宋军队的腐败。

无战王者师，有备军之志[2]。
天下承平数十年，此语虽存人所弃。
今岁西戎背世盟，直随秋风寇边城[3]。
屠杀熟户烧障堡，十万驰骋山岳倾[4]。
国家防塞今有谁？官为承制乳臭儿[5]。
酣觞大嚼乃事业，何尝识会兵之机[6]？
符移火急搜卒乘，意谓就戮如缚尸[7]。
未成一军已出战，驱逐急使缘崄巇[8]。
马肥甲重士饱喘，虽有弓剑何所施。
连颠自欲堕深谷，虏骑笑指声嘻嘻[9]。
一麾发伏雁行出，山下掩截成重围[10]。
我军免胄乞死所，承制面缚交涕洟[11]。
逡巡下令艺者全，争献小技歌且吹[12]。
其余劓馘放之去，东走矢液皆淋漓[13]。
首无耳准若怪兽，不自愧耻犹生归[14]！
守者沮气陷者苦，尽由主将之所为[15]。
地机不见欲侥胜，羞辱中国堪伤悲[16]。

【注释】

［1］苏舜钦（1008—1049）：字子美，开封（今属河南）人，北宋诗人，曾祖父由梓州铜山（今四川中江）迁至开封。历任蒙城、长垣县令、大理评事、集贤殿校理、监进奏院等职。与梅尧臣齐名，人称“梅苏”。有《苏学士文集》。

［2］无战：不战。《荀子·议兵》：“王者有诛而无战。”王者：古称能以德服人

的君王为王者。师：军队。有备：即有备无患。有备军之志：军队当牢记有备而无患。志，牢记。

[3] 西戎：指西夏。寇：劫掠、侵犯。

[4] 熟户：指西北边境地区内属于汉族政权的少数民族居民。障堡：边塞险要处防御用的城堡。倾：倒塌。

[5] 承制：即承皇帝之制命。乳臭儿：对年轻人的蔑称，谓年幼无知。此句意谓边塞将官都是承制任命的，没有任何能力。

[6] 识会：通晓，懂得。兵之机：用兵之道。

[7] 符：见134页“酒泉篇”（明）何景明《汉将篇》注[4]。搜：搜寻，寻求。卒乘：兵力车马。缚尸：捆绑尸体。

[8] 一军：古代以一万二千五百人为一军。缘：沿着。崄巇（xiǎnxī）：艰险崎岖。崄，通“险”。

[9] 连颠：即颠连，困顿不堪的人，指宋军。虏骑（lǔjì）：敌军之骑兵。

[10] 麾：通“挥”。发伏：出动伏兵。雁行：像雁飞的行列，形容军队严整。掩截：突然截击包围。

[11] 免胄：摘下头盔示降。乞死所：请求处置。承制：这里指将领。面缚：双手反绑于背而面向前。洟（yí）：鼻涕。

[12] 逡巡（qūnxún）：顷刻，不一会。

[13] 劓（yì）：割鼻。馘（guó）：古代战争中割掉敌人的左耳计数献功。矢：同“屎”。液：指尿。

[14] 准：鼻子。

[15] 沮气：丧气。

[16] 地机：地形上的机宜。《吴子》卷下《论将第四》：“凡兵有四机：一曰气机；二曰地机；三曰事机；四曰力机。……路狭道险，名山大塞，十夫所守，千夫不过，是谓地机。”地机不见：看不见地形的险阻，这里指不懂利用地形。侥胜：侥幸取胜。

送范纯粹守庆州

（北宋）苏　轼[1]

【解题】

范纯粹，字德孺，范仲淹第四子，北宋官员。神宗元丰八年（1085），范纯粹为京东路转运使，继父兄之后再知庆州，苏轼作诗相送。

才大古难用，论高常近迂，
君看赵魏老，乃为滕大夫[2]。
浮云无根蒂，黄潦能须臾[3]。
知经几成败，得见真贤愚。
羽旄照城阙，谈笑安边隅[4]。
当年老使君，赤手降於菟[5]。
诸郎更何事，折箠鞭其雏[6]。
吾知邓平叔，不斗月支胡[7]。

【注释】

[1] 苏轼：见246页“陇南篇”（北宋）苏轼《双石》注[1]。

[2] 赵魏：晋国赵氏、魏氏。老：古时称大夫的家臣为老，也称室老。滕大夫：滕国大夫。《论语·宪问》：“子曰：‘孟公绰为赵魏老则优，不可以为滕薛大夫。’”范德孺曾知滕县，故专用滕大夫。“君看”两句意谓您看只能做赵氏、魏氏家臣的人，都做了滕国的大夫。表现作者对北宋用人制度的质疑。

[3] 黄潦：浑浊之雨水。须臾：片刻，一会儿。此二句指浮云无根，浑浊的雨水也不能长留，暗指无才无德的人不可能长期被重用。

[4] 羽旄（yǔmáo）：古时常用鸟羽和旄牛尾为旗饰，故亦为旌旗的代称。城阙：城门两旁的瞭望阁楼。边隅：边境。

[5] 老使君：指范纯粹的父亲范仲淹。范仲淹曾知庆州，并在庆州建大顺城，构筑防御体系，抵御西夏人。赤手降於菟：指范仲淹在庆州抵御西夏之事。於菟（wūtú），古时楚国人对“虎”的称呼。

[6] 诸郎：年轻子弟。更：经历。折箠：折断策马的杖，亦作“折捶”。《后汉书·邓禹传》：“赤眉无谷，自当来东，吾折捶笞之，非诸将忧也。”谓用短杖即可制敌。鞭：鞭策。其雏：其后代。

[7] 邓平叔：邓禹之子，名邓训，字平叔，南阳新野（今属河南）人，历仕郎中、乌桓校尉、张掖太守、护羌校尉，以恩信对待羌人，备受信任和爱戴。月支胡：汉朝以后从西域流入的少数民族。

狄梁公庙

（明）李梦阳[1]

【解题】

狄梁公指唐名臣狄仁杰，死后追封为梁国公。曾任宁州（今甘肃宁县）刺史，在宁州任职期间，严惩地方贪官污吏，积极治理河道，劝农植桑，深受宁州百姓爱戴。他离任后，州民在城西庙嘴坪为他立了一块狄公德政碑，并在立碑处建狄梁公庙。本诗仰慕缅怀曾在庆阳建功立业、造福黎民、干出一番事业的历史名人——狄仁杰。诗歌怀古伤今，感情沉郁，背负着历史的纵深感和凝重感。意境雄浑苍茫，感情沉郁悲愤，使整个诗具有了胸怀天下的悲壮美。

狄老昔为州刺史，千秋万载土人思[2]。
向来伊洛瞻陵墓，又在宁江见庙祠[3]。
鹦鹉梦中天地转，太行山上旆旌迟[4]。
平省忠孝垂今古，不愧希文数字碑[5]。

【注释】

[1] 李梦阳：见 179 页“武威篇”（明）李梦阳《出塞》（二首选一）注［1］。

[2] 土人：指当地老百姓。

[3] 伊洛：伊水与洛水。陵墓：指狄仁杰墓。位于洛阳城东 12 公里处洛阳市郊区白马寺镇白马寺山门外。宁江：宁州江畔，这里指横穿宁州的宁河，又名罗水。

[4] 旆旌（pèijīng）：见 2 页“兰州篇”（唐）沈佺期《出塞》注［4］。

[5] 希文：北宋范仲淹的字，范仲淹知庆州期间，写了《狄梁公庙碑文》，尽述狄仁杰的生平事迹，盛赞备至。目前碑文尚存。数字碑：简要的碑文。数字，字数不多。

咏韩范祠

（明）李梦阳

【解题】

宋庆历中，韩琦拜陕西安抚使，范仲淹迁环庆路经略安抚沿边招讨使兼知庆州。二人号令严明，爱抚士卒，诸羌来者推诚抚接，天下称为“韩范”。后二公同拜枢密副使。庆阳旧有韩范祠，现祠毁碑存。本诗仰慕缅怀曾在庆阳建功立业、造福黎民的历史名人范仲淹、韩琦，诗人凭吊怀念韩范之幽思如一缕轻烟弥漫四溢，有一种咀嚼不尽的情味。

范公人物当三代[1]，韩相元勋定两朝[2]。
延庆曾连唐节度[3]，生平不数汉骠姚[4]。
一封攻守安边策[5]，千岁威名破胆谣[6]。
郡府城南双庙貌，异时追梦此情遥。

【注释】

［1］“范公”句：意谓继范仲淹之后，又有其次子范纯仁、四子范纯粹子承父业、兄弟相继，三次知庆州，俱有惠政。

［2］“韩相”句：韩琦历官至宰辅，拜同中书门下平章事、右仆射，执政三朝，封魏国公。去世后北宋神宗御撰墓碑：“两朝顾命定策元勋。”谥忠献，赠尚书令。

［3］延庆：延州（今陕西延安）、庆州（今甘肃庆阳）。连：相连。此句意谓范仲淹、韩琦驻守延州庆州的功劳可比唐代御敌戍边的节度使郭子仪。郭子仪曾任朔方节度使。

［4］不数：不亚于。骠姚（piāoyáo）：汉代霍去病曾为骠姚校尉、骠骑将军。后多以“骠姚”指霍去病。此句意谓韩范二公既有武略，又有文韬，远胜过英勇善战却无文韬的霍去病。

［5］一封攻守：范仲淹在知庆州期间撰写了《攻守议》、《再议攻守》的上书，详细阐述了防御西夏入侵的策略。

［6］破胆谣：韩琦拜陕西安抚使，范仲淹迁环庆路经略安抚沿边招讨使兼知庆

州之后，善于治兵，边境人谣曰："军中有一韩，西贼闻之心胆寒；军中有一范，西贼闻之惊破胆。"

黄 帝 陵

（明）李梦阳

【解题】

黄帝陵，此指甘肃庆阳正宁桥山上的黄帝陵。本诗写人文始祖黄帝早已驾龙升天，如今高耸的桥山只留下了他的衣冠之冢，但他撰写《黄帝内经》、创建文明制度、造富于民的功绩却使人景仰。汉武帝曾巡视西游，途经黄帝陵，便停止行军，备礼致祭。诗从宇宙洪荒时候写起，上下几千年，纵横几万里，既表达了对先贤的仰慕，又抒发了爱国情思。诗格调高古，意境苍茫，浑成流转，洋溢着洒脱之美。

黄帝骑龙事杳茫[1]，桥上未必葬官裳[2]。
内经汇秘无天地[3]，律吕通神有凤凰[4]。
创建文明归制度，要知垂拱变洪荒[5]。
汉皇巡视西游日[6]，万有八千空路长。

【注释】

[1] 黄帝骑龙：《史记·封禅书》："黄帝采首山铜，铸鼎于荆山下。鼎既成，有龙垂胡髯下迎黄帝。黄帝上骑，群臣后宫从上者七十余人，龙乃上去。"后以"骑龙"谓黄帝升仙的典故。杳茫：渺茫，迷茫。

[2] 桥上：指庆阳正宁的桥山上。据说黄帝升天以后，他的衣冠葬在了桥山，至今桥山有黄帝的衣冠冢。

[3] 内经：指《黄帝内经》，相传为黄帝所写。

[4] 律吕：《路史·疏仡纪·黄帝》："黄帝作律，以玉为琯，长六寸，为十二月。"有凤凰：韩婴《韩诗外传》卷八记载："黄帝乃服黄衣，戴黄冕，致斋于宫，凤乃蔽日而至，黄帝降于东阶，西面再拜稽首，曰：'皇天降祉，不敢不承命。'凤乃止帝东国，集帝梧桐，食帝竹实，没身不去。"

[5] 垂拱：垂衣拱手，形容毫不费力。称颂帝王无为而治。洪荒：混沌、蒙昧的状态，特指远古时代。

[6] 汉皇：指汉武帝。元封元年十月（公元前110），汉武帝率十八万大军巡视朔方，威震匈奴，返回长安时，途经桥山，他看到高大雄伟的黄帝陵，立即停止行军，备礼致祭。

傅介子墓

（明）李梦阳

【解题】

傅介子，是西汉著名外交家、军事家，北地义渠（今甘肃庆城县）人。征和元年（前92），楼兰国王死，匈奴急送质子（充当人质的王子）安归回国继承王位。安归因此倾向匈奴，与汉朝为敌。傅介子率领随行将士来到楼兰，设计刺杀楼兰王安归，另立汉朝的质子、安归之弟尉屠耆为王，安抚楼兰居民，并改楼兰国名为“鄯善”。他因功被封为义阳侯，被后人誉为“孤胆英雄”。去世后葬于今甘肃省庆城县西塬，墓址至今尚存。本诗表达了作者对傅介子——这位“孤胆英雄”不顾个人安危，为国所做的贡献的景仰和渴慕之情。

刺杀楼兰归便侯，四夷稽颡万方愁[1]。
义阳陵墓今人指，异域功名汉史收。
时节飞尘空道路，古碑生藓尚交虬[2]。
华夷异种同天地，错尽将军报国谋[3]。

【注释】

[1] 稽颡（qǐsǎng）：古代一种跪拜礼，屈膝下拜，以额触地，表示极度的虔诚。

[2] 交虬（qiú）：这里指碑头上的龙纹。“时节”两句意谓当年傅介子刺杀楼兰王的道路虽已无人行走，古碑上虽然长了苔藓却还能看到蟠虬纹饰。

[3] 华夷：汉族与少数民族。异种：不同的民族。将军：指傅介子。报国谋：报效国家的谋略。“华夷”两句意谓少数民族和汉王朝同为华夏子孙，应同享一个天地，傅介子虽有报国壮举，但却用错了地方。

环县道中

（明）李梦阳

【解题】

环县，在今甘肃庆阳北部。五代周置环州，明改为环县。据《舆地广记》：环县以大河环曲而得名，大河也就是环江。这是一首颇具边塞诗风的诗作，作者将进入环县途中的所见所闻及自然风貌都融于诗中，寄托了内心十分复杂，又难以言说的感情。对无休止的边塞战争的厌倦，对长期戍边、有家不能回的将士的同情溢于言表，而整首诗的基调又昂扬慷慨，苍劲雄健，悲中有壮。

昔人习鞍马，而我惮孤征[1]。
水抱琵琶寨，山衔木钵城[2]。
裹疮新罢战，插羽又征兵[3]。
不到穷边处，哪知远戍情[4]。

【注释】

[1] 惮：怕，畏惧。

[2] 琵琶寨：沿环江两岸堡寨。木钵城：位于环县县城南部，自古是战略要地，兵家必争之地。

[3] 裹疮：包扎伤口。插羽：古代在紧急文书中插羽毛以示迅急。

[4] 远戍：戍守边疆。

彭　祖　墓

（明）强　晟[1]

【解题】

彭祖，传说中人物，陆终氏第三子，姓篯（jiān），名铿（kēng），尧时曾为大臣。相传他活了800岁。彭祖墓，在正宁罗川城东南50里的香庙塬（今甘肃庆阳三嘉乡境内）彭祖坳，墓址宏阔。清时墓前只余有一个石马。诗中作者描写了彭祖墓旁的景色，并且感叹人生，表达了作者的人生理想——希望过酣畅洒脱、与世无争的理想生活。

沧海桑田几变更，一丘千古属篯铿。
传闻自昔名难泯，樵采于今势欲平。
雨洗苍松蜗有篆[2]，苔封老树鹤舞声。
吁嗟八百终归幻，对酒何妨学步兵[3]。

【注释】

[1]强晟：生卒年月不详。汝阳（今属河南）人。任真宁（今甘肃正宁）教谕。

[2]蜗有篆：蜗牛爬行时留下的涎液痕迹，屈曲如篆文。

[3]吁嗟：表示感叹。步兵：指三国时魏国诗人阮籍，“竹林七贤”之一。阮籍曾任步兵校尉，世称阮步兵。“吁嗟”二句意谓感叹篯铿活了八百年最终还是归于空幻，还不如学阮籍肆意酣畅，潇洒人生。

屏山梅影

（明）张九皋[1]

【解题】

《庆阳县志》载，打扮山（今甘肃华池）南向有数仞之岩，出二梅有影，若老杆高枝，缘山而下，余藤条悬岭而上。天气晴明，日炎下午，若有若无。时或阴雨，仿佛水帘白兔，隐现其间。

梅产屏山上，于今几度年？
人传天道子，吾意必云仙[2]。
变化阴阳里，有无天地间。
神笔参造化，随意写尘寰[3]。

【注释】

［1］张九皋：生卒年不详。任安化（今甘肃庆城）知县。

［2］云仙：云中仙子。

［3］神笔：这里指梅树枝条犹如神笔。尘寰（huán）：尘世，人世间。

萧关北作

（明）杨 巍[1]

【解题】

萧关，见148页“张掖篇”（唐）王维《使至塞上》注［6］。此诗为作者过萧关时的怀古之作。诗中写作者所见所闻、所怀所感，沟通古今，极具历史沧桑感。

萧路山难断，胡天云不开。
遥惊戍火起，数见玉书来[2]。
周室朔方郡，唐家灵武台[3]。
客心正多感，羌笛暮堪哀。

【注释】

［1］杨巍（1516—1608）：字伯谦，海丰县（今山东无棣）人，嘉靖二十六年（1547）进士。官至礼部尚书。

［2］戍火：戍卒在驻地所燃之火。这里指战火。玉书：天子的诏书，皇帝所发的命令。

［3］周室：周王朝。朔方：北方。周先祖曾在庆阳教民稼穑。灵武台：在庆阳环县城内，唐代“安史之乱”爆发以后李亨随父亲唐玄宗仓皇出逃，后李亨在环县灵武即位，开始平定安史之乱，史称唐肃宗。

柔远山

（清）孙良贵[1]

【解题】

柔远山位于今甘肃省华池县孙家村内，山势高耸。明代称玄圣山，山上有玄圣寺，建于汉代。明万历二十八年、清乾隆十一年十一月、清光绪二十三年九月、民国六年曾多次重修。有永远天门、二天门、三天门、飞升楼、玉皇楼、玄圣行宫、祖师行宫等，寺内有大钟，重两千多公斤。

绝顶层峰未易逢，禅床常被白云封[2]。
老来拟插凌霄羽[3]，直叩天门第八重[4]。

【注释】

[1] 孙良贵：生卒年不详。字邻初，善化（今湖南长沙）人，清乾隆三年（1738）举人，乾隆四年（1739）进士。官甘肃庆阳知府。著有《墨樵诗抄》四卷。

[2] 禅床：坐禅之床。贾岛《送天台僧》："寒蔬修净食，夜浪动禅床。"

[3] 凌霄：接近云霄。羽：翅膀。

[4] 第八重：古人认为天有九层，因泛言天为"九重天"。此指飞得极高。

临夏篇

边城落日

（唐）骆宾王[1]

【解题】

此诗大致写于唐高宗咸亨元年（670）八月后。诗人写自己辞家万里来到西域，本想立功荒外，但遭遇到的现实却是军事上的失败与艰苦的生活。也表达了诗人希望报效朝廷，与敌人决一雌雄的雄心。

紫塞流沙北[2]，黄图灞水东[3]。
一朝辞俎豆[4]，万里逐沙蓬。
候月恒持满[5]，寻源屡凿空[6]。
野昏边气合，烽迥戍烟通。
膂力风尘倦[7]，疆场岁月穷。
河流控积石[8]，山路远崆峒[9]。
壮志凌苍兕[10]，精诚贯白虹[11]。
君恩如可报，龙剑有雌雄[12]。

【注释】

[1] 骆宾王：见 96 页“酒泉篇”（唐）骆宾王《在军中赠先还知己》注 [1]。

[2] 紫塞：雅豹《古今注·都邑》：“秦筑长城，土色皆紫，汉塞亦然，故称紫塞焉。”“紫塞”即长城。流沙：《史记·匈奴列传》：“又使骑都尉李陵将步骑五千人，出居延北千余里，与单于会，合战。”居延即流沙，古称流沙泽，汉魏晋称居延泽，唐以后称居延海。即今内蒙古额济纳旗西北的苏古诺尔湖和嘎顺诺尔湖。形状狭长弯曲，有如新月。

［3］黄图：指京城。庾信《哀江南赋》："雍狼望于黄图，填庐山于赤县。"灞水：《元和郡县志·关内道京兆万年县》："灞水，在县东二十里。灞桥，隋开皇三年造。"

［4］俎（zǔ）豆：俎和豆。古代祭祀、宴飨时盛祭品用的两种礼器。亦泛指各种礼器。合谓祭祀，奉祀。《论语·卫灵公》："俎豆之事则尝闻之矣，军旅之事未之学也。""一朝"两句谓文官有从戎沙场之意。

［5］候月：《史记·匈奴列传》："举事而望候星月，月盛壮则攻战，月亏则退兵。"持满：拉满弓。

［6］凿空：开通道路。《史记·大宛列传》："然张骞凿空，其后使往者皆称博望侯。"裴骃《集解》引苏林曰："凿，开；空，通也。骞开通西域道。"

［7］膂（lǚ）力：体力；力气。《后汉书·董卓传》："卓膂力过人，双带两鞬，左右驰射。"

［8］积石：地名，相传为禹治水之起点。《尚书·禹贡》："导河积石，至于龙门。"《元和郡县图志·陇右道河州枹罕县》："积石山，一名唐述山，今名小积石山，在县（河州）西北七十里。按河出积石山，在西南羌中，注于莒蒲海，潜行地下，出于积石，为中国河，故今人目彼山为大积石，此山为小积石。"在今甘肃省临夏回族自治州西。

［9］崆峒：《括地志》："在肃州福禄县东南六十里。"王应麟《通鉴地理通释·十道山川考》："崆峒，在岷州溢乐县西二十里。"在今甘肃岷县境内。

［10］苍兕（sì）：传说中的水兽名，善奔突，能覆舟，故以此为古代掌管舟楫的官名。《史记·齐太公世家》："师尚父左杖黄钺，右把白旄以誓，曰：'苍兕苍兕，总尔众庶，与尔舟楫，后至者斩。'遂至盟津。"司马贞《索隐》引马融曰："苍兕，主舟楫官名。"

［11］精诚：真诚。《庄子·渔父》："真者，精诚之至也。不精不诚，不能动人。"白虹：日月周围的白色晕圈。

［12］龙剑有雌雄：传说春秋吴王阖闾使干将铸剑，铁汁不下，其妻莫邪自投炉中，铁汁乃出，铸成二剑。雄剑名干将，雌剑名莫邪。事见赵晔《吴越春秋·阖闾内传》。

同吕判官从哥舒大夫破洪济城回登积石军多福七级浮图

（唐）高　适[1]

【解题】

吕判官，《旧唐书·吕諲传》："蒲州河东人。……陇右、河西节度使哥舒翰奏充度支判官。"洪济城，《资治通鉴》卷二一六："哥舒翰攻破吐蕃洪济、大漠门登城，在天宝十二载夏。"胡三省注："廓州西南百四十里有洪济桥。"在今青海省东境河曲之地。积石军，《通典》卷一七二："陇右节度使统积石军，宁塞西百八十里，仪凤二年置，管兵七千人，马一百匹。"在今甘肃省临夏回族自治州西。浮图，梵文Buddnastupa的音译。七级浮图，亦作"七级浮屠"，七层佛塔。此诗为作者奉和判官吕諲从哥舒翰破洪济城回登积石军佛塔之作。前幅十句写征途登塔，塔高山峻，临眺可喜。后幅十句则歌颂哥舒大军破城并赞吕之诗作，兼述吕之厚己，然苦于才薄迟进也。

塞口连浊河[2]，辕门对山寺。
宁知鞍马上，独有登临事。
七级凌太清[3]，千崖列苍翠。
飘飘方寓目[4]，想象见深意。
高兴殊未平[5]，凉风飒然至。
拔城阵云合，转旆胡星坠[6]。
大将何英灵，官军动天地。
君怀生羽翼，本欲附骐骥[7]。
欻段苦不前[8]，青冥信难致[9]。
一歌阳春后[10]，三叹终自愧。

【注释】

［1］高适：见3页“兰州篇”（唐）高适《金城北楼》注［1］。

［2］河：黄河。黄河色黄，故曰浊。

［3］太清：指天空。

［4］寓目：注目，过目，观看。

［5］高兴：高雅的兴致。

［6］旆（pèi）：见2页“兰州篇”（唐）沈佺期《出塞》注［4］。转旆：指军队转移、出征。胡星坠：指胡兵退败。

［7］骐骥：良马，千里马，骏马。《楚辞·离骚》：“乘骐骥以驰骋兮，来吾道夫先路。”

［8］“欵（kuǎn）”：同“款”。款段：马行迟缓貌。《后汉书·马援传》：“士生一世，但取衣食裁足，乘下泽车，御款段马……斯可矣。”李贤注：“款，犹缓也，言形段迟缓也。”

［9］青冥：苍天，青天。喻高位，显要的职位。

［10］阳春：战国时楚国的高雅歌曲名。宋玉《对楚王问》：“其为《阳春》、《白雪》，国中属而和者不过数十人而已。”李周翰注：“《阳春》、《白雪》，高曲名也。”后延用以泛指高雅的曲子。

九曲词（三首）

（唐）高　适

【解题】

郭茂倩《乐府诗集》卷九一：“哥舒翰破吐蕃，收九曲黄河，置洮阳郡，适为作《九曲词》。”收九曲事在天宝十二载（753）夏，此三首均为歌颂哥舒翰战功，末首更写其部众之壮志。三首均多对偶句，与杜甫绝句诗相近。

一

许国从来彻庙堂［1］，连年不为在坛场［2］。
将军天上封侯印［3］，御史台中异姓王［4］。

【注释】

[1] 彻：贯通。此句意谓以身许国之心通于朝廷。

[2] 坛场：见 6 页“兰州篇”（金）邓千江《望海潮》注 [12]。此句意谓赞扬哥舒翰之以身许国，且不图大将军之职位。

[3] 封侯印:《汉书解诂》:“列侯金印紫绶，以赏有功。”《旧唐书·哥舒翰传》:“十二载，进封凉国公，食实封三百户。”此句意谓哥舒翰功勋卓著。

[4] 异姓王:《汉书·彭越传》:“昔高祖定天下，功臣异姓而封者八国，张耳、吴芮、彭越、黥布、臧荼、卢绾与两韩信。”《旧唐书·哥舒翰传》:“八载，加摄御史大夫，十二载，进封凉国公，……寻进封西平郡王。”此句意谓哥舒翰的功勋之大，非皇帝同族而被封王。

二

万骑争歌杨柳春[1]，千场对舞绣骐驎[2]。
到处尽逢欢洽事，相看总是太平人。

【注释】

[1] 杨柳春：歌曲名。

[2] 骐驎：同“麒麟”。

三

铁骑横行铁岭头[1]，西看逻逤取封侯[2]。
青海只今将饮马，黄河不用更防秋[3]。

【注释】

[1] 铁岭：西北部边塞山名。

[2] 西看：即西防。逻逤（luósuò）：指唐时吐蕃都城，今西藏自治区拉萨市。此句意谓西防吐蕃而被封侯。

[3] 防秋：见 172 页“武威篇”（唐）李益《边思》注 [3]。此句意谓有了哥舒翰部队的威严，吐蕃不敢随意进犯骚扰。

同李员外贺哥舒大夫破九曲之作

（唐）高 适

【解题】

九曲，在今青海省巴燕县。《新唐书·吐蕃传》："吐蕃……厚饷（杨）矩，请河西九曲为（金城）公主汤沐，矩表与其地，……自是虏益张雄。……哥舒翰……收九曲故地，列郡县。"此诗为高适在哥舒翰幕府时于河西九曲后方所作，为奉和哥舒翰收复河西九曲之和诗。前幅十二句叙攻破九曲之战，山动旗翻，追奔逐北。后幅十二句则歌颂哥舒翰之善策与威武，使老将失色，儒生结舌，凭庙谋以解重围，止杀戮以报君恩。诗歌状塞外征战之景如在目前，豪迈雄壮。

遥传副丞相[1]，昨日破西蕃[2]。
作气群山动[3]，扬军大旆翻[4]。
奇兵邀转战，连弩绝归奔[5]。
泉喷诸戎血[6]，风驱死虏魂。
头飞攒万戟[7]，面缚聚辕门[8]。
鬼哭黄埃暮，天愁白日昏。
石城与岩险，铁骑皆云屯[9]。
长策一言决，高纵百代存[10]。
威棱慑沙漠[11]，忠义感乾坤。
老将黯无色，儒生安敢论？
解围凭庙算[12]，止杀报君恩。
唯有关河眇，苍茫空树墩[13]。

【注释】

［1］副丞相：指哥舒翰。

［2］西蕃：指吐蕃。

［3］作气：振奋气势。

［4］旆（pèi）：见2页“兰州篇”（唐）沈佺期《出塞》注［4］。

［5］连弩（nǔ）：装有机栝，可以同发数矢或连发数矢之弓。《墨子・备高临》：“备临以连弩之车。”《汉书・李陵传》：“陵军步斗树木间，复杀数千人，因发连弩射单于。”

［6］泉喷诸戎血：此句意谓敌人血如泉喷。

［7］头飞：头颅被兵器砍飞。

［8］面缚：见276页“庆阳篇”（北宋）苏舜钦《庆州败》注［11］。

［9］云屯：像云一样聚集，比喻人多。

［10］高纵：高尚的德行。

［11］威棱：威势，威严的样子。《汉书・李广传》：“是以名声暴于夷貉，威棱憺乎邻国。”颜师古注曰：“神灵之威曰棱。”

［12］庙算：朝廷或帝王对战事进行的谋划。《孙子・计》：“夫未战而庙算胜者，得算多也；未战而庙算不胜者，得算少也。”张预注：“古者兴师命将，必致斋于朝，授以成算，然后遣之，故谓之庙算。”

［13］树敦：地名，树敦城，在今青海省西宁市馒头山北。

题积石

（元）杨载[1]

【解题】

积石，见287页“临夏篇”（唐）骆宾王《边庭落日》注［8］。历代题咏积石的作品莫不提到大禹治水之功劳，本诗也是如此，从大禹对天下开辟的功绩而及眼前西北的风云际会，由古及今，充满历史沧桑感。

禹功疏凿过殷勤[2]，宇内山川自此分。
元气混沦通地脉[3]，孤光迢递贯天文[4]。
母金伏土秋当孕[5]，阴火潜渊夜欲焚[6]。
多少鱼龙争变化，总归西北会风云。

【注释】

［1］杨载（1271—1323）：字仲弘，浦城（今属福建）人，徙居杭州。元代诗人。年四十未仕，以布衣召为国史院编修官。后中进士，官至宁国路总管府推官。著有《杨仲弘诗》八卷，文已散失。

［2］禹功：夏禹治水的功绩。《左传・昭公元年》："美哉禹功，明德远矣。微禹，吾其鱼乎！"过：极，特别。殷勤：勤劳、辛劳。

［3］元气：指天地未分前的混沌之气。混沦：混沌，浑然未分的样子。地脉：地的脉络、地势。

［4］孤光：多指日光或月光。杜甫《王兵马使二角鹰》诗："中有万里之长江，回风滔日孤光动。"仇兆鳌注："孤光浮动，日映江波也。"天文：日月星辰等天体在宇宙间分布运行等现象。古人把风、云、雨、露、霜、雪等地文现象也列入天文范围。

［5］母金：大颗天然金粒。

［6］阴火：海中生物所发之光。王嘉《拾遗记・唐尧》："西海之西，有浮玉山。山下有巨穴，穴中有水，其色若火，昼则通昽不明，夜则照耀穴外，虽波涛瀼荡，其光不灭，是谓'阴火'。"

宁 河 城

（明）解 缙[1]

【解题】

《宋史》卷八七，宁河城小注："熙宁六年（1073）置枹罕县，九年（1076）省。崇宁四年（1105），升宁河砦为县。旧香子城。"另，据《临夏回族自治州志》，宁河城位于河州南60里，唐代吐蕃所筑香子城。历经宋、金、元及明初，其城址在今城关镇教场村东，大部城墙犹在，今称之为旧城。东西长260米，南北宽140米。东南北三面沿山靠崖，就势构筑，居高临下，地势险要。此诗为解缙二十九岁被贬为河州（今甘肃临夏）卫吏时所作。虽谪居边地，但登临险要的宁河城，极目远眺，边塞豪壮之景尽收眼底，使诗歌也一扫贬谪时的积郁而为抒发豪情。

宁河城头百丈涌，泻下通明五色虹。
若到关头应驻马，下瓢一饮醉春风。

【注释】

[1] 解缙（1369—1415）：字大坤，号春雨，吉水（今江西吉安）人。洪武二十一年（1388）进士，授中书庶吉士。二十九岁时被贬河州卫吏，留有较多诗句。后被召回京，任翰林待诏。成祖继位，任翰林侍读。随后成祖建立文渊阁，解缙进文渊阁参预机务，明朝内阁制度由此开始。因编《太祖实录》受朱棣赏识，而受命主修《文献大成》，一年编成，朱棣嫌简，解缙又召集四方学者编修《永乐大典》，永乐二年（1404），为内阁首辅，永乐五年（1407）获罪，贬至交趾（今越南）。永乐八年（1410）解缙入京奏事被陷下狱，永乐十三年（1415）被锦衣卫活埋雪地冻死，年仅47岁。成化元年（1465）恢复解缙官衔，谥号“文毅公”。

万寿寺

（明）解缙

【解题】

《明一统志》卷三七“河州卫军民指挥使司”条：“万寿寺，在卫城东北二里。洪武二十三年（1390）建。”诗歌为解缙被贬为河州卫吏时所作。诗歌描写了万寿寺中的古碑上唐时的字迹尚未消磨，大夏河万古笔直地流淌，借以抒发作者心中的积郁。

河州城东白塔寺[1]，古碑上有贞观字[2]。
时时独立待青空，大夏河流究如直[3]。

【注释】

[1] 河州：《读史方舆纪要》卷六〇：“河州，古西羌地，秦属陇西郡，汉属金城、陇西二郡，后汉属陇西郡。晋惠帝永宁中（301）张轨奏置晋兴郡。前秦苻坚始置河州，西秦乞伏乾归所据。后魏太平真君七年置枹罕镇，寻改为河州，

又改为枹罕郡。唐复曰河州，天宝初曰安乡郡，乾元初复为河州。寻没于吐蕃，宋熙宁六年（1073）收复，仍置河州。金因之，亦曰平西军。元曰河州路。明洪武初置河州卫，五年（1372）设河州府，七年（1374）建陕西行都司，十年（1377）立河州左、右二卫。十二年（1379）省行都司及河州府县，改置河州卫。景泰二年（1451），复分置河州，属临洮府。”即今甘肃省临夏回族自治州。白塔寺：今名宝觉寺，在今甘肃省临夏市折桥镇古城村北。

［2］贞观：唐太宗年号。贞观字：指贞观时期的字迹。

［3］大夏河：《元和郡县图志》陇右道上：“大夏水：经（枹罕）县南，去县十步。”《太平寰宇记》陇右道河州：“大夏水，一名白水，出（枹罕）县西南大山中。”甘肃省中部较大河流，属黄河水系，源于甘南高原甘、青交界的大不勒赫卡山南北麓。南源桑曲却卡，北源大纳昂，汇流后始称大夏河。究如直：终究笔直地流淌。

题 积 石

（明）范　霖[1]

【解题】

积石，见287页“临夏篇”（唐）骆宾王《边庭落日》注［8］。诗人驻足于积石山的黄河边上，缅怀大禹治水之功劳，同时希望挖开银河之口，引天河之水洗涤人间的尘埃。

黄河滚滚自西来，此地曾经禹凿开[2]。
削壁排空高碍日[3]，洪涛逐石怒奔雷。
冯夷东望肠应断[4]，精卫西飞态已灰[5]。
安得乘槎决银汉[6]，尽教尘世涤氛埃[7]。

【注释】

［1］范霖：生卒年不详。字时雨，乐清（今属浙江）人。宣德进士，授行人。出使万里外，土物一无所受。比还，行李萧然，以荐擢御史，弹劾无所避。

［2］禹凿开：积石相传为禹治水之起点。见287页“临夏篇”（唐）骆宾王

《边庭落日》注［8］。

［3］排空：浪高冲天，汹涌澎湃。碍日：遮蔽太阳。

［4］冯夷：传说中的黄河之神，即河伯。《庄子·大宗师》："冯夷得之，以游大川。"成玄英疏："姓冯名夷，弘农华阴潼乡堤首里人也。服八石，得山仙。大川，黄河也。天帝锡冯夷为河伯，故游处盟津大川之中也。"整句形容黄河水流湍急。

［5］精卫：古代神话中鸟名。《山海经·北山经》："炎帝之少女名曰女娃，女娃游于东海，溺而不返，故为精卫，常衔西山之木石，以堙于东海。"整句形容黄河水流湍急。

［6］乘槎（chá）：亦作"乘楂"。乘坐竹、木筏。此处化用"张骞乘槎"的故事，见16页"兰州篇"（清）马世焘《黄河》注［5］。决银汉：挖开银河之口，引天河之水洗涤人间。银汉，银河。

［7］涤氛埃：指以天河之水洗涤世间尘埃。涤，洗涤，清除。氛埃，尘秽，尘埃。

过 河 州

（明）杨一清[1]

【解题】

河州，见294页"临夏篇"（明）解缙《万寿寺》注［1］。杨一清曾于嘉靖初年，总兵陕西、甘肃诸地军务，此诗为经过河州时所作。诗歌描绘了河州风光的秀丽、地理的重要、唐蕃古道茶马互市的繁荣以及盛世的太平。

四面峰峦锁翠帷[2]，万家花柳及春栽。
缆横河岸桴为渡[3]，磨引溪流水自推[4]。
汉将屯田闲虎帐[5]，羌儿交市献龙媒[6]。
便宜有疏凭谁上[7]，圣代边功久不开[8]。

【注释】

［1］杨一清：见29页"嘉峪关篇"（明）杨一清《嘉峪关》注［1］。

［2］翠帷：翠色的帏帐。

［3］缆：指缆绳。桴（fú）：小的竹、木筏子。《论语·公冶长》："乘桴浮于海。"马（融）曰："桴，编竹木。大者曰筏，小者曰桴。"此指渡船。由缆绳牵引，借水流之力而渡河。

［4］磨：水磨。

［5］汉将屯田：河州古为汉代屯田之地。虎帐：指将军的营帐。王建《寄汴州令狐相公》诗："三军江口拥双旌，虎帐长开自教兵。"

［6］交市：茶、马市的交易。龙媒：见117页"酒泉篇"（唐）无名氏《敦煌廿咏·渥洼池天马咏》注［2］。

［7］便宜：有利国家、合乎时宜之事。

［8］边功：边战。久不开：没有边战。

镇 边 楼

（明）马应龙[1]

【解题】

镇边楼为河州（今甘肃临夏）名楼。明代河州城北无门，上建大楼一座，内塑玄武帝像，"以镇武风，官员朔望拜瞻"，称"镇边楼"，俗称"北城观"。其地点约在今甘肃省临夏市临夏中学附近。作者描绘了登上镇边楼所见的边塞风光以及心中的豪迈之情。

不到边关阅几秋[2]，喜随骢马谩登楼[3]。
坐中多少风云气，写入诗篇最上头。

【注释】

［1］马应龙（1474—1527）：字公济，号雪峰，回族。祖籍凤阳（今属安徽），生于临夏八坊（今属甘肃）。明弘治十四年（1501）中乡举，正德六年（1511）进士。

［2］"不到"句：意谓不到边关能看到什么秋色。

［3］骢（cōng）马：青白色相杂的马。鲍照《结客少年场行》："骢马金络头，锦带佩吴钩。"谩：不经意。

题 积 石

（明）沈 越[1]

【解题】

积石，见287页“临夏篇”（唐）骆宾王《边庭落日》注[8]。《尚书·禹贡》：“导河积石，至于龙门。”积石，相传为禹治水之起点，故历代题咏积石的作品莫不提到大禹治水之功劳。本诗从大禹积石治水写起，讴歌缅怀了大禹的治水之功。

大禹疏河由积石[2]，皇明设险辟崇山[3]。
乾坤元定华夷界[4]，魑魅潜消虎豹关[5]。
地胜金汤劳典守[6]，水从星宿引潺潺[7]。
使车过此聊舒憩[8]，缅仰神功逈莫攀[9]。

【注释】

[1]沈越：生卒年不详。字韩峰，明代南京人，嘉靖进士。官至监察御史。有《皇明嘉隆两朝闻见纪》十二卷。

[2]大禹疏河：大禹治水。积石，见287页“临夏篇”（唐）骆宾王《边庭落日》注[8]。

[3]皇明：皇帝的圣明。此指明朝。

[4]“乾坤”句：意谓天地形成之初就以此崇山峻岭设定了中原和四夷的分界。

[5]魑魅潜消：鬼魅潜逃。虎豹关：此指积石关。

[6]金汤：见6页“兰州篇”（金）邓千江《望海潮》注[2]。典守：主管、保管。劳：何劳，不劳也。

[7]水从星宿：河水自天而来。

[8]使车：出使之车。

[9]缅仰：缅怀仰慕。逈：同“迥”。莫攀：高不可攀。

题 积 石

（明）胡 曾[2]

【解题】

积石，见 287 页“临夏篇”（唐）骆宾王《边庭落日》注［8］。《尚书·禹贡》：“导河积石，至于龙门。”积石相传为大禹治水之起点。故历代题咏积石的作品莫不提到大禹治水之功劳，而与前面元代杨载的《题积石》、明代范霖的《题积石》、明代沈越的《题积石》不同，本诗则着眼于黄河，使用博望槎的典故表达了飞升仙界，逃离现实的愿望。

博望沉埋不复旋[2]，黄河依旧水茫然。
泓流欲共牛郎语，只待灵槎送上天。

【注释】

［1］胡曾：生卒年不详。明代人。

［2］博望：此处指博望槎（chá）。即张骞所乘之船。此处化用“张骞乘槎”的故事，见 16 页“兰州篇”（清）马世焘《黄河》注［5］。不复旋：指湮没已久。

甘南篇

刘晦叔许洮河绿石砚

（北宋）黄庭坚[1]

【解题】

原注：晦叔名昱。洮河，《元和郡县图志》卷三六陇右道洮州条："洮水，出县（今甘肃临潭）西南三百里嶓台山，即《禹贡》西倾山也。""其城（今甘肃临潭）东西北三面并枕洮水。"《读史方舆纪要》陕西九："洮河，卫城南三十五里。源出西倾山，其上源亦曰漒川，东北入岷州卫境，下流合湟水入于大河。"洮河绿石砚，指洮河砚。我国四大名砚之一，全称"洮河绿石砚"，简称"洮砚"。因砚石产于洮河沿岸，故名"洮河石"、"洮河砚"。洮河石以石质坚润、色泽碧绿、纹路优美而著称，被誉为"绿漪石"。洮河砚始于唐，宋代已在喇嘛崖开坑采石，明代洮砚雕刻工艺已十分精致。洮河石颜色有"红洮"和"绿洮"，前者呈朱砂色，细润纯净，极为少见。绿洮有"鸭头绿"、"鹦哥绿"等色泽。本诗为黄庭坚赠给好友刘晦叔的赠诗。黄诗多喜爱吟咏书画作品、亭台楼阁以及笔、墨、纸、砚、香、扇等物品，文人气和书卷气特别浓厚，本诗正是如此。

久闻岷石鸭头绿[2]，可磨桂溪龙文刀[3]。
莫嫌文吏不知武，要试饱霜秋兔毫[4]。

【注释】

[1] 黄庭坚（1045—1105）：字鲁直，自号山谷道人，晚号涪翁，又称豫章黄先生，洪州分宁（今江西修水）人。北宋诗人、词人、书法家，为盛极一时的江西诗派开山之祖。英宗治平四年（1067）进士。历官叶县尉、北京国子监教授、校书郎、著作佐郎、秘书丞、涪州别驾、黔州安置等。诗歌方面，他与苏轼并称为"苏

黄”；书法方面，他则与苏轼、米芾、蔡襄并称为“宋代四大家”；词作方面，曾与秦观并称“秦黄”。

[2] 岷石：指岷山，《读史方舆纪要》陕西九：“岷山，山黑无树木，洮水经其下。”

[3] 桂溪：在闽越境上。龙文刀：指宝刀。

[4] 饱霜：饱尝风霜。杜甫《雕赋》：“至如千年孽狐，三窟狡兔，恃古冢之荆棘，饱荒城之霜露。”秋兔毫：指毛笔，因用秋季兔的毫毛所制，故称。鲍照《飞白书铭》：“秋毫精劲，霜素凝鲜。”

洮 石 砚

（金）冯延登[1]

【解题】

洮石砚，见 300 页“甘南篇”（北宋）黄庭坚《刘晦叔许洮河绿石砚》的解题。本诗赞颂洮砚精美的质地以及绝伦的效用。

鹦鹉洲前抱石归[2]，琢来犹自带清辉。
芸窗尽日无人到[3]，坐看玄云吐翠微[4]。

【注释】

[1] 冯延登（1176—1233）：字子骏，号横溪翁，吉州（今山西吉县）人。金章宗承安二年（1197）进士。其诗文皆有律度。平生著述甚多，乱后散失。尝欲集金朝百年诗而未及。有《横溪翁集》，今佚。

[2] 鹦鹉洲：在今湖北省武汉市西南长江中。相传东汉末江夏太守黄祖长子射在此大会宾客，有人献鹦鹉，祢衡作《鹦鹉赋》，故名。此处代指洮河。

[3] 芸（yún）窗：指书斋。书斋中多用芸香驱虫，故称。

[4] 玄云：指墨。翠微：泛指青山，也形容山光水色青翠缥缈。此处指欣赏由洮砚磨画出的青山。

黑岭乔松

（清）赵廷璋[1]

【解题】

黑岭乔松为洮州八景之一，景观在临潭县三岔乡西北的黑松岭。据《洮州府志·地理名胜》记载，这里原是一处洮水流域的原始森林，缘山长满密密麻麻、高达十几丈的云杉、冷杉等松柏乔木，山高林密，洮岷驿道穿林而过，十分壮观，遂有黑岭乔松之景誉。现在经百年人为破坏，乔木荡然无存，只留秃岭凭吊。

层峦名黑岭，郁郁产乔松。
孤干岚光霭[2]，深山晚气浓。
朔风疏劲节[3]，暮雨洗苍容。
合共烟霞老，悠然淡远峰。

【注释】

[1] 赵廷璋：生卒年不详。临潭（今属甘肃）人，清乾隆间举人。

[2] 孤干：植物的独生干。岚：见51页“金昌篇”（清）李登瀛《永昌八景·西岭晴岚》注[1]。

[3] 朔风：见28页“嘉峪关篇”（明）陈诚《宿嘉峪关》注[6]。疏：使通畅。劲节：谓坚贞的节操。

叠山横雪

（清）赵廷璋

【解题】

叠山横雪，亦作“迭山横雪”，洮州八景之一。迭山横亘于古洮州与迭州之间，位于分划甘南地区长江水系和黄河水系的分水岭——岷山山脉。山脉呈东西走向，峰顶和山阴处终年积雪，四季不化，正好面对洮州方位。从临潭任何一处山颠南望皆可见皑皑白雪，绵垣长达几百里的山巅，在山下黛色和蓝天映衬下，洁白如练，飘然横置，故名“叠山横雪”。

积雪盈边徼[1]，遥峦限迭州[2]。
寒光晴射日，老气远横秋[3]。
东去江含白，西倾岭带浮[4]。
化工开粉本[5]，罗列逼琼楼[6]。

【注释】

[1] 边徼（jiào）：边境。

[2] 迭州：北周建德中置，以群山重叠得名。治所在迭川（今甘肃迭部）。隋大业初废。唐初复置，移治合川（今甘肃迭部），辖境相当今白龙江上游地区。广德以后地入吐蕃。

[3] 老气远横秋：远山上亘古的寒气充塞秋日天空。

[4] 西倾岭：指西倾山，秦岭山系西部一条支脉，亦称西强山、蕴台山。位于青海东南部，主体部分在河南蒙古族自治县南部。蒙古、藏混合语意为“西面的大鹏山”。西北-东南走向，西起黄河与巴沟交汇处，东至甘、川交界的郎木寺附近。

[5] 化工：自然造化。粉本：画稿，画家作画的底稿。

[6] 逼：逼近，赶上。琼楼：见11页“兰州篇”（清）刘一明《兴隆山四景·冬》注[1]。

伤洮州

（清）陈钟秀[1]

【解题】

洮州，《元和郡县图志》卷三六陇右道：“洮州，《禹贡》雍州之城。古西羌地也。武帝保定元年立洮州。隋大业三年（607）罢州，改为临洮郡。武德二年（619）复于此置洮州。”《读史方舆纪要》陕西九：“洮州卫，《禹贡》雍州地，秦、汉以来皆诸戎所居。后属吐谷浑，为沙州地。后魏败吐谷浑，取其地置洪和郡，属河州。后复没于吐谷浑。后周武帝逐吐谷浑，以其地置洮阳郡，寻立洮州。隋初郡废而州如故，大业初改州为临洮郡。唐复为洮州，开元十七年并入岷州。旋复置临州，二十七年又改为洮州，天宝初亦曰临洮郡，乾元初复曰洮州。后没于吐蕃，号临洮城。后唐长兴四年（933）内附，置保顺军。宋元符二年（1099）收复，寻弃不守。大观二年复得临洮城，仍置洮州。金、元因之，明洪武四年（1371）置洮州卫军民指挥使司，隶陕西都司，弘治中改属固原镇。今仍为洮州卫。”即今甘肃省甘南藏族自治州临潭县。本诗感叹了洮州历经“同治之乱”之后的凋敝。

不见干戈二百年[2]，忽叫城市满腥膻[3]。
防边自古推严邑[4]，旷野于今剩土田。
白骨何人收道路，青山无主锁寒烟。
伤心万户归谁屋，犹说将军凯歌还。

【注释】

[1] 陈钟秀：生卒年不详。字辉山，新城西街人。生于清咸丰年间，岁贡生，曾任岷县学正。他“工诗善书，辩词纵横，精识强记，为人方正不阿”。著有《咏雪诗存》四卷。

[2] 干戈：指战争。此指同治之乱。

[3] 腥膻：旧指入侵的外敌。

[4] 严邑：险要的城邑。此指洮州。

洮水流珠

（清）陈钟秀

【解题】

洮水流珠为洮州八景之一，为洮河冬日冻冰如珠，随河漂浮形成的奇观。洮河水百折千转，浪花飞溅，每至冬季，这些飞起的水珠迅速结成晶莹的冰珠浮于水面。同时，沿河岸由于气温下降，溅水处和岸边也结成薄冰，在水流变化中冲离河岸，在河水中碰撞破碎并经远距离流动摩擦，也形成冰珠。这两种冰珠在河中或零散，或结成松散的冰块，漂浮于河面，这种水流冰珠的现象即洮水流珠。

万斛明珠涌浪头[1]，晶莹争赴水东流。
珍奇难入俗人眼，抛向洪波不肯收。

【注释】

[1] 斛（hú）：中国旧量器名，亦是容量单位。万斛：形容极多。

石门金锁

（清）陈钟秀

【解题】

石门金锁，洮州八景之一。景观位于临潭县石门乡与卓尼县洮砚乡相邻的洮水岸边，这里有一石峡，长约 250 米，从岷县径直北流的洮河在这里结束开阔的步履，冲入石门大峡谷。峡谷东西两岸矗然如削的峭壁如两扇似启非启的石门扇，石门前有一半岛形台地，上建有庙宇一座，从南向北顺洮水流向瞻望峡口，庙宇形如挂在石门上的金锁，给人以锁犹在，门半启，洮水破门而北去的俏然景观。崖上有脚印痕迹数处，传说是大禹脚踢而成，刀削处为大禹持斧劈成，而金锁之下洮水缓流，清澈碧透，与下游浪高湍急的九甸峡相比，别具风味。

谁劈石门据上游，边陲万古作襟喉[1]。
任他纵有千金锁，难禁洮河日夜流。

【注释】

[1] 襟喉：见 6 页“兰州篇”（金）邓千江《望海潮》注［6］。

参考文献

《嘉峪关市志》编纂委员会编《嘉峪关市志》，兰州：甘肃人民出版社，1990
安邕江编著《酒泉史话》，兰州：甘肃文化出版社，2005
白银市地方志编纂委员会编《白银市志》，北京：中华书局，1999
白银市地方志编纂委员会编《靖远旧志集校》，兰州：甘肃文化出版社，2004
白应东编《丝绸之路诗词选集》，乌鲁木齐：新疆青少年出版社，1987
边强主编《甘肃关隘史》，北京：科学出版社，2011
（清）陈之骥纂修《靖远县志》，民国 14 年（1925）铅印本
陈自仁《人文甘肃・人物卷—陇上翘楚》，兰州：敦煌文艺出版社，2012
陈自仁《珍贵方志提要》，兰州：甘肃人民美术出版社，2010
仇非《甘肃史话丛书·崆峒史话》，兰州：甘肃文化出版社，2004
（清）仇兆鳌《杜诗详注》，北京：中华书局，1983
敦煌市志编纂委员会编《敦煌市志》，北京：新华出版社，1994
伏晓春《古今白银》（史话卷），兰州：兰州大学出版社，2006
（西晋）傅玄撰，刘治立评《傅子评注》，天津：天津古籍出版社，2010
（明）傅学礼主编《庆阳府志》，兰州：甘肃人民出版社，2001
甘成福《甘肃史话丛书·平凉史话》，兰州：甘肃文化出版社，2006
甘南藏族自治州地方史志编纂委员会编《甘南州志》，北京：民族出版社，1999
甘肃省皋兰县志编纂委员会《皋兰县志》，兰州：甘肃人民出版社，1999
甘肃省会宁县地方志编纂委员会《会宁县志》，兰州：甘肃人民出版社，1994
甘肃省金昌市地方志编纂委员会编纂《金昌市志》，中国城市出版社，1995
甘肃省景泰县地方志编纂委员会《景泰县志》，兰州：兰州大学出版社，1996
甘肃省夏河县志编纂委员会编《夏河县志》，兰州：甘肃文化出版社，1999
甘肃省舟曲县地方志编纂委员会编《舟曲县志》（1991—2006），北京：方志出版社，2010
皋兰县志编撰委员会《皋兰县志》，兰州：甘肃人民出版社，1999

高生荣、康付明编著《瓜州史话》，兰州：甘肃文化出版社，2011
（唐）高适著，刘开扬笺注《高适诗集编年笺注》，北京：中华书局，1981
高天佑编著《杜甫陇蜀纪行诗注析》，兰州：甘肃民族出版社，2002
高新民《傅玄思想研究》，兰州：兰州大学出版社，1996
（清）顾祖禹著，施和金、贺次君注释《读史方舆纪要》，北京：中华书局，2005
关振兴《兰州历史文化·士子名流》，兰州：甘肃人民出版社，2007
桂发荣、王鸿国编著《金塔史话》，兰州：甘肃文化出版社，2005
（宋）郭茂倩《乐府诗集》，北京：中华书局，1979
郭文奎等主编《庆阳史话系列》，兰州：甘肃文化出版社，2007
郝润华，许琰著《兰州历史文化·文学文献》，兰州：甘肃人民出版社，2007
郝玉屏主编《甘肃方志通览》，兰州：兰州大学出版社，2007
何国栋、陈学芬编着《历代咏敦煌诗评析》，兰州：甘肃人民出版社，2002
何国栋、王金寿主编《甘肃古代文学作品选》，兰州：甘肃人民出版社，2002
何国栋《甘肃古代文学作品选》，兰州：甘肃人民出版社，1994
胡大浚、王志鹏编著《敦煌边塞诗校注》，兰州：甘肃人民出版社，1999
（清）黄居中修，杨淳纂《灵台县志》（4 卷 1 函），清顺治十五年（1658 年）刻本
纪忠元、纪永元主编《敦煌诗选》，中国文联出版社，2008
贾晨光、魏俊舱《甘肃史话丛书·庄浪史话》，兰州：甘肃文化出版社，2008
姜德治编著《敦煌史话》，兰州：甘肃文化出版社，2009
靖远县志编纂委员会《靖远县志》，兰州：甘肃文化出版社，1995
静宁县县志编纂委员会编纂《静宁县志》，北京：中华书局，2005
康乐县志县志编纂委员会《康乐县志》，上海：三联出版社，1995
匡扶主编《甘肃历代诗文词曲鉴赏辞典》，兰州：敦煌文艺出版社，1990
匡扶主编《甘肃历代诗文词曲鉴赏辞典》，兰州：敦煌文艺出版社，1994
兰州市安宁区地方志编纂委员会《兰州市安宁区志》，兰州：兰州大学出版社，1999
兰州市城关区志编纂委员会《兰州市城关区志》，兰州：甘肃人民出版社，2000
兰州市旅游局《游在兰州》，兰州：敦煌文艺出版社，2003
兰州市七里河区地方志编撰委员会《兰州市七里河区志》，兰州：甘肃人民出版社，2001
兰州市政协文史资料委员会《兰州文史资料选辑》，兰州：兰州大学出版社，1992
兰州晚报社《兰州风采》，兰州：甘肃人民出版社，1987
（北宋）乐史著，王文楚注释，《太平寰宇记》，北京：中华书局，2007
李鼎文《甘肃古代作家》，兰州：甘肃人民出版社，1982

（唐）李吉甫著，贺次君注释《元和郡县图志》，北京：中华书局，1983
李庆云《河西风物诗选》，兰州：甘肃人民出版社，1989
李荣棠《兰州人物选编》，兰州：兰州大学出版社，1993
李政荣《陇中乡土诗词阅读和写作》，兰州：兰州大学出版社，2004
（北魏）郦道元著，陈桥驿注译《水经注》，北京：中华书局，2009
临夏回族自治州志编纂委员会《临夏回族自治州志》，兰州：甘肃人民出版社，1993
临夏市地方志编纂委员会《临夏市志》，兰州：甘肃人民出版社，1995
刘爱国《临泽史话》，兰州：甘肃文化出版社，2010
刘常生编著《历代咏玉门诗词选》，兰州：甘肃文化出版社，2010
刘玛莉主编《天水史话》，兰州：甘肃文化出版社，2007
刘玛莉主编《天水史话》，兰州：甘肃文化出版社，2007
卢金洲《兰州古今诗词选》，兰州：兰州大学出版社，1991
卢造钧主编《庆阳地区志》，兰州：兰州大学出版社，1998
逯钦立辑校《先秦汉魏晋南北朝诗》，北京：中华书局，1983
碌曲县地方志编纂委员会编《碌曲县志》，兰州：甘肃文化出版社，2006
路志霄，王干一编《陇右近代诗钞》，兰州：兰州大学出版社，1988
路志霄、王干一编《陇右近代诗抄》，兰州：兰州大学出版社，1993
路志霄《陇右近代诗钞》，兰州：兰州古籍书店，1999
罗卫东主编《陇南史话》，兰州：甘肃文化出版社，2004
（唐）骆宾王著，陈熙晋笺注《骆临海集笺注》，上海：上海古籍出版社，1985
马存丁《甘肃史话丛书·华亭史话》，兰州：甘肃文化出版社，2007
玛曲县志编纂委员会编《玛曲县志》，兰州：甘肃人民出版社，2001
莫砺锋《杜甫评传》，南京：南京大学出版社，1993
慕寿祺《甘宁青史略》，台湾：台湾广文书局，1972
（宋）欧阳修、宋祁撰《新唐书》，北京：中华书局，1975
（清）彭定求编《全唐诗》，北京：中华书局，1999
彭岚嘉《兰州历史文化·历史名人》，兰州：甘肃人民出版社，2007
（清）浦起龙《读杜心解》，北京：中华书局，1961
千同和《兰州城关史话》，兰州：甘肃文化出版社，2008
庆阳市政协《庆阳通史》，北京：商务印书馆，2011
人民大学出版社编辑部编《唐诗今译集》，北京：人民文学出版社，1987
任文军编著《肃北史话》，兰州：甘肃文化出版社，2010
（清）阮元《经籍纂诂》（上下），成都：成都古籍书店影印，1982

商务印书馆编辑部编《辞源》，北京：商务印书馆，1991
石锡铭《历代陇西诗歌选评》，深圳：亚洲联合报业出版社，2007
石锡铭编《全陇诗》，香港：香港文艺出版社，2011
抒灵《古今咏陇诗词选注》，中国文化出版社，2010
孙其芳编著《大漠遗歌——敦煌诗歌选评》，兰州：甘肃人民出版社，2000
孙其芳编著《鸣沙遗音——敦煌词选评》，兰州：甘肃人民出版社，2000
孙守忠编著《玉门史话》，兰州：甘肃文化出版社，2006
天水市地方志编撰委员会《天水市志》，北京：方志出版社，2004
田志义《甘肃史话丛书·灵台史话》，兰州：甘肃文化出版社，2007
王秉钧等《历代咏陇诗选》，兰州：甘肃人民出版社，1981
王殿《甘肃历代名人传》，兰州：甘肃人民出版社，1986
王力主编《古代汉语》，北京：中华书局，1999
王连末著《陇上诗笺》，兰州：甘肃人民出版社，1994
（清）王念孙《广雅疏证》，北京：中华书局，1983
王尚寿、王向晖选注《丝绸之路诗选注》，兰州：甘肃文化出版社，2010
（明）王嗣奭《杜臆》，上海：上海古籍出版社，1983
（清）王烜纂修《静宁州志》，乾隆十一年刊本，台湾出版，中华民国五十九年重印本
王义主编《庆阳文化揽胜系列》，北京：新华出版社，2003
魏荣邦《皋兰史话》，兰州：甘肃文化出版社，2004
文丕谟《陇南五千年》，北京：中国文史出版社，2012
（明）吴祯著，马志勇校《河州志校刊》，兰州：甘肃文化出版社，2004
（清）武全文、佟希尧修，马魁选纂《华亭县志》，顺治六年（1649）二卷，北平：国立北平图书馆摄印本
（清）武全文创修，于元煜重修，刘显世汇辑《崇信县志》，清顺治十七年刻本
武威通志编委会编纂《武威通志·凉州卷》，兰州：甘肃人民出版社，2007
武威通志编委会编纂《武威通志·艺文卷》，兰州：甘肃人民出版社，2007
武威县志编纂委员会编《新编武威县志之三古诗话凉州》，1985
徐俊辑《敦煌诗集残卷辑考》，北京：中华书局，2000
徐明霞点校《卢照邻杨炯集》，北京：中华书局，1980
许明善编著《唐宋边塞诗词选粹》，兰州：甘肃人民出版社，1986
薛长年主编《嘉峪关史话》，兰州：甘肃文化出版社，2006
颜廷亮、许奕谋主编《甘肃历代诗词选注》，兰州：兰州大学出版社，1988
（清）杨伦《杜诗镜铨》，上海：上海古籍出版社，1980
杨渠统等修，王明俊等纂《重修灵台县志》，民国二十四年铅印本

杨晓、周建忠主编《阿克塞史话》，兰州：甘肃文化出版社，2011
杨兴普《永登吟》，兰州：甘肃人民出版社，2001
杨叶普《永登史话》，兰州：甘肃文化出版社，2004
杨永康《李梦阳年谱》，北京：新华出版社，2001
（清）杨藻凤主编《庆阳府志》，兰州：甘肃人民出版社，2001
永登县地方史志编纂委员会《永登县志》，兰州：甘肃民族出版社，1997
游国恩等主编《中国文学史》，北京：人民文学出版社，1963
榆中县志编纂委员会《榆中县志》，兰州：甘肃人民出版社，2001
袁行霈主编《中国文学史》，北京：高等教育出版社，1999
张怀宁《甘肃史话丛书·泾川史话》，兰州：甘肃文化出版社，2008
张津梁主编《天水历史文化丛书》，兰州：甘肃人民出版社，2000
张文玲《榆中史话》，兰州：甘肃文化出版社，2005
（清）张延福著，姜子英校《泾州志》，兰州：甘肃文化出版社，2004
张占社《甘肃史话丛书·静宁史话》，兰州：甘肃文化出版社，2004
张志纯《古诗话甘州》，甘肃省张掖地区志编委会办公室，1996
章国玺《甘肃史话丛书·崇信史话》，兰州：甘肃文化出版社，2007
（清）赵本植主编《庆阳府志》，兰州：甘肃人民出版社，2001
赵国玺编著《诗文话漳县》，兰州：甘肃民族出版社，1995
中共庆阳地委宣传部《庆阳文化春秋》，兰州：敦煌文艺出版社，1991
中共张掖市甘州区委、张掖市甘州区人民政府编《悦读甘州》，兰州：甘肃人民出版社，2010
舟曲县志编纂委员会编《舟曲县志》，上海：三联书店，1996
朱东润主编《中国历代文学作品选》，上海：上海古籍出版社，1979
朱瑜章《历代咏河西诗歌选注》，北京：中国文史出版社，2007 年
祝巍山，李德元主编《金昌史话》，兰州：甘肃文化出版社，2007
祝巍山主编《永昌史话》，兰州：甘肃文化出版社，2004
庄浪县志委员会《庄浪县志》，北京：中华书局，1998
卓尼县志编纂委员会编《卓尼县志》，兰州：甘肃民族出版社，1994

后　记

本书按文学史的发展线索，根据现行政区划，精选了从秦汉至近代各时期描写甘肃各市州的诗词，旨在多方面展示各地的文化、文学风貌。我们精选诗词所遵循的原则：一是内容积极健康、适宜研读；二是专门歌咏甘肃各地的风貌。

鉴于有关甘肃的古代作家、作品资料零散，无选本可依的实际情况，编写者多方查阅了相关资料，配以题解、注音、释词，对一些难解的语句加以语义疏通。

鉴于各地州市的资料不一、情况不同，所选篇目数量不求统一，也无法一致，敬请谅解。

本书的参与者，均系兰州文理学院文学院教师。由马晖统稿，其他参编人员有：王金娥、蒽琼、韩括、马有、徐凤、刘永睿、罗小品、金生翠、叶淑媛、杨晓燕、孙婷、宋琤、牛丽、王晔、叶萌。编撰时我们除了参考古代相关资料，还对近人的研究成果多加吸收采用，恕不一一注明，特致谢意。

本书在编撰过程中，得到甘肃省语言文字工作委员、甘肃省教育厅、兰州文理学院领导的高度重视和大力支持。兰州文理学院书记史百战、校长汪建华等对此书的编撰多次给予支持和鼓励，才使得我们克服重重困难、项目进展顺利。西北师大博士生导师杨晓霭教授，兰州文理学院张淑敏、孙绿江、张爱兰教授，兰州城市学院高原教授，兰州交通大学李孝英教授等数次审阅书稿，提出了很多宝贵的、专业性很强的意见和建议，使这部书具有了很高的学术保证。北京大学出版社对本书的编辑出版给予热情支持，并提出宝贵意见，在此一并致谢。

由于编写任务繁重、加之时间仓促，大多编者还要从事教学工作，编者水平有限，错误疏漏之处难免，敬祈专家和使用者批评指正，则幸甚。

编　者